诗词探芳

第四册

王光铭 选编

部

ZHEJIANG UNIVERSITY PRESS
浙江大学出版社

目 录

第三 人部

(一)朝 廷

一、朝 廷

二、宗室(皇子 公主)

三、后　宫

四、外　戚

五、宫　词

(二)大 臣

一、文官(附书吏)

二、武官(附战士)

三、使 臣

四、寓直 扈从

(三)地方官

一、刺史　郡守

二、县　官

(四)社　会

一、隐　逸

二、田　园

三、渔　樵

四、师　友

五、宾客　同事　乡里

六、少　年

七、少　女

八、老　年

九、仙 子

(五)家　族

一、父母子女

二、夫　妇

三、闺 情

四、兄弟姊妹

五、亲　戚

(六)释 道

一、僧 尼

二、寺　塔

三、道

四、道观　神庙

(七)历史及人物

一、先　秦

二、两　汉

三、魏晋南北朝

四、隋　唐　五代

五、两宋　辽　金

六、元　明　清

（一）朝廷

一、朝　廷

奉和春日幸望春宫　（唐）张　说

别馆芳菲上宛东，飞花淡荡御筵红。城临渭水天河近，阙对南山雨露通。绕殿流莺凡几树，当蹊乱蝶许多丛。春园既醉心和乐，共识皇恩造化同。

（清）金人瑞：前解写至尊非玩物华，后解写群臣实窥圣德。〇一言别馆在上苑之东，其芳菲则诚有之也。二言飞花落御筵之上，其淡荡已无多也。三、四因言，"然则今日东驾之来，岂曰舍弃万几，而徒寻余春！夫亦仰思天河之正近，则宜何以挹注汪秽；俯思雨露之可通，则宜何以沾濡品物"。惟夏谚固云"吾皇不游，吾何以休"。斯固非无事而空行也（前四句下）。〇五、六言皇情既有如此之勤，则皇泽果有如此之及，因而遍指殿莺蹊蝶，以征丕冒之众多也。"既醉心和乐"，妙！醉则和，和则乐，乐则人尽人性，物尽物性，人物和同，了无隔碍。呜呼！自非造化，其又孰能当此者乎（后四句下）？——《贯华堂选批唐才子诗》

和贾至舍人早朝大明宫之作　（唐）王　维

绛帻红色头巾。鸡人宫中夜间报更之人。报晓筹，尚衣尚衣局专管天子服冕。方进翠云裘。九天阊阖喻皇宫。开宫殿，万国衣

冠百官。拜冕旒。天子。日色才临仙掌承露盘。见《三辅故事》。动，香烟欲傍衮龙浮。朝罢须裁五色诏，用五色纸所写的诏书。佩声归到凤池头。凤凰池指中书省，专管机要，接近天子。《诗法家数》云："荣遇之诗，要富贵尊严，典雅温厚。"写意要闲雅美丽清细。如王维、贾至诸公《早朝》之作，气格雄深，句意严整，如宫商迭奏，音韵铿锵，真麟游灵沼，凤鸣朝阳也。学者熟之，可以一洗寒陋。后来诸公应诏之作，多用此体，然多老骄气盈。处富贵而不失其正，几希矣。

（宋）刘辰翁：帖子语颇不痴重（"万国衣冠"句下）。〇顾云"此为铺写景象雄浑，富丽造作，句律温厚深长，皆足为法"。——《王孟诗评》

（明）胡震亨：《早朝》四诗，各乎汇此一题，觉右丞擅场，嘉州称亚，独老杜为滞钝无色。——《唐音癸签》

（清）金人瑞：此全依贾舍人样，前解写早朝，后解专写两省也。若其中间措手又有不同者，贾乃于起一句便安"银烛朝天紫陌长"之七字，是预从"早"字，先已用意；于是而三、四写"朝"字，便无过只是闲笔。此却于第四句始安"万国衣冠拜冕旒"之七字，是直到"朝"字方乃用意；于是一、二写"早"字亦无过只是闲笔。此则为两先生各自匠心也。——《贯华堂选批唐才子诗》

（清）冯舒：盛丽极矣，字面太杂。——《瀛奎律髓汇评》

（清）冯班：才气驾驭，何尝觉杂？毕竟右丞第一。〇末句太犯，然各句相接便不觉。——同上

（清）陆贻典：右丞才气驾驭，各句相接，故不觉杂，他人若此，但见瑕疵矣，已苍之言不谬。——同上

（清）查慎行：王麟州讥此诗说冠服太多，亦善摘瑕者也。——同上

（清）何焯：次联君臣两面都写到，所谓有体要也。——同上

（清）许印芳："衣"字复。动，上声。〇姚姬传云"右丞七律，意兴超远，能备三十二相。盛唐诸公，老杜外，当以右丞为冠"。斯言当矣。虚谷此选，但收此篇。愚谓早朝诗右丞正大，嘉州明秀，有鲁、卫之目，而晓岚不取。虚谷既谫陋，晓岚亦苛刻。前人弃取，往往不惬人意，亦文章一大憾事。又按：此诗无甚疵颣，惟篇中衣服字样太多，前人有病之者，却是眼明心细，后学当以为戒。尾联与三联不粘。唐人七律上下联不忌失粘，后人七律声律加密，始忌之。若以后人之法绳唐人而病其失粘，则非矣。——同上

奉和贾至舍人早朝大明宫　(唐)杜　甫

五夜漏声催晓箭，九重春色醉仙桃。旌旗日暖龙蛇动，宫殿风微燕雀高。朝罢香烟携满袖，诗成珠玉在挥毫。欲知世掌丝纶美，池上于今有凤毛。丝纶指皇帝的诏书。贾至舍人父子两代任知制诰，故有世掌与凤毛之句。

(宋)苏轼：七言之伟丽者，杜子美云“旌旗日暖龙蛇动，宫殿风微燕雀高”、“五更鼓角声悲壮，三峡星河影动摇”，尔后寂寥无闻焉。——《东坡志林》

(宋)杨万里：七言褒颂功德，如少陵、贾至诸人唱和《早朝大明宫》，乃为典雅重大。——《诚斋诗话》

(元)方回：贾至之父亦尝为中书舍人，故云。“超宗殊有凤毛”出《南史·宋书》：“谢凤子超宗，有文辞，补新安王常侍。王母殷仪卒，超宗作诔奏之，帝大嗟赏，谓谢庄曰：‘超宗殊有凤毛。’”——《瀛奎律髓汇评》

(清)纪昀：此段文殊颠倒，应改曰《宋书》云云，贾至之父云云方顺。大抵此书但随手批出，未经细检，故往往语不成文。——同上

(明)陆时雍：“九重春色醉仙桃”，此一语意，诸家少及。三、四意气高远，景见言外。“诗成珠玉在挥毫”，语三折笔，气格最老。“旌旗日暖龙蛇动，宫殿风微燕雀高”，景色融和，“宫”字肃穆于此照出，非为“旌旗”、“燕雀”咏也。结语“欲知”、“于今”一转折间，便觉语气深厚。——《唐诗镜》

(清)王夫之：情、景名为二而实不可离。神与诗者，妙合无垠。……情中景尤难曲写，如“诗成珠玉在挥毫”，写出才人翰墨淋漓，自心欣赏之景。凡此类，知者遇之；非然，亦鹘突看过，作等闲语耳。——《姜斋诗话》

(清)方世举：偶宿春暖花开，思及宋子京得名词句“红杏枝头春意闹”，“闹”字亦佳；但词则可用，字太尖。若诗，如老杜“九重春色醉仙桃”，略迹而会神，又追琢，又混成。“醉仙桃”不可解，亦正不必求解。○施诸廊庙之诗，尤宜平易。如《早朝大明宫》，杜之“九重春色醉仙桃”，仙语也，却不如贾至、王维之稳。——《兰丛诗说》

(清)冯班：颔联壮气直掩王、岑。○此首当居第二。——《瀛奎律髓汇

评》

（清）何焯：前四句将早朝打叠，后半详叙和贾、岑，绰有余裕，此笔力之高。他人但切舍人，此更切贾。——同上

（清）纪昀：西河诋此诗太甚，然要非杜之佳处。——同上

（清）许印芳：西河才高学博，不愧名家，而好诋毁前贤，朱子一代大儒，但遭其龂龁，况子美哉！此诗东坡极赏"旌旗"一联，称为伟丽，而晓岚不取，亦因西河之说有以中之耳。——同上

宣政殿退朝晚出左掖　（唐）杜　甫

天门日射黄金榜，青殿晴曛赤羽旗。宫草霏霏承委佩，炉烟细细驻游丝。云近蓬莱常五色，雪残鳷鹊亦多时。侍臣缓步归青琐，退食从容出每迟。

（元）方回：唐明皇以来，朔望朝臣颛用常服。今云"委佩"未详。——《瀛奎律髓汇评》

（清）冯舒：或非朔望。不必注。——同上

（清）纪昀：着力写禁庭景象，却不见十分精采。虚谷所圈四句句眼，亦是小家见解，盛唐人诗不在此种用力。——同上

（清）许印芳：三联与次联不粘。——同上

（清）无名氏（乙）：晚出弥陈，不知此何以历劫常新？——同上

紫宸殿退朝口号　（唐）杜　甫

户外昭容紫袖垂，双瞻御座引朝仪。香飘合殿春风转，花覆千官淑景移。昼漏稀闻高阁报，天颜有喜近臣知。宫中每出归东省，会送夔龙集凤池。

(清)陆贻典：五、六有讽刺。——《瀛奎律髓汇评》

(清)何焯：首联如画。——同上

(清)纪昀：情景宛然，似此写皇家富贵，乃是真从气象上写出。又在“龙蛇”、“燕雀”一联上，无论“宫草”、“炉烟”也。——同上

(清)无名氏(甲)：流丽端庄，两居其胜。——同上

(清)无名氏(乙)：浓丽如许，格律不卑，何减《雅》、《颂》？——同上

和贾至舍人早朝大明宫之作　(唐)岑参

鸡鸣紫陌曙光寒，莺啭皇州春色阑。金阙晓钟开万户，玉阶仙杖拥千官。花迎剑佩星初落，柳拂旌旗露未干。独有凤凰池上客，阳春一曲和皆难。

(元)方回：按此四诗倡和在乾元元年戊戌之春。唐肃宗至德二载丁酉九月，广平王复长安。子美以是年夏间道奔凤翔，六月除左拾遗。十月肃宗入京师，居大明宫。贾至为中书舍人，岑参为右补阙。十二月六等定罪，王维降授太子中允。○四人早朝之作，俱伟丽可喜，不但东坡所赏子美“龙蛇”、“燕雀”一联也。然京师喋血之后，疮痍未复，四人虽夸美朝仪，不已泰乎！——《瀛奎律髓汇评》

(清)查慎行：余不曾持此论。——同上

(清)纪昀：此说似是而迂，文章各有体裁，即丧乱之余，亦无不论是何题目，首首皆新亭对泣之理。——同上

(清)许印芳：此论极当。——同上

(明)周敬：“皇”、“紫”假对，“星”、“露”二字实诗眼。通篇心灵、脉融、语秀，作廊庙古衣冠法物，令人对之魂肃神敛。不特《早朝》诸什此为首唱，即举唐七律取为压卷，何让？——《唐诗选脉会通评林》

(清)金人瑞：此不全依贾舍人样，前解通写早朝，后解专写两省也。若其争奇斗胜，又各有不同者，看他欲写千官入朝，却将一、二反先写千官未入朝时。夫千官未入朝时，则只须“鸡鸣”七字，便写“早”字无不已尽。而今又更别添“莺啭”七字者，意言如此风日韶丽，谁不诗情满抱？然而下朝以后各

供乃职，王事蹇蹇，竟成不暇，便早为结句“独有”字，“皆难”字反衬出异样妙色。此又为右丞之所未到也(前四句下)。〇五、六不惟星落露干，只就看见花柳，便是朝散解严之役也。此时合殿千官，无不纷纷并散，而独有凤池诸客，共以和曲为难。呜呼！因读书得作官，既作官仍读书，言和曲虽难，然此难岂复他官之所有哉(后四句下)！——《贯华堂选批唐才子诗》

(清)屈复：一，明写“早”字；二，暗写“朝”字，又点春时。三、四分写，五、六合写，七、八“和”、“独”、“皆”字又相呼应。〇题是“早朝”，“早”字最要紧，看其分合照应，花团锦簇，天衣无缝。诸早朝诗此首第一。——《唐诗成法》

早朝大明宫呈两省僚友 (唐)贾 至

银烛朝天紫陌长，禁城春色晓苍苍。千条弱柳垂青琐，百啭流莺绕建章。剑佩声随玉墀步，衣冠身染御炉香。共沐恩波凤池里，朝朝染翰侍君王。

(元)方回：用两“染”字，上字合改为“惹”。——《瀛奎律髓汇评》

(清)冯舒：“惹”字不佳。——同上

(清)陆贻典：“惹”字不如“染”字。——同上

(清)纪昀：今本上句皆作“惹”字，不知为虚谷改本矣。——同上

(明)谢榛：《金针诗格》云“内意欲尽其理，外意欲尽其象，内外涵蓄，方入诗格。若子美‘旌旗日暖龙蛇动，宫殿风微燕雀高’是也”，此固上乘之论，殆非盛唐之法。且如贾至、王维、岑参诸联，皆非内意，谓之不入诗格可乎？然格高气畅，自是盛唐家数。——《四溟诗话》

(清)李攀龙：顾华玉曰“此篇只是好结，音律雄浑”。中联参差，不及王、岑远甚。——《唐诗广选》

(清)周敬：气度冠冕，音调琳琅。起句高华，即唐人有数。结句浑雄壮雅，作寻常然语者，少窥其妙。中联亦佳，不必吹毛求疵。——《唐诗选脉会通评林》

(清)张揔：前《早朝》诸篇乃杨仲弘所称宫商迭奏，音韵铿锵、麟游灵沼、凤鸣朝阳者也。读者观其气格，咏叹反复，果能识某人擅场在某处，一一体

会,人之出口自然,雄高整丽,亦可以悟唱和之妙矣。——《唐风怀》

忆春日太液池亭候对 (唐)李 绅

宫莺报晓瑞烟开,三岛灵禽拂水回。桥转彩虹当绮殿,舰浮花鹢近蓬莱。草承香辇王孙长,桃艳仙颜阿母栽。簪笔此时方侍从,却思金马笑邹枚。

次韵子由五月一日同转对百官轮次奏事,言时政阙失称转对或轮对。

(北宋)苏 轼

跪奉新书笏在腰,谈王正欲伴耕樵。晋阳岂为一门事,宣政聊同五月朝。忧患半生联出处,归休上策早招要。后生可畏吾衰矣,刀笔从来错料尧。

(元)方回:兄弟一门,用温大雅事,唐高祖语,极切。尾句又似不平执政者之骤进,此乃东坡平生口病也。——《瀛奎律髓汇评》

(清)纪昀:此评最确。——同上

(清)冯班:次联拔体好语。第八宋句,但有味。——同上

(清)何焯:第三切子由"同"。第四用贞元中诏语,切"转对"并"五月一日"。——同上

(清)无名氏(甲):温大雅兄弟贵显,高祖谓之曰"吾起兵晋阳,只为卿一门耳"。《汉书》"赵尧为刀笔吏,周昌轻之,后竟代昌为御史大夫"。——同上

(清)无名氏(乙):起伏合节,夷犹赴韵。——同上

恭纪圣驾幸南海子遇雪大猎 (清)吴伟业

君王羽猎近长安，龙雀刀环七宝鞍。立马山川千骑拥，赐钱父老万人看。霜林白鹿开金弹，春酒黄羊进玉盘。不向回中逢大雪，无因知道外边寒。

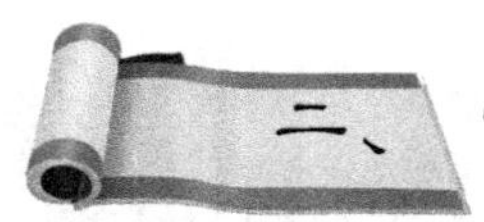

二、宗室(皇子 公主)

宴安乐公主宅 (唐)宋之问

英藩筑外馆，爱主出王宫。宾至星槎落，仙来月宇空。玳梁翻贺燕，金埒倚晴虹。箫奏秦台里，书开鲁壁中。短歌能驻日，艳舞欲娇风。闻有淹留处，山阿满桂丛。

奉和春日出苑瞩目应令 (唐)贾曾

铜龙晓辟问安回，金辂春游博望开。渭北晴光摇草树，终南佳气入楼台。招贤已得商山老，托乘还征邺下才。臣在东周独留滞，忻逢睿藻日边来。作者时为太子舍人。只"问安回"三字，便令他晴光草树、佳气楼台等字，俱带有皇帝万寿无疆气色。下半又写师、写友，此真三百篇中雅颂之音。

奉和初春幸太平公主南庄应制　（唐）李　邕

传闻银汉支机石，复见金舆出紫微。织女桥边乌鹊起，仙人楼上凤凰飞。流风入座飘歌扇，瀑水侵阶溅舞衣。今日还同犯牛斗，乘槎共逐海潮归。

永王东巡歌十一首　（唐）李　白

永王正月东出师，天子遥分龙虎旗。楼船一举风波静，江汉翻为雁鹜池。《汉书·严助传》："陛下以四海为境，九州为家，八薮为圃，江汉为池。"王筠诗"日照鸳鸯殿，萍分雁鹜池"，萧士赟曰："咏永王出师而表之以'天子遥分龙虎旗'，夫子作《春秋》书王之意也。百世而下，未有发明之者。"

三川北虏乱如麻，四海南奔似永嘉。天宝十四年，安禄山起兵北地，遂破两京，士君子多以家渡江东，与永嘉时事极相似。但用东山谢安石，为君谈笑净胡沙。

雷鼓嘈嘈喧武昌，云旗猎猎过寻阳。秋毫不犯三吴悦，春日遥看五色光。

龙盘虎踞帝王州，帝子金陵访故丘。春风试暖昭阳殿，明月还过鸠鹊楼。此指金陵之昭阳殿，鸠鹊楼也。

二帝时玄宗在蜀，肃宗即位灵武，故云。巡游俱未回，五陵谓高祖、太宗、高宗、中宗、睿宗之陵也。松柏使人哀。诸侯不救河南地，河南

指洛阳，时安禄山据洛阳。更喜贤王远道来。

丹阳北固是吴关，画出楼台云水间。千岩烽火连沧海，两岸旌旗绕碧山。

王出三山按五湖，楼船跨海次《左传》："凡师一宿为舍，再宿为信，过信为次。"陪都。战舰森森罗虎士，征帆一一引龙驹。

长风挂席势难回，海动山倾古月摧。君看帝子浮江日，何似龙骧出峡来。

祖龙秦始皇。浮海不成桥，汉武寻阳空射蛟。我王楼舰轻秦汉，却似文皇唐太宗也。指贞观十九年车驾渡辽事。见《太宗本纪》。欲渡辽。

帝宠贤王入楚关，扫清江汉始应还。初从云梦开朱邸，更取金陵作小山。用淮南王小山事。

试借君王玉马鞭，指挥戎虏坐琼筵。南风一扫胡尘静，西入长安到日边。

（宋）胡仔：蔡宽夫《诗话》云："太白之从永王璘，世颇疑之，《唐书》载其事甚略，亦不明辨其是否。独其自叙云'半夜水军来，浔阳满旌旃。空名适自误，迫胁上楼船。徒赐五百金，弃之若浮烟。辞官不受赏，翻谪夜郎天'。然太白岂从人为乱者哉？"盖其学本出从横，以气侠自任，当中原扰攘时，欲藉之以立奇功耳。故其《东巡歌》有"但用东山谢安石，为君谈笑静胡沙"之句，至其卒章乃云"南风一扫胡尘静，西入长安到日边"，亦可见其志矣。大抵才高意广，如孔北海之徒，固未必有成功；而知人料事，尤其所难。议者或责以璘之猖獗，而欲仰以立事，不能如孔巢父、萧颖士察于未萌，是矣；若其志，亦可哀矣。——《苕溪渔隐丛话》

故梁国公主池亭　(唐)王　建

平阳池馆枕秦川，门锁南山一朵烟。素柰花开西子面，绿榆枝散沈郎钱。装檐玳瑁随风落，傍岸鸡鹅逐暖眠。寂寞空余歌舞地，玉箫声绝凤归天。

(清)金人瑞：写故主池亭，不十分作荒凉败意之语，只轻轻下"门锁"二字，便已无意不尽。○"枕秦川"，妙！言欲看池馆，一路行来也。"南山一朵烟"，妙！言不意前看门锁，因而转身回看，反见南山也。"柰花"、"榆荚"微缀西子、沈郎，妙！言门前凄凉花木，色色皆为公主旧物也。一解四句中，全写池馆门前一人彷徨叹息(首四句下)。○"玳瑁"，水中介虫，故得与"鸡鹅"为对。此五、六正写七之"寂寞"二字也。"空余歌舞地"，言只有一片地在，其余箫已无，凤亦无，一切都无也(后四句下)。——《贯华堂选批唐才子诗》

题于家公主旧宅　(唐)刘禹锡

树满仙台叶满池，箫声一绝草虫悲。邻家犹学宫人髻，园客争偷御果枝。马埒蓬蒿藏狡兔，凤楼烟雨啸愁鸱。何郎独在无恩泽，不似当初傅粉时。

(清)金人瑞：前解悼公主，后解悲驸马。○看他从"叶满池"上追说仙台，从"草虫悲"上追说箫声，便自使人怅然心悲，并更不用多写荒凉败落也。三、四尤为最工，若不写得如此，便是平等人家断钗零钿，不复成公主悼亡诗也(前四句下)。○蓬蒿狡兔，烟雨愁鸱，此即"无恩泽"之三字也。七句"独"

字、“在”字，不许草草连读，盖在而独，固是悲公主，乃独而在，却是悲驸马。人只知“独”字之甚悲，即岂知“在”字文尤悲耶？设使驸马早知如此，固真不如先一旦试黄泉，借蝼蚁以陪公主于地下之为得算也（后四句下）。——《贯华堂选批唐才子诗》

公　子　　（唐）李商隐

外戚封侯自有恩，平明通籍《三辅黄图》：“通籍为记名于门，可以自由出入也。”九华门。金唐公主年应少，此为曲笔诡词，所以不用犹少，而故用疑问之词。二十君王未许婚。按《唐语林补遗》云：“万寿公主，宣宗之女，将嫁，命择婿。郑颢宰相子，状元及第，有声名，待婚卢氏。宰臣白敏中奏选尚，颢深衔之。”此诗即指此事。据《唐语林》云“白敏中奏曰：‘顷者，公主下嫁，责臣选婿，时郑颢赴婚楚州，行次郑州，臣堂帖追回……’”不许婚，指追回事。

唐崇徽公主手痕　　（北宋）欧阳修

故乡飞鸟尚啁啾，何况悲笳出塞愁。青冢埋魂知不返，翠崖遗迹为谁留？玉颜自古为身累，肉食何曾为国谋！行路至今空叹息，岩花野草自春秋。《唐会要》：“公主仆固怀安女，大历四年五月二十四日出嫁回鹘可汗。”崇徽公主手痕碑，在今山西灵石。

过巩鸿图都尉故居　　（清）龚鼎孳

彩云萧史旧门阑，绮榻香销蕙草残。冠玉人偏轻鼎镬，餐霞骨合返旃檀。封章洒血心犹在，花月联吟梦已寒。定是神仙饶慧福，乐昌鸾镜不禁看。《明史·公主传》云：“……甲申春，贼破宣、大，李邦华请太子南迁，为异议所格。及事急，帝密召永固及新乐侯刘文炳护行。叩头言：'新臣不藏甲，臣等难以空手搏贼。'皆相向涕泣。十九日，都城陷。时公主已薨，未葬，永固以黄绳缚子女五人系柩旁，曰：'此帝甥也，不可污贼手。'举剑自刎，阖室自焚死。"

三、后　宫

花发上林苑　(唐)王　表

御苑春何早，繁花已绣林。笑迎明主仗，香拂美人簪。地接楼台近，天垂雨露深。晴光来戏蝶，夕景动栖禽。欲托凌云势，先开捧日心。方知桃李树，从此别成阴。

华清宫三首　(唐)崔　橹

草遮回磴绝鸣銮，云树深深碧殿寒。明月自来还自去，更无人倚玉栏干。

(明)胡应麟："明月自来还自去，更无人倚玉栏干"、"解释春风无限恨，沉香亭北倚栏干"，崔橹、李白同咏玉环事，崔则意极精工，李则语由信笔，然不堪并论者，直是气象不同。——《诗薮》

(明)周敬等：离宫唯有月自来云，则荒寂可悲。通篇警策，两"自"字精切；末句感慨，令人怅然。——《唐诗选脉会通评林》

（清）陆次云：音节大雅。——《五朝诗善鸣集》

（清）黄生：后二语真如十四颗明珠，惜起句欠浏亮。——《唐诗摘钞》

（清）黄叔灿：就“明月”言之，犹太白“只今惟有西江月，曾照吴王宫里人”意。——《唐诗笺注》

（清）陆蓉：《华清宫》诗，共推义山、牧之二作。崔橹诗见于《唐音》、《品汇》、《渔隐丛话》和旧《长安志》共四首，皆工丽可诵。余尤爱，其“草遮回磴绝鸣銮……”殊凄婉欲绝也。——《问花楼诗话》

障掩金鸡蓄祸机，翠华西拂蜀云飞。珠帘一闭朝元阁，不见人归见燕归。

门横金锁悄无人，落日秋声渭水滨。红叶下山寒寂寂，湿云如梦雨如尘。

（宋）谢枋得：形容离宫荒废寂寞之状尽矣，可与杜子美《玉华宫》诗参看，此诗只四句，尤简而切。——《注解选唐诗》

七夕即事四首　（清）吴伟业

羽扇西王母，云軿薛夜来。针神天上落，槎客日边回。鹊渚星桥迥，羊车水殿开。只今汉武帝，新起集灵台。

今夜天孙锦，重将聘洛神。黄金装钿合，宝马立文茵。刻石昆明水，停梭结绮春。沉香亭畔语，不数戚夫人。

仙醖陈瓜果，天衣曝绮罗。高台吹玉笛，复道入银河。曼倩诙谐笑，延年婉转歌。江南新乐府，齐唱夜如何。

花萼高楼迥，岐三共辇游。淮南丹未熟，缑岭树先秋。诏罢骊山宴，恩深汉渚愁。伤心长枕被，无意候牵牛。张尔田《遁堪书题》云："帷薄之事，迹涉暧昧，无从证明。史多不书，乃其慎也。诗则不妨，或一事之偶闻，或一时之托兴，悱恻缠绵，而以微语出之，《杂事秘辛》未尝不可与正史同传。若欲取以证史，以若明若暗之词，易共闻共见之实，则谬矣。笺梅村诗者，当知此意。江阴夏闰枝语余，此诗咏孝庄下嫁事也。细味此诗，实无下嫁意。下嫁之事，乃因多尔衮纳肃王妃而传讹耳。余撰《清后妃传稿》已辨之，且其时乃顺治七年正月，非七夕事也。惟顺治十一年，静妃废，旋聘孝惠为妃。六月，册立为后。与诗'重将聘洛神'相合，所谓'只今汉武帝，新起集灵台'也。多尔衮未正位，安得以汉武为比。第四花萼四句，当有本事，今无可考。要之必非指孝庄也。程迓亭笺谓诗咏董鄂贵妃事，第四首淮南二句指贵妃先丧皇子也，然董鄂妃薨逝在顺治十七年八月，似与七夕无涉，仍当阙疑。又按孝庄无下嫁事，而宫中秘事，容或有之。亡友王静安曾见旧档案审讯多尔衮党羽，有一供词，涉及无礼太后事，惜未全记。此诗所咏，殆指是欤？'重将聘洛神'，谓纳肃王妃也。沉香二句，其新孔嘉之感。三首极写深宫望幸之意，而以夜如何作结，所谓诗人微词也。第四首则多尔衮薨逝，南内无人，牵牛谁候，正顶淮南两句也。如此解之，诗意且通。首句西王母一点，透出作诗本旨，正不必作下嫁解也。似亦可备一说。然禁深严，外间传闻，岂能尽实。尝见《北游录》载梅村谈论，按之事实，亦多有未碻者。终不如就诗论诗，泛作写怨，较无穿凿耳。"〇钱仲联《梦苕盦诗话》云："细绎诗旨，仍以程笺谓咏董妃事者为长。惟程以末章为帝子伤逝，且编年在顺治十七年，妃薨逝之岁，则非是。考此四章，皆顺治十三年秋妃入宫时作也。近人陈垣据汤若望《回忆录》，考之董妃原是世祖弟襄亲王妃，世祖与妃热恋，襄亲王于十三年七月初三日发愤而死，二十七日服满，故董妃以八月册立为贤妃。题为《七夕》，其时适相合，固不必册立之必在七夕也。末首花萼高楼四句，正指襄亲王。结句微词致讽。当日情事，汤若望既能知之，梅村当亦能有所闻也。"

赠崔杞驸马 （唐）王 建

凤凰楼用萧史、弄玉事。见刘向《列仙传》。阁连宫树，天子崔郎自爱贫。此贫乃清贫之贫，非落魄之贫也。金埒用王济事。济亦尚常山公主。切减添栽药地，玉鞭平与卖书人。家中弦管听常少，分外诗篇看着新。一月一回陪内宴，马蹄犹厌踏香尘。

（清）金人瑞：写游侠驸马易，写寒士清贫亦易，今却欲写驸马清贫，此当如何着笔耶？忽然隽管撩天，先与扳亲叙眷，言此楼阁连宫乃是天子与崔郎也者。然而金埒改为药栏，玉鞭贱酬书价，此则自是其天性使然，非他人所得而强也。如此便自上半脱出香粉气，下半又不入酸馅气矣（前四句下）。○"弦管"加"家中"、"诗篇"加"分外"，字字写绝驸马。若在他人，即弦管安得家中，诗篇如何分外耶？末又言一月三十日，假使二十九日读书，只有一日不得读书，彼当犹以为恨，然又必写此一日作陪内宴者，极表正是当今爱婿，非其他驸马之比，以见清贫之非落魄也（后四句下）。——《贯华堂选批唐才子诗》

赠翰林张四学士垍 （唐）杜 甫

翰林逼华盖，鲸功破沧溟。天上张公子，宫中汉客星。言张垍尚宁亲公主,禁中置宅地。赋诗拾翠殿,佐酒望云亭。紫诰仍兼绾,黄麻似六经。内颁金带赤,恩与荔枝青。无复随高凤,空余泣聚萤。此生任春草,垂老独漂洋。倘忆山阳会,悲歌在一听。

郑驸马宅宴洞中　(唐)杜　甫

主家阴洞细烟雾,留客夏簟青琅玕。春酒杯浓琥珀薄,冰浆碗碧玛瑙寒。误疑茅堂过江麓,已入风磴霾云端。自是秦楼压郑谷,时闻杂佩声珊珊。

赠郭驸马二首　(唐)李　端

青春都尉最风流,二十功成便拜侯。金距斗鸡过上苑,玉鞭骑马出长楸。薰香荀令偏怜少,傅粉何郎不解愁。日暮吹箫杨柳陌,路人遥指凤凰楼。

方塘似镜草芊芊,初月如钩未上弦。新开金埒看调马,旧赐铜山许铸钱。杨柳入楼吹玉笛,芙蓉出水妒花钿。今朝都尉如相顾,愿脱长裾学少年。《旧唐书·李虞仲传》:大历中,(端)与韩翃、钱起、卢纶等文咏唱和,驰名都下,号"大历十才子"。时郭尚父少子暧尚代宗女升平公主,贤明有才思,尤喜诗人,而端等十人多在暧之门下。每宴集赋诗,公主坐视帘中,诗之美者,赏百缣。暧因拜官,会十子曰,"诗先成者赏"。时端先献,警句云"薰香荀令偏怜少,傅粉何郎不解愁",立即以百缣受之。钱起曰:"李校书诚有才,此篇宿构也。愿赋一韵证之,请以起姓为韵。"端即襞笺而献曰:"方塘似镜草芊芊……"暧曰:"此愈工也。"起等始服。

(明)许学夷:句法音调,亦入晚唐。——《诗源辩体》

(清)赵臣瑗：此等诗不难于有声有色，而难于有韵致，存此以为落笔板重者之顶门一针。——《山满楼笺注唐诗七言律》

少 年 (唐)李商隐

外戚平羌第一功，生平二十有重封。重封谓加二个封号。语出《汉书·樊哙传》。直登宣室螭螭无角的龙。头上，《雍录》："螭头，盖玉阶扶栏上压顶横石，刻有螭头之状也。"螭头上，谓上到玉阶的最高处。横过甘泉豹尾中。谓穿过法驾卤薄中间行走。别馆觉来云雨梦，《晋书·王导传》："乃密营别馆，以处众妾。"后门归去蕙兰丛。蕙兰丛，犹言在姬妾丛中。灞陵夜猎随田窦，"灞陵"用飞将军李广遇灞陵亭尉故事。田窦，指汉武安侯田蚡，魏其侯窦婴，皆以外戚封侯。不识寒郊自转蓬。曹植《杂诗》："转蓬离本根，飘飖随长风。"古人常以蓬转萍漂来比寒士的漂泊。叶葱奇《疏注》云："首二句说他凭借外戚身世，年少便极荣宠，三四二句说他恣肆到了极点，'直'字、'横'字下得非常犀利。五、六二句说其往来外室，家宅之间，一味纵情淫乐。七句说与他游乐交往之人都是贵戚势家。以上总写纨袴子弟的骄侈淫逸。八句乃掉笔落到漂泊无依的寒士身上，这句实在是全诗的主题。"这是一篇和一般唐人咏贵公子咏少年的篇什迥然不同的地方，涵义比一般更深入一层。"不识"二字两相绾合，极冷隽可味。

王驸马园林 (清)吴宗爱(女)

画戟凄凉对落晖，园林有愿竟心违。残花带雨依荒砌，老柏参天守故扉。凤去秦楼池苑在，鹤鸣华表市期非。春来剩有堂前燕，犹向妆楼故址飞。

五、宫　词

西宫春怨　(唐)王昌龄

西宫夜静百花香，欲卷珠帘春恨长。斜抱云和云和，山名。此指琴瑟。《周礼·春官·大司乐》："云和之琴瑟。"后世本此径以云和为琴瑟之代称。深见月，朦胧树色隐昭阳。昭阳，汉宫殿名。《汉书·外戚传》：汉成帝立赵飞燕为皇后。"皇后既立，后宠少衰，而弟（飞燕女弟合德）绝幸，为昭仪，居昭阳舍。"

(明)胡应麟：太白《长门怨》"天回北斗挂西楼，金屋无人萤火流。月光欲到长门殿，别作深宫一段愁"，江宁《西宫曲》"西宫夜静百花香，欲卷珠帘春恨长……"李则意尽语中，王则意在言外。然二诗各有至处，不可执言一端，大概李写景入神，王言情造极。王宫词乐府，李不能为；李览胜纪行，王不能作。——《诗薮》

(明)钟惺：妙在不说着自家。——《唐诗归》

(明)谭元春："斜抱云和"，以态则至媚，以情则至苦。予犹谓"朦胧树色"句反浅一着耳。——《唐诗归》

(清)黄叔灿："西宫"冷落，逐层递写。"夜静"、"花香"，"珠帘"、"欲卷"，乃由"春恨"。"欲卷"还停，因而"斜抱云和"，将以自遣；而帘中见月，"朦胧树色"将映"昭阳"，暄凉异致，又有不忍见萦绕。"夜静""恨长"不情不绪，更极怨意之曲，总为"春恨长"三字烘染。——《唐诗笺注》

(清)胡棠、胡煊：不言怨而怨自深，诗可以怨，其在斯乎？——《唐贤三昧集笺注》

西宫秋怨　　（唐）王昌龄

芙蓉不及美人妆，水殿宫殿之临水者。风来珠翠香。谁分此读份，去声。意料。《汉书·苏武传》："自分已死久矣。"自分，自料也。含啼掩秋扇，空悬明月待君王。

（明）杨慎：王昌龄《长信秋词》"芙蓉不及美人妆……"司马相如《长门赋》"悬明月以自照兮，徂清夜于洞房"。此用其意，如李光弼将子仪之师，精神十倍矣。作诗者其可不熟《文选》乎？——《升庵诗话》

（清）黄叔灿：芙蓉寂寞，团扇凄凉，偏借美人珠翠伴说相形，亦以自况。含情相待，明月空悬，用《长门赋》"悬明月以自照，徂清夜于洞房"语。"水殿风来珠翠香"，承明上"不及"意，艳极。下接"却恨含情"二句，怨意刻露；"却恨"一作"谁分"，犹怨而不怒。——《唐诗笺注》

（清）刘豹君：美人之倩丽，正如明月当愁，清光正好，而君王不至，几同"明月"之"空悬"。然犹有待者，望幸之心，不能忘情于君王也。——《唐诗合选详解》

长信秋词　　（唐）王昌龄

奉帚平明黎明。秋殿开，且将团扇共徘徊。玉颜不及寒鸦色，犹带昭阳汉宫殿名。日影来。

（宋）魏庆之：诗有句含蓄者，老杜曰"勋业频看镜，行藏独倚楼"……有意含蓄者，如宫词曰"银烛秋光冷画屏，轻罗小扇扑流萤。天街夜色凉如水，卧看牵牛织女星"。……有句意俱含蓄者，如……宫怨"奉帚平明金殿开……"是也。——《诗人玉屑》

（明）钟惺：团扇用"且将"字，"暂"字，皆从"秋"字生来。——《唐诗归》

又曰：此二句（指"玉颜"二句）与"帘外春寒"、"朦胧树色"同一法，皆不

说向自家身上。然"帘外春寒"句气象宽缓,此句与"朦胧树色"情事幽细。"寒鸦"、"日影",尤觉悲怨之丟。——同上

(清)沈德潜:昭阳宫,赵昭仪所居,宫在东方,寒鸦带东方日影而来,见己之不如鸦也。优柔婉丽,含蕴无穷,使人一唱而三叹。——《唐诗别裁集》

(清)胡棠、吴煊:二句(指"奉帚"二句)绝世传神,不语而神伤。——《唐贤三昧集笺注》

(清)施补华:"玉颜不及寒鸦色,犹带昭阳日影来。"怨而不怒,诗人忠厚之旨也。——《岘佣说诗》

又曰:"玉颜不及寒鸦色,犹带昭阳日影来。"羡寒鸦羡得妙……可悟含蓄之法。——同上

春宫曲　(唐)王昌龄

昨夜风开露井无井盖之井,称露井。桃,未央前殿月轮高。平阳歌舞新承宠,汉武帝即位。数年无子。平阳公主求良家十余人,教以歌舞。帝幸公主家,悦讴者卫子夫。事见《汉书·外戚传》。此泛指后宫之新承宠者。帘外春寒赐锦袍。

(明)杨慎:此咏赵飞燕事,亦开元末纳玉环事,借汉为喻。——《升庵诗话》

(清)王夫之:艳诗有述欢好者,有述怨情者,《三百篇》亦所不废;顾皆流览而达其定情,非沉迷不返,以身为妖冶之媒也。嗣是作者,如"荷叶罗裙一色裁"、"昨夜风开露井桃",皆艳极而有所止。……"西宫夜静百花香",婉娈中自矜风轨。——《姜斋诗话》

怨　情　(唐)李　白

美人卷珠帘,深坐颦蛾眉。但见泪痕湿,不知心恨谁?

（明）胡震亨："心中念故人，泪堕不知止"，此陈思王《怨诗》语也。明说出"故人"来，觉古人犹有未工。——《李杜诗通》

（清）钟惺：二语有不敢前问之意，温存之极（末二句下）。——《唐诗归》

（清）吴瑞荣："不可明白说尽"六字，乃作诗秘钥，凡诗皆宜尔，不独五言短古为然。——《唐诗笺要》

宫中行乐词八首　（唐）李　白

小小生金屋，盈盈在紫微。山花插宝髻，石竹绣罗衣。每出深宫里，常随步辇归。只愁歌舞散，化作彩云飞。

（清）纪昀：丽语难于超妙，太白故是仙才。〇结用巫山事无迹。——《瀛奎律髓汇评》

柳色黄金嫩，梨花白雪香。玉楼巢翡翠，金殿锁鸳鸯。选妓随雕辇，征歌出洞房。宫中谁第一，飞燕在昭阳。

（清）纪昀：此首纯用浓笔，而气韵天然，无繁缛冗排之迹。——《瀛奎律髓汇评》

卢橘为秦树，蒲桃出汉宫。烟花宜落日，丝管醉春风。笛奏龙吟水，箫鸣凤下空。君王多乐事，还与万方同。唐仲言曰：此章句法以"蒲"、"橘"发端，而以"烟花"承之开而合也。以"丝管"起下，而以"箫"、"笛"分对，合而开也。说者以起伏开合独推工部，岂其然乎？

玉树春归日，金宫乐事多。后庭朝未入，轻辇夜相过。笑出花间语，娇来竹下歌。莫教明月去，留着醉嫦娥。

(清)纪昀：此首除“玉树”、“金宫”外纯是淡写，而浓艳鲜秀之气溢于句外，直是神思不同。——《瀛奎律髓汇评》

绣户香风暖，纱窗曙色新。宫花争笑日，池草暗生春。绿树闻歌鸟，青楼见舞人。昭阳桃李月，罗绮自相亲。

今日明光里，还须结伴游。春风开紫殿，天乐下朱楼。艳舞全知巧，娇歌半欲羞。更怜花月夜，宫女笑藏钩。

寒雪梅中尽，春风柳上归。宫莺娇欲醉，檐燕语还飞。迟日明歌席，新花艳舞衣。晚来移彩仗，行乐泥光辉。

(清)纪昀：此首亦清而艳。——《瀛奎律髓汇评》
(清)许印芳：“泥”去声。——同上

水绿南薰殿，花红北阙楼。莺歌闻太液，凤吹绕瀛洲。素女鸣珠佩，天人弄彩球。今朝风日好，宜入未央游。

(元)方回：今按《太白集》有《清平调》词三首，《宫中行乐词》八首，皆应诏之作。杜子美所谓"天子呼来不上船,自称臣是酒中仙",又曰"龙舟移棹晚,兽锦夺袍新",皆指此也。高力士怀脱靴之耻,以"飞燕在昭阳"之句摘语杨妃,终不得官,亦坐此也。太白之卒年六十二,在代宗初年。其召也在天宝初年,必长于子美。味子美"怜君如弟兄"句,则亦忘年交也。子美天宝十三载方进三赋召试,则太白去国久矣。两贤一时俱不遇,而诗名俱千古不朽。彼暂遇而速朽者,又何足多云!——《瀛奎律髓汇评》

(清)冯舒:天然富贵。——同上

(清)冯班:亦似晚唐。——同上

(清)何焯:未央,正皇后所居,归之于正,且并讽之视朝于前殿也。却仍以"游"字结,不脱行乐,得主文谲谏之妙。——同上

(清)纪昀:此首亦艳而清。○五首秾丽之中别余神韵,觉后来宫词诸作,无非翦采为花。——同上

(清)无名氏(甲):凡秾丽之词,最易生厌,惟太白本宗宣城,有清新俊逸之气。故虽华艳,不害天然。几此者难矣。——同上

(清)许印芳:"吹"去声。——同上

昭阳曲 (唐)刘长卿

昨夜承恩宿未央,罗衣犹带御炉香。芙蓉帐小云屏暗,杨柳风多水殿凉。

(明)高棅:"昨夜"、"犹带",见暂违宠侍,遂生冷落感。援古喻今,探索隐情入骨,复含蓄不露。——《唐诗正声》

(清)朱之荆:三、四说承恩甚难,光景俱在言外。——《增订唐诗摘钞》

(清)黄叔灿:此因昨夜而感今夕,见欢会不长,景色顿异,而君恩难恃,怙宠莫骄,言外有婉讽意。——《唐诗笺注》

宫　词　(唐)顾　况

玉楼天半起笙歌，风送宫嫔笑语和。月殿影开闻夜漏，水晶帘卷近秋河。

(明)周敬等：吴山民曰："前二句可欣可羡，后两句但写景而情具妙备。"○徐用吾曰："只用一'秋'字，便含多少言外意。"——《唐诗选脉会通评林》

(清)吴瑞荣：宫词多作怨望，此独不然，当是逋翁特地出脱处。——《唐诗笺要》

(清)乔亿：此亦追忆华清旧事。——《大历诗略》

古行宫　(唐)王　建

寥落古行宫，宫花寂寞红。白头宫女在，闲坐说玄宗。

(明)胡应麟：王建"寥落古行宫……"语意妙绝，合建《宫词》五首不易此二十字也。——《诗薮》

(明)周珽：魏庆之曰"语少意足，有无穷之妙"，吴山民曰"冷语令人惕然深省处"，顾璘曰"说字含蓄，更易一字不得"，唐汝询曰"老宫人常态，入诗绝佳"，又曰"若说他人，便没兴"。——《删补唐诗选脉笺释会通评林》

(清)黄周星：此宫女得与外人闲说旧事，胜于上阳白发人多矣。——《唐诗快》

(清)沈德潜："说玄宗"不说玄宗长短，佳绝。只四语，已抵一篇《长恨歌》矣。——《唐诗别裁集》

(清)徐增：玄宗旧事出于白发宫人之口，白发宫人又坐宫花乱红之中，行宫真不堪回关。——《而庵说唐诗》

宫词百首 (唐)王 建

蓬莱正殿程大昌《雍录》:“龙朔二年,高宗染风痹,恶太极宫卑下,故就修大明宫,改名蓬莱宫,取殿后蓬莱池为名也。”压金鳌,红日初生碧海涛。开着五门《唐六典》:“大明宫在楚苑之东南,西接宫墙之东北隅。南面五门为正南曰丹凤门,东曰望仙门,次曰延政门,西曰建福门,次曰兴安门。”遥北望,柘黄用柘木汁染成的赤黄色,为帝王的服色。新帕御床高。

殿前传点各依班,召对西来六诏蛮。唐代南诏又称六诏,乌蛮别种也。夷语王为诏。其先渠帅有六自号六诏。见《新唐书·南蛮传》及《唐会要》。上得青花龙尾道,《两京新记》:含元殿左右有砌道盘上,谓之“龙尾道”。侧身偷觑读去,去声。正南山。终南山也。

笼烟指殿上薰炉的香烟。紫气日曈曈,宣政宣政殿在大明宫含元殿后。门当玉殿风。五刻阁前卿相出,古代以刻漏计时,一昼夜分为一百刻。五刻相当于五更五点,正上朝之时。下帘声在半天中。黄周星《唐诗快》云:此何等气象耶!

白玉窗中起草臣,樱桃初赤赐尝新。唐代宫廷旧制。殿头传语金阶远,因进词来谢圣人。唐人称天子为圣人。见《旧唐书》。

内人崔令钦《教坊记》:“伎女入宜春院,谓之内人,亦曰前头人,常在上前头也。”对御叠花笺,绣坐移来玉案边。红蜡烛前呈草本,平明舁读鱼,平声。抬也。出阁门宣。

千牛仗《新唐书·仪卫志》:“又有千牛仗,以千牛备身,备身左右为之。千牛备身冠进德冠,服袴褶,备身左右服如三卫,皆执佩刀,弓箭,升殿列御座左右。"下放朝初,玉案傍边立起居。起居郎,起居舍人。每日进来金凤纸,殿头无事不教书。

延英延英殿名在大明宫ㄋ。引对碧衣郎,唐官员,八品、九品服碧衣。红砚欧公《砚谱》以青州红丝石为第一,此砚多滑不受墨,若受墨,妙不可加。宣毫各别床。放置笔砚的架子。天子下帘亲考试,宫人手里过茶汤。指敕赐茶汤。

(近代)俞陛云:诗纪唐代试士之典,金銮载笔,玉座垂衣,极一时之盛。当日分曹角艺,人各一床,至尊亲手抡才,敕赐茶汤,由宫人捧递,想见恩遇之隆。殿廷考试,沿及千年,瞻顾玉堂,今如天上矣。——《诗境浅说》

未明开着九重关,金画黄龙五色幡。直到银台唐大明宫有左、右银台门,此指右银台门,在麟德殿前。排仗合,圣人三殿指麟德殿。钱易《南部新书》:麟德殿三面,亦谓之三殿。册指册立,册封。西番。

少年天子重边功,亲到凌烟画阁唐太宗贞观十七年所建图画功臣像的地方。中。教觅勋臣写图本,长生殿里作屏风。唐代帝后寝殿皆可称长生殿。《资治通鉴》:"太后寝疾,居长生院。"(则天后长安四年)胡三省注云:"长生院即长生殿。明年五王诛二张,进至太后所寝长生殿,同此处也。"盖唐寝殿皆谓之长生殿。此武后寝疾之长生殿,洛阳宫寝殿也。肃宗大渐,越王系授甲长生殿,长安大明宫之寝殿也。白居易《长恨歌》"七月七日长生殿,夜半无人私语时",华清宫之长生殿也。

丹凤楼门大明宫南正中门曰丹凤门,有门楼。把火开,五云金辂读路,车名。天子之车有金辂,玉辂之称。下天来。阶前走马人宣慰,天子南郊一宿回。南郊祭天也。

楼前立仗看宣赦，万岁声长再拜齐。日照彩盘高百尺，飞仙争上取金鸡。封演《封氏闻见记》：国有大赦，则命卫尉树金鸡于阙下。

集贤殿里图书满，点勘即校勘，校正文字。一部书点勘完毕，盖上御印。勘，读去声。头边御印同。真迹进来依数位，别收锁在玉函中。玉函，收藏书籍的匣子。

秘殿清斋刻漏长，紫微宫女紫微，星居天子之位。夜焚香。拜陵祭祀祖先陵庙。日到公卿发，卤簿舆驾行幸，羽仪导从，谓之卤簿。分头出太常。太常寺，机构称，管礼乐。

新调白马怕鞭声，供奉在皇帝左右供职之人，官名往往带供奉字样，如侍御史内供奉、翰林供奉等。骑来绕殿行。为报诸王侵早即清早也，凌晨之谓。贾岛《新居》："近得云中路，门常侵早开。"起，隔门催进打毬此指打马毬。此戏源于波斯，约于唐初传入中国。名。

对御难争第一筹，打马毬时，先将毬击过毬门者得第一筹。殿前不打背身毬。内人唱好吴曾《能改斋漫录》云："杨巨源《观打毬》诗云：'入门百拜瞻雄势，动地三军唱好声。'乃悟王建《宫词》。"龟兹急，指龟兹乐曲。打毬时奏龟兹乐曲。天子鞘回过玉楼。

新衫一样殿头黄，像殿顶琉璃瓦一样的颜色。银带排方獭尾长。指腰带的装饰。獭尾即挞尾。总把金鞭骑御马，绿鬃红额麝烟香。

罗衫叶叶绣重重，金凤银鹅各一丛。每遍舞头领舞之人。分两向，太平万岁字当中。按唐《乐府杂录》云："舞有健舞、软舞、字舞、花舞。"字舞者以舞人亚身于地，布成字也。故（王）建诗有太平万岁字之句。

鱼藻宫中锁翠娥，鱼藻，宫名。在大明宫北。先皇行处不曾过。如今池底指鱼藻池，宫以池名。休铺锦，菱角鸡头鸡头，即芡。扬雄《方言》："蔆茨，鸡头也。北燕谓之蔆，青、徐、淮、泗之间谓之芡，南楚江湘之间谓之鸡头"。或谓之雁头、乌头。积渐多。

（明）周珽：望幸而不得其宠，故深致不必妆饰之辞，即"庭绝玉辇迹，芳草渐成窠。隐隐闻萧鼓，君恩何处多"之意，似感非感，似怨非怨，妙！妙！——《唐诗选脉会通评林》

殿前明日中和节，唐德宗诏："二月初一为中和节。"其时百官进农书，司农献种稑之种。王公戚里上春服。士庶以刀尺相问遗，村社作中和酒等。连夜琼林散舞衣。琼林为唐代皇家库房。传报所司分蜡烛，监开金锁放人归。允许官人与家人团聚。

五更三点索金车，尽放宫人出看花。仗下一时催立马，殿头先报内园家。内园为皇宫内的园圃。专种瓜果蔬菜以供宫中食用之人称"内园家"。

城东北面望云楼，唐太极殿有望云亭。杜甫《赠翰林张四学士垍》诗："赋诗拾翠殿，佐酒望云亭。"半下珠帘半上钩。骑马行人长远过，恐防天子在楼头。

射生宫女指宫女充当的射生手。宿红妆，请得新弓各自张。

临上马时齐赐酒，男儿跪拜谓宫女似男人跪拜。谢君王。

（宋）罗大经：朱文公云“古者男子拜，两膝齐屈，如今之道拜”。杜子春注《周礼》“奇拜，以为先屈一膝，如今之雅拜，即今拜也”。古者妇女以肃拜为正，谓两膝齐跪，手至地，而头不下也。拜手亦然。南北朝有乐府诗说妇人曰：“伸腰有拜跪，问客今安否？”伸腰亦是头不下也。周宣帝令命妇相见皆跪，如男子之仪。不知妇人膝不跪地，而变为今之拜者，起于何时？程泰之以为始于武后，不知是否。余观王建《宫词》云“射生宫女……”则唐时妇女拜不跪，可证矣。——《鹤林玉露》

新秋白兔大于拳，红耳霜毛趁草眠。天子不教人射杀，玉鞭遮到阻止也。马蹄前。

内人笼脱解红绦，戴胜争飞出手高。戴胜，鸟名。头顶有竖起之五色羽，如方胜，故名。直上碧云还却下，一双金爪菊花毛。

竞渡刘悚《隋唐嘉话》：“俗五月五日为竞渡戏。自襄州已南，所向相传云：‘屈原初沉江之时，其乡人乘舟求之，意急而争前，后因为此戏。’”唐代宫廷亦有竞渡游戏，则不必在五月五日。见计有功《唐诗纪事》。船头掉彩旗，两边溅水湿罗衣。池东争向池西岸，先到先书上字归。

灯前飞入玉阶虫，未卧常闻半夜钟。看到中元斋到日，七月十五日为中元节。韩鄂《岁华纪丽》：“以其日作玄都，大献于玉京山……道士于其日讲老子经，十方大圣高咏灵篇。”自盘金线绣真容。真容指老子像。

红灯睡里唤春云，春云，当是宫女之名。云上三更直宿分。金砌雨来行步滑，两人抬起隐花裙。隐花裙为当时很名贵的裙子。《资治通鉴》：“唐（中宗景龙二年）安乐（公主）有织成裙，直钱一亿，花卉鸟兽，皆如粟粒，正视旁视，日中影中，各为一色。”当是此一类货色。

一时起立吹箫管，得宠人来满殿迎。整顿衣裳皆着节，舞头当拍第三声。

琵琶先抹六么头，唐曲名，亦即《绿腰》也。白居易《杨柳枝》：“六么水调家家唱，白雪梅花处处吹。”小管丁咛侧调沈括《梦溪笔谈》：“古乐有三调声，谓清调、平调、侧调也。”愁。半夜美人双唱起，一声声出凤凰楼。

春池日暖少风波，花里牵船水上歌。遥索剑南新样锦，成都产锦。东宫先钓得鱼多。

十三初学擘箜篌，即竖箜篌，竖抱于怀，用两手齐奏，俗谓之擘箜篌。弟子名中被点留。昨日教坊教坊为唐代音乐机构。新进入，并房宫女与梳头。唐宫中在流行的发式。韩偓《忍笑》诗：“宫样梳头浅画眉，晚来妆饰更相宜。”

红蛮捍拨帖胸前，红色的出产于南方的护拨装饰物。元稹《琵琶歌》：“泪垂捍拨朱弦湿，冰泉呜咽流莺涩。”移坐当头近御筵。用力独弹金殿响，凤凰飞下四条弦。此指琵琶曲《火凤》。

春风吹雨洒旗竿，得出深宫不怕寒。夸道自家能走马，园中横过觅人看。

粟金腰带象牙锥，散插红翎红色的箭羽。玉突指箭矢。枝。旋猎一边还引马，归来花鸭绕鞍垂。

云驳毛色青白相杂的马。花骢青白毛色的马。各试行，一般毛色一般缨。殿前来往重骑过，唐宫廷中新马进入，先由中官试骑。韩偓《苑中》诗："外使进鹰初得按，中官过马不教嘶。"自注云："上每乘马，必阉官驭以进，谓之过马。"欲得君王别赐名。

每夜停灯停灯，即点灯。朱庆余诗："洞房昨夜停红烛，待晓堂前拜舅姑。"停红烛，即点燃红烛也。熨御衣，银熏炉底火霏霏。遥听帐里君王觉，上直即今上班。钟声始得归。

因吃樱桃病放归，三年着破旧罗衣。内中人识从来去，结得头花头上戴的花饰。上贵妃。

欲迎天子看花去，下得金阶却悔行。恐见失恩人旧院，回来冲着五弦声。《新唐书·礼乐志》："五弦如琵琶而小，北国所出，旧以木拨弹，乐工裴神符初以手弹，太宗悦甚，后人习为搊琵琶。"此言回来时听到失宠的人用五弦弹奏的幽怨曲子，而引发自己对命运的担忧。

往来旧院不堪修，教近宣徽宣徽，殿名。在大明宫东。别起楼。闻有美人新进入，六宫未见一时一时，一齐也。愁。

（宋）刘克庄：近人长短句多脱换前人诗，《七夕》词云"儆豪今夜为情忙，那得功夫送巧"，然罗隐已云"时人不用穿针待，没得心情送巧来"。《送别》词云"不如饮待奴先醉，图得不知郎去时"，然刘驾已云"我愿醉如泥，不见郎去时"。《宫词》云"一夜御前宣住，六宫多少人愁"，然王建诗云"闻有美人新进入，六宫未见一时愁"。——《后村诗话》

（清）黄周星："闻有美人新进入，六宫未见一时愁。"不得不愁也。——《唐诗快》

自夸歌舞胜诸人，恨未承恩出内频。连夜宫中修别院，地衣地毯。帘额一时新。

闷来无处可思量，旋下金阶旋忆妆。收得山丹植物名。李时珍《本草纲目》："山丹根似百合，小而瓣少，茎亦短小，其叶狭长而尖，颇似柳叶，与百合迥别。四月开红花，六瓣，下四垂，亦结小子。"红蕊粉，镜前洗却麝香黄。此指用麝香点的額黄。

蜂须蝉鬓薄松松，蜂须指美人的眉毛，细长弯曲似蜂须，蝉鬓指发式。浮动搔头似有风。一度出时抛一遍，金条零落满函中。金条谓金条脱，又名金跳脱。系手镯、手钏之类的臂饰。

合暗报来门锁了，合暗即和暗，在夜暗之中。夜深应别唤笙歌。房房下着珠帘睡，月过金阶白露多。

御厨不食索时新，每见花开即苦春。白日卧多娇似病，隔帘教唤女医人。

(宋)胡仔：花蕊夫人《宫词》云"厨船进食簇时新，侍宴无非列近臣。日午殿头宣索鲙，隔花催唤打鱼人"，二词纪事则异，造语颇同，第花蕊之词工，王建为不及也。——《苕溪渔隐丛话》

(清)黄周星：宛转娇怯，如见其态，亦如闻其声。——《唐诗快》

(清)贺贻孙：余谓花蕊盗王建语，然不及王建远甚，惟"隔花唤"三字，颇能领全首生动耳。王建"御厨不食索时新"七字，写女子性情娇痴厌饫之状如见。若云"进食簇时新"则直而无味矣。下二句情景事三者俱媚，"白日卧多"便为"苦春"二字传神，"隔帘唤医"撒痴极妙，非果病也。女子性情，绝非女子能道，每被文人信手描出，渔隐何足以知此哉！——《诗筏》

丛丛洗手绕金盆，旋拭红巾入殿门。众里遥抛新橘子，在前收得便承恩。皇帝向宫女人群中抛掷橘子，抢得者便承欢爱。皇帝有逢场作戏的性质，故此事不见于唐人记载。

御池水色春来好，处处分流白玉渠。密奏君王知入月，《史记》："程姬有所避，不愿进。"注："天子诸侯群妾，以次进御，有月事止不御，更不口说，以丹注面目，的的为识，令女史见之。"唤人相伴洗裙裾。

移来女乐部头边，新赐花檀木五弦。用花檀木做槽的五弦琵琶。缏读篇，平声。《说文解字》："谓以枲二股交辫之也。交丝为辫，交枲为缏。"得红罗手帕子，中心更画一双蝉。

新晴草色绿温暾，陶宗仪《南村辍耕录》："南人方言曰温暾者，乃微暖也。"白居易诗："池水暖温暾。"岸雪初消浐水浑。浐水原出蓝田西南秦岭山中北流至长安，东入灞水。今日踏青归较晚，传声留着望春门。望春宫的宫门。崔日用《望春宫迎春应制》："东郊草物正薰馨，素浐凫鹭戏绿汀。凤阁斜通长乐观，龙旗直逼望春亭。"

两楼新换珠帘额，中尉明朝设内家。崔令钦《教坊记》："妓女入宜春院谓之内人，其家犹在教坊，谓之内人家。"一样金盘五千面，红酥点出牡丹花。言点心上有红酥做成的牡丹花。

舞送香毬出内家，记巡传把一枝花。《抛毬乐》为酒席间的一种歌舞曲。白居易《醉后赠人》诗："香毬趁拍回环匣，花盏抛巡取次飞。"散时各自烧红烛，相逐行归不上车。

家常爱着旧衣裳，空插红梳不作妆。忽地下阶裙带解，权德舆《玉台体十二首之十一》："昨夜裙带解，今朝蟢子飞。铅华不可弃，莫是稿砧归。"非时岂是君王有非时之召见耶。应得见君王。

(清)黄周星："忽地下阶裙带解，非时应得见君王。"自宽自解，亦是无可奈何。——《唐诗快》

(近代)俞陛云：诗言旧衣爱着，不作新装，见宫人之俭约也。后二句言罗裙自解，忽逢吉兆，岂君王有非时之召见矣？裙带解，为相传古语，主喜庆之兆，不独玉台体之"莫是稿砧归"卜夫婿还乡也。王建《宫词》凡数十首，皆纪唐宫之事，可作《掖庭记》观。仅录此二诗者，一纪临轩盛典，一纪相承谚语，在宫中琐事之外，诗句亦清新有致。——《诗境浅说续编》

别敕另有诏令。教歌不出房，一声一遍王国维《宋大曲考》："遍者，变也。"奏君王。再三博士留残拍，索向宣徽作彻章。彻章是乐曲的终了部分。博士所以留残拍，为了宣徽留作最后一部分。宣徽，殿名。

行中第一争先舞，博士傍边亦被欺。被骗。忽觉管弦偷破拍，不合节奏乱了节拍。急翻罗袖不教知。

私缝黄帔黄色披肩。舍钗梳，欲得金仙观内居。王溥《唐会要》："金仙观，辅兴坊。"景云元年十二月十七日，睿宗为第八女西宁公主入道立观，至二年四月十四日为公主改封金仙，并作为观名。近被君王知识字，收来案上检文书。

(清)贺贻孙：(钟)伯敬云："王建《宫词》非宫怨也。惟'树头树底觅残红，一片西飞一片东。自是桃花贪结子，错教人恨五更风'一首，颇有怨意。"余谓怨之深者必浑，无论宫词宫怨，俱以深浑为妙，且宫词亦何妨带怨。如王建云"私缝……"此非《宫词》中宫怨乎？然急读不觉其怨，惟咏讽数过，方从言外得之。此真深于怨者，不独"树头树底"一首也。——《诗筏》

日冷天晴近腊时，玉阶金瓦雪澌澌。浴堂门外抄名入，公主家人谢面脂。杜甫《腊日》："口脂面药随恩泽，翠管银罂下九霄。"观此当是现代之雪花膏口红之类。

未承恩泽一家《教坊记》："谓宜春院伎女'其得幸者谓之十家，给第宅，赐无异等。'"愁，乍到宫中忆外头。求守管弦声款逐，侧商调里唱伊州。伊州为唐曲调名。沈括《梦溪笔谈》："古乐有三调声，谓清调、平调、侧调也。"

东风泼火雨新休，古代习俗，寒食日禁火。其时下雨，叫泼火雨。白居易《洛桥寒食日作十韵》："上苑风烟好，中桥道路平。蹴毬尘不起，泼火雨初晴。"舁尽春泥扫雪沟。走马犊车牛车。当御路，汉阳公主进鸡毬。鸡毬，食物名。白居易《会昌元年春五绝句·赠举之仆射》："鸡毬饧粥屡开筵，谈笔讴吟间管弦。一月三回寒食会，春光应不负今年。"

风帘水阁压芙蓉，四面钩栏在水中。避热不归金殿宿，秋河织女夜灯红。钩栏，即栏杆。"织女"此指避热于水边之宫女。

（明）杨慎：殷国《沙洲记》"吐谷浑于河上作桥，谓之河厉，长一百五十步，勾栏甚严饰"。勾栏之名始于此。王建《宫词》"风帘水阁……"宋世以来，名教坊曰勾栏。——《升庵集》

（清）袁枚：今人动称勾栏为教坊，《甘泽谣》辩云："汉有顾成庙，设勾栏以扶老人，非教坊也。"教坊之称，始于明皇，因女伎不可隶太常，故别立教坊。王建《宫词》、李长吉《馆娃歌》俱用勾栏为宫禁华饰，自义山《倡家》诗有"帘轻幕重金勾栏"之词，而"勾栏"遂混入妓家。——《随园诗话》

圣人生日明朝是，私地教人属通嘱。内监。自写金花金花纸。红榜子，欧阳修《归田录》："唐人奏事，非表非状者，谓之榜子，亦谓录子，今谓之札子。"前头先进凤凰衫。

避脱昭仪不掷卢，昭仪为宫中女官名。"掷卢"为古代一种博戏。井边含水喷鸭雏。内中数日无呼唤，搨得滕王蛱蝶图。唐高祖子元婴封滕王善画，元婴之子李湛然，亦善画，此当指滕王李湛然。

（宋）欧阳修：王建《宫词》一百首，多言唐宫禁中事，皆史传小说所不载者，往往见于其诗。如"内中数日无呼唤，搨得滕王蛱蝶图"，滕王元婴，高祖子，新旧《唐书》皆不著其所能，惟《名画录》略言其善画，亦不云其工。又《画断》云"工于蛱蝶"乃见于建诗尔。或闻今人家亦有得其图者。唐时一艺之善如公孙大娘舞剑器，曹刚弹琵琶，米嘉荣歌，皆见于唐贤诗句，遂知名于后世。当时山林田亩，潜德隐行君子，不闻于世者多矣，而贱工末艺得所附托，乃垂于不朽，盖其各有幸不幸也。——《六一诗话》

（明）杨慎：杜工部有《滕王亭》诗，王建诗"搨得滕王蛱蝶图"，皆称滕王湛然，非元婴也。王勃记滕王阁，则是元婴耳。——《升庵诗话》

内宴初休入二更，殿前灯火一时明。中宫传旨音声散，《新唐书·礼乐志》："唐之盛时，凡乐人，音声人，太常杂户子弟隶太常及鼓吹署，皆番上，总号音声人，至数万人。"诸院门开触处行。触处随处也。

玉蝉金雀三层插，皆指首饰。翠髻高丛绿鬓黑亮的头发。虚。舞处春风吹落地，归来别赐一头梳。范摅《云溪友议》载崔涯嘲妓女李端端诗："独把象牙梳插鬓，昆仑山上月初生。"

树叶初成鸟护窠，石榴花里笑声多。众中遗却金钗子，拾得从他要赎么？

小殿初成粉未干，贵妃姊妹自来看。为逢好日先移

入，谓移居择日。续向街西索牡丹。

内人相续报花开，准拟君王便看来。缝着五弦琴绣袋，宜春院里按歌回。宜春院为歌妓居住之所。开元三年置。

巡吹慢遍不相和，暗数看谁曲较多。明日梨园花里见，先须逐得内家歌。内家歌谓宜春院妓女所唱之歌。此言梨园乐工和宜春院妓女之歌配合不好，故须学习才跟上她们的节奏。

黄金合里盛红雪，红雪为化妆品名。刘禹锡《代李中丞谢赐紫雪面脂等表》："奉宣圣旨，赐臣紫雪、红雪、面脂口脂各一合。"重结香罗四出花。包盒子的罗巾结扎成花形。一一傍边书敕字，中官送与大臣家。

未明东上阁门开，宣政殿左右为东西上阁。排仗声从后殿来。阿监女官。两边相对立，遥闻索马一时回。

宫人早起笑相呼，不识阶前扫地夫。乞与金钱争借问，外头还似此间无？

（清）黄周星："乞与金钱争借问，外头还似此间无？"偏有此闲点缀。——《唐诗快》

小随阿姊学吹笙，见好君王赐与名。夜拂玉床朝把镜，黄金殿外不教行。因金鸾殿近学士院，皇帝常于此召见学士，故不许宫女随意走动。

日高殿里有香烟，万岁声来动九天。妃子院中初降诞，内人争乞洗儿钱。

宫花不共外花同，正月长先一半红。供御供天子所用。樱桃看守别，直无鸦鹊在园中。

殿前铺设两边楼，寒食宫人步打毬。有别于骑马打毬形式。一半走来争跪拜，上棚先谢得头筹。孙光宪《北梦琐言》："泊僖宗皇帝好蹴毬，斗鸡为乐，自以能于步打，谓俳优石野猪曰：'朕若作步打进士，亦合得一状元。'"步打，即步打毬。

太仪公主之母称号。王溥《唐会要》："贞元六年七月……吏部郎中柳冕署状，称：'历代故事及六典无公主母称号，臣谨约文比义，公主母既因公主而贵，伏请降于王母一等，命为太仪，各以公主本封，加太仪之上。'旨依。"前日暖房赵翼《陔余丛考》："俗礼有所谓暖寿、暖房者，生日前一日，亲友治具过饮曰暖寿。新迁居者，邻里送酒食过饮曰暖房。"来，嘱向昭仪女官名。乞药栽。敕赐一窠红踯躅，即红杜鹃。谢恩未了奏花开。

御前新赐紫罗襦，不下金阶上软舆。软座轿子。宫局总来为喜乐，宫局为尚宫局，宫内机构名。院中新拜内尚书。内尚书，女官。

鹦鹉谁教转舌关，内人手里养来奸。语多更觉承恩泽，数对君王忆陇山。《旧唐书·音乐志》："鹦鹉秦陇尤多。"

分明闲坐赌樱桃，收却投壶古代博戏。玉腕劳。各把沉香双陆子，局中斗累阿谁高？

(宋)吴曾:王建《宫词》"分明闲坐……"按《狄仁杰家传》载:"武后语仁杰曰:'朕昨夜梦与人双陆,频不胜,何也?'又曰:'双陆输者,盖谓宫中无子,此是上天之意,假此以示陛下,安可虚储位哉!'"今《新唐史》削去"宫中"两字,止云"双鹿不胜,无子也"。余尝与博者论之,博局有宫,其子不可削,盖削之则无以见宫中之意,故王建诗亦云。——《能改斋漫录》

禁寺红楼内里通,安国寺红楼院。段成式《酉阳杂俎》:"长乐坊安国寺红楼,睿宗在藩时舞榭也。"笙歌引驾夹城中。裹头宫监头裹罗巾的宫女。当前立,手把牙鞘竹弹弓。

春风院院落花堆,金锁生衣生锈也。掣不开。更筑歌台起妆殿,明朝先进画图来。

(清)黄生:此讥人主好土木之工,旧有闭而不御,更欲起新者也。言外又有弃旧人用新人之喻。——《唐诗摘钞》

舞来汗湿罗衣彻,湿透。楼上人扶下玉梯。归到院中重洗面,金盆水里泼银泥。银泥谓洗下来的化妆品。

宿妆残粉未明天,总立朝阳花树边。寒食内人长白打,白打为一种蹴鞠戏。焦竑《焦氏笔乘》:"白打,蹴鞠戏也。两人对踢为白打,三人角踢为官场。"唐代宫廷中教宫女蹴鞠,优胜者赐金钱,称"白打钱"。韦庄《长安清明》诗:"内官初赐清明火,上相闲分白打钱。"库中先散与金钱。

众中偏得君王唤,偷把金箱笔砚开。书破红蛮隔子上,带格线的纸张。隔同格。此南方所产带红色格子的纸笺。旋推当直美人来。

教遍宫娥唱尽词，暗中头白没人知。楼中日日歌声好，不问从初学阿谁。此写宫中女音乐教师之命运。

青楼小妇砑裙长，唐时有砑光罗，砑光绫，砑绢等。总被抄名入教坊。崔令钦《教坊记》："平人女以容色选入内者，教习琵琶、三弦、箜篌、筝等，谓之搊弹家。"春设殿前为队舞，棚头崔令钦《教坊记》："凡戏辄分朋，以判优劣，可知棚头昂队长。"各自请衣裳。

水中芹叶土中花，拾得还将避众家。总待别人般数尽，袖中拈出郁金芽。即郁金香也。王仁裕《开元天宝遗事》："长安士女，春时斗花，戴插以奇花多者为胜。皆用千金市名花植于庭苑中，以备春时之斗也。"

玉箫改调筝移柱，催赴红罗绣舞筵。未戴柘枝柘枝，唐舞名。花帽子，两行宫监在帘前。

窗窗户户院相当，总有珠帘玳瑁床。虽道君王不来宿，帐中长是炷衙香。炷，读注，去声。点燃也。《新唐书·仪卫志》："唐制，天子居曰衙，行曰驾，皆有卫，有严。"

雨入珠帘满殿凉，避风新出玉盆汤。指宫中洗浴用的汤池。内人恐要秋衣着，不住熏笼换好香。

金吾除夜进傩读挪，平声。古代流行于民间与宫廷的一种驱除疫鬼的仪式。名，画袴朱衣四队行。院院烧灯如白日，沉香火底坐吹笙。

(宋)葛立方：《周官》方相氏以黄金四目，玄衣朱裳，执戈扬盾，以索室殴疫，谓之时傩。释者谓四时皆作也。考之《月令》，乃作于四时，而于夏则阙，何耶？盖当夏阳盛之时，阴慝不敢作，故阙之尔。今春秋无傩，惟于除夕有之，孟郊所谓“驱傩击鼓吹长笛，瘦鬼染面惟齿白。暗中窣窣拽茅鞭，裸足朱裈行戚戚。相顾笑声冲庭燎，桃弧棘矢时独叫”，王建亦云“金吾除夜进傩名，画袴朱衣四队行”，皆谓除夕大傩也。其涂饰之制，若驱禳之仪，与《周官》略相类。政和中，徽宗新创禁中傩仪，有旨令翰苑撰文，时翟公巽当直，其略云“南正司天，无俾神人之杂，夏后铸鼎，以纪山林之奸。苟非神圣，孰知情状”。被旨，顷刻进入，人服其敏而工。——《韵语阳秋》

（清）高士奇：“金吾除夜进傩名，画袴朱衣四队行”，此章皆隋宫事。隋用齐制，季冬晦选乐人二百四十人为傩，赤帻、韝衣、赤布裤，以逐恶鬼于禁中，其日戊夜三唱傩集，上水一刻，皇帝御殿，傩入。春、秋、冬皆傩，冬八队，春秋四队。——《三体唐诗》

树头树底觅残红，一片西飞一片东。自是桃花贪结子，错教人恨五更风。

（宋）吴开：《陈辅之诗话》记荆公喜王建《宫词》……韩子苍反其意而作诗送葛亚卿曰：“刘郎底事起匆匆，花有深情只暂红。弱质未应贪结子，细思须恨五更风。”——《优古堂诗话》

（明）钟惺：王建《宫词》非宫怨也，此首微有怨意，然亦深。又云：（“贪结子”）翻得奇，又是至理。——《唐诗归》

（清）黄生：语兼比兴。宫人必有先幸而后弃者，故用比体隐其事。朱之荆补评云：“残红，色衰也；分飞，言君之爱弛。”下二句不恨风，并不言色衰爱弛之当然，而反以“贪结子”自认其咎，忠厚之至也。风，喻君心之飘忽。——《唐诗摘钞》

金殿当头紫阁重，仙人掌上玉芙蓉。高士奇辑注《三体唐诗》：“玉芙蓉，玉杯也。”按古人挹注之器多作芙蓉，如华清池中玉芙蓉是也。太平天子朝元日，古历正月初一。五色云车驾六龙。

忽地金舆向月陂，崔令钦《教坊记》："东京两教坊俱在明义坊，而右在南左在北也。"坊南西门外，即苑之东也，其间有顷余水泊，俗谓之月陂，形似偃月，故以名之。内人接着便相随。却回龙武军前过，当处教开卧鸭池。当即放鸭亭畔之水池，按放鸭亭在望春宫之升阳殿。

画作天河刻作牛，玉梭金镊读聂，入声。是古代织机上作为提花上用的针。采桥头。每年宫里穿针夜，指七月七日穿针乞巧之俗。敕赐诸亲乞巧楼。王仁裕《开元天宝遗事》："宫中以锦结成楼殿，名乞巧楼，高百尺，上可以胜数十人，陈以瓜果、酒炙，设坐具，以祀牛女二星。嫔妃各以九孔针，五色线向月穿之，过者为得巧之候。"

春来睡困不梳头，懒逐君王苑北游。暂向玉花阶上坐，簸钱赢得两三筹。簸钱是古代妇女的一种游戏。又称打钱，掷钱，摊钱。司空图《游仙》："仙曲教成慵不理，玉阶相簇打金钱。"

弹棋玉指两参差，背局临虚斗着危。先打角头红子落，上三金字半边垂。

(清)王士禛：弹棋之戏，始见《西京杂记》，后汉《梁冀传》注稍详之，似近投壶，而其制不传。今人诗多以奕棋当之，可发一笑。王建《宫词》云"弹棋……"读之亦不能通晓也。——《香祖笔记》

宛转黄金白柄长，宛转指缠在扇柄上的金线。青荷叶子画鸳鸯。把来不是呈新样，欲进微风到御床。

供御香方加减频，香方为调和各种香料的配方。水沉山麝每回新。内中不许相传出，已被医家写与人。

药童食后进云浆，据《新唐书·百官志》载：唐代尚药局编制有药童三十人。云浆犹云液、流霞，以喻美酒。高殿无风扇少凉。每到日中重掠鬓，衩衣衩读岔，去声。衩衣，便服也。骑马绕宫廊。

步行送入长门远，不许来辞旧院花。只恐他时身到此，乞求自在得还家，乞求正欲如此也。花蕊夫人《宫词》云："种得海柑才结子，乞求自过与君王。"

（元）陶宗仪：世之曰乞求，盖谓正欲若足也。然唐时已有是言。王建《宫词》"只恐他时身到此，乞求自在得还家"。又花蕊夫人《宫词》"种得海柑才结子，乞求自过与君王"。——《南村辍耕录》

缣罗不着索轻容，《唐类苑》：轻容，无花薄纱也。对面教人染褪红。衫子成来一遍出，今朝看处满园中。

调笑令　（唐）王　建

团扇，团扇，美人病来遮面。玉颜憔悴三年，谁复商量管弦。弦管，弦管，春草昭阳路断。以春草丛生，遮没通往昭阳宫之路，暗示失宠。

（清）陈廷焯：结语凄怨，胜似宫词百首。——《白雨斋词话》
又云：结句抵宫词百首，而凄艳过之。——《云韶集》

后宫词　（唐）白居易

泪尽罗巾梦不成，夜深前殿按歌声。红颜未老恩先断，斜倚薰笼坐到明。

(宋)魏庆之：诗有句含蓄者，老杜曰“勋业频看镜，行藏独倚楼……”有句意俱含蓄者，如《九日》诗曰“明年此会知谁健，更把茱萸仔细看”。……又白乐天云“泪满罗巾梦未成……”——《诗人玉屑》

(明)周珽：色衰宠弛，情之常也。红颜未老而恩先断，非有夺爱在中，即为谗妒使然也。闻歌而泪尽，梦不成而坐到明，一腔幽思，谁得知之？怀才未试，贬黜旋及，何以异此！——《唐诗选脉会通评林》

宫　词　(唐)张　祜

故国三千里，深宫二十年。一声何满子，双泪落君前。何满子，词牌名。单调三十六字，双调七十四字。见万树《词律》。白居易《何满子诗序》云：“开元中，沧州有歌者何满子，临刑，进此曲以赎死，上竟不免。”

(宋)葛立方：张祜诗云“故国三千里，深宫二十年”，杜牧赏之，作诗云“可怜故国三千里，虚唱歌词满六宫”。故郑谷云“张生故国三千里，知者惟应杜紫薇”。诸贤品题如此，祜之诗名安得不重乎？——《韵语阳秋》

(宋)计有功：祜所作《宫词》传入宫禁。武宗疾笃，目孟才人曰：“吾即不讳，尔何为哉？”指笙囊泣曰：“请以此就缢。”上悯然。复曰：“妾尝艺歌，请对上歌一曲，以泄其愤。”上许。乃歌一声《何满子》，气亟立殒。上令医候之，曰：“脉尚温而肠已绝”。——《唐诗纪事》

宫　词　(唐)朱庆余

寂寂花时闭院门，美人相并立琼轩。含情欲说宫中事，鹦鹉前头不敢言。

(清)贺裳：朱庆余《闺意》：“妆罢低声问夫婿，画眉深浅入时无？”《宫

词》："含情欲说宫中事，鹦鹉前头不敢言。"真妙于比拟。《宫词》深妙，更在《闺意》之上。——《载酒园诗话》

（清）黄叔灿：此诗可作白圭三复，而宫中忧谗畏讥，寂寞心事，言外味之可见。——《唐诗笺注》

秦陵宫人　（唐）杜　牧

相如死后无词客，延寿亡来绝画工。玉颜不是黄金少，泪滴秋山入寿宫。

出宫人二首　（唐）杜　牧

闲吹玉殿昭华管，《西京杂记》："咸阳宫有玉笛，吹之则车马山林隐辚相次，吹息则不见。其铭曰：昭华之管。"醉折梨园缥蒂花。《西京杂记》："上林苑有缥蒂花。缥，青白色。"十年一梦归人世，绛缕犹封系臂纱。

（明）周珽：热极者肠，冷极者意。热极令人欲叫，冷极令人自叹。○前追思昔时之虚宠，后叹想今日的空花。盖人生幻世，荣瘁喧寂，总属梦中，何独宫人然。退而犹恋系臂之纱，尤是世人常态。刘得仁《旧宫人》诗，敖子发谓其托喻有讽刺……杜之此诗，自谓乎？讽人乎？——《唐诗选脉会通评林》

平阳拊背穿驰道，卫子夫事见《史记》。铜雀分香下壁门。几向缀珠深殿里，妒抛羞态卧黄昏。

长信宫　　(唐)刘得仁

簟凉秋气初，长信恨何如。拂黛月生指，解鬟云满梳。一从悲画扇，几度泣前鱼。坐听南宫乐，清风摇翠裾。

宫　词　　(唐)薛　逢

十二楼中尽晓妆，望仙楼上望君王。锁衔金兽连环冷，水滴铜龙昼漏长。云髻罢梳还对镜，罗衣欲换更添香。遥窥正殿帘开处，抱袴宫人扫御床。

(清)何焯：三、四是叙可望而不可亲，五、六则不敢怨而益自修饰也。——《唐诗鼓吹评注》

(清)陆次云：谩立远视而望幸焉，情态毕出。——《五朝诗善鸣集》

(清)胡以梅：通首直赋，虽无玲珑之致，亦取华润。——《唐诗贯珠》

(清)黄叔灿：通首只写"望君王"三字。——《唐诗笺注》

苑　中　　(唐)韩　偓

上苑离宫处处迷，相风高与露盘齐。金阶铸出狻猊立，玉柱雕成翡翠栖。外使调鹰初得按，中官过马不教嘶。鹰隼始能擒获，谓之得按，上乘马必中官鞚以进，谓之过马。笙歌锦绣云霄里，独许词臣醉似泥。泥为传说中的一种海中动物。吴曾《能改斋漫录》："按稗官小说云，南海有虫，无骨，名曰泥。在水中则活，失水则醉，如一堆泥然。"

春宫怨 （唐）杜荀鹤

早被婵娟误，欲妆临镜慵。承恩不在貌，教妾若为容。风暖鸟声碎，日高花影重。年年越溪女，相忆采芙蓉。

（宋）欧阳修：唐之晚年，诗人无复李杜豪放之格，然亦务以精意相高。如周朴者，构思尤艰，每有所得，必极其雕琢，故时人称朴诗"月锻季炼，未及成篇，已播人口"，其名重当时如此，而今不复传矣。今少时犹见其集，其句有云"风暖鸟声碎，日高花影重"，又云"来山鸟闹，雨过杏花稀"，诚佳句也。——《六一诗话》

（元）方回：譬之事君而不遇者，初亦恃才，而卒为才所误。愈欲自衒，而愈不见知。盖宠在貌，则难乎其容矣，女为悦己容是也。风景如此，不思从平生贫贱之交可乎？——《瀛奎律髓汇评》

（清）冯舒：如此解亦妙。——同上

（清）冯班：评好。全首俱妙，腹联人所共知也。——同上

（清）冯舒：五、六写出春宫，落句不测。——同上

（清）何焯：五、六是"慵"字神味。〇入宫见妒，岂若与采莲者之无猜乎？落句怨之甚也。——同上

（清）纪昀：前四句微觉太露，然晚唐诗又别作一格论。结句妙，于对面落笔，便有多少微婉。——同上

临江仙·宫词 （五代）鹿虔扆

金锁重门荒苑静，绮窗愁对秋空。翠华一去寂无踪。玉楼歌吹，声断已随风。　　烟月不知人事改，夜阑还照深宫。藕花相向野塘中。暗伤亡国，清露泣香红。

(明)杨慎：故宫禾黍之思，令人黯然。此词比李后主《浪淘沙》更胜。——《花间集评注》

(明)汤显祖："曲终人不见，江上数峰青"，似有神助。以此方之，可为勍敌。——《评花间集》

(明)茅暎：寄慨长杨，汾水，又是宫词一变。——《词的》

(清)许昂霄：曰"不知"，曰"暗伤"，无情有恨，各极其妙。——《词综偶评》

(清)陈廷焯："一声何满子，双泪落君前"，深情苦调，有《黍离》、《麦秀》之悲。——《云韶集》

(清)况周颐：鹿太保、孟蜀遗臣，坚持雅操。其《临江仙》含思凄婉，不减李重光"晚凉天净月华开，想得玉楼瑶殿影，空照秦淮"之句。——《餐樱庑词话》

宫　词　(五代)李建勋

宫门长闭舞衣闲，略识君王鬓便斑。却羡落花春不管，御沟流得到人间。

(明)叶羲昂：二、三句虽含恨，却无痕，真是作手。——《唐诗直解》

(清)袁宏道：幽闭之苦，览此为恸。——《唐诗训解》

(清)徐增：宫门空闭，舞衣只是闲叠箧中，略一识君王面，而已老矣。识且不能得再，而况承宠？宫人幽闭之苦，所以羡落花之无管束，而犹得到人间也。——《而庵说唐诗》

殿后书事和范纯仁　(北宋)梅尧臣

天子寻常幸直庐，裹头宫女捧雕舆。红泥已赐春醅酒，黄帕曾经御览书。林果鸟应衔去后，燕窠虫有落来

余。禁中事事能传咏，播在人间不是虚。

（元）方回：老杜云“户外昭容紫袖垂”，则知唐之外庭以宫女引朝仪。圣俞云“裹头宫女捧雕舆”，则知宋之内庭以宫女直舆事，不惟诗好，可备故事作一对也。——《瀛奎律髓汇评》

（清）冯舒：宫词自为一体，不必如此论。未见胜。梅作较卑弱。第三联倒句未工，第八句凑韵。——同上

（元）方回：此乃和范纯仁《殿中杂题》，三十九首取其一，且如前联“红泥已赐春醅酒，黄帕曾经御览书”，岂不胜王建“黄帕盖鞍呈了马，红罗缠项斗回鸡”乎？建诗卑弱，今不取。——同上

（清）纪昀：梅诗自胜王，此二句却不相上下，虚谷抑彼扬此，门户之见耳。五、六只似废落山居。——同上

（清）陆贻典：宫词自为一体，非卑弱也。——同上

（清）冯班：腹联琐弱。——同上

旧宫人　（清）吴宗爱（女）

回首深宫泪暗弹，过江消息路漫漫。霓裳有谱春声老，绮阁无人夜月寒。空悔雨云离楚峡，不随鸡犬侍淮安。衣箱剩有君王赐，零落寒宵秉烛看。

宫词四首　（清）沈季友

流莺语燕总难听，春入红罗六曲屏。芳草不关兴废事，上阳宫外又青青。

自解红绡拭泪痕，飘零十载在长门。楼头纵有能言

鸟，不肯分明报至尊。

九子铃摇玉殿风，六铢衣冷绣帘空。夜来闻说新颁诏，又选良家入禁宫。

梧桐西下洗妆台，十幅湘帘傍水开。最是有情惟碧藓，殷殷如上玉阶来。

拟古宫词二十首　(清)文廷式

富贵同谁共久长，剧怜无术媚姑嫜。房星乍掩飞霜殿，已报中宫撤膳房。

金屋当年未筑成，影娥池畔月华生。玉清追着缘何事，亲揽罗衣问小名。

河伯轩窗透碧纱，神光入户湛兰芳。东风不解伤心事，一夕齐开白奈花。

藏珠通内忆当年，风露青冥忽上仙。重咏景阳宫井事，菱干月蚀吊婵娟。

书省高才四十年，暗将明德起居编。独怜批尽三千牍，一卷研神记不传。

云汉无涯象紫宫，昆明池水汉时功。三千犀弩沉潮去,只在瑶台一笑中。

鹎鵊声催夜未央,高烧银烛照严妆。台前特设朱墩坐,为君照仪读奏章。

九重高会集仙桃,玉女真妃庆内朝。末座谁陪王母席,延年女弟最娇娆。

各倚钱神列上台,建章门户一齐开。云阳宫近甘泉北,两度秋风落玉槐。

月槛风阑拟未央,少游新署艺游郎。一时禁槅抄传遍,谁是凌云韦仲将。

诏从南海索鲛珠,更责西戎象载瑜。莫问渔阳鼙鼓事,骊山仙乐总模糊。

鼎湖龙去已多年,重见昭兵版筑篇。珍重惠陵纯孝意,大官休省水衡钱。

桂堂南畔最消魂,楚客微辞未忍言。只是夜深风露冷,黄舆催送出宫门。

千门锁钥重鱼宸,东苑关防一倍真。廿载垂衣勤俭德,愧无椽笔写光尘。

水殿荷香绰约开，君王青翰看花回。十三宫女同描写，第一无如阿婉才。

手摘珠松睡不成，无因得见凤雏生。绿章为奏鹍仪殿，不种桐花种女贞。

由来对语士人难，锁钥深严付内官。翠羽缥缨飞盖出，路人争作上卿看。

梨园子弟貌如仙，一曲琵琶万锦缠。新领度支三品俸，江南羞杀李龟年。

珍珠帘额玉屏风，七尺珊瑚一树红。闻道宣仁传内敕，御珍移入永安宫。

穷海孤臣赋式微，鼓笳声紧帛书稀。洞庭张乐君须记，莫使冤禽海外飞。

（二）大臣

一、文官(附书吏)

姚开府山池　(唐)孟浩然

主人新邸第,相国旧池台。馆是招贤辟,楼因教舞开。轩车人已散,箫管凤初来。今日龙门下,谁知文举才。用李膺与孔融故事。见《后汉书》。

寄左省杜拾遗　(唐)岑参

联步趋丹陛,分曹限紫薇。晓随天仗入,暮惹御香归。白发悲花落,青云羡鸟飞。圣朝无阙事,自觉谏书稀。

(元)方回:岑参为右补阙,属中书省,故云"分曹限紫薇"也。——《瀛奎律髓汇评》

(清)陆贻典:落句有含蓄。——同上

(清)何焯:第七反言之,末句自省之词,"自觉者问心常有所负也,故是少陵同调语"。〇"花落"则君子渐消,"鸟飞"则智士先去,是皆谏臣所不容坐视者也。句中有两层。〇落句温厚,为长者之言,尽直臣之节可也。——同上

(清)纪昀:子美以建言获谴,平时必多露圭角,此诗有规之之意,而但言

自甘衰朽，浮沉时世，则诗人温厚之旨也。〇五、六寓意深微，末二句语尤婉至。圣朝既以为无阙，则谏书不得不稀矣。非颂语，乃愤语也。或乃缕陈天宝阙事驳此句，殆不足与言诗。——同上

（清）无名氏（乙）：腹联炼沉思于五字，情景俱到。——同上

酬严司空荆南见寄　（唐）武元衡

金貂再领三公府，玉帐连封万户侯。帘卷青山巫峡晓，烟开碧树渚宫秋。刘琨坐啸风清塞，谢朓题诗月满楼。白雪调高歌不得，美人南国翠蛾愁。

（清）金人瑞：答寄诗，乃于出手先盛述其入相出将一段异样荣贵者，直为世间有等先辈，得志一旦，尽弃生平，甚至开眼不见巫峡，岂惟秋来不念云树，故特于司空寄诗，大书其官，以志感也。三、四"帘卷"、"云微"顿挫又妙，帘卷还是每日晓色，云微方是此日秋心，其间并不平对也（前四句下）。〇五、六本意，只感其"裁诗月满"，而又先补其"坐啸风清"者，一以见军务倥偬，尚劳垂注，一以见悠尤坐镇，不废啸歌也。末句，美人谓司空；翠娥，武自谓也（后四句下）。——《贯华堂选批唐才子诗》

（清）黄生：一、二语势甚重，若即接五、六，意便有板滞之嫌，故三、四写景作一开一合。且三、四见地方，是唐人诗。结处美其诗，见酬和意，古人和答之体必如此，今人不讲矣。——《唐诗摘钞》

（清）赵臣瑗：一是入相，二是出将。酬和诗，光盛述其功名富贵，震耀一时者如此，非艳之也。——《山满楼笺注唐诗七言律》

中书即事　（唐）裴　度

有意效承平，无功答圣明。灰心缘忍事，霜鬓为论兵。道直身还在，恩深命转轻。盐梅非拟议，葵藿是平

生。白日长悬照，苍蝇漫发声。高阳旧田地，终使谢归耕。

（明）周敬、周珽：周敬曰“端人识度，大臣声口”。〇周珽曰：“快才异调，自足横绝千古。”——《唐诗选脉会通评林》

（明）钟惺、谭元春：钟惺云：“无此五字，不能作元老（“灰心”句下）。”〇谭元春云：“大老何尝无骨，一味顽软（“道直”句下）。”钟惺又云：“端厚竖凝，居然元老，有厚力而无钝气。”——《唐诗归》

姑熟官舍　（唐）许　浑

草生官舍是闲居，雪照南窗满素书。贫后始知为吏拙，病来还喜识人疏。青云岂有窥梁燕，浊水应无避钓鱼。不待秋风便归去，紫阳山下是吾庐。三写贫，应雪照素书；四写闲，应草生官舍。五、六对法参错，神态顿挫。

戏题赠稷山驿吏王全　（唐）李商隐

绛台驿吏老风流，耽酒成仙几十春。过客不劳询甲子，惟书亥字与时人。王全为稷山驿吏五十六年，人称有道术，往来多赠篇什。三、四两句见《左传·襄公三十年》“绛县人或年长矣”段。

六月十七日召对自辰及申方归本院

（唐）韩　偓

清暑帘开散异香，恩深咫尺对龙章。花应洞里常时

发，日向壶中特地长。坐久忽疑槎犯斗，归来兼恐海生桑。如今冷笑东方朔，唯用诙谐侍汉皇。

(元)方回：三、四真有仙家之意，五、六用事变陈为新，末句诋东方朔尤有味。——《瀛奎律髓汇评》

(清)冯舒：清丽着人。——同上

(清)查慎行：中二联只形容召对之久而妙义叠出。——同上

(清)何焯：落句翻伏日早归之案，言他人但顾妻子，不念国家也。——同上

(清)纪昀：格不高而风度思致可观。○致尧参机务，故有是言。然其词太露太佻，不称通篇。——同上

(清)无名氏(乙)：三、四实，五、六虚，虚故超。结占地步。——同上

台头寺雨中送李邦直赴史馆　(北宋)苏轼

珥笔曹植《表》："执鞭珥笔。"潘安仁《赠陆机》诗："优游省闼，珥笔华轩。"西归近紫宸，太平典册不缘麟。付君此事宁论晋，《晋书·陈寿传》：寿撰《三国志》，时人称其善叙事，有良史之才。张华深善之，谓寿曰："当以《晋书》相付耳。"此句兼用陶渊明不知有汉，何论魏晋意。载我当时旧《过秦》。贾谊著有《过秦论》。门外想无千斛米，《晋书·陈寿传》："丁仪、丁廙，有盛名于魏，陈寿谓其子曰：'可觅千斛米来，当为尊公作佳传。'子不与，竟不立传。"墓中知有百年人。《广记》："郑郊路过一冢，有竹二竿，郊为诗曰：'冢上两竿竹，风吹常袅袅。'冢中人赓之曰：'下有百年人，长眠不知晓。'"看君两眼明如镜，韩愈《答刘秀才论史书》云："左丘明纪《春秋》时事以失明。夫为史者，不有人祸，则有天刑。"休把《春秋》坐素臣。杜预《左氏传·序》："说者以为仲尼自卫反鲁，修《春秋》，立素王，丘明为素臣。"

送外舅郭大夫夔路提刑　(北宋)陈师道

天险连三峡,官曹据上游。百年双鬓白,万里一身浮。可使人无讼,宁须意外忧。平生晏平仲,能费几狐裘?

(元)方回:后山妻父郭槩,颇喜功利,前为西川提刑,以妻及三子托之。送行古诗有云"功名何用多,莫作分外虑"。今又为夔路提刑,谓身已老矣。使民无讼,自当无意外忧。晏平仲一狐裘三十年,外物亦不足多也。盖规戒之。——《瀛奎律髓汇评》

(清)冯班:词不达意,突然而来,拙也。——同上

(清)纪昀:五、六太腐。——同上

追用座主闲闲公韵,上致政冯内翰二首

(金)元好问

峻坂平生几疾驱,归休甫及引年初。东门太傅多祖道,北阙诗人休上书。皂枥老归千里骥,白云闲钓五溪鱼。非熊非兆公无恙,会近君王六尺舆。

草堂人物列仙臞,万壑松风酒一壶。少日打门无俗客,老年争席有樵夫。巨源不入竹林选,元亮偶成莲社图。野史他年传耆旧,风流一一似公无。

二、武官(附战士)

从军行 (唐)杨炯

烽火照西京,心中自不平。牙璋古代的一种兵符。《周礼·春官》:"牙璋以启军旅,以治兵守。"辞凤阙,铁骑绕龙城。雪暗凋旗画,风多杂鼓声。宁为百夫长,胜作一书生。

(明)李攀龙:蒋仲舒曰:"三、四实而不拙,五、六虚而不浮。"——《唐诗广选》

(明)陆时雍:浑厚,字几铢两悉称。首尾圆满,殆无余憾。——《唐诗镜》

(清)贺裳:杨盈川诗不能高,气殊苍厚。"宁为百夫长,胜作一书生",是愤语,激而成壮。——《载酒园诗话》

(清)屈复:一、二总起,三、四从大处写其宠赫,五、六从小处写其热闹,方逼出"宁为"、"胜作"事。起陡健,结亦宜尔,但结句浅直耳。——《唐诗成法》

送魏大将军 (唐)陈子昂

匈奴犹未灭,魏绛复从戎。据《左传》,魏绛为晋大夫,曾以和戎政策消除了晋国的边患。帐别三河道,言追六郡雄。雁山横岱北,狐塞接云中。勿使燕然上,独有汉臣功。东汉窦宪为车骑将军,大破北单于,登燕然山刻石记功。

(元)方回:刊本以"狐塞"为"孤塞",予为改定。唐之方盛,律诗皆务雄浑。尾句虽拘平仄,以前六句未用意立论,只说行色形势,末乃勉励之。此一体也。——《瀛奎律髓汇评》

(清)纪昀:得此评,乃知今本"惟留汉将功"乃后人改本。陈、隋凋华,渐成饾饤,其极也反而雄浑。盛唐雄浑,渐成肤廓,其极也一变而新美,再变而平易,三变而恢奇幽僻,四变而绮靡。皆不得不然之势,而亦各有其佳处,故皆能自传。元人但逐晚唐,是为不识其本,故降而愈靡。明人高语盛唐,是为不知其变,故袭而为套。学者知雄浑为正宗,而复知专尚雄浑之流弊,则庶几矣。〇次句借姓,开小巧法门。——同上

(清)许印芳:晓岚此论,指点学者最为亲切。其要旨在"知变"二字,学者当细参。〇末句不粘,今不可学。——同上

(清)无名氏(甲):三河,河南、河北、河东。六郡即陇西、北地、上郡、云中等处。——同上

送人之军　(唐)贺知章

常经绝脉《史记·蒙恬传》:"恬罪当死矣,起临洮属之辽东,城堑万余里,此其中不能无绝地脉哉!"塞,复见断肠流。俗歌曰:陇头流水,鸣声幽咽,遥望秦川,肝肠断绝。送子成今别,令人起昔愁。陇云晴半雨,边草夏先秋。万里长城寄,《旧唐书·李勣传》:"太宗谓侍臣曰:'朕今委任李世勣于并州,遂使突厥畏威遁走,塞垣安静,岂不胜远筑长城耶?'"无贻汉国忧。

(明)陆时雍:五、六指点如次,语致复雅,如卢象《竹里馆》"腊月闻山鸟,寒崖见蛰熊",太觉粗笨矣。——《唐诗镜》

(明)周敬等:开口便是凄恻,以"常经"、"复见"应带"成今别"、"起昔愁"来,所谓得意疾书,非关思议者。"陇云"二语要亦"今"、"昔"、"经"、"见"中景意。末致以勉励之辞,不失送人从军本色。昔人赏其典,吾更赏其韵。〇钟惺曰:三、四浅浅道出,结得郑重。——《唐律选脉会通评林》

(清)顾安:"常经"、"复见",当时无限苦辛;"绝脉"、"断肠",说来尤觉惨

沮。下面将送别横插一句，然后缴足上意，则送别时黯然景况不言可知。五、六将“陇云”、“边草”异样处再顿两句，接出规勉意作结。情真意笃，法老格高，初唐杰作也。高达夫《送郑侍御谪闽中》诗，亦是此意，单薄多少。○用蒙恬绝地脉对“断肠”，奇绝。——《唐律消夏录》

与张折冲游耆阇寺　（唐）孟浩然

释子弥天秀，将军武库才。横行塞北尽，独步汉南来。贝叶传金口，山楼作赋开。因君振嘉藻，江楚气雄哉！

送赵都督赴代州得青字　（唐）王　维

天官指天上星座。动将星，汉地柳条青。暗用细柳营事。万里鸣刁斗，古代行军用具。三军出井陉。陉读形，平声。井陉，地名。古“九塞”之一。忘身辞凤阙，泛指帝王宫阙，亦指首都。报国取龙庭。又称龙城。匈奴单于祭天地鬼神之所。岂学书生辈，窗间老一经。

（清）施补华：起处有崚嶒之势……如“万壑树参天，千山响杜鹃”、“天官动将星，汉地柳条青”，皆起势之崚嶒者，举此可以类推。——《岘佣说诗》

赠裴旻读民，平声。将军　（唐）王　维

腰间宝剑七星文，孔稚珪《白马篇》：“文犀六属铠，宝剑七星文。”臂上雕弓，弓的美称，谓有雕饰的弓。百战勋。见说云中汉郡名在今内蒙古。擒黠读瞎，入声。狡猾也。虏，始知天上有将军。谓裴将军神武异常。

陇头吟　　(唐)王　维

长安少年游侠客,夜上戍楼看太白。即金星。古人以为兵象,可以测知战争的凶吉胜负。陇头明月迥临关,陇上行人夜吹笛。关西老将不胜愁,驻马听之双泪流。身经大小百余战,麾下偏裨读皮,平声。古代次等衣服。麾下偏裨,谓手下的将佐。万户侯。苏武才为典属国,《汉书·百官公卿表》:"典属国,秦官,掌蛮夷降者。"节旄空尽徒然落尽。海西头。

(明)顾可久:并使二事,一隐一显。是变幻作法。悲壮雄浑。(隐指李广,显指苏武)——《唐贤三昧集笺注》

(清)翁方纲:此则空际振奇者矣,与《夷门歌》之平实叙事者不同也。……平实叙事者,三昧也,空际振奇者,亦三昧也;浑涵汪茫千汇万壮者,亦三昧也,此乃谓之万法归原也。若必专举寂寥冲淡者,以为三昧,则何万法之有哉!——《七言诗三昧举隅》

(清)方东树:起势翩然。"关西"句转。收浑脱沉转,有远势,有厚气。此短篇之极则。——《昭昧詹言》

从军行七首(录四首)　　(唐)王昌龄

烽火边境筑高台,有敌人入侵,白天燃烟,夜间举火以报警。城西百尺楼,黄昏独坐海风秋。更吹羌笛《关山月》,无那无奈。金闺万里愁。

(清)朱之荆:己之愁从金闺之愁衬出,便为情深。——《增订唐诗摘钞》

(清)李瑛:不言己之思家,而但言无以慰闺中之思己,正深于思家

者。——《诗法易简录》

(清)张文荪:气骨高古,末转从金闺说思边,两面俱到,妙。只有轻笔,便有余味。——《唐贤清雅集》

(清)潘德舆:诗之妙,全以先天神运,不在后天迹象。如王龙标"烽火城西百尺楼"云云,此诗前二句便是笛声之神,不至"更吹羌笛"句矣。——《养一斋诗话》

琵琶起舞换新声,总是关山旧别情。撩乱边愁听不尽,高高秋月照长城。

(清)黄生:前首以"海风"为景,以"羌笛"为事,景在事前;此首"琵琶"为事,以"秋月"为景,景在事后。当观其变调。——《唐诗摘钞》

(清)朱之荆:首句言琵琶当起舞时换新声也,是缩脉句法。下"总是"字,见得非独于琵琶也,故三句云"听不尽"。听已不堪,况所见又是秋月,其愁为何如乎? 末句是进步法。——《增订唐诗摘钞》

(清)黄叔灿:跟上首来,故曰"换",曰"总是关山离别情",即指上笛中所吹曲说。"撩乱边愁"而结以"听不尽"三字,下无语可续,言情已到尽头处矣。"高高秋月照长城",妙在即景以托之,思入微茫,似脱实粘,诗之最上乘也。——《唐诗笺注》

(清)王闿运:以"新"、"旧"二字相起,有无限情韵,俗本作"离别",便索然矣。——《手批唐诗选》

青海长云暗雪山,孤城遥望玉门关。黄沙百战穿金甲,不破楼兰终不还。

(清)沈德潜:作豪语看亦可,然作归期无日看,倍有意味。——《唐诗别裁集》

(清)黄叔灿:玉关在望,生入无由,青海雪山,黄沙百战,悲从军之多苦,冀克敌以何年。"不破楼兰终不还",愤激之词也。——《唐诗笺注》

(清)张文荪:清而庄,婉而健,盛唐人不作一凄楚音。——《唐贤清雅集》

(近代)俞陛云:首二句乃逆挽法,从青海回望孤城,见去国之远也。后二句谓确斗无前,黄沙百战,金甲都穿,见胜慨英风。——《诗境浅说续编》

大漠风尘日色昏,红旗半卷出辕门。前军夜战洮河北,已报生擒吐谷浑。古鲜卑族的首领。谷读浴,入声。

(明)周珽:战捷凯歌之词。末即歼厥巨魁之意,谓大寇既擒,余不足论矣。横逸之气,壮烈之志,合并而出。——《唐诗选脉会通评林》

(近代)朱宝莹:首句大漠之乡,风尘迷霾,日色欲昏,盖已近暮天。先写塞外情境,此为凌空盘旋起法。二句言风起尘扬,红旗难以全张,故半卷也。出辕门,出战也。前军所指,连夜接战,地在洮河以北,先已擒得吐谷浑。曰"前军",则全军尚未齐至。曰"已报",有不待全军至而已获胜者。"夜"字应上"昏"字,已报应上"前军"二字。——《诗式》

古从军行　(唐)李　颀

白山登山望烽火,黄昏饮马傍交河。行人刁斗风沙暗,公主琵琶幽怨多。野云万里无城郭,雨雪纷纷连大漠。胡雁哀鸣夜夜飞,胡儿眼泪双双落。闻道玉门犹被遮,应将性命逐轻车。年年战骨埋荒外,空见蒲桃入汉家。

(明)周敬等:李颀此作,实多刺讽意。〇吴山民曰:骨气老劲。中四句乐府高语。结联具几许感叹意。——《唐诗选脉会通评林》

(明)邢昉:音调铿锵,风情澹冶,皆真骨独存,以质胜文,所以高步盛唐,为千秋绝艺。——《唐风定》

(清)沈德潜:以人命换塞外之物,失策甚矣。为开边者垂戒,故作此诗。——《唐诗别裁集》

有感五首 （唐）杜 甫

将帅蒙恩泽，兵戈有岁年。至今劳圣主，何以报皇天。白骨新交战，云台旧拓边。乘槎断消息，无处觅张骞。李之芳出使被留，次年放回，故云。

幽蓟余蛇豕，乾坤尚虎狼。诸侯春不贡，使者日相望。慎勿吞青海，无劳向越裳。大君先息战，归马华山阳。

（清）何焯：师老气竭，亦复难用。不如息战务农，养威伺衅也（末二句下）。——《义门读书记》

（清）浦起龙：明点河北，隐讽朝廷也。一、二言降将拥兵，国患方大。三、四申之。……下乃重为太息曰：今勿侈言远略也，即此两河近地，大君方以休息为期耳。直探其心事，而不下断语。——《读杜心解》

（清）杨伦：此首叹镇将拥兵，天子懦弱不能致讨，是正旨。二句乃所以"有感"，作诗之主（"诸侯"二句下）。〇隐谓朝廷不复能用兵，而措词甚婉（"大君"二句下）。——《杜诗镜铨》

洛下舟车入，天中贡赋均。日闻红粟腐，寒待翠华春。莫取金汤固，长令宇宙新。不过行俭德，盗贼本王臣。

（清）仇兆鳌：上四述时议，下四讽时事。——《杜诗详注》

（清）浦起龙："日闻"言近日有闻。此两字直贯两句，谓传闻驾将东幸也。"金汤"，指洛下。"宇宙新"，起下"行俭"以安反侧。——《读杜心解》

（清）杨伦：仁人之言（"盗贼"句下）。——《杜诗镜铨》

（清）李瑛：通首一气转折，气足神完，议论尤为醇正。——《诗法易简录》

丹桂风霜急，青梧日夜凋。由来强干地，未有不臣朝。受钺亲贤往，卑宫制诏遥。终依古封建，岂独听箫韶。

盗灭人还乱，兵残将自疑。登坛名绝假，报主尔何迟？领郡辄无色，之官皆有词。愿闻哀痛诏，端拱问疮痍。

（清）何焯：此篇直缴应发端四句。“愿闻哀痛诏”，则终上以“行俭德”为本也。——《义门读书记》

（清）浦起龙：一、二倒装，准言骄恣之由……三、四直斥负固之罪。五、六形容郡守积轻之情状，最为剀切。……归结到“问疮痍”三字，所谓“民惟邦本，本固邦宁”，其效不独在镇权之革而已。洵硕画哉！——《读杜心解》

诸将五首

俞玚曰：自禄山背叛，天下军兴，久而未定，公故作此诗以讽刺诸将也。首章忧吐蕃责诸将之防边者；次章愤回纥责诸将之用胡者；三章责大臣之出将者；四章次中官之出将者；末章则身在蜀中而婉刺边境之将，故其命题总曰《诸将》。

（唐）杜　甫

汉朝陵墓对南山，《镜铨》：言其险固可守。胡虏千秋尚入关。昨日玉鱼蒙葬地，早时金碗出人间。《镜铨》：昨日早时，言变乱倏忽，不可常保也。见愁汗马西戎逼，曾闪朱旗北斗殷。张溍注：言闪朱旗而北斗皆赤，见胡氛蔽天意。多少材官守泾渭，将军且莫破愁颜。

（明）周珽：前四句借汉事以言禄山之始祸，后四句悲时事，警今吐蕃当预防。曰“见愁”，我见之也，谓见诸将不胜戎寇之逼，以汗马为劳也。曰“曾闪”，言汝尝建牙要地，以享安闲富贵，今日始劳，何必用愁也！“破愁颜”谓为乐也。言不用愁，亦不可玩也。此见老杜忠国本心处。读“昨日”、“早时”二语，令人惨不能终篇，玩“见愁”、“曾闪”、“多少”、“且莫”八字，令人激不能释手。——《唐诗选脉会通评林》

(清)何焯：陵墓残毁，臣子之至痛，故托言汉时。第二句又逼出“千秋”二字，见赤眉之祸又见于今日也。——《义门读书记》

(清)杨伦：此以吐蕃侵逼责诸将也。吐蕃于广德元年一陷京师，上年永泰元年再逼京师，最为迩年大患，故首及之。上四援往事以惕之也，吐蕃之祸，至于辱及陵寝，为臣子者能自安乎？下四言京畿之间，近复告警，虽暂行退去，而出没不常，守御者正当时时警戒，未可一日安枕也。——《杜诗镜铨》

韩公本意筑三城，神龙三年韩国公张仁愿筑三受降城。拟绝天骄拔汉旌。岂谓尽烦回纥马，翻然远救朔方兵。至德初，郭子仪领朔方军，以回纥兵讨安庆绪。胡来不觉潼关隘，指回纥为怀恩所诱，与吐蕃连兵入寇。龙起犹闻晋水清。独使至尊忧社稷，诸君何以答升平。末二句所以勉郭子仪也。

(明)王嗣奭：明是升平难冀，不忍明言，而委曲如此。——《杜臆》

(清)贺裳：“胡来不觉潼关隘”，“不觉”二字最妙，即孟子所云“委而去之，地利不如人和”也。末句“独使至尊忧社稷，诸君何以答升平”，读至此，真令顽者泚颜，懦者奋勇，可谓深得讽喻之道。——《载酒园诗话》

(清)浦起龙：三、四紧承作转，手腕跳脱。——《读杜心解》

(清)杨伦：此以借助回纥责诸将也。自回纥助顺，肃宗之复两京，雍王之讨朝义，皆用其兵力，卒之恃功侵扰，反合吐蕃入寇。公故追感晋阳起义之盛而叹诸将之不能为天子分忧也。——《杜诗镜铨》

(清)方东树：起四句大往大来，一开一合，所谓来得勇猛，乾坤摆雷硠也。五句宕接，六句绕回，言后之弱，以思祖宗之盛为开合，笔势宏放。收点明作意归宿，作诗之人本意。此直如太史公一首年月表序矣。——《昭昧詹言》

洛阳宫殿化为烽，休道秦关百二重！《通鉴》："天宝十四载十二月，安禄山陷东京（即洛阳）。十五载六月，破潼关。"沧海未全归禹贡，《镜铨》：指淄、青等处。蓟门何处尽尧封？朝廷衮职虽多预，天下军储不自供。稍喜临边王相国，指王缙。肯销金甲事春农。《镜铨》：王缙党附元载。曰稍喜者，亦不满之辞。

（清）钱谦益：此责朝廷之大臣出将者也。如王缙者，不过募耕劝农，修承平有司之职业而已。曰"稍喜"者，盖深致不满之意，非褒词也。朝廷衮职，思得中兴贤佐如仲山甫以补衮缺，非寻常谏诤之谓也。——《钱注杜诗》

（清）杨伦：开合动荡，出化入神，不复知为律体。此境系少陵独步，后惟遗山善学之。——《杜诗镜铨》

回首《镜铨》："前三首皆北望而叹，此方及南望，故曰回首。"扶桑铜柱标，此扶桑铜柱特借指南海。冥冥氛祲未全销。《镜铨》："广德元年，宦官市舶使吕太一逐广南节度使张休，纵兵大掠。当指此。"越裳越裳，地名。近交趾。翡翠无消息，南海明珠久寂寥。殊锡曾为大司马，总戎皆插侍中貂。意即以太监掌兵权。炎风朔雪天王地，只有忠良翊圣朝。《镜铨》："结语意若曰：'奈何令刀锯之余掌天下之兵柄乎？'而语自深含不露。"

（清）杨伦：此因南荒不靖，而讽朝廷不当使中官为将也。开元中，中官杨思勗将兵讨安南五溪，残酷好杀，而越裳不贡矣。代宗初，中官吕太一收珠广南，阻兵作乱，而南海不靖矣。李辅国以中官判元帅行军司马，专掌禁兵，又拜兵部尚书，所谓殊锡也。鱼朝思以中官为天下观军容宣慰处置使，程元振加镇军大将军右监门卫大将军充宝应军使，所谓总戎也。——《杜诗镜铨》

锦江春色逐人来，巫峡清秋万壑哀。《镜铨》："二句见在夔不如在蜀也。"正忆往时严仆射，共迎中使望乡台。望乡台在成都北，与严武共迎中使。主恩前后三持节，谓严武三次镇四川。军令分明数举杯。西蜀地形天下险，安危须仗出群材！《镜铨》："慨然遐思。"

(明)王嗣奭：此诗作于严武死后，故以"万鏊哀"起下"正忆"，而以"迎中使"起下"主恩"，此篇中血脉。——《杜臆》

(清)杨伦：此言蜀中将帅也。是时崔旰、柏茂林等交攻，杜鸿渐惟事姑息，奏以节制让旰，茂林等各为本州刺史，上不得已从之。鸿渐以三川副元帅兼节度使，主恩尤重。然军令分明有愧严武远矣。公故感今而思昔，谓必如武之出群之材，方可当安危重寄，而惜鸿渐之非其人矣。又鸿渐入蜀，以军政委崔旰，日与僚属纵酒高会，故曰"军令分明数举杯"；追思严武之军令，实暗讥鸿渐之日饮不事事，有愧主恩也。——《杜诗镜铨》

(清)仇兆鳌：通首逐句递下，此流水格也。细玩文气，"望乡台"与"锦江"相应，"出群材"与"军令"相应，仍于四句作截。——《杜诗详注》

又云：陈廷敬曰："五首合而观之，'汉朝陵墓'、'韩公三城'、'洛阳宫殿'、'扶桑铜柱'、'锦江春色'皆以地名叙起；分而观之，一、二章言吐蕃、回纥，其事对，其诗章、句法相似；三、四章言河北、广南，其事对，其章、句法又相似；末则收到蜀中，另为一体。杜诗无论其他。即如此类，亦可想见当日炉锤之法，所谓"晚节渐于诗律细"也。与《秋兴》诗并观，愈见。"——《杜诗详注》

送李中丞之襄州　　(唐)刘长卿

流落征南将，曾驱十万师。罢归无旧业，老去恋明时。独立三朝仪，轻生一剑知。茫茫江汉上，日暮复何之。

(明)陆时雍：三、四老气深衷。——《唐诗镜》

(明)周珽：章法明谏，句律雄浑，中唐佳品。——《唐诗选脉会通评林》

献淮宁军节度使李相公 (唐)刘长卿

建牙吹角不闻喧，三十登坛众所尊。家散万金酬士死，身留一剑答君恩。渔阳老将多回席，鲁国诸生半在门。白马翩翩春草细，邵陵西去猎平原。落句暗用李广事。

(清)何焯：全篇极写失势无聊之状，读者但见其壮丽也。落句了不觉为败兴语。——《瀛奎律髓汇评》

(清)纪昀：绰有风格。——同上

(清)黄生：妙在一句宕开写景，全首为之生动。——《唐诗摘钞》

(清)方东树：起先写一句，奇警突兀妙极。或疑次句不称。先君云，"若第二句再浓，通篇何以运掉"。树谓，非但已也，此第二句，乃是叙点交代题面本事主句，文理一定，断不可少，所谓安身立命处也。中二联分赋，叙其忠悃声望，高华伟丽。结句入妙。言外多少余味不尽，所谓言在此而意寄于彼，兴在象外。——《昭昧詹言》

送彭将军 (唐)郎士元

双旌汉飞将，万里独横戈。春色临关尽，黄云出塞多。鼓鼙悲绝漠，烽火隔长河。莫断阴山路，天骄已请和。

军城早秋 (唐)严 武

昨夜秋风入汉关，朔云边月满西山。更催飞将追骄

虏，莫遣沙场匹马还。

(清)贺裳：自写英雄本色耳。——《载酒园诗话》

(清)李瑛：前二句写早秋，即切定军城；三、四句就军城生意，又不能脱早秋。盖秋高马肥，正骄虏入寇时也。——《诗法易简录》

(清)吴瑞荣：绝类高达夫，结更气概雄伟，不掩大将本色。——《唐诗笺要》

从军行　(唐)陈　羽

海畔风吹冻泥裂，枯桐叶落枝梢折。横笛闻声不见人，红旗直上天山雪。

赠浑巨中允　(唐)杨巨源

公子髫年四海闻，城西侍猎雪纷纷。马盘旷野弦开月，雁落寒原箭在云。曾向天西穿虏阵，惯游花下领儒群。一枝琼萼朝光好，彩服飘飘从冠军。

早秋过龙武李将军书斋　(唐)王　建

高树蝉声秋巷里，朱门冷静似闲居。重装墨画数茎竹，长着香薰一架书。语笑侍儿知礼数，吟哦野客任狂疏。就中爱读英雄传，欲立功勋恐不如。金圣叹云：写山僧必写其置酒，写美人必写其学道，写秀才必写其从猎，写武臣必写其读书，谓之翻尽本色，别出妙理也。

老将行　　(唐)窦　巩

烽烟犹未尽，年鬓暗相催。轻敌心空在，弯弓手不开。马依秋草病，柳傍故营摧。惟有酬恩客，时听说剑来。

赠边将　　(唐)施肩吾

轻生奉国不为难，战苦身多旧箭瘢。玉匣锁龙鳞甲冷，剑也。金铃衬鹘羽毛寒。箭也。皂貂拥出花当背，白马骑来月在鞍。犹恐犬戎临虏塞，柳营时把阵图看。

赠羽林将军　　(唐)李　郢

虬须憔悴羽林郎，曾入甘泉侍武皇。雕没夜云知御苑，马随春仗识天香。五湖归去孤舟月，六国平来两鬓霜。惟有桓伊江上笛，卧吹三弄送残阳。

(清)金人瑞：一解四七二十八字，只除“虬须憔悴”四字，其余尽写少年豪事，妙，妙！○看他不写侍武皇如何近幸，只写雕知御苑，马识天香，便令羽林恩宠如画。此皆唐人秘法，不可不学也。○须知此解写憔悴非写恩宠也。细读“曾入”字便知之(前四句下)。○“孤舟月”、“两鬓霜”，言一无所有也。昔年豪事竟何在哉？惟有弄笛江上，眼看残阳而已。嗟乎！嗟乎！虬须憔悴一至此乎(后四句下)？——《贯华堂选批唐才子诗》

(清)赵臣瑗：只起句七字，已明明画出一个鸟尽弓藏之故将军矣。却用

"曾入"二字振起一笔，将昔日豪华，今朝寂寞，两两相比。然又暗暗插入"五湖归去"、"六国平来"见将军于国勋劳不浅，未若他人虚邀宠遇者也。夫既不是虚邀宠遇，便不应如此"憔悴"，此言外意也。——《山满楼笺注唐诗七言律》

少 将　（唐）李商隐

族亚齐安陆，指南朝齐安陆侯萧缅，一闻国家有急即奋身而起的少年将军。见《南史》。风风，慨也。微露后半消息高汉武威。指东汉武威将军刘尚。见《后汉书·光武帝纪》。烟波别墅醉，花月后门归。青海闻传箭，天山报合围。一朝携剑起，上马即如飞。

（清）冯班：好在后四句。——《瀛奎律髓汇评》

（清）查慎行："青海"、"天山"，属对与老杜偶合。〇此唐律，该移在前。——同上

（清）何焯：破题是宗子。〇人见其"烟波"、"花月"，不知其缓急可仗，如此或以自喻也。——同上

（清）纪昀：出手微快，然自俊爽，通首写侠少之意，注家以为有刺者，非也。——同上

（清）许印芳："青海"句剿袭老杜，此不可学。——同上

浑河中浑瑊镇河中凡十五年，故称。　（唐）李商隐

九庙无尘八马回，奉天城垒长春苔。其立功之地现已长春苔。咸阳原上英雄骨，半向君家养马来。《旧唐书·浑瑊传》："位极将相，无忘谦抑，物论方之金日磾。"以此立论。

夏日题老将林亭　（五代）张 蠙

百将功成翻爱静，侯门渐欲似仙家。墙头雨细垂纤草，水面风回聚落花。井放辘轳闲浸酒，笼开鹦鹉报煎茶。几人图在凌烟阁，曾不交锋向塞沙。

（宋）晁公武：（蜀主）王衍与徐后游大慈寺，见壁间书"墙头细雨垂纤草，水面回风聚落花"，爱之，问知蠙作，给札令以诗进。蠙以二百首献，衍颇重之，将召为知制诰。——《郡斋读书志》

（近代）俞陛云：此诗在唐律中非上乘，惟第四句传诵一时耳。七律中如"绿杨花扑一溪烟"、"芰荷翻雨泼鸳鸯"、"鹭鹚飞破夕阳烟"，虽佳句而有意雕琢。张诗"水面回风聚落花"七字妙出自然，但三句之"墙头纤草"，五、六之浸酒煎茶，皆寻常语，结句亦无深意。乃王衍与徐后见其诗而激赏之，欲授以官，唐代之重诗如此，文人每藉诗卷进身也。——《诗境浅说》

临江仙·送光州今河南潢川，是接近金国的地方。曾使君奉命出使之人的尊称。　（北宋）周紫芝

记得武陵今湖南常德市。相见日，六年往事堪惊。回头双鬓已星星。谁知江上酒，还与故人倾。乍相逢又匆匆分别。

铁马红旗寒日暮，使君犹寄边城。只愁飞诏下青冥。不应犹云：不知或不顾也。据张相《诗词曲语辞汇释》云："言只恐诏宣入朝，不顾使君在边塞，正有横槊之诗兴也。"霜塞晚，呼应前面"寒日暮地"。横槊看诗成。

念奴娇·秋夕兴元使院作,用东坡韵兴元,地名,秦时名南郑,为汉中郡治所在,即今陕西汉中市。 (南宋)胡世将

神州沉陆,问谁是,一范一韩人物。朱熹《五朝名臣言行录》:(范)仲淹与韩琦协谋,必欲收复灵夏横山之地,边上谣曰:"军中有一韩,西贼闻之心胆寒;军中有一范,西贼闻之惊破胆。"北望长安应不见,抛却关西半壁。塞马晨嘶,胡笳夕引,赢得头如雪。三秦往事,只数汉家三杰。三秦指项羽入关后分秦地为三。三杰指萧何、张良、韩信。 试看百二山河,奈君门万里,六军不发。原注:朝廷主和。阃外何人,回首处,铁骑千群都灭。原注:富平之役。按:建炎四年九月,宋五路兵四十万人与金兵接战后溃于富平(今在陕西省)。拜将台攲,怀贤阁杳,兴元有韩信拜将台和纪念诸葛亮的怀贤阁。空指冲冠发。阑干拍遍,独对中天明月。绍兴九年九月,加胡世将宝文阁学士,川陕宣抚副使。此词当作于自四川至陕西赴任时,初至使院而作。

伤　春 (南宋)陈与义

庙堂无策可平戎,坐使甘泉照夕烽。初怪上都闻战马,岂知穷海看飞龙。孤臣霜发三千丈,每岁烟花一万重。稍喜长沙向延阁,疲兵敢犯犬羊锋。

(元)方回:谓潭州向伯恭。——《瀛奎律髓汇评》

(清)冯舒:学杜,故下句多露。但杜尚有不尽之致。——同上

(清)冯班:此亦未工,宋人多不会用古语。——同上

(清)纪昀:此首真有杜意。○"白发三千丈",太白诗;"烟花一万重"少陵句,配得恰好。——同上

(清)无名氏(甲):汉文时匈奴入寇,烽火通于甘泉。——同上

诉衷情　（南宋）陆　游

当年万里觅封侯，匹马戍梁州。关河梦断何处？尘暗旧貂裘。　胡未灭，鬓先秋。泪空流。此生谁料，心在天山，身老沧洲！

鹧鸪天·有客慨然谈功名，因追念少年时事，戏作　（南宋）辛弃疾

壮岁旌旗拥万夫，锦襜读檐，平声。突骑渡江初。燕兵指北方抗金义兵。夜娖读龊，入声，整理也。银胡䩮，䩮读禄，入声。银胡䩮，银色的箭袋。汉将朝飞金仆姑。金仆姑，箭名。《左传·庄公十一年》："公以金仆姑射南宫长万。"　追往事，叹今吾。春风不染白髭须。却将万字平戎策，指作者屡次上奏的抗金策略及《美芹十论》、《九议》等。换得东家种树书。"种树书"，语出《史记·秦始皇本纪》。

（元）刘祁：党承旨怀英，辛尚书弃疾，俱山东人，少同舍，属金国初遭乱，俱在兵间。辛一旦率数千骑南渡，显于宋。党在北方，擢第入翰林，有名，为一时文字宗主。二公虽所趋不同，皆有功业荣宠，视前朝陶縠、韩熙载，亦相况也。后辛退闲，有词《鹧鸪天》云"壮岁旌旗拥万夫"略。盖纪其少时事也。——《归潜志》

（明）卓人月：用珠玉金银，最忌浓俗。若尧章"剪烛屡呼金凿落，倚窗闲品玉参差"，与此（指"燕兵"二句）并雅。——《古今词统》

（清）陈廷焯：稼轩《鹧鸪天》云"却将万字平戎策，换得东家种树书"。哀而壮，得毋有"烈士暮年"之慨耶？〇又云：放翁《蝶恋花》云"早信此生终不遇，当年悔草《长杨赋》"。情见乎词，更无一毫含蓄处。稼轩《鹧鸪天》亦即放翁之意，而气格迥乎不同，彼浅而直，此郁而厚也。——《白雨斋词话》

望海潮·从军舟中作　（金）折元礼

地雄河岳，疆分韩晋，即春秋时从晋国分出来的韩国。在今山西东南部和河南中部一带。潼关高压秦头。山倚断霞，江吞绝壁，野烟萦带沧洲。泛指江海之涯。虎旆拥貔貅。看阵云截岸，霜气横秋。千雉严城，五更残角月如钩。　西风晓入貂裘。恨儒冠误我，却羡兜鍪。读谋，平声。兜鍪，头盔。六郡少年，陇西等六郡良家子弟以才力为官，名将多出焉。见《汉书》。三明老将，《后汉书·段颎传》："颎字纪明，初与皇甫威明、张然明并知名，显达京师，称为凉州三明。"苏轼《和梅户曹会猎铁沟》诗："山西从古说三明，谁信儒冠也捍城。"贺兰烽火新收。贺兰山在宁夏中部，当时是金和西夏争夺的地方。天外岳莲楼。在西岳华山附近。想断云横晓，谁识归舟？剩着黄金换酒，羯鼓醉凉州。

沁园春·送翁宾旸游鄂渚鄂渚，武昌也。

（南宋）吴文英

情如之何？化用江淹《别赋》"送君南浦，伤如之何"。暮途为客，客自指化用庾信《哀江南赋》："日暮途远，人间何世？将军一去，大树飘零。"忍堪送君。便江湖天远，中宵同月；关河秋近，何日清尘？玉麈生风，貂裘明雪，幕府英雄今几人？行须早，料刚肠肯殢，殢读替，去声。困扰也。泪眼离颦。　平生秀句清尊，到帐动风开自有神。《晋书·郗超传》载谢安与王坦之曾经诣桓温论事，桓温让郗超在帐中卧听，风动帐开，谢安见而笑曰："郗生可谓入幕之宾兮。"听夜鸣黄鹤，黄鹤楼，切地。楼高百尺；朝驰白马，笔扫千军。贾傅才高，岳家军在，好勒燕然石上文。松江上，念故人老矣，甘卧闲云。

南歌子·古戍　(清)纳兰性德

古戍饥乌集,荒城野雉飞。何年劫火剩残灰,试看英雄碧血满龙堆。　玉帐空分垒,金笳已罢吹。东风回首尽成非。不道兴亡命也岂人为。

南乡子　(清)纳兰性德

何处淬吴钩,一片城荒枕碧流。曾是当年龙战地,飕飕。塞草霜风满地秋。　霸业等闲休,跃马横戈总白头。莫把韶华轻换了,封侯。多少英雄只废丘。

书赠毛副戎　(清)纪　昀

雄心老去渐颓唐,醉卧将军古战场。半夜醒来吹铁笛,满天明月满林霜。

西师六首

道光十年庚寅秋,杨芳以平定张格尔叛乱奉召入京,宣宗又令杨赴新疆继续镇压余众。魏源应杨芳邀,随军至嘉峪关而返,作《西师》六首。

(清)魏　源

见说王师讨叛羌,诏书祸首罪边疆。譬从南海骚珠翠,奚异西陲索白狼。张奂早辞羊马馈,王郎何至羽书猖。虫生朽木非今日,蚁溃金隄自古防。

乌孙疏勒尽包荒，久已门庭视朔方。一自蒲稍停塞贡，频闻羽檄走戎羌。征兵远到黄龙府，輓炮翻驰回纥疆。谁识百程劳往返，戎衣空压万驼霜。

间道前锋柯尔坪，万驼鱼贯月连营。盘雕雪帐寒无梦，捣贼河冰夜有声。夺气先争疏勒垒，长驱更向郅支城。长安索米频西笑，好梦前宵赋北征。

征兵九道集轮台，羽檄甘泉日夜催。黑水柳环营垒立，雪山梅伴战场开。须防清野逃三窟，有几屯田遍九垓。万里转输方孔亟，几时飞过白龙堆。

捷书中夜过龟兹，共说杨家老战旗。河雾仓黄冲垒日，阵云崩黑倒戈时。冠军尚有乾隆势，破竹未令回纥知。从此天山一扫定，凯歌杨柳劳归师。

阱兽锴鱼忽突围，何堪绝徼老王师。谁陈斧画维州议，不顾唇寒都护危。百战三朝西顾地，九秋诸将北征时。庙谟若有姚崇在，肯割阴山付月支！

寰海十一首　（清）魏　源

寰海蚨飞尚未知，江河蚁溃起何时。乾坤嗜欲兴弧矢，饮食需屯召讼师。孰使卉皮轻节钺，只因薏苡似珠琪。不诛夏览惩贪帅，枉罢朱纨谢岛夷。

千舶东南提举使，九边茶马驭戎韬。但须重典惩群饮，那必奇淫杜旅獒。周礼刑书周诰法，大宛苜蓿大秦艘。欲师夷技收夷用，上策惟当选节旄。

楼船号令水犀横，保障遥寒岛屿鲸。仇错荆吴终畏错，间晟赞普讵攻晟。乐羊夜满中山箧，骑劫晨更即墨兵。刚散六千君子卒，五羊风鹤已频惊。

谁奏中宵秘密章，不成荣虢不汪黄？已闻狐鼠神丛托，那望鲸鲵瀣渤攘。功罪三朝云变幻，战和两议镬冰汤。安邦只是诸刘事，绛灌何能赞塞防。

揖寇原期寝寇氛，力翻边案撤边军。但师卖塞牛僧孺，新换登坛马服君。化雪尽悲猿鹤骨，檄潮但草鳄鱼文。若非鲍老当场日，肯信巾贻仲达裙。

仗钺分茅细柳营，托身肺腑请长缨。徒闻南面朝军吏，几见东牟驭禁兵。纨绔例当骠骑贵，绣衣那信吕嘉轻。指挥犹执金如意，棐几湘帘海外行。

门外寇难门内搜，水军不与陆军侔。一新壁垒楼兰将，百战戈船下濑愁。贵后田单朝气竭，老来廉颇智囊收。先声枉使群夷慑，退舍曾麾众岛舟。

颇闻戎首半黔黎，白日无端魍魅归。精气变痰非异物，乌黄入药即兵机。楼船月晕西红海，草木云屯东黑衣。蜑雨蛮风一惆怅，卢循征侧费从违。

城上旌旗城下盟，怒潮已作落潮声。阴疑阳战玄黄血，电挟雷攻水火并。鼓角岂真天上降，琛珠合向海王倾。全凭空气销兵气，此夕鲛宫万丈明。

揭竿俄报郅支国，呼市同仇数万师。几获雄狐来庆郑，谁开押兕祸周遗。七擒七纵谈何易，三覆三翻局愈奇。愁绝钓鳌沧海客，墨池冻卧黑蛟螭。

草木兵声报粤陬，海潮怒汩尉佗秋。岂闻火战乘风逆，安有山台代敌修。黄盖获舟供贼炬，王匡皺卒但民仇。从来御寇须门外，谁溃藩篱错六州？

寰海后十首　（清）魏　源

争战争和各党魁，忽盟忽叛若棋枚。浪攻浪款何如守，筹饷筹兵贵用才。惊笑天公频闪电，群飞海水怒闻雷。漫言孤注投壶易，万古澶渊几寇莱。

大食波斯助舳舻，吐蕃西徼效驰驱。不教回纥供箠使，翻遣囊霄奏嫚媮。岛国但令仇岛贼，天骄得不忌天吴。六州错铸休重错，几见前车鉴后图。

无端风鹤杂龙蛇，二月边城未见花。罨画溪前飞败鹢，浣纱江畔走惊麕。青峦绿水西施国，封豕长鲸北海笳。不信湖山金碧里,桃源无处访胡麻。

小挫兵家胜负常,但须整旅补亡羊。麈军周处罴当道,倡走荀林马乱行。白面军中谁羽扇,华镫盾鼻又封章。重颓赤帜骄夷帜,更使江防亟海防。

阵阵雷霆夹鼓鼙,沸唇已逼石头湄。海风逆上皆爰鸟,江水连朝饮佛狸。城下华元槃婉转,坛前赞普发鬈鬑。百年白土山头月,曾照元戎退岛师。

已坏长城不念檀,孟明纵用补牢难。先咷肯作前禽戒,后福谁收塞马完。小大东空机杼竭,再三北后辙旗寒。似闻临别由余语,翻代中朝未雨叹。

倭寇前朝偏海峡,张谭俞戚尚宣勤。鸳鸯阵压常蛇阵,貔虎军成风鹤军。肯借款盟修塞备,犹贤岁币作边勋。受降城外三更月,善后空从羽檄闻。

尽习都俞润色风,升平养豢百年中。临时但解驱轩鹤,无事还闻好叶龙。蛙紫莫言平秀吉,戈船谁御郑成功。若非犀兕于思辱,犹诧鱼丽百代雄。

曾闻兵革话承平,几见承平话战争。鹤尽羽书风尽檄,儿谈海国婢谈兵。梦中疏草苍生泪,诗里莺花稗史情。官匪拾遗休学杜,徒惊绛灌汉公卿。

日日渔村理画榔，鹊晴鸠雨费评量。东风忽压西风浪，下水俄更上水樯。几见使船如阵马，愁看敝笱制鳏鲂。莫登采石矶头望，恐有量江钓月航。

（清）林昌彝：英夷不靖以来，洋烟流毒中国，甚于洪水猛兽。海口五处通商，实非久计。即以福州海口言之（五虎门内闽安镇营），洋烟之入每日三大箱，每箱值洋番八百员；又六十余小箱，每箱值洋番六十员。每日共输洋番六千余员，不足以银代之，又不足以好铜钱代之，每岁计输钱三百万。（若合五海口所输计之，每岁奚止二千万乎？）福州之地即以金为山以银为海亦不足供逆夷所欲，况地瘠而民贫者乎？数年以后，民其涂炭矣。余意欲革洋烟，须先禁内地吸食洋烟之土民，然后驱五海口之英逆。驱之之法，则不主和而主战。余前有上某大府《平戎十六策》，邵阳魏默深司马（源）见之决为可行。默深负命世才，书生孤愤，与余同志焉。其著《海国图志》六十卷，为以夷攻夷而作，为以夷款夷而作，为师夷长技以制夷而作……默深俯仰世变，深抱隐忧，著有《寓公小草》。其《前史感》云云《后史感》云云。按：《前史感》即《寰海十一首》，《后史感》即《寰海后十首》。——《谢鹰楼诗话》

吊关中卒　（清）黄燮清

一旅熊罴势已孤，男儿马革誓捐躯。竟能杀敌先诸将，直欲当关抵万夫。瀛海雷霆飞战火，函陵风雨断归途。牙旗朱盖人何处，浩荡君恩报得无？

三、使 臣

送高郎中北使 (唐)杜审言

北狄愿和亲，北狄为北方少数民族的总称。东京发使臣。马衔边地雪，衣染异方尘。岁月催行旅，恩荣变苦辛。谓奉诏出使，恩宠有加，不觉此行之苦。歌钟期重锡，锡同赐。歌钟、古乐器。此用魏绛故事。春秋时晋在魏绛力争下与山戎结盟议和，解除后顾之忧，专力对付诸侯。八年间九合诸侯，国力渐强。后晋与郑盟，郑赠晋以兵车歌钟、女乐等。晋悼公因魏绛有功，以歌钟与女乐一半赏给魏绛。此句指高郎中出使必有成功。拜手《书·太甲中》："伊尹拜手稽手。"孔传："拜手，首至手。"古代之礼，表示相庆。落花春。

送刁景纯学士使北 (北宋)梅尧臣

常闻朔北寒尤甚，已见黄河可过车。驿骑骎骎持汉节，边风惨惨听胡笳。朝供酪粥冰生碗，夜卧毡庐月照沙。侍女新传教坊曲，归来偷赏上林花。

(元)方回：祖宗时与契丹盟好甚笃，故凡送使人诗亦不敢轻易及边事。熙、丰以来，人人抵掌，务欲生事于西北，遂致靖康之祸。悲夫！——《瀛奎律髓汇评》

(清)查慎行：此评深中事机。——同上

(清)纪昀:风格遒健,惟后二句语意不甚了了。——同上

(清)许印芳:《宛陵集》勿论古今体皆能自出手眼,不肯依傍古人。其七律于排比之中,每寓拗峭以避平熟,起一句多不用韵,亦每用拗峭之笔以取势,如《送乐职方》云"长堤冻柳不堪折,穷腊使君单骑行",《送张少卿》云"朱旗画舸一百尺,五月长江水拍天",皆妙。集中此体多苍老遒动之作,送行作尤多。——同上

欲　归

李璧按:荆公一生除出使契丹外,足迹未至京师以北。据此,则此诗当为出使之作,时在嘉祐五年末。　(北宋)王安石

水漾青天暖,沙吹白日阴。塞垣春错寞,错莫,寂寞,冷落也。见仇兆鳌注杜甫《瘦马行》。行路老侵寻。侵寻,渐次发展之意。见《史记·孝武本纪》。绿梢还幽草,红应动故林。留连一杯酒,满眼欲归心。

(元)方回:雁湖注谓简斋"红绿扶春上远林"亦似此佳。——《瀛奎律髓汇评》

(清)纪昀:各自一意,此二句力在"稍"字,"应"字。虚实相配,情景俱到。此不减杜。○五、六高妙,对句尤天然生动。——同上

(清)查慎行:此介甫送北使时作。——同上

(清)许印芳:荆公诗炼字、炼句、炼意、炼格,皆以杜为宗。集中古今体诗,多有近杜者。然非形貌近杜,乃骨味神韵暗与之合也。诗不学杜,必不能高。而善学者,百无一二。唐之义山,宋之半山、山谷、后山、简斋,此五家者真善学杜者也。后人欲入浣花翁之门须从此五家问津。诗成之后,拈诗中"欲归"二字为题,老杜惯用此例。——同上

被命出使　(北宋)郑　獬

镜湖清浅越山寒,好倚秋云刮眼看。万里尘沙卷飞

雪，却持汉节使呼韩。

次韵子瞻相送使胡　(北宋)苏　辙

朔雪胡沙试此身，青罗便面紫狐巾。拥旃代北随飞燕，顿足江东有卧麟。欺酒壶冰将送腊，照溪梅萼定先春。汉家五饵五种怀柔软化对方的措施。见《汉书·贾谊传》赞。今方验，更愧当年叹息人。

水调歌头·送章德茂大卿使虏　(南宋)陈　亮

不见南师久，谩说北群空。韩愈《送石处士序》："伯乐一过冀北之野而马群遂空……吾所空，非无马也，无良马也。"当场只手，毕竟还我万夫雄。自笑堂堂汉使，得似洋洋河水，依旧只流东。且复穹庐拜，会向藁街逢。藁街，长安街名。西汉陈汤斩匈奴郅支单于，悬其头于此。　尧之都，舜之壤，禹之封。于中应有，一个半个耻臣戎。万里腥膻如许，千古英灵安在，磅礴几时通。胡运何须问，赫日自当中。

(清)李调元：陈同甫无媚词，与稼轩同唱和，笔亦近之。余甚爱其《水调歌头》一阕云"不见南师久……"，读之令人神往。——《雨村词话》

(清)冯煦：龙川痛心北虏，亦屡见于辞，如《水调歌头》云"尧之都，舜之壤，禹之封，于今应有，一个半个耻臣戎。……"忠愤之气，随笔涌出，并足唤醒当时聋聩，正不必论词之工拙也。——《蒿庵论词》

(清)陈廷焯：精警奇肆，剑拔弩张。——《词则·放歌集》

又云：同甫《水调歌头》云："尧之都，舜之壤，禹之封。于中应有，一个半个耻臣戎。"精警奇肆，几于握拳透爪。可作中兴露布读，就词论，则非高

调。——《白雨斋词话》

送曹吉甫兼及通甫　（金）元好问

意气羡君豪，怜君屈骑曹。安能事笔砚，且复混弓刀。风雪貂裘暗，关山马骨高。南飞见鸿雁，应为惜哀劳。

中山贡使入朝纪事　（清）李来泰

却贡趋朝礼遇殊，碧胪魋结语乌乌。已闻圣主方焚玉，何用鲛人更泣珠。环海近添新郡县，中山已属旧疆隅。谨将城外名王表，添入天家职贡图。

（清）沈德潜：轻贡献而重朝服，立言有体。——《清诗别裁集》

送汪舟次检讨奉使册封琉球　（清）丁　澎

孤悬鳌屿海涯间，襟带穷荒控百蛮。已奉春秋知正朔，何年南北并中山？自天宸翰龙鳞动，绕日珠旓豹尾斑。底事皇华念将母，乘风归路指刀环。

（清）沈德潜：本二琉球，后并为一，故问之。康熙戊戌岁，徐征斋太史出使琉球，归省侍母，时作诗送行者必以“出使”、“省亲”对举，推为合律。不知出使是主意，省亲只是旁及，殊失轻重也。此诗将母于结处一点，见前辈位置之妥。——《清诗别裁集》

四、寓直　扈从

酬苏味道夏晚寓直省中见赠　（唐）沈佺期

并命登仙阁，通宵直礼闱。大官供宿膳，侍史护朝衣。卷幔天河入，开窗月露微。小池残暑退，高树早凉归。冠剑无时释，轩车待漏飞。明朝题汉柱，三署有光辉。

（元）方回：此诗三联紧峭精神，尾句亦善用郎署事，即田凤季宗"堂堂乎张、京兆田郎"者也。出《三辅录》。——《瀛奎律髓汇评》

（清）纪昀：此种典故，在今日为腐烂语矣。因后来用滥而并议古人，此不论其世之过；因古人尝用而据以借口，又不通其变之过也。初唐诸作多骨有余而气不足，肉有余而神不足。此作最有格韵，非复板重之习矣。——同上

（清）许印芳：此论允当。——同上

（清）冯舒：登阊阖，谒紫宸，所见所闻无人间气息，诗至沈、宋，人巧极而天工错矣。——同上

（清）陆贻典：三、四是晚夏直省正面。——同上

（清）查慎行：中二联写夏晚景物佳。——同上

（清）何焯：中二联叙夏景极洒脱，"冠剑"一联转给到寓直，落句收员外，应起处"并命"，又转出题柱一层，皆以君恩裹结，意味深厚，盛世之文。——同上

（清）无名氏（乙）：七、八是夏晚佳句。——同上

(清)李因培:气韵清迥,如听三霄笙鹤。——《唐诗观澜集》

(清)卢麰、王溥:陈德公曰:五、六、七、八味景得秀,故是诗人分内。三、四叙眼前事,觉为典绮。由其笔饶婉韵,故能运时成雅,最关工力。——《闻鹤轩初盛唐近体读本》

(清)胡本渊:先写寓直之乐,次写省中之胜,未兼颂祝之意,清雅绝俗。——《唐诗近体》

同崔员外秋宵寓直　　(唐)王　维

建礼汉宫门名。高秋夜,用汉尚书郎故事。承明承明为后宫出入之门。候晓过。九门寒漏彻,万井曙钟多。月迥远也。藏珠斗,云消出绛河。即银河。更惭衰朽质,南陌共鸣珂。

(元)方回:蔡质《汉官典职》曰:"尚书郎昼夜更直五日于建礼门外。"承明者,殿庐也。珂石、次玉、玛瑙,色白如雪;或云螺属,生海中。《通典》:"老鸥入海为珗,可作马勒,谓之珂。"唐《仪卫志》:"一品至五品官有象辂、革辂、木辂、轺车。三品以上珂九子,四品七子,五品五子。车辂藏于太仆,制册大事则给,余皆以骑代车。"珂则马衔也,又五品以上有珂伞。——《瀛奎律髓汇评》

(清)纪昀:注"珂"太曼衍。了无深意,而气体自然高洁。○"藏"字、"出"字炼得自然,不似晚唐、宋人之尖巧。末二句入崔员外,却突兀。——同上

(明)胡应麟:"九衢寒雾敛,万井曙钟多"右丞壮语也。杜"星临万户动,月傍九霄多"精彩过之。——《诗薮》

(清)何焯:清华。——《瀛奎律髓汇评》

(清)无名氏(乙):去沈、宋不远。——同上

春宿左省　　(唐)杜　甫

花隐掖垣暮，啾啾栖鸟过。星临万户动，月傍九宵多。不寝听金钥，因风想玉珂。明朝有封事，数问夜如何？

(清)叶燮：从来言月者，只有言圆缺，言明暗，言升沉，言高下，未有言多少者。若俗儒不曰“月傍九宵明”，则曰“月傍九宵高”，以为景象真而使字切矣。……试想当时之情景，非言明、言高、言升可得；而惟此“多”字可以尽括此夜宫殿当前之景象。——《原诗》

(清)浦起龙：按三、四只是写景，而帝居高迥，全已画出。后四本贴“宿”字，反用“不寝”二字，翻出远神，都无滞相。——《读杜心解》

(清)查慎行：灵武即位以后阙事多矣。岑嘉州云“圣朝无阙事”，不如老杜“明朝有封事”为纪实也。——《瀛奎律髓汇评》

(清)何焯：“金钥”自内出，“玉珂”外入。——同上

(清)纪昀：平正妥帖，但无深味。〇三、四实赋现景，诗话穿凿无理。结二句是五、六注脚。——同上

宿　府　　(唐)杜　甫

清秋幕府井梧寒，独宿江城蜡炬残。永夜角声悲自语，中天月色好谁看。风尘荏苒音书绝，关塞萧条行路难。已忍伶俜十年事，强移栖息一枝安。

(元)方回：此严武幕府秋夜直宿时也。三、四与“五更鼓角声悲壮，三峡星河影动摇”同一声调，诗之样式极矣。——《瀛奎律髓汇评》

(清)冯舒：三、四之高妙亦不在于声调。第四说宿幕府，意致情事，无穷之极。——同上

(清)纪昀:一悲壮,一凄婉,声调不同。八句终有拙意。——同上

(清)许印芳:八句对。○八句收到“宿府”,回应首句,法律细密。晓岚以词语之工拙苛求古人,吾所不取。——同上

禁中寓直,梦游仙游寺　(唐)白居易

西轩草诏暇,松竹深寂寂。月出清风来,忽似山中夕。因成西南梦,梦作游仙客。觉闻宫漏声,犹谓山泉滴。

忆夜直金銮奉诏承旨　(唐)李 绅

月当银汉玉绳低,深听箫韶碧落齐。门压紫垣高绮树,阁连青琐近丹梯。墨宣外渥催飞诏,草定新恩促换题。明日独归花路远,可怜人世隔云泥。

羽林郎　(唐)朱庆余

紫髯年少奉恩初,直阁将军尽不如。酒后引兵围百草,风前驻旆领边书。宅将公主同时赐,官与中郎同日除。大笑鲁儒年四十,腰间犹未识金鱼。

(清)金人瑞:前解写羽林意气。言睹其髯,则紫也;问其年,则少也;述其奉恩,则初也。直阁为文臣一品,将军为武臣一品,乃此少年见之,曾不肯让道也。“引兵围百草”,只算是其使酒;“驻旆领边书”,只算是其戏事。皆极写旁无一人,目无一事也(前四句下)。○后解写羽林宠遇,易知。忽然捎

带“鲁儒”,用“大笑”二字,便知羽林不识一丁字也(后四句下)。——《贯华堂选批唐才子诗》

(清)张世炜:此亦俗调,取其紧健,能一气贯成,与熟滑者不同。——《唐七律隽》

中秋禁直　(唐)韩　偓

星斗疏明禁漏残,紫泥封后独凭栏。露和玉屑金盘冷,月射珠光贝阙寒。天衬楼台笼苑外,风吹歌管下云端。长卿只为长门赋,未识君臣际会难。

(元)方回:端重有体。——《瀛奎律髓汇评》

(清)陆贻典:中四句是中秋禁中,那移不得。——同上

(清)何焯:陈后废,以相如一赋复得召幸。昭宗幽于东内,身为内相,不能建复辟之绩,岂不负此际会乎?当于言外求之。——同上

(清)纪昀:致尧诗或纤或俚,此独深隐。第五句“衬”字炼得稳,以新巧论之,则胜下句,而下句却以天然胜。——同上

禁中作　(唐)韩　偓

银台直北金銮外,暑雨初晴凉月中。惟对松篁听刻漏,更无尘土翳虚空。绿香熨齿金盘果,清冷侵衣水殿风。坐久始闻铃索动,玉堂西畔响丁东。翰林故事,悬铃引索以代传呼。每有紧急文字,内臣即立于门外,铃声动,本院小判官出,受讫,呈院使,院使受学士。一句上直之处,二句上直之时。三句承一句,四句承二句。

禁林春直　（北宋）李　昉

疏帘摇曳日辉辉，直阁深严半掩扉。一院有花春昼永，八方无事诏书稀。树头百啭莺莺语，梁上新来燕燕飞。岂合此身居此地，妨贤尸禄自知非。

夜　直　（北宋）王安石

金炉香尽漏声残，翦翦轻风阵阵寒。春色恼人眠不得，月移花影上栏杆。

夜直秘阁呈王敏甫　（北宋）苏　轼

蓬瀛宫阙隔埃氛，帝乐天香似许闻。瓦弄寒晖鸳卧月，楼生晴霭凤盘云。共谁交臂论今古，只有闲心对此君。这里的"此君"指酒也。白居易《效陶》诗："乃知阴与晴，安可无此君。"大隐王康琚诗："小隐隐陵薮，大隐隐朝市。"大隐指身居朝市而志在玄远之人。本来无境界，北山猿鹤漫移文。

卧病逾月，请郡不许，复值玉堂。十一月一日锁院。为保守机密而锁闭院门，断绝往来谓之锁院。《宋史·职官志》："凡拜宰相及事重者，晚漏上，天子御内东门小殿，宣召面谕，给笔札书所得旨，禀奏归院，内侍锁院门，禁止出入。"是日苦寒，诏赐官烛法酒，书呈同院

（北宋）苏　轼

微霰疏疏点玉堂，词头唐、宋朝廷命官任职的谕旨称词头。夜下

揽衣忙。分光御烛星辰烂，拜赐宫壶雨露香。醉眼有花书字大，老人无睡漏声长。何时却逐桑榆暖，社酒寒灯乐未央。

(元)方回：中四句气焰逼人。——《瀛奎律髓汇评》

(清)冯舒：此时世局将变，故落句如此。——同上

(清)查慎行：通首气味好。○结句不脱“酒”与“烛”，是何等法脉。——同上

(清)何焯：此篇不减梦得。○浑厚。○第一句“苦寒”。第二句“锁院”。第五句“词头”。第六句“玉堂”。第七句顾“请郡”。——同上

(清)纪昀：七律亦非东坡长技，颇以气格胜耳。古体自妙绝一时，独有千古。可惜结入习径。阅其全集，方知此是东坡口病，所谓好曲不禁三回唱。——同上

(清)无名氏(乙)：椽笔春容，此公独步。——同上

(清)许印芳：东坡天才豪放，学殖富有，发为文章，非大篇长句不足供其挥洒。故其诗七言最为擅场，七古较七律尤出色，七律虽不及七古，而气格超胜。全集佳篇甚伙，在宋人七律中尽可独树一帜。晓岚谓非长技，此谬说也。其批《律髓》于此诗句句着圈，惟结句稍不满意。盖仕宦而怀退休之志，亦是本分。东坡好作此等语，未免数见不鲜。然在本集为口病，在选本中却无妨碍。全诗老成，中四句尤佳。晓岚斥为颓唐，亦是苛论。——同上

夜直玉堂携李之仪端叔诗百余首，读至夜半书其后　(北宋)苏　轼

玉堂清冷不成眠，伴直难呼孟浩然。暂借好诗消永夜，每逢佳处辄参禅。愁侵砚滴初含冻，喜入灯花欲斗妍。寄语君家好儿女，他时此句一时编。

(元)方回：李之仪诗得意趣颇深晦，非东坡不之察，故有是佳句。以孟

浩然待之非夸也。——《瀛奎律髓汇评》

(清)何焯:玉堂岂可谈禅耶?正言其诗晦也。——同上

(清)纪昀:浩然伴直,实有此事,非但比其诗也。五句是沉思光景,六句是领悟光景,写得有神。——同上

(清)陆贻典:东坡才学自是宋人中杰出,然无老杜深沉之韵,不耐咀味,此其病也。——同上

(清)许印芳:晓岚批《律髓》,此诗每句着圈,批本集五、六句密圈,今从本集。〇本集批云:"气机流畅,然非五、六着实撑不得住,则太滑矣。"又曰:"五句言诗境之苦,六句言赏心之乐。"——同上

(清)无名氏(乙):每于对句超绝,六尤冰署生春。——同上

次韵曾子开扈从二首　(北宋)苏 轼

槐街绿暗雨初匀,瑞雾香风满后尘。清庙幸同观济济,丰年喜复接陈陈。拥容已餍天庖赐,俯伏初尝贡茗新。辇路归来闻好语,共惊尧颡类高辛。高辛,尧之父也。《孔子世家》:"孔子立于郑之东门,郑人谓子贡曰:'东门有人,其颡似尧。'"

入仗入仗,语出《唐书·仪卫志》。杜甫《寄贾至》诗:"侍臣谙入仗。"魂惊愧草莱,一声清跸九门开。晖晖日傍金舆转,习习风从玉宇来。流落生还真一芥,周章危立近三槐。道旁倘有山中旧,问我收身早晚回。

次韵蒋颖叔钱穆父从驾景灵宫　(北宋)苏 轼

归来病鹤记城闉,旧踏松枝雨露新。半白不羞垂领发,软红犹恋属车尘。雨收九陌丰登后,日丽三元下降

辰。粗识君王为民意，不才何以助精禋。

(元)方回：此元祐七年壬申南郊时事。——《瀛奎律髓汇评》

(清)查慎行：公初自登州还朝，故前半云云。〇“闻”字险韵，又连用“新”字，难押，必拣意出之，方得稳老贯串，此诗起二句，何等用意！——同上

(清)纪昀：东坡馆阁唱和诸七律，皆不为佳，此首固不失局度。——同上

(清)无名氏(甲)：《玉烛宝典》云，“三元”谓岁之元，时之元，月之元也。——同上

次韵曾子开扈从二首　(北宋)苏　辙

万人齐仗足声匀，翠辇徐行不动尘。夹道欢呼通老稚，从官杂遝数徐陈。旌旗稍放龙蛇卷，旒冕初看日月新。天遣雨师先洒道，农夫不复误占辛。

衣冠双日款蓬莱，帘脱琼钩扇不开。清晓逮惊三殿启，翠华遥自九天来。晨光稍稍侵黄盖，瑞雾霏霏着禁槐。千两翟车观礼罢，归时满载德风回。

水调歌头·史馆夜直　(金)元好问

形神自相语，咄诺汝来前。天公生汝何意，宁独有奇偏。万事粗疏潦倒，半世栖迟零落，甘受众人怜。许汜卧床下，赵壹倚门边。赵壹，东汉时人，其《刺世疾邪赋》云：“文籍虽满腹，不如一囊钱。伊优北堂上，抗脏倚门边。”　五车书，都不博，一囊钱。长

安自古歧路，难似上青天。鸡黍年年乡社，桃李家家春酒，平地有神仙。归去不归去，鼻孔有谁穿。

送袁伯长名袁桷。扈从上京上京即上都开平，在今内蒙古境内。

（元）虞 集

日色苍茫映赭袍，时巡无乃圣躬劳。天连阁道晨留辇，星散周庐夜属橐。白马锦鞯来窈窕，紫驼银瓮出葡萄。从官车骑多如雨，只有扬雄赋最高。以汉代扬雄比袁桷。

夜宿中书省偶述 （清）沈德潜

独宿丝纶阁，虚堂灯火清。窥檐星汉影，记夜柝铃声。报称惭须鬓，疏慵负圣明。家园通梦寐，游钓忆平生。

直房小憩 （清）袁 昶

拳窝窄窄铿生烟，渐近窗光欲曙天。却似扁舟宿深苇，晓来风定一鸥眠。

（三）地方官

一、刺史 郡守

送弹琴李长史赴洪州 （唐）钱起

抱琴为傲吏，孤棹复南行。几度秋江水，皆添白雪声。佳期来客梦，幽思缓王程。佐牧无劳问，心和政自平。

送王介学士赴湖州 （北宋）王安石

东吴太守美如何？柳恽诗才未足多。遥想郡人迎下担，王溥《唐会要》："大中五年，中书门下奏：'诸州刺史初到任，准例皆有一担什物。离任时，亦例有资送。成例已久。自今以后，诸州刺史下担什物及除替送钱物，各守州郡旧规。"白蘋洲渚正沧波。白蘋洲在湖州霅溪之东南。梁柳恽为太守时有诗云："汀州采白蘋，日晚江南春。"因以名洲。

泗州过仓中刘景文老兄戏赠一绝

（北宋）苏轼

既聚伏波米，还数魏舒筹。《晋书·魏舒传》：舒为钟毓长史，毓每与参佐射，舒常为画筹而已。后遇朋友不足，以舒满数。舒发无不中，举座愕然。毓谢

而叹曰：吾之不足尽卿才，亦如此射。应笑苏夫子，侥幸得湖州。

金陵晤王孟亭太守 （清）翁运标

四十专城早立勋，投簪及赴旧榆枌。唤回梁苑繁华梦，许入间鸥野鹤群。崔琰虬髯人未老，孙登鸾啸我先闻。潘车小市成前度，何处重逢左阿君。

留别台州四首作者曾官台州太守，此为罢职时作。 （清）潘观藻

为观日出蹑三台，万千峰火涤笔来。碧海笑看鲲变化，青天自许鹤徘徊。平临箕斗空成锦，管领湖山信费才。好谢石梁双涧瀑，年年花发瀹离杯。

休道壶瀛最上头，三山才近好风收。一麾到海真蛇足，八口浮家问鹤楼。魔力能嘘无缝塔，含沙偏射下滩舟。波涛见惯归帆稳，山月江风鄂渚秋。

桃源归溯楚江清，十万花光夹岸迎。宦海浮沉今结局，尧天歌咏付余生。黄冠紫绶都如梦，红树青霜饯此行。莫待潇湘芳草绿，春山处处子规声。

书生面目太酸寒，试着初衣觉便安。不厌清贫求小郡，也须福慧了粗官。无田致悔归田晚，到海始信观海

难。敢对西风怨摇落,赋闲原是赋秋潘。

太州引退留别士民二首　(清)沈良材

陶唐旧俗尚敦庞,愧乏才猷负此邦。政或无人讥硕鼠,夜犹闭户说惊龙。盘根利器惭虞诩,务本名言溯曲江。计拙催科甘获咎,欲纾民困力难扛。

及早抽身自挂冠,黄粱梦已悟邯郸。花枝未满河阳植,琴操何曾单父弹。绝少一缣称长物,敢因五斗恋微官。而今毁誉凭舆论,视我何妨见肺肝。

送王病山守抚州　(清)曾习经

又见鸾皇下紫阁,更无鹰隼击秋雯。匡时谏草收行箧,归路荷花咏圣恩。一郡江湖闲不极,五更朝鼓断相闻。年年正有新亭叹,更向天涯怅失群。

二、县 官

送方城韦明府 （唐）王 维

遥思葭菼读加毯，平上声。即芦与荻，水生植物名。际，寥落楚人行。高鸟长淮水，平芜故郢城。使车听雉乳，县鼓应鸡鸣。若见州从事，无嫌手板迎。

寄韩鹏 （唐）李 颀

为政心闲物自闲，朝看飞鸟暮飞还。寄书河上神明宰，羡尔城头姑射山。

（明）钟惺、谭元春：谭云“至理”，钟云“心闲物自闲”，此幽人妙境，写人为政中，梦想不到，然实是确论（“为政心闲”句下）。又云“只得如此虚接，一实便痴”（“朝看飞鸟”句下）。谭云“‘羡尔’二字说得不浅不深”，钟云“落句亦旷亦痴”。——《唐诗归》

（清）张揔：季贞曰：“赠作令者此为第一，以其神韵高耳。”——《唐诗怀》

（清）黄生：“心闲物自闲”，即老子“我无为而民自化，我好静而民自正”意。语本涉道理，看他接句却不说向道理去，自是唐人手法。后二句亦只承“闲”字说下，益觉缥缈松动。——《唐诗摘钞》

（清）张文荪：对法灵活，后人无此气格。谓印板唐诗不足学，甘作纤巧

之词，殊不可解。明明赞他"神明宰"，却说"羡尔姑射山"用意参差入妙。——《唐贤清雅集》

（清）徐增：羡姑射山正是赞韩鹏为政心闲处，具如许气力，却恬然不觉，诗之有养者。——《而庵说唐诗》

盖少府新除江南尉问风俗　（唐）郎士元

闻君作尉向江潭，吴越风烟到自谙。客路寻常随竹影，人家大抵傍山岚。缘溪花木偏宜远，避地衣冠尽向南。惟有夜猿啼海树，思乡望国意难堪。

（清）金人瑞：江南尉问风俗，夫江南风俗，殊未易说也。三、四亦只略举其粗，其意味深长，却全在"到自谙"三字。人生在世，来日大难，总以此三字为度厄秘章。此便是先师素富贵一篇秘密精义也（前四句下）。○前解凄恻，此解宽慰，言远方花草既悦人目，中国衣冠又皆集会，彼中风日亦殊不恶也。七、八"惟有"字妙，言只此一事或似难堪，只此难堪之为言其余皆不妨也（后四句下）。——《贯华堂选批唐才子诗》

（清）毛张健：不是劝驾，乃是催归，妙！仍借吴越风景衬出。——《唐诗肤诠》

（清）冯班：三、四酷似乐天。——《瀛奎律髓汇评》

（清）陆贻典：第六句有关系，通篇担力。——同上

（清）查慎行：第六句用于晋、宋南渡时更切，唐都关中，衣冠未必皆南迁，然好句自不可废。——同上

（清）纪昀：此种体裁只宜五律，作七律便成曼调。○第五句"偏宜远"三字凑出。○是时中原多故，衣冠多避而南，亦言其风土之佳，为人所乐趋耳，注家引晋南渡事，非也。——同上

题桐庐李明府官舍 （唐）崔峒

讼堂寂寂对烟霞，五柳门前聚晓鸦。流水声中视公事，寒山影里见人家。观风竞美新为政，计日还知更触邪。可惜陶潜无限酒，不逢篱菊正开花。

（明）周敬：三、四写官舍景如画，比张正言“竹里藏公事，花间隐使车”更是灵秀。高仲武所谓“亦披沙拣金，时时见宝”者也。——《唐诗选脉会通评林》

（清）何焯：三、四只似直书即目，而操之洁，县之偏皆在焉。落句惜其将去，以足上美其新政之意。“观风”、“计日”四字，又上下之绾结也。——《唐诗鼓吹评注》

（清）屈复：五、六俗甚，不为全璧。——《唐诗成法》

寄陆浑赵明府 （唐）张籍

与君学省同官处，常日相随说道情。新作陆浑山县长，早知三礼甲科名。郭中时有仙人住，城内应多药草生。公事稀疏来客少，无妨着屐独闲行。

昭应官舍 （唐）王建

绕厅春草合，知道县家闲。行见两遮院，卧看人上山。避风新浴后，请假未醒间。朝客轻卑吏，从他不往还。

(明)陆时雍:三、四趣。——《唐诗镜》

(明)李怀民:知道县家闲,妙。又曰:尾联自见高致。——《重订中晚唐诗主客图说》

送邹明府游灵武　(唐)贾岛

曾宰西畿县,三年马不肥。债多凭剑与,官满载书归。边雪藏行径,林风透卧衣。灵州听晓角,客馆未开扉。

(元)方回:三、四极佳。令宰邑者能如此,何患世之不治耶?第二句"三年马不肥"亦好。——《瀛奎律髓汇评》

(清)冯舒:第二句便异。——同上

(清)查慎行:第二句"官清马骨高"本此。——同上

(清)纪昀:起得别致,妙于不涩不纤。——同上

赠上元宰梁之仪承议　(北宋)王安石

白下有贤宰,能诗如紫芝。元紫芝名德秀,河南人。玄宗在东都,酺五凤楼,德秀为玉山令,惟乐工数十人联袂歌《于苏于》。《于苏于》者,德秀所为歌也。帝闻,异之。叹曰:"贤人之言哉!"民欺自不忍,《史记·滑稽列传》:"子产治郑,民不能欺;子贱治单父,民不忍欺;西门豹为邺令,民不敢欺。"县治本无为。风月谁同赏,江山我亦思。粉墙侵醉墨,怊怅绿苔滋。上言"侵醉墨"下言"绿苔滋",盖以苔滋而侵墨,上句起意而下句乃成其谊,此文章之妙。

送欧阳主簿赴官韦城主簿名宪，欧阳修之孙。四首

(北宋)苏 轼

凤雏骥子日相高，白发苍头笑我曹。读遍牙签三万轴，却来小邑试牛刀。

出处年来恨不齐，一樽临水记分携。江湖咫尺吾将老，汝颍东流子却西。

白马津头春水来，白鱼犹喜似江淮。使君已复冰堂酒，更望重新画舫斋。欧阳修知滑州时有冰堂酒法并作画舫斋。

道旁垂白垂白，白发下垂也。定沾巾，正似当年绿发新。故国依然乔木在，典刑复见老成人。

寒食未明至湖上，太守未来，两县令先在

(北宋)苏 轼

城头月落尚啼乌，乌榜红舷早满湖。鼓吹未容迎五马，水云先已扬双凫。映山黄帽螭头舫，夹道青烟鹊尾炉。老病逢春只思睡，独求僧榻寄须臾。

送杨由 (清)金 埴

归囊不着一钱行，三载真留慈父名。落得小民几多

泪，包将归去作人情。金埴《不下带编》："昔嘉兴许应逵守东平，临调去，百姓感恩，多泣送者。迨夕，许至逆旅，谓其仆曰：'为吏无所有，只落得老百姓几许眼泪耳。'仆叹曰：'阿爷囊中不着一钱，好将眼泪包回去做人情送亲友。'许为之一抚掌。"

饮陈雪川同年桐庐署斋　（清）汪　绎

邑无城郭但渔船，满眼江山不值钱。青草暗生公座下，白鸥时到县门前。

（四）社会

一、隐　逸

灵岩寺　（唐）薛令之

草堂栖在灵山谷，勤读诗书向灯烛。柴门半掩寂无人，惟有白云相伴宿。

寻白鹤岩张子容隐居　（唐）孟浩然

白鹤青岩半，幽人有隐居。阶庭空水石，林壑罢樵渔。岁月青松老，风霜苦竹疏。睹兹怀旧业，携策返吾庐。

寻陈逸人故居　（唐）孟浩然

人事一朝尽，荒芜三径休。始闻漳浦卧，奄作岱宗游。池水犹含墨，山云已落秋。今朝泉壑里，何处觅藏舟。藏舟指陈逸人。《庄子·大宗师》："夫藏舟于壑，藏山于泽，谓之固矣。而夜半有力者负之而走，昧者不知也。"

岁暮归南山 (唐)孟浩然

北阙休上书，南山归弊庐。不才明主弃，多病故人疏。白发催年老，青阳逼岁除。永怀愁不寐，松月夜窗虚。《新唐书·文艺传下》：(王)维私邀(孟浩然)入内署，俄而玄宗至，浩然匿床下。维以实对，帝喜曰："朕闻其人而未见也，何惧而匿？"诏浩然出。帝问其诗，浩然再拜，自诵所为，至"不才明主弃"之句，帝曰："卿不求仕，而朕未尝弃卿，奈何诬我？"因放还。

(宋)刘辰翁：他人有此起，无此结，每见短气。又云：是其最得意之诗，亦其最失意之日，故为明皇诵之。——《王孟诗评》

(元)方回：王维私邀浩然伴直禁林，以此诗忤明皇。八句皆超绝尘表。——《瀛奎律髓汇评》

(明)钟惺、谭元春：谭云"自言自语妙"，钟云"浩然在明皇前诵此二句，自是山人草野气"。——《唐诗归》

(明)周珽：三、四二语不朽，识力名言，真投之天地劫火中，亦可历劫不变。——《唐诗选脉会通评林》

(清)朱之荆：结句是寂寥之甚，然只写景，不说寂寥，含蓄有味。——《增订唐诗摘钞》

(清)黄生：写景结，隽永。此诗未免怨，然语言尚温厚。卢纶亦有《下第归终南别业》诗，与此相较，便见盛唐人身份。——《唐诗矩》

(清)冯舒：一生失意之诗，千古得意之作。——《瀛奎律髓汇评》

(清)冯班："不才明主弃"，但言不为时用耳。竟以此忤人主，命也。——同上

(清)纪昀：三、四亦尽和平，不幸而遇明皇尔。或以为怨怒太甚，不及老杜"官因老病休"句之温厚，则是以成败论人也。〇结语亦前人所称，意境殊为深妙。然"永怀愁不寐"句尤见缠绵笃挚，得诗人风旨。——同上

终南别业　（唐）王　维

中岁颇好道，晚家南山陲。兴来每独往，胜事空自知。行到水穷处，坐看云起时。偶然值林叟，谈笑滞还期。

（宋）胡仔：《后湖集》云："诗造意之妙，至与造化相表里，岂直诗中有画哉！观其诗，知其蝉蜕尘埃之中，浮游万物之表者也。"——《苕溪渔隐丛话》

（元）方回：右丞此诗有一唱三叹不可穷之妙。如辋川《孟城坳》、《华子冈》、《茱萸沜》、《辛夷坞》等诗，右丞唱，裴迪酬，虽各不过五言四句，穷幽入玄。学者当自细参，则得之。——《瀛奎律髓汇评》

（清）冯班：第三联奇句惊人。——同上

（清）查慎行：五、六自然，有无穷景味。——同上

（清）何焯："水穷"、"云起"本自无心；"值叟"、"谈笑"，非有期必也。——同上

（清）纪昀：此诗之妙，由绚丽之极，归于平淡，然不可以躐等求也。学盛唐者，当以此种为归墟，不得以此种为初步。〇尾句"滞"字一作"无"，"无"字声律为谐，而下语太重；"滞"字文意活脱，而声律未谐。然唐人拗体亦有末联入律者，似尚未妨。此种皆镕炼之至，渣滓俱融，涵养之熟，矜躁尽化，而后天机所到，自在流出，非可以摹拟而得者。无其镕炼涵养之功，而以貌袭之，即为窠臼之陈言，敷衍之空调。矫语盛唐者，多犯是病。此亦如禅家者流，有真空，顽空之别，论诗者不可不辨。——同上

（清）许印芳：前说亦甚精当。〇"滞"一作"无"，语更浑成。晓岚此等议论，凡学诗者皆当铭诸座右。又按此诗全作拗体，末句仍当作"无还期"，惟次句既非律调，亦非拗调，乃古调也。盛唐人律诗每用古调作起联，五、七律皆有。或以为拗调而遵用之，则误矣。又按此诗第四句，乃平起调下句。拗字之变格，盖平起调下句。律有定式，本是仄仄平平；拗体则第三字拗作平声。如此诗末句"谈笑无还期"之类，为拗字正格。若第三字拗作平，第四字又拗作仄，如此诗第四句及孟襄阳"八月湖水平"、"北阙休上书"之类为拗字变格。或以为古调，而不敢遵用，则又误矣。此格前人未尝道及，余尝考唐

人声调而知之。故详论之，以示后学。——同上

(清)无名氏(甲)：后人评诗，以工部为圣，太白为仙，右丞为神，诚不易之论。——同上

(清)施补华：五言有清空一气，不可以炼句炼字求者，最为高格。如太白"牛渚西江夜"……摩诘"中岁颇好道"……诸首，所谓"羚羊挂角，无迹可求"。——《岘佣说诗》

归嵩山作 (唐)王 维

清川带长薄，车马去闲闲。流水如有意，暮禽相与还。荒城临古渡，落日满秋山。迢递嵩高下，归来且闭关。

(元)方回：闲适之趣，澹泊之味，不求工而未尝不工，此诗是也。——《瀛奎律髓汇评》

(清)纪昀：非不求工，乃已雕已琢后还于朴，斧凿之痕俱化尔。学诗者当以此为进境，不当以此为始境。须从切实处入手，方不走作。——同上

(清)许印芳：此论甚当。诗欲求工，须从洗炼而出，又须从切实处下手，能切题则无陈言，有实境则非空腔，可谓诗中有人矣。——同上

(清)冯班：第四直用陶语，非偷也。——同上

(清)何焯：三、四见得鱼鸟自尔亲人，归时若还故我。——同上

(清)吴瑞荣：信心而出，句句自然，前辈所谓"闲适之趣，澹泊之味，不求工而自工者"，此也。——《唐诗笺要》

(清)顾安：看右丞此诗，胸中并无一事一念。口头语，说出便佳；眼前事，指出便妙。情境双融，心神俱寐，三禅天人也。——《唐律消夏录》

(清)徐增：右丞作此诗时，犹未到家也。诗做至此，工夫方满足。岂可尽人去做，信于涂来，辄矜敏捷也。——《而庵说唐诗》

酬张少府县尉称少府，县令称明府。

(唐)王　维

晚年惟好静，万事不关心。自顾无长策，良策。空知返旧林。松风吹解带，山月照弹琴。君问穷通穷通，得意与失意理，渔歌入浦深。

(清)黄周星：可解不可解，正是妙处。——《唐诗快》

(清)张谦宜："晚年惟好静，万事不关心"，含一篇之脉，此方是起法。三、四虚承，五、六实地，用笔浅深俱到，章法之妙也。——《茧斋诗谈》

(清)沈德潜：收束或放开一步，或宕出远神，或本位收住。……王右丞"君问穷通理，渔歌入浦深"，从解带、弹琴宕出远神也。——《说诗晬语》

又云：结意以不答答之。——《唐诗别裁集》

经陆补阙隐居　(唐)綦毋潜

不敢要君征亦起，致君全得似唐虞。谠言昨叹离天听，新象今闻入县图。琴锁坏窗风自响，鹤归乔木隐难呼。学书弟子何人在，点检犹存谏草无？

赠钱徵君《后汉书·黄宪传》：初举孝廉，又辟公府，友人劝其仕，宪亦不拒之，暂到京师而还，竟无所就。天下号曰徵君。徵君之称始此。

(唐)李　白

白玉一杯酒，绿杨三月时。春风余几日，两鬓各成丝。秉烛惟须饮，投竿也未迟。如逢渭水猎，犹可帝王师。

寄常徵君　　(唐)杜 甫

白水青山空复春，徵君晚节傍风尘。楚妃《楚妃叹》曲名。堂上色殊众，海鹤阶前鸣向人。万事纠纷犹绝粒，一官羁绊实藏身。开州入夏知凉冷，不似云安毒热新。朱鹤龄注曰：“徵君去秋曾访公云安。”又曰：“味此诗晚节傍风尘语，盖深为常徵君惜也。徵君未出，如楚妃之色处于堂上，所谓静女其姝也；徵君既出，如海鹤之性鸣向阶前，不免牢笼之苦矣。纠纷二句，又若为徵君解者，明其虽仕而非风尘俗吏也。末二句言开州凉冷，不若云安之不可居，不犹胜我之旅食乎？时常必官于开，故复慰之如此。”

和韦使君秋夜见寄　　(唐)丘 丹

露滴梧叶鸣，秋风桂花发。中有学仙侣，吹箫弄山月。

寻隐者韦九山人于东溪草堂　　(唐)朱 湾

寻得仙源访隐沦，渐来深处渐无尘。初行竹里惟通马，直到花间始见人。四面云山谁作主，数家烟火自为邻。路旁樵客何须问，朝市如今不是秦。

(清)金人瑞：隐者韦九、吾初不知何人。若其东溪草堂，即一何绝人远去之太甚乎？看起句，用“寻得”字，便是早费推觅。乃二句犹有“渐来渐深”字，如三之“初行竹里”，四之“直到花间”，彼则诚有何所痛恶于世，而避之惟恐不力，一至是哉！是不可不用后解问之(前四句下)。○五，如云普天皆王土；六，如云率土皆王臣也，四面谁主，而乃数家为邻耶？七、八因与极言古之君子，所以亦有绝人远去者，彼皆遭时不仁，然后万不得已而或出于此。

今韦九则胡为而至是乎？胡为而至是乎？——《贯华堂选批唐才子诗》

(清)胡本渊：起桃花源事，末句正与相应；今不是"秦"，山人可以出而仕矣。——《唐诗近体》

赠强山人　(唐)郎士元

或棹轻舟或杖藜，寻常适意钓前溪。草堂竹径在何处，落日孤烟寒渚西。

(清)贺裳：吾尝喜其一绝"或棹孤舟或杖藜"……可与卢纶"饥食松花渴饮泉，偶从山后到山前。阳坡软草厚如织，因与鹿麑相伴眠"一诗相匹，真善写隐沦之趣也。——《载酒园诗话》

题章野人山居　(唐)秦　系

带廓茅亭诗兴饶，回看一曲倚危桥。门前山色能深浅，壁上湖光自动摇。闲花散落填书帙，戏鸟低飞碍柳条。向此隐来经几载，如今已是汉家朝。

秋夜寄丘二十二员外　(唐)韦应物

怀君属秋夜，散步咏凉天。山空松子落，幽人应未眠。

(清)杨逢春：中唐五言绝，苏州最古。寄丘员外作，悠然有盛唐风格。○三、四思丘之思己，应念我未眠，妙在含蓄不尽。——《唐诗绎》

(清)朱之荆:妙在第三句宛是幽人,故末句脱口而出。——《增订唐诗摘钞》

(清)吴瑸:孤怀寂寞,谁与唱酬,忽忆良朋,正当秋夜,散步庭除之际,吟诗寄远,因念幽居,想亦未眠,以吟咏为乐,书去恍如觌面也。情致委曲,句调雅淡。——《唐诗选胜直解》

(清)施补华:韦公"怀君属秋夜"一首,清幽不改摩诘,皆五绝之正法眼藏也。——《岘佣说诗》

送李处士归弋阳山居　(唐)权德舆

暂来城市意何如?却忆葛阳溪上居。不惮薄田输井税,自将佳句着州闾。波翻极浦樯竿出,霜落秋郊树影疏。想到家山无俗侣,逢迎只是坐篮舆。

(清)金人瑞:"意何如"三字,记得高达夫问李、王二少府后,直至今日又有此问也。言葛阳溪上诚然可念,但暂来城市却是何如?而顾不能终朝望望必去。如此三、四便承处士胸前何如之意,言既辞升斗之禄,即不得不自耕自食,既无特达之知,即不得不自吟自赏,所谓世既弃我,我亦弃世,此是不肯暂来之原故也。看他特下"不惮"字、"自将"字,皆带愤愤之色(前四句下)。〇此解写送也。樯竿出,写尽极浦波翻,树影疏,写尽秋郊霜落。此二句是言处士一路竟去,从自别处直至到家也。乃到家之后,虽无俗侣,又有逢迎者,又表处士门生众盛,以反映城市中人不能尽其学也(后四句下)。——《贯华堂选批唐才子诗》

寄姚合　(唐)张籍

病来辞赤县,案上有丹经。为客烧茶灶,教儿扫竹亭。诗成添旧卷,酒尽卧空瓶。阙下今遗佚,谁占隐士星。

送卢处士归嵩山别业　(唐)刘禹锡

世业嵩山隐，云深无四邻。药炉烧姹女，姹读岔，上声。道士炼丹，称水银为姹女。酒瓮贮贤人。酒之清者为圣人，浊者为贤人。见《三国·徐邈传》。晓日华阴雾，瞿蜕园《笺证》注："谢承《后汉书》河南张楷字公超，性好道术，能作五里雾于华阴。"秋风函谷尘。老子曾西出函谷关。送君从此去，铃阁翰林院及州郡长官办事的地方。少谈宾。

别草堂诗　(唐)白居易

三间茅舍向山开，一带山泉绕舍回。山色泉声莫惆怅，三年官满却归来。

秋晓行南谷经荒村　(唐)柳宗元

杪秋霜露重，晨起行幽谷。黄叶覆溪桥，荒村惟古木。寒花疏寂历，幽泉微断续。机心久已忘，何事惊麋鹿。

(明)周敬等：顾璘曰"意高妙"。〇唐汝询曰："此叙山行之景，因言机心已忘，别当入兽不乱，曷为惊此麋鹿乎？此乃辋川落句翻案。"——《唐诗选脉会通评林》

(清)王尧衢：寒花之态，疏淡而寂寥，幽泉之声，微闻其断续，此皆天地自然之妙。——《古唐诗合解》

(清)吴瑞荣:清空莹澈。子厚诗在渊明下,韦苏州上,朱子谓学诗须从陶、柳门庭入观,此数作益信。——《唐诗笺要》

孟融逸人 (唐)贾 岛

孟君临水居,不食水中鱼。衣衲惟粗帛,筐箱只素书。树林幽鸟恋,世界此心疏。拟棹读罩,去声。船桨也。孤舟去,何峰又结庐?

(元)方回:五、六变体。若专如三、四,则太鄙矣。不可不察此曲折也。——《瀛奎律髓汇评》

(清)冯舒:如何说鄙?——同上

(清)冯班:亦未可云鄙。——同上

(清)纪昀:三、四是朴非鄙,尚有气韵。若俗手效之,则必鄙。虚谷亦防其渐耳。不衫不履,风格绝高。〇五、六一比一赋,相连而下,奇恣之甚。——同上

题李凝幽居 (唐)贾 岛

闲居少邻并,草径入荒园。鸟宿池边树,僧敲月下门。过桥分野色,移石动云根。暂去还来此,幽期不负言。

(元)方回:此诗不待赘说。"敲"、"推"二字待昌黎而后定,开万古诗人之迷。学者必如此用力,何止"吟安一个字,捻断数茎须"耶?——《瀛奎律髓汇评》

(明)周敬等:次联幽然事,偶然意。〇唐汝询云:"僧敲"句因退之而传,终不若第三联幽活。〇起联见李凝独往沉冥。中联咏幽情幽景妙。结言已

恋恋有同隐之志。——《唐诗选脉会通评林》

(明)王夫之:"僧敲月下门"只是妄想揣摩,如他人之说梦,纵令形容酷似,何似毫发关心?知然者,以其沉吟"推、敲"二字,就他作想也。若即景会心,则或"推"或"敲",必居其一,因景因情,自然灵妙,何劳拟议哉!——《姜斋诗话》

(清)冯班:"池边树""边",集作"中"较胜。《诗人玉屑》引此亦作"中"。"池中树",树影在池中也。后人不解,改作"边"字,通句少力。——《瀛奎律髓汇评》

(清)纪昀:冯氏以"池边"作"池中",言树影在池中,若改作"边"字通句少力。不知此十字正以自然故入妙。不应下句如此自然,上句如此迂曲。"分"字、"动"字,着力炼出。——同上

(清)顾安:上半首从荒园一路到门,情景逼真。"暂去"两字照应"月下"句亦妙。可惜五、六呆写闲景,若将"幽期"二字先写出意思来,便是合作。——《唐律消夏录》

武功县闲居　(唐)姚合

县去帝城远,为官与隐齐。马随山鹿放,鸡杂野禽栖。绕舍惟藤架,侵阶是药畦。更师嵇叔夜,不拟作书题。

(元)方回:三、四好,五、六似张司业而太易,太易则浅。三十诗中选此十二首,"四灵"之所学也。此可学也,学贾岛不可及矣。——《瀛奎律髓汇评》

(清)冯班:知言。"四灵"学武功。——同上

(清)纪昀:此评最确。武功诗语僻意浅,大有伧气,惟一、二新异之句,时有可采,然究非正声也。——同上

(清)贺裳:凡摹拟最忌入俗。姚合形容山邑荒僻,官况萧条,曰"马随山鹿放,鸡杂野禽栖",真刻画而不伤雅。至"县古槐根出"犹可,下云"官清马骨高","官清"字太着痕迹,"马骨高"尤入俗浑。梅圣俞乃言胜前二语,真是颠倒。——《载酒园诗话》

秋晚自朝台津至韦隐居郊园　（唐）许　浑

秋来凫雁下方塘，系马朝台步夕阳。村径绕山松叶暗，紫门临水稻花香。云连海气琴书润，风带潮声枕簟凉。簟读上声“垫”。供坐卧用的竹席。西去磻读蟠，平声。溪犹万里，可能垂白待文王。一秋，二晚，三自，四至。五、六以琴书润，枕簟凉写海气潮声也。七八言彼太公生于海上，然至将遇文王，则亦漂流万里，直至磻溪。今君越在遥遥东南，然将何所望于世也哉！

（清）朱三锡：海气潮声，郊园之景，琴书枕簟，郊园之物。人皆谓以海气潮声写“琴书润”、“枕簟凉”耳，不知郊园之中，琴书、枕簟有何异处？睹其柴门流水，一望汪洋，水天一色，觉琴书枕簟，顿然改观；直以“琴书润”写海气，“枕簟凉”写潮声也。——《东岩草堂评订唐诗鼓吹》

（清）赵臣瑗：起手先着一笔布置，次句落题，唐人手法往往如此。此诗须要看其次序：一专写秋，二带写晚，三写路上，以绕山，故多松叶；四写门前，既临水，又有稻花，幽之至也。——《山满楼笺注唐诗七言律》

春日访李十四处士　（唐）温庭筠

花深桥转水潺潺，甪读禄，入声。里先生自闭关。看竹已知行处好，望云空得暂时闲。谁言有策堪经世，只是无钱可买山。一局残棋千点雨，绿萍池上暮方还。

题张处士山庄　（唐）杜　牧

好鸟疑敲磬，风蝉认轧筝。修篁与嘉树，偏倚半岩生。

许七侍御弃官东归，潇洒江南，颇闻自适，高秋企望，题诗寄赠十韵　(唐)杜　牧

天子绣衣吏，东吴美退居。有园同庾信，避事学相如。兰畹晴香嫩，筠溪翠影疏。江山九秋后，风月六朝余。锦肆开诗轴，青囊结道书。霜岩红薜荔，露沼白芙蕖。睡雨高梧密，棋灯小阁虚。冻醪元亮秫，寒鲙季鹰鱼。尘意迷今古，云情识卷舒。他年雪中棹，阳羡访吾庐。

送隐者　(唐)杜　牧

无媒径路草萧萧，自古云林远市朝。公道世间惟白发，贵人头上不曾饶。

(宋)黄彻：牧之有"公道世间惟白发，贵人头上不曾饶"，尝爱其语奇怪，似不蹈袭。后读子美"苦遭白发不相放"，为之抚掌。——《䂬溪诗话》

(明)周敬：真而不伤于理。○刘辰翁曰：反语，谓世道不公，负此隐者。——《唐诗选脉会通评林》

(清)陆次云：不磨之作，混入许浑集中。苍深之气，断知非浑是牧。——《五朝诗善鸣集》

齐安郡晚秋 （唐）杜 牧

柳岸风来影渐疏，使君家似野人居。云容水态还堪赏，啸志歌怀亦自如。雨暗残灯棋欲散，酒醒孤枕雁来初。可怜赤壁争雄渡，惟有蓑翁坐钓鱼。

（清）金人瑞：此诗写尽世间无味，三复读之，不胜叹息！○此解先写景物亦渐尽，意气亦渐平也。言当三春盛时，柳阴如幄，风暖如醉，使君戟门，高牙大角，此是何等盛事！乃曾几何时，而风高柳疏，影落门静，使君萧索遂同野人，可怜也！“还堪”妙！虽曰不过残山剩水，然亦何至遂尽人意。“亦自”妙！然而见为行歌坐啸，实则已是聊尔应酬也（前四句下）。○此解再写成大名，显当世，实与彼草木同腐，更无异也。雨正暗时，恰是灯又残时，棋又散时，酒又醒时，馆又孤时，雁又来时，于此一时十四字中，斗然悟出七句之“可怜”二字（后四句下）。——《贯华堂选批唐才子诗》

崔处士 （唐）李商隐

真人塞其内，《庄子·刻意》：“能体纯素，谓之真人。”《庄子·在宥》：“慎汝内，闭汝外。”注：“固塞其精神也。”夫子入于机。《庄子·至乐》：“万物皆入于机，皆出于机。”未肯投竿起，谓丢掉钓竿，借指出仕。惟欢负米归。《孔子家语》：“子由为亲负米于百里之外。”雪中东郭履，东郭先生行雪中，履有上无下，足尽践地。见《史记·滑稽列传》。堂上老莱衣。老莱子斑衣戏亲见《孝子传》。读遍先贤传，如君事者稀。叶葱奇《疏注》云：“首二句‘真人’和‘夫子’均指崔，说他修养得神完气固，妙合自然。中四句隔句承接，五句接三句，说他安于贫苦，不肯轻易出仕；六句接四句说他以侍奉老亲为乐。结二句夸张说法，说崔的品德超过一般人士。”

题郑大有隐居　(唐)李商隐

结构何峰是，喧闲此地分。二句写隐居所在。石梁高泻月，瀑布穿过石桥倾泻而下，月光照映在水流上，故云："高泻月。"樵路细侵云。细路入云。两句写处境高峻。偃卧蛟螭室，郑的隐居当在山涧边，故云。希夷《老子》第十六章："视之不见名曰夷，听之不闻名曰希。"谓幽静也。鸟兽群。近知西岭上，玉管有时闻。用王子晋事。

幽　人　(唐)李商隐

丹灶三年火，三年烧丹不断。苍崖万岁藤。明写景，实写他幽居日久。樵归说逢虎，棋罢正留僧。三句逼出四句，写幽人的悠闲。星斗同秦分，人烟接汉陵。两句即"秦时明月汉时关"之意。东流清渭苦，不尽照衰兴。两句用东流之渭水喻尘寰中之劳人。反映出"幽人"之萧然尘外。

访隐者不遇成二绝　(唐)李商隐

秋水悠悠浸野扉，梦中来数觉来稀。玄蝉声尽叶黄落，一树冬青人未归。一、三、四共三句皆描写隐者村居的幽静环境。唯第二句点明相访的心情。第四句"人未归"加上"一树冬青"更加上第三句烘托，意味非常幽永。○"黄落"见《礼记·月令》：是月也，草木黄落。

城郭休过识者稀，哀猿啼处有柴扉。沧江白石樵渔路，日暮归来雨满衣。第一首从未访前时时梦见说到相访不遇，第二首从不遇而推开一步，揣想他傍晚归来。两首相生前后映发。

赠郑说处士　（唐）李商隐

浪迹江湖白发新，浮云一片是吾身。寒归山观随棋局，暖入汀洲逐钓纶。越桂留烹张翰鲙，蜀姜供煮陆机莼。《世说新语》："陆机诣王武子，武子前置数斛羊酪，指以示陆曰：'卿江东何以敌此？'陆曰：'有千里莼羹，但未下盐豉耳。'"相逢一笑怜疏放，他日扁舟有敌人。

老圃堂　（唐）曹 邺

邵平瓜地接吾庐，谷雨干时手自锄。昨日春风欺不在，就床吹落读残书。末二句无情翻出有情。

题王处士山居　（唐）李咸用

云木沉沉夏亦寒，此中幽隐几经年。无多别业供王税，大半生涯在钓船。蜀魄叫回芳草色，鹭鸶飞破夕阳烟。干戈满地能高卧，只个逍遥是谪仙。

赠隐逸　（唐）韩 偓

静景须教静者寻，清狂何必在山阴。蜂穿窗纸尘侵砚，鸟斗庭花露滴琴。莫笑乱离方解印，犹胜颠蹶未抽簪。筑金总得非名士，况是无人解筑金。

(元)方回：三、四工。五、六有议论。尾句一缴，为燕昭王金台所致，便非名士，况又无燕昭王之为人者乎？其说尤高矣。——《瀛奎律髓汇评》

(清)冯班：全不知致尧意。——同上

(清)纪昀：体近武功，故为虚谷所取，实非高格。后四句笔仗沉着，晚唐所少。——同上

(清)陆次云：蜂一层，窗一层，纸一层，尘一层，砚一层，蜂弹窗纸一层，蜂弹窗纸尘侵砚一层。七层出于七字，新之至，细之至，天然之至。学中晚唐人构得如此心思，方能使优孟盛唐者不敢轻视。——《五朝诗善鸣集》

赠索处士　(五代)谭用之

不将桂子种诸天，长得寻君水石边。玄豹夜寒和雾和雾，谓无人识得也。隐，骊龙春暖抱珠抱珠，意我只爱我宝也。眠。山中宰相陶弘景，洞里真人葛稚川。一度相思一惆怅，水寒烟淡落花前。

送陈豸读止，上声。处士　(北宋)僧惟凤

草长关路微，杂思更依依。家远知琴在，时清贾剑归。孤城回短角，独树隔残晖。别有邻渔约，相迎扫钓矶。

(元)方回：惟凤，九僧之六，青城人。三、四佳。——《瀛奎律髓汇评》

(清)纪昀：九僧诗气韵终高。——同上

小隐自题 (北宋)林 逋

竹树绕吾庐,清深趣有余。鹤闲临水久,蜂懒得花疏。酒病妨开卷,春阴入荷锄。尝怜古图画,多半写樵渔。

(元)方回:有工有味,句句佳。——《瀛奎律髓汇评》

(清)查慎行:七、八思致别。——同上

(清)纪昀:可云静远。〇三、四句景中有人。拆读之句句精妙,连读之一气涌出。兴象深微,毫无凑泊之迹。此天机所到,偶然得之,非苦吟所可就也。——同上

湖山小隐二首 (北宋)林 逋

道着权名便绝交,一峰春翠湿衡茅。庄生已愤鸱鸢吓,扬子休讥蝘蜓嘲。潏潏药泉来石窦,霏霏茶霭出松梢。琴僧近借《南薰谱》,且并闲工子细抄。

(元)方回:"愤"当作"惯"。——《瀛奎律髓汇评》

(清)纪昀:此因"愤"字着迹,故疑为"惯"字之误。不知"愤"字为嬉笑之怒,更为着迹。首句及三、四诡激叫嚣,殊非雅道。——同上

闲搭纶巾拥缥囊,此心随分识兴亡。黑头为相虽无谓,白眼看人亦未妨。云喷石花生剑壁,雨敲松子落琴床。清猿幽鸟遥相叫,数笔湖山又夕阳。

(元)方回:三、四亦豪壮,隐君子非专衰懦之人也。——《瀛奎律髓汇

评》

(清)纪昀：二诗皆少淡静之味。——同上

南乡子·自述　(北宋)苏　轼

凉簟碧纱厨。一枕清风昼睡余。睡听晚衙无一事，徐徐。读尽床头几卷书。　搔首赋归欤。自觉功名懒更疏。若问使君才与术，何如？占得人间一味愚。

鹧鸪天·西都作西都指洛阳，作者洛阳人。

(北宋)朱敦儒

我是清都《列子·周穆王》："清都紫微，钧天广乐，帝之所居。"山水郎，天教分付与疏狂。曾批给雨支风券，累上留云借月章。　诗万首，酒千觞。几曾着眼看侯王？玉楼金阙慵归去，且插梅花醉洛阳。此词为作者早期作品。北宋期间确曾屡召不起，但至晚年，隐居嘉兴，仅以诗词自误，颇有声望。秦桧欲会敦儒教其子秦熺作诗，特意先用敦儒之子为删定官，继而命敦儒为鸿胪寺少卿。敦儒老爱其子，而畏被窜逐，不敢不起，致使晚节未终。有人拈出此词，作诗讽刺云："少室山人久挂冠，不知何事到长安。如今纵插梅花醉，未必侯王着眼看。"见周必大《二老堂诗话》。

赠滕处士　(南宋)翁　卷

识君戎马际，今又十年余。环海才安息，先生便隐居。清风三亩宅，白日一床书。长是闲门掩，邻僧亦不如。

(清)纪昀:格在中、晚之间,视中唐较浅薄,而较晚唐为浑成。——《瀛奎律髓汇评》

大酺 (南宋)吴文英

峭石帆收,石帆,岩石名。在绍兴城东十五里。归期差,错过归期。林沼年销红碧。渔蓑樵笠畔,买佳邻翻盖,浣花新宅。地凿桃阴,天澄藻镜,聊为渔郎分席。沧波耕不碎,似蓝田初种,翠烟生璧。料情属新莲,梦惊春草,用谢灵运事。断桥相识。　　平生江海客。秀怀抱、云锦当秋织。此指创作比作天上云锦。任岁晚,陶篱菊暗,逋冢梅荒,总输玉井尝甘液。华山顶上有玉井峰。忍弃红香叶。集楚裳,西风催着。正明月、秋无极。归隐何处?门外垂杨天窄。放船五湖夜色。

鹧鸪天 (金)元好问

白白红红小树花,春风满意与铅华。意为:春风满意给小树的花枝涂上脂粉。烟霄自属千金马,月旦真成两部蛙。烟霄,云霄也。自属千金骏马,而月旦之评无用处也。"两部蛙"见《南齐书·孔稚珪传》,"月旦"见《后汉书·许邵传》。　　诸葛菜、一种野菜,诸葛亮行军时所食。邵平瓜。白头孤影一长嗟。南园睡足松阴转,无数蜂儿趁晚衙。蜂儿喻仕途奔走之人。

题　画　(明)唐　寅

独木桥边倚树根，古藤阴里啸王孙。白云红树知多少，鸡犬人家自一村。

题长林丰草图　(明)李流芳

欲挂衣冠神武门，先寻水竹渭南村。“水竹渭南村”有二意。一为姜太公吕尚之事；二见《史记·货殖列传》：“汉人谓有渭川千亩竹，其人与千户侯等。”郑板桥《为马秋玉画扇》云：“渭川千亩，淇泉绿竹，西北且然，况潇湘云梦之间，洞庭青草之外，何在非水？何在非竹也。”却将旧斩楼兰剑，买得黄牛教子孙。

赠胡处士星卿　(清)邢　昉

荣荣畦中蔬，袅袅门前柳。畦以木槿藩，门用桑树纽。中有避世人，言是东陵后。广陵人邵平为秦东陵侯。秦破，为布衣，种瓜东门外，时人称东陵瓜。多年不入城，一卷常在手。

隰西草堂杂诗　(清)万寿祺

浦上老渔秋水明，小窗剪烛酌同倾。不知今世为秦汉，莫向当途辨浊清。丰草长林从此远，白衣苍狗太无情。高原回首闻南雁，苛到衡阳第几声。

再赠采玉山人 （清）吴文溥

燕赵悲歌士，江湖老布衣。北平无旧业，南国有荆扉。射虎残年短，耕黎负郭稀。飘零一杯酒，感激话余晖。

复寄石崖左雄字石崖，擅长弹琴和绘画，广东顺德人。 （清）黎　简

饥能鸾啸饥来则鸾啸。病凫伸，病来则运动。凫伸为“五禽戏”中之一。“五禽戏”是古代一种养身保健运动，是华佗模仿虎，鹿、熊、猿、鸟五种动物的姿态而创造的体操运动。归似飞鸿出犬狺。读银，平声，犬吠声。万户冷眠琴独语，东城风雨杳怀人。

田　园

过故人庄 （唐）孟浩然

故人具鸡黍，邀我至田家。绿树村边合，青山郭外斜。开轩面场圃，把酒话桑麻。待到重阳日，还来就菊花。

(元)方回:此诗句句自然,无刻画之迹。浩然自有"厨人具鸡黍,稚子摘杨梅"以真对假,见称于世。如郊野之作:"钓竿垂北涧,樵唱入南轩。""先人留素业,老圃作邻家。""鸟过烟树宿,萤傍小轩飞。"皆佳。又如"山水会稽郡,诗书孔氏门",亦佳句。吾州孔氏改"会稽"为"新安",用为桃符累年,晚辈不知为浩然诗也。——《瀛奎律髓汇评》

(清)纪昀:真假之对,终嫌纤巧。王、孟诗大段相近,而体格又自微别。王清而远,孟清而切。学王不成,流为空腔。学孟不成,流为浅语。如此诗之自然冲淡,初学遽躐等而效之,不为滑调不止也。——同上

(清)许印芳:大家亦用假对。孟诗借字音,以"杨"为"羊"。又有借字面者,杜诗,"子云"对"今日"是也。此阅历深透之言,学者宜书诸绅。——同上

(清)冯舒:字字珠玉,"就"字真好。〇偶然趁笔耳,何尝认定真假?且唐人每每如此,指为一格便陋。——同上

(清)黄生:全首俱以信口道出,笔尖几不着点墨。浅之至而深,淡之至而浓,老之至而媚。火候至此,并烹炼之迹俱化矣。王、孟并称,意尝不满于孟。若此作,吾何间然?〇结句系孟对故人语,觉一片真率款曲之意,溢于言外。——《唐诗摘钞》

(清)朱之荆:"就"字百思不到,若用"看"字,便无味矣。——《增订唐诗摘钞》

渭川田家 (唐)王 维

斜光斜阳。照墟落,村落。穷巷陋巷。牛羊归。野老念牧童,倚仗候荆扉。雉雊雉叫声。雊读构,去声。潘岳《射雉赋》:"麦渐渐以擢芒,雉唯唯而朝雊。"麦苗秀,禾类植物开花抽穗。《诗·大雅·生民》:"实发实秀,实坚实好。"蚕眠桑叶稀。田夫荷锄至,相见语依依。即此羡闲逸,怅然歌《式微》。《诗·邶风》篇名。此是一首服役者思归的怨诗,其首章曰:"式微式微胡不归?微君之故,胡为乎中露。"

(清)王夫之：通篇用“即此”二字括收，前八句皆情语，非景语，属词命篇，总与建安以上合辙。——《唐诗评选》

(清)黄培芳：此瓣香陶柴桑。又曰：(“野老”二句)肫挚朴式，语臻自然。——《唐贤三昧集笺注》

田　家　(唐)王　维

旧谷行将尽，良苗未可希。老年方爱粥，卒岁且无衣。雀乳青苔井，鸡鸣白板扉。柴车架羸牸，瘦弱的母牛。草屩草屩，草鞋也。牧豪豨。夕雨红榴拆，新秋绿芋肥。饷田桑下憩，旁舍草中归。住处名愚谷，何烦问是非。顾可久曰：不务雕琢，而一出自然。

过张明府别业　(唐)刘长卿

寥寥东郭外，白首一先生。考满孤琴在，家移五柳成。夕阳临水钓，春雨向田耕。终日空林下，何人识此情？

过鹦鹉洲王处士别业　(唐)刘长卿

白首此为渔，青山对结庐。问人寻野笋，留客馈家蔬。古柳依沙发，春苗带雨锄。共怜芳杜色，终日伴闲居。

田家即事 (唐)权德舆

闲卧藜床对落晖，翛读箫，平声。翛然，无拘无束，超脱貌。然便觉世情非。漠漠稻花资旅食，青青荷叶制儒衣。山僧相劝期中饭，渔父同游或夜归。待学尚平婚嫁毕，尚平指后汉尚长，字子平，为子女嫁娶毕，即不复理家事。见嵇康《高士传》。渚烟溪月共忘机。

(明)周珽：能悟世情之非，便当拂衣而去。若必待婚嫁事毕，鸡肋之味，恐终负彼烟月也。〇徐用吾曰："颔联切实清可，颈联失之细小。结用缓语，有趣。"——《唐诗选脉会通评林》

(清)金人瑞：此日先生不知何故偶过田家，适睹其粗衣粝食，淡然充足，于是忽发大悟，自悔碌碌世上，生计艰难，不觉又悯又笑，因而吐此苦吟也。一、二"暂"字、"便"字妙！言此理本在眼前，何故人都不省！三、四承写"非"字，言稻花漠漠，便拟救饥，荷叶青青，妄思制服，真画尽儒衣旅食人无量饥寒苦恼也(前四句下)。〇前解写"非"字，此解写"翛然"字也。言假如山僧期饭，渔父约游，但离世情，何快不有！然则自今以后，我于一切世情，独男婚女嫁，其事不得尽废，其余我当一笔都勾也(后四句下)。——《贯华堂选批唐才子诗》

南园十三首 (唐)李 贺

花枝草蔓眼中开，小白长红越女腮。脸颊的下半部。可怜日暮嫣读烟，平声，容貌美好。香落，嫁与春风不用媒。

宫北回塍晓气酣，黄桑饮露窣读肃，入声。拂也。宫帘。

长腰健妇偷攀折，将餧读喂，去声，喂养也。吴王八茧蚕。一年八次熟的蚕名。见贾思勰《齐民要术》。

竹里缫读骚，平声。丝挑网车，青蝉独噪日光斜。桃胶迎夏香琥珀，自课越佣能种瓜。

三十未有二十余，白日长饥小甲蔬。桥头长老相哀会，因遣戎韬一卷书。

男儿何不带吴钩，收取关山五十州？请君暂上凌烟阁，若个书生万户侯。

（清）黎简：欲弃毛锥，亦自愤也。——《李长吉集》

（清）姚文燮：裴度伐吴元济，蔡、郓、淮西数十州至是尽归朝廷。贺盖美诸将之功，而复羡其荣宠，故不觉壮志勃生。——《昌谷集注》

（清）王琦：观凌烟阁上之像，未有以书生而封侯者，不得不弃笔墨而带吴钩矣。——《李长吉诗歌汇解》

寻章摘句老雕虫，晓月当帘挂玉弓。不见年年辽海上，文章何处哭秋风。

（清）黄周星：尝见长吉所评《楚辞》云："时居南国，读《天问》数过，忽得'文章何处哭秋风'之句，则此一句中，有全卷《天问》在。"——《唐诗快》

（清）姚文燮：章句误人，倏忽衰暮。仰视天头牙月，动我挽强之思矣。丈夫当立勋紫塞，何用悲秋摇落耶？——《昌谷集注》

（清）王琦：夫书生之辈，寻章摘句，无间朝暮。当晓月入帘之候，犹用力不歇，可谓勤矣。无奈边场之上，不尚文词，即有才如宋玉，能赋悲秋，亦何处用之？念及此，能无动投笔之思，而驰逐于鞍马之间耶？——《李长吉歌诗汇解》

长卿牢落悲空舍，曼倩诙谐取自容。见买若耶溪水剑，明朝归去事猿公。

(清)姚文燮：宵小盈朝，正人敛迹。文园难免穷愁，东方且忧忌讳。冠裳倒置，笔墨无功，唯有学剑术以自匿矣。——《昌谷集注》

(近代)俞陛云：此长吉自伤身世也。首二句言汉时才俊如相如者，尚以"牢落"兴嗟；如曼倩者，姑以"诙谐"自隐。文章既不为世用，不若归买若耶宝剑，求猿公击刺之术，把臂荆高，一吐其抑塞之气。诗因愤世而作，故前首有"文章何处哭秋风"句，乃其本怀也。——《诗境浅说续编》

春水初生乳燕飞，黄蜂小尾扑花归。窗含远色通书幌，鱼拥香钩近石矶。

泉沙软卧鸳鸯暖，曲岸回篙舴艋迟。泻酒木兰椒叶盖，病容扶起种菱丝。

边让今朝忆蔡邕，无心裁曲卧春风。舍南有竹堪书字，老去溪头作钓翁。

长峦谷口倚嵇家，白昼千峰老翠华。自履藤鞋收石蜜，手牵苔絮长莼花。

松溪黑水新龙卵，桂洞生硝旧马牙。松溪、桂洞，皆地名。生硝指朴硝，药名，亦有名马牙硝者。谁遣虞卿裁道帔，轻绡一匹染朝

霞。其地有虞姓者，道服而幽居，以虞卿比之。

小树开朝径，长茸湿夜烟。柳花惊雪浦，麦雨涨溪田。古刹疏钟度，遥岚破月悬。沙头敲石火，烧竹照渔船。

（清）黎简：十二首绝句，皆长吉停整之作，七绝之正格。但末章五律似未老成。——《李长吉集》

（清）方世举：七绝最易柔美之格调，此人亦复挺拔。虽不如开元之深婉，亦不落元和之疲苶。学杜实发，却用风标。——《李长吉诗集批注》

赠田叟　（唐）李商隐

荷蓧读钓，去声。古代耘田的工具。衰翁似有情，相逢携手绕村行。烧畬晓映远山色，伐树暝传深谷声。鸥鸟忘机翻浃洽，交亲得路昧平生。抚躬道直诚感激，在野无贤心自惊。

咏田家　（唐）聂夷中

二月卖新丝，五月粜新谷。医得眼前疮，剜却心头肉。我愿君王心，化作光明烛。不照绮罗筵，只照逃亡屋。

（宋）司马光：上（后唐明宗）又问（冯）道："今岁虽丰，百姓赡足否？"道曰："农家岁凶则死于流殍，岁丰则伤于谷贱；丰凶皆病者，唯农家为然。臣记进士聂夷中诗云'二月卖新丝……'。语虽鄙俚,曲尽农家之情状。农于四人之中最为勤苦,人主不可不知也。"上悦,命左右录其诗,常讽诵之。——《资治通鉴》

(清)宋长白:聂夷中诗"二月卖新丝(略)"。或谓"二月蚕尚未生,新丝乌有?"何燕泉曰:"盖谓贫民预指丝谷作借贷之资耳。至丝谷出时,俱是他人之物。故谓'医得眼前疮,剜却心头肉'也。"……陆宣公奏议曰:"蚕事方毕,已输缣税;农功未艾,遽敛谷租。有者急卖而耗其半直,无者求假而费其倍酬。"夷中盖用其意。——《柳亭诗话》

浣溪沙·徐门石潭谢雨旱后喜降雨,设祭以谢神。道上作五首

潭在城东二十里,常与泗水增减,清浊相应。　(北宋)苏　轼

照日深红暖见鱼。连溪绿暗晚藏乌。黄童白叟聚睢盱。《易·豫》:"盱豫悔。"孔颖达疏:"盱,谓睢盱。睢盱者,喜悦之貌。"睢盱读麾须,均平声。　麋鹿逢人虽未惯,猿猱读挠,平声。闻鼓不须呼。归家说与采桑姑。

旋抹红妆看使君。三三五五棘篱门。相挨踏破茜罗红罗。裙。　老幼扶携收麦社,收麦季节的祭神活动。"社"指社祭,祭土地神。乌鸢翔舞赛神村。古代祭神有供品,故招惹乌鸢盘桓飞翔。赛神为农村社祭时的迎神赛会活动。道逢醉叟卧黄昏。

麻叶层层苘读请,上声。即苘麻,其叶似苎而薄,可以织成布。叶光。谁家煮茧一村香。隔篱娇语络丝娘。虫名。又名莎鸡。此指缫丝女子。　垂白杖藜抬醉眼,捋青捣麨读炒,上声。米麦等炒熟后,磨成粉。软读软,上声。饱也。饥肠。《冷斋夜话》:"诗人多用方言。……南人谓睡美为黑甜,饮酒为软饱。故东坡诗曰:'三杯软饱后,一枕黑甜余。'"问言豆叶几

时黄？

簌簌衣巾落枣花。村南村北响缫车。牛衣古柳卖黄瓜。　　酒困日长惟欲睡，日高人渴漫思茶。敲门试问野人家。

（宋）胡仔：《高斋诗话》东坡长短句云“村南村北响缫车”，参寥诗云“隔村仿佛闻机杼，知有人家住翠微”，秦少游云“菰蒲深处疑无地，忽有人家笑语声”。三诗大同小异，皆奇句也。——《苕溪渔隐丛话》

（宋）曾季狸：东坡在徐州，作长短句云“半依古柳卖黄瓜”。今印本作“牛衣古柳卖黄瓜”，非是。予尝见东坡墨迹作“半依”，乃知“牛”字误也。——《艇斋诗话》

（清）王士禛：“牛衣古柳卖黄瓜”，非坡仙无此胸次。——《花草蒙拾》

软草平莎过雨新，轻沙走马路无尘，何时收拾耦耕身。两人并耜而耕称耦耕。见《论语·微子》。此作者有归田隐居之意。　　日暖桑麻光似泼，谓叶子雨后发光，似被水泼。风来蒿艾气如薰，使君元是此中人。苏轼自谓农家出身。

春日耕者　　（北宋）苏辙

阳气先从土脉知，老农夜起饲牛饥。雨深一尺春耕利，日出三竿晓饷迟。妇子同来相妩媚，乌鸢飞下巧追随。纷纷政令曾何补，要取终年风雨时。

（元）方回：子由诗佳处，世鲜会者。此诗能言耕夫人情物态。“利”字、“迟”字尤妙。——《瀛奎律髓汇评》

(清)查慎行:"利"字峭,"迟"字亦老。惟上六字能醒之,故佳。——同上

(清)纪昀:此亦清整。○五句从"思媚其妇"化来,六句用储光义意。——同上

耕罢偶书　(南宋)陆　游

新溉东皋亩一钟,乌犍粗足事春农。灞桥风雪吟虽苦,杜曲桑麻兴本浓。老大断非金谷友,生存惟冀酒泉封。莫嘲野饷萧条甚,箭茁莼丝亦且供。

(元)方回:四句四事皆巧对。——《瀛奎律髓汇评》

(清)许印芳:是工非巧。——同上

(清)纪昀:格力甚遒。放翁原非尽用平调,而选者多以平调选之,遂减放翁之声价。五、六似为韩侂胄作《南园记》而发,语自沉着。——同上

清平乐·村居　(南宋)辛弃疾

茅檐低小,溪上青青草。醉里吴音吴音指上饶一带口音。其地古属吴国。相媚好,白发谁家翁媪。读袄,上声,老妇人。　大儿锄豆溪东,中儿正织鸡笼。最喜小儿亡赖,即无赖,古"亡"通"无"。溪头卧剥莲蓬。

西江月·夜行黄沙即黄沙岭,在江西上饶西。道中

(南宋)辛弃疾

明月别枝惊鹊,清风半夜鸣蝉。稻花香里说丰年,听

取蛙声一片。　　七八个星天外，两三点雨山前。旧时茅店社林边，路转溪桥忽见。

（清）许昂霄：后叠似乎太直，然确是夜行光景。——《词综偶评》

（清）陈廷焯：的是夜景。又云：所闻所见，信手拈来都成异采，总由笔力胜故也。——《词则·别调集》

薛氏瓜庐　（南宋）赵师秀

不作封侯念，悠然远世纷。惟应种瓜事，犹被读书分。野水多于地，春山半是云。吾生嫌已老，学圃未如君。

（元）方回："人家半在船，野水多于地"，本乐天仄韵古诗。今换一句为对，亦佳。——《瀛奎律髓汇评》

（清）查慎行：香山先有"人家半在船"句，故佳。此诗用此句无味。——同上

（清）冯舒：五句直抄。——同上

（清）纪昀：此首气韵浑雅，犹近中唐，不但五、六佳也。——同上

田家三咏　（南宋）叶绍翁

织篱为界编红槿，排石成桥接断塍。野老生涯差有事，一间茅屋两池菱。

田因水坏秧重播，家为蚕忙户紧关。黄犊归来莎草阔，绿桑采尽竹梯闲。

抱儿更送田头饭，画鬓浓润灶额烟。争信春风红袖女，绿杨庭院正秋千。

追录旧诗二首（其二）　（金）元好问

潦倒聊为陇亩民，一犁分得雨声春。功名何物堪人老，天地无心谁我贫。颍上云烟随处好，洛阳桃李几番新。悠悠世事休相问，牟麦即大麦，牟通麰。今年晚得辛。据《释名·释天》及郑注《月令》：辛通新。

沁园春·垦田东城　（元）许　衡

月下檐西，日出篱东，晓枕睡余。唤老妻忙起，晨餐供具，新炊藜糁，《墨子·非儒下》："孔某穷于蔡陈之间，藜糁不糂。"藜糁以野菜和米煮粥。旧腌读烟，平声。以盐渍食物。盐蔬。饱后安排，城边垦劚，劚读烛，入声。砍也。要占苍烟十亩居。闲谈里，把从前荒秽，污物。一旦驱除。　为农换却为儒，任人笑，谋身拙更迂。念老来生业，无他长技，欲期安稳，敢避崎岖。达士姓名，贵家骄蹇，骄蹇，骄纵不顺服。《汉书·淮南厉王刘长传》："及孝文初即位，自以为最亲，骄蹇，数不奉法。"此好胸中一点无。欢然处，有膝前儿女，几上诗书。

田　间　（清）汪　楫

小妇扶犁大妇耕，陇头一树有啼莺。儿童不解春何在，只向游人多处行。

汪槐堂、朱林表、邵檀波过舍 （清）吴颖芳

报有高轩照水滨，不惊门外野鸥群。田间住却携锄手，来与诸公话白云。

村中记所有 （清）钱大昕

小小茅檐曲曲篱，墙攲聊借石头搘。搘读支，平声。日高编箔烘烟叶，雨歇携耞打豆萁。香稻已催千顷割，残荷犹见一枝垂。由来气候山村别，试补豳风《诗经》篇名。豳，读宾，平声。七月诗。

小　园 （清）黎　简

水影动深树，山光窥短墙。秋村黄叶满，一半入斜阳。幽竹如人静，寒花为我芳。小园宜小立，新月如新霜。

三、渔　樵

江　村　(唐)杜　甫

清江一曲抱村流，长夏江村事事幽。自去自来梁上燕，相亲相近水中鸥。老妻画纸为棋局，稚子敲针作钓钩。多病所须唯药物，微躯此外更何求！

(明)胡应麟：(杜七言律)太易者，"清江一曲抱村流"之类；……杜则可，学杜则不可。——《诗薮》

(清)冯舒：不必黏题，无句脱题；不必紧结，却自收得住，说得煞；不必求好，却无句不好。圣人！神人！○何处分情景？——《瀛奎律髓汇评》

(清)纪昀：工部颓唐之作，已逗放翁一派。以为老境，则失之。——同上

(清)无名氏(乙)：次联，近情乃尔。——同上

(清)许印芳：通体凡近，五、六尤琐屑近俗。杜诗之极劣者。——同上

(清)王寿昌：昔人谓狮子搏象用全力，搏兔亦用全力。余以为杜诗亦然。故有时似浅而实不浅，似淡而实不淡，似粗而实不粗，似易而实不易。此境最难，而其秘只在"深入浅出"四字耳。如"舍南舍北皆春水……隔篱呼取尽余怀"，浅矣而不可谓之浅。"清江一曲抱村流……微躯此外复何求"，淡矣而不可谓之淡。——《小清华园诗谈》

江村即事 （唐）司空曙

钓罢归来不系船，江村月落正堪眠。纵然一夜风吹去，只在芦花浅水边。

（近代）朱宝莹：首句以“钓罢”二字作主，则以下纯从“钓罢”着笔。顾“钓罢”以后，从何处着笔？盖从钓船言，即已钓罢，正当系船，乃以“不系船”承之，则诗境翻空，出人意外。二句值江村月落之时，眠于船上，任其所之，便有洒然无拘滞之意。……凡做诗，意贵翻陈出新，如此首是。若于“不系船”三字，非著一“不”字，则钓罢之后，便系船矣，以下无论如何刻划，总落恒蹊，断难如此灵妙。——《诗式》

春江独钓 （唐）戴叔伦

独钓春江上，春江引趣长。断烟栖草碧，流水带花香。心事同沙鸟，浮生寄野航。荷衣尘不染，何用濯沧浪。

渔父三首 （唐）张志和

西塞山前白鹭飞，桃花流水鳜读桂，去声。鱼名。鱼肥。青箬笠，绿蓑衣。斜风细雨不须归。

（宋）叶梦得：“西塞山前白鹭飞（略）”，此玄真子张志和《渔父词》也。颜鲁公为湖州刺史时，志和客于鲁公，多在平望震泽间。今东震泽村有泊宅村，野人犹指为志和尝所居。后人因取其“愿为浮家泛宅，往来苕霅间”语以为名。此两间湖水平阔，望之渺然澄澈空旷，四旁无甚山，遇景物明霁，见风帆往来如飞鸟，天水上下一色。余每过之，辄为徘徊不忍去。常意西塞，在其近处，求之久不得。后观张芸叟《南行录》，始知在池州磁湖县界孙策破黄射处也。苏子瞻极爱此词，患声不可歌，乃稍损益，寄《浣溪纱》曰："西塞山前白鹭飞，散花洲外片帆微。桃花流水鳜鱼肥。　自蔽一身青箬笠，相随到处绿蓑衣。斜风细雨不须归。"黄鲁直闻而继作。江湖间谓山连亘入水为矶，太平州有矶曰新妇，池州有浦曰女儿。鲁直好奇，偶以名对而未有所付。适当此词，乃云："新妇矶头眉黛愁，女儿浦口眼波秋。惊鱼错认月沉钩。青箬笠前无限事，绿蓑衣底一时休，斜风细雨转船头。"子瞻闻而戏曰："才出新妇矶，便入女儿浦，志和得无一浪子渔父耶！"人皆传以为笑。前辈风流略尽，念之慨然。小楼谷隐，要不可无方外之士时相周旋。余非鲁公，固不能致志和，然亦安得一似之者而与游也。——《岩下放言》

(宋)胡仔：古今诗人，以诗名世者，或只一句，或只一联，或只一篇，虽其余别有好诗，不专在此，然传播于后世，脍炙于人口者，终不出此矣，岂在多哉？如"池塘生春草"则谢康乐也；"澄江静如练"，则谢宣城也……"西塞山前白鹭飞(略)"，此玄真子也。——《苕溪渔隐丛话》

(明)胡应麟：唐仙家能诗者，许宣平"隐居三十载"及"负薪朝出郭"一绝，是初唐语；张志和"八月九月芦花飞"，又"西塞山"一绝，是中唐语。——《诗薮》

(清)黄苏：数句只写渔家之自乐其乐，无风波之患，对面已有不能自由者，已隐跃言外，蕴含不露，笔墨入化，超然尘埃之外。——《蓼园词选》

霅读札，入声。溪湾里钓鱼翁，舴艋为家西复东。江上云，浦边风。笑着荷衣不叹穷。

松江蟹舍主人欢，菰饮莼羹亦共餐。枫叶落，荻花干。醉宿渔舟不觉寒。

夜到渔家 (唐)张 籍

渔家在江口，潮水入柴扉。行客欲投宿，主人犹未归。竹深村路远，月出钓船稀。遥见寻沙岸，春风动草衣。

(清)顾安：结句是渔人归来，却不说出，甚觉闲远。——《唐律消夏录》

(清)屈复：客到渔家，不写人到，而言"水入柴扉"，则人到可知。投宿出"夜"字。四用一折。五、六写景起下。七、八写渔家归，却不说出。——《唐诗成法》

(清)黄叔灿：柴扉江口，知是渔家，将欲投宿，又无主人。"竹深"一联，正是彷徨莫必之景。乃寻沙之岸，草衣风动，遥见人归，岂不欣起。写得意致飘萧，悠然韵远。——《唐诗笺注》

赠江客 (唐)白居易

江柳影寒新雨地，寒鸿声急欲霜天。愁君独向沙头宿，水绕芦花月满船。

(清)黄叔灿："愁君"句不止说江客，连自己亦在内。——《唐诗笺注》

江 雪 (唐)柳宗元

千山鸟飞绝，万径人踪灭。孤舟蓑笠翁，独钓寒江雪。

(宋)洪刍:东坡曰,郑谷诗"江上晚来堪画处,渔人披得一蓑归"。此村学中诗也。子厚云:"孤舟蓑笠翁,独钓寒江雪。"信有格哉!殆天所赋,不可及也。——《洪驹父诗话》

(清)李瑛:前二句不沾着"雪"字,而确是雪景,可称空灵,末句一点便足。阮亭论前人雪诗,于此诗尚有遗憾。甚矣,诗之难也。——《诗法易简录》

(清)朱庭珍:祖咏"终南阴岭秀"一绝,阮亭最所心赏,然不免气味凡近。柳子厚"千山鸟飞绝"一绝,笔意生峭,远胜祖咏之平,而阮翁反有微词,谓未免近俗。殆以人口熟诵而生厌心,非公论也。——《筱园诗话》

渔　翁　(唐)柳宗元

渔翁夜傍西岩宿,韩醇曰:(柳)集中有《西山宴游记》,西岩,即西山也。晓汲清泉燃楚竹。烟销日出不见人,欸乃读矮奶,棹船之声。一声山水绿。回看天际下中流,岩上无心云相逐。

(宋)惠洪:柳子厚诗曰"渔翁夜傍西岩宿(略)"。东坡评诗云:"诗以奇趣为宗,反常合道为趣。熟味之,此诗有奇趣。其尾两句,虽不必亦可。"——《冷斋夜话》

(明)高棅:刘云:或谓苏评为当,非知言者。此诗气浑,不类晚唐,正在后两句,非蛇安足者。——《唐诗品汇》

(明)郝敬:无色无相,潇然自得。——《批选唐诗》

(明)桂天祥:"烟消日出不见人"二句,古今绝唱。——《批点唐诗正声》

(明)胡应麟:子厚"渔翁夜傍西岩宿",除去末二句自佳。刘以为不类晚唐,正赖有此,然加此二句为七言古,亦何讵胜晚唐?故不如作绝也。——《诗薮》

钓鱼诗　（唐）李　贺

秋水钓红渠，仙人待素书。菱丝萦独茧，菰米蛰双鱼。斜竹垂清沼，长纶贯碧虚。饵悬春蜥蜴，钩坠小蟾蜍。詹子詹何也。见《列子》。情无限，龙阳龙阳君见《战国策》。恨有余。为看烟浦上，楚女泪沾裾。

西塞山泊渔家　（唐）皮日休

白纶巾下发如丝，静倚枫根坐钓矶。中妇桑村挑叶去，小儿沙市买蓑归。雨来莼菜流船滑，春后鲈鱼坠钓肥。西塞山前终日客，隔波相羡尽依依。

（清）金人瑞：写此渔人白发如丝，则是静坐钓矶殆已终身也，特未悉其生计如何耳。乃闻挑叶桑村，中宵机杼，买蓑沙市，暑雨力田，则是男耕女织，又堪终岁也。人生但得如斯，便是羲皇以上。我殊不解长安道上策蹇疾驱者，彼方何为也（前四句下）。〇若更就其终日论之，则又有雨余莼菜，春后鲈鱼。一日既然，无日不尔。欲托暂宿。不知今日虽终，明日仍别，虽复依依，竟成何益哉（后四句下）？——《贯华堂选批唐才子诗》

（清）朱三锡：只“静”、“坐”二字，写尽渔家乐趣，又将“枫根”、“钓矶”衬出一白发渔翁，宛然如画。三、桑村挑叶，四、沙市买蓑，写男女各有其事，以形出静坐之人无事。五、六又将莼菜、鲈鱼以形出静坐人之受用。一日既然，无日不尔。——《东岩草堂评订唐诗鼓吹》

（清）何以梅：起得耸秀，服饰已非俗人。三、四言其家庭勤于治生。五、六风物情佳。结言己之健羡。通篇秀雅。——《唐诗贯珠》

醉 着 (唐)韩 偓

万里清江万里天，一村桑柘读蔗，去声。木名。一村烟。渔翁醉着无人唤，过午醒来雪满船。

(宋)胡仔：致尧《醉著》绝句云："万里清江万里天(略)"。葛亚卿集句云："万里清江万里天，一村桑柘一村烟。渔翁醉着醒又睡，高唱夕阳孤岛边。"前辈集句每一句取一家诗，今亚卿全用致尧前二句，极为无工。又后二句不是好诗，不称前二句，岂若致尧之浑成也。——《苕溪渔隐丛话后集》

(宋)曾季狸：山谷《清江引》云"全家醉着篷底眠，家在寒沙夜潮落"。"醉着"二字出韩偓诗。——《艇斋诗话》

(宋)魏庆之：致尧《醉著》绝句云"万里清江万里天(略)"，杜荀鹤亦有《溪兴》绝句云"山雨溪风卷钓丝，瓦瓯篷底独斟时。醉来睡着无人唤，流下前溪也不知"。语句俱弱，不若致尧之雅健也。——《诗人玉屑》

渔 父 (五代)和 凝

白芷汀寒立鹭鸶，蘋风轻剪浪花时。烟幂幂，日迟迟。香引芙蓉惹钓丝。

(明)卓人月：徐士俊云："与'钓丝袅袅立蜻蜓'之句，皆善宠钓丝者。"——《古今词统》

(清)陈廷焯：较子同作自远不逮，而遣词琢句，精秀绝伦，亦佳构也。——《云韶集》

又云：竟体清朗。——《词则·别调集》

(清)张德瀛：若和凝、李珣、欧阳炯、张炎、完颜璹均仿张(志和)体，盖由张始也。仿张体咏渔父亡虑十数家，此其最著者耳。——《词征》

江上渔者 （北宋）范仲淹

江上往来人，但爱鲈鱼美。君看一叶舟，出没风波里。

叔父钓亭 （北宋）黄庭坚

槛外溪风拂面凉，四围春草自锄荒。陆沉霜发为钩直，柳贯锦鳞缘饵香。影落华亭千尺月，东坡答文与可诗云："世间亦有千寻竹，月落亭空影许长。"梦通岐下六州王。《帝王世纪》曰："诸侯归周者六州。文王不失臣节，合六州之诸侯朝纣。"麒麟卧笑功名骨，不道山林日月长。

满庭芳 （北宋）秦 观

红蓼花繁，黄芦叶乱，夜深玉露初零。霁天空阔，云淡楚江清。独棹孤篷小艇，悠悠过、烟渚沙汀。金钩细，丝纶慢卷，牵动一潭星。　　时时，横短笛，清风皓月，相与忘形。任人笑生涯，泛梗飘萍。饮罢不妨醉卧，尘劳事、有耳谁听？江风静，日高未起，枕上酒微醒。

（明）李攀龙："一丝牵动一潭星"，惊人语也。眠风醉月渔家乐，洵不可谖。——《草堂诗余隽》

（清）陈廷焯：警绝。——《词则·大雅集》

好事近·渔父词　(北宋)朱敦儒

摇首出红尘，醒醉更无时节。活计绿蓑青笠，惯披霜冲雪。　　晚来风定钓丝闲，上下是新月。千里水天一色，看孤鸿明灭。

小舟过吉泽效王右丞　(南宋)陆　游

泽国霜露晚，孤村烟火微。本去官道远，自然人迹稀。木落山尽出，钟鸣僧独归。渔家闲似我，未夕闭柴扉。

(元)方回：五、六可谓得句。——《瀛奎律髓汇评》

(清)纪昀：三、四别有自然之味，胜于五、六。前六句神貌俱似，末二句貌亦不似。——同上

(清)冯班：新润不如右丞。欲效其天然，更觉费力。——同上

(清)许印芳：次联不粘。——同上

鹊桥仙　(南宋)陆　游

一竿风月，一蓑烟雨，家在钓台西住。卖鱼生怕近城门，况肯到、红尘深处？　　潮生理棹，潮平系缆，潮落浩歌归去。时人错把比严光，我自是、无名渔父。

(清)陈廷焯：寓意。——《词则·大雅集》

(清)沈雄：细味卒章，真是高隐之笔。——《古今词话·词辨》

(近代)梁启超:当有所指。——《饮冰室评词》

(近代)俞陛云:首三句如题之意。"怕近城门"二句未必实有其事,而可见托想之高,愤世疾俗者,每有此想。"潮生"三句描写江海浮家之情事,句法累如贯珠。"无名渔父"四字尤妙,觉烟波钓徒之号,犹着色相也。《渔父》词以张志和数首为最著,此作可夺席矣。——《唐五代两宋词选释》

鹊桥仙　(南宋)陆 游

华灯纵博,雕鞍驰射,谁记当年豪举。酒徒一一取封侯,独去作、江边渔父。　轻舟八尺,低篷三扇,占断蘋洲烟雨。镜湖元自属闲人,又何必、君恩赐与。

(明)杨慎:放翁词纤丽处似淮海,雄慨处似东坡。其感旧《鹊桥仙》"华灯纵博……"英气可掬,流落亦可惜矣。——《词品》

(清)许昂霄:"酒徒一一取封侯,独去作、江边渔父。"感愤语妙,以蕴藉出之。结语翻用贺知章事,而感慨意即寓其中。——《词综偶评》

(清)先著、程洪:词之初起,事不出于闺帏,时序。其后有赠送,有写怀,有咏物,其途遂宽。即宋人亦各竞所长,不主一辙。而今之治词者,惟以鄙秽亵媟为极,抑何谬与。——《词洁》

(清)陈廷焯:怨壮语亦是安分语。——《词则·别调集》

贺新郎并序　(南宋)卢祖皋

彭传师于吴江三高堂之前作钓雪亭,盖擅渔人之窟宅以供诗境也,赵子野约余赋之。三高祠堂在吴江,建于宋初,祀范蠡、张翰、陆龟蒙。

挽住风前柳。问鸱夷、范蠡灭吴后,飘然远引,扁舟于太湖之上,自号鸱夷子皮。当日扁舟,近曾来否?月落潮生无限事,零乱茶烟末久。二句谓陆龟蒙。漫留得、莼鲈依旧。可是从来功名误，二句谓张翰。抚荒祠、谁继风流后？今古恨，一搔首。

江涵雁影杜牧《九日齐山登高》诗："江涵秋影雁初飞。"梅花瘦。四无尘、雪飞风起，夜窗如昼。万里乾坤清绝处，付与渔翁钓叟。又恰是、题诗时候。猛拍阑干呼鸥鹭，道他年、我亦垂纶手，飞过我，共樽酒。

(宋)魏庆之：《中兴词话》云："彭传师于吴江三高堂之前作钓雪亭，蒲江为之赋词云(略)。无一字不佳，每一咏之，所谓如行山阴道中，山水映发，使人应接不暇也。"——《诗人玉屑》

(陈)陈廷焯：起笔潇洒，亦突兀。○又云"猛拍"妙。有神境，有悟境。——《词则·放歌集》

风雨停舟图　(金)元好问

老木高风作意狂，青山和雨入微茫。画图唤起扁舟梦，一夜江声撼客床。

江城子·钓台　(金)元好问

醉来长袖舞鸡鸣，曹植《七启》："长袖随风，悲歌入云。"短歌行，壮心惊。西北神州，依旧一新亭。新亭对泣，见《晋书·王导传》。新亭在南京市南。三十六峰长剑在，中岳嵩山有三十六峰。星斗气，郁峥嵘。　古来豪杰数幽并。鬓星星，竟何成？他日封侯，编简为谁青？一掬钓鱼坛上泪，风浩浩，雨冥冥。

江城子·寄德新丈德新名王革。 (金)元好问

春风花柳日相催,淅江梅,此淅江非浙江也。淅江流经河南内乡。腊前开。开遍山桃,恰到野酴醾。商岭商岭即商山,又名商坂,自陕西商县东一直绵亘而东延至河南内乡。东来三百里,红作阵,绿成堆。　　半山亭下钓鱼台,拂层崖,坐苍苔。林影湖光,佳处两三杯。恨杀玉溪王老子,指王革。忙个甚,不同来?

三部乐·赋姜石帚渔隐游艇名。

(南宋)吴文英

江鹢读益,入声。水鸟名。初飞,荡万里素云,际空如沐。咏情吟思,不在秦筝金屋。夜潮上,明月芦花,傍钓蓑梦远,句清敲玉。翠罂汲晓,柳宗元《渔翁》诗:"晓汲清湘燃楚竹。"欸乃棹船之象声词。一声秋曲。　　越装片篷障雨,瘦半竿渭水,瘦指水落,故曰半竿。鹭汀幽宿。那知暖袍挟读夹。锦,低帘笼烛。鼓春波,载花指浪花。万斛。帆鬣转。银河可掬。风定浪息,苍茫外,天浸寒绿。夏敬观《蕙风词话诠评》云:"勾勒者,于词中转接提顿处,用虚字以显明之也。南宋清空一派,用此句勒法为多。吴梦窗于此等处多换以实字,玉田讥为七宝楼台,拆下不成片段,以为质实,则凝涩晦昧。其实两种皆北宋人法,读周清真词,便知之。其不用虚字,而用实字或静辞,以为转接提顿者,即文章之潜气内转法也。清真造句整,梦窗以碎锦拼合。整者之气浑仑,碎拼者古锦斑斓。不用勾勒,能使潜气内转,则外涩内活。"

山樵暮归 (明)姚绶

松枝挑满担头春,石路崎岖是苦辛。薄暮敢投山舍

宿，城中多少待炊人。

渔　家　　(清)刘廷玑

一家一个打鱼舟，结得姻盟水上浮。有女十三郎十五，朝朝相见只低头。

渔　　(清)马朴臣

自把长竿后，生涯逐水涯。尺鳞堪易酒，一叶便为家。晒网炊烟起，停舟月影斜。不争渔得失，只爱傍桃花。

烟波宅绝句为张芑堂赋四首

(清)鲍廷博

臣本烟波一钓徒，全家只合住菰蒲。旁人漫拟知章贺，不道西湖胜鉴湖。

底须更觅买山钱，且把渔竿上钓船。生计莫嫌湖面薄，尽教乞与鲍家田。

雪山面面总吾庐，一苇飘然信所如。却笑里湖林处士，懒与猿鹤别移居。

诗思无时落眼前，破除聊复付高眠。坡仙好语从相借，挂起西窗浪接天。

题兰泉廷尉三泖渔庄图三首　（清）翁方纲

黄浦三江汇，机山二陆居。扣门新酢酒，系柳满船书。铁笛绳床外，篮舆笋屐初。月明伊轧响，风定夜潭渔。

孤塔如人立，湾环别一庄。溪流屡回转，帆影去微茫。沪渎葭芦合，佘山笋藕香。烟晴帘半卷，极绿际东洋。

幅幅有深想，毫端不尽传。石摹虞集记，虞文靖有《泖泾黄氏乐全堂记》。斋续郑家笺。君有“郑家斋”。怅望三千里，沉吟二十年。只应邻榻对，茶熟越瓯圆。按：王昶致政后退居三泖渔庄。

寒江钓雪图　（清）僧敬安

垂钓板桥东，雪压蓑衣冷。江寒水不流，鱼嚼梅花影。

点绛唇　（近代）王国维

波逐流云，棹歌缓缓凌波去。数声和橹。远入蒹葭浦。　落日中流，几点闲鸥鹭。低飞处。菰蒲无数。瑟瑟风前语。

四、师　友

题兴化园亭　　(唐)贾　岛

破却千家作一池，不栽桃李种蔷薇。蔷薇花落秋风起，荆棘满亭君始知。《韩诗外传》："春种桃李者夏得阴其下，秋得其实；春种蒺藜者，夏不可采其叶，秋得其刺焉。"此贾岛诗所本也。

(唐)孟棨：贾岛于兴化凿池种竹起台榭，时方下第；或谓执政恶之，故不在选。怨愤尤极，遂于庭内题诗曰"破却千家作一池……"由是人皆恶其侮慢不逊。——《本事诗》

(清)王寿昌：刺恶之诗，贵字挟风霜，庶几闻者足戒……柳子厚"射工"、"飓母"之辞，李德裕"毒雾"、"沙虫"之句，虽甚切直，而终不失为风雅之遗。若"破却千家作一池……"则无怪乎其犯众怒已。——《小清华园诗话》

(近代)刘永济：此虽出于怨愤，然以警豪贵之家，亦一剂清凉散也。——《唐人绝句精华》

初春雨中舟次和州横江裴使君见迎，李赵二秀才同来，因书四韵，兼寄江南许浑先辈　　(唐)杜　牧

芳草渡头微雨时，万株杨柳拂波垂。蒲根水暖雁初浴，梅径香寒蜂未知。辞客倚风吟暗澹，使君回马湿旗

旗。江南仲蔚多情调，怅望春阴几首诗。

寄兵部任畹郎中 （唐）陈 陶

常思剑浦别清尘，荳蔻花红十二春。昆玉已成廊庙器，涧松犹是薜萝身。虽同橘柚依南土，终仰魁罡近北辰。好向昌时荐遗逸，莫教千古吊灵均。

寄裴衡 （唐）李商隐

别地萧条极，如何更独来？当秋色萧条之际，为何独自来到早时相别的地方？起得矫健。“萧条极”引起三、四两句，又与后半的“冷”、“灰”暗相映照。秋应为黄叶，雨不厌青苔。二句写景，是萧条的景况专喜侵袭沦落之人。沈约只能瘦，潘仁岂是才。二句自比，说自己日益消瘦，哪能算有才之人。离情二字与起句相应。堪底寄，虽然深相忆念，但又有何可寄呢。惟有冷于灰。只有比寒灰还冷的心情而已。

漫成三首（录二首） （唐）李商隐

不妨何范何逊与范云。尽诗家，《南史·何逊传》：“逊字仲言，八岁时能赋诗，弱冠州举秀才，南乡（湖北襄阳）范云见其对策，大相称赏，因结忘年交。”按：何指李自己，范指令狐楚。未解当年重物华。用范何联句诗意。联句云：“洛阳城东西，却作经年别。昔去雪如花，今来花似雪。”重物华，借喻重人才。意谓：不知范云当年何以如此重人才？远此字喻年位的悬殊。把龙山千里雪，鲍明远诗：“胡风吹朔雪，千里度龙山。”“雪”比年位高的范云。将来拟并洛阳花。“花”比后进的何逊。三、四两句重物华之意。按：李商隐十八岁时受知于令狐楚，和何逊弱冠为范云称赞相似。范官至吏部尚书右仆射和令狐名德位望相似。次句用疑难语，实是感激语。

雾夕咏芙蕖，何郎得意初。何逊《看伏郎新婚》诗："雾夕莲出水，霞朝日照梁。何如花烛夜，轻扇掩红妆。"这里借作何逊新婚用。此时谁最赏？沈范两尚书。沈谓沈约。杜甫亦有诗曰："沈范早知何水部（何逊）。"按：三首全合乎何逊自比，井然自成章法。

送王十三校书分司　（唐）李商隐

多少分曹掌秘文，洛阳花雪梦随君。定知何逊缘联句，每到城东忆范云。

华州周大夫宴席周大夫名墀，字德升。
（唐）李商隐

郡斋何用酒如泉，饮德先时已醉眠。若共门人推礼分，戴崇争得及彭宣。《汉书》："张禹弟子尤著者淮阳彭宣，沛郡戴崇。宣为人恭俭有法度，而崇恺悌多智，禹心爱崇，敬宣而疏之。崇每候禹，禹将入后堂饮食，妇女相对，优人管弦铿锵极乐，昏夜乃罢。而宣之来也。禹见之于便坐，讲论经义，日晏赐食，不过一肉，卮酒相对，未尝至后堂。及两人皆闻知，各自得也。"

谢　书　（唐）李商隐

微意何曾有一毫，空携笔砚奉龙韬。《太公六韬》其一曰：龙韬。自蒙半夜传衣后，不羡王祥得佩刀。吕虔有佩刀，工相之曰：

"当为三公。"虔以赠别驾王祥，祥果为太傅。朱彝尊云：此诗疑义山为令狐楚巡官时作也。《唐书》云："楚能章奏，以其道授商隐，自是始为今体章奏，故借用五祖传衣事。"

赠赵协律皙自注：愚与赵协律俱出吏部相公门下，又同为故尚书安平公所知，复皆是安平公表侄。　　（唐）李商隐

俱识孙公与谢公，二年歌哭处还同。已叨邹马声华末，更共刘卢族望通。南省恩深宾馆在，东山事往妓楼空。不堪岁暮相逢地，我欲西征君又东。按："孙"言绰，"谢"言谢安以比吏部与安平公也。"宾馆在"言旧游如昨也，"妓楼空"言吏部下世也。

过故府中武威公王茂元也。交城旧庄感事　　（唐）李商隐

信陵亭亭在开封府，公子无忌胜游之地。馆接郊畿，幽象遥通晋水祠。晋水有唐叔虞祠，系晋川之中最为胜处。日落高门喧燕雀，风飘大树撼熊罴。新蒲似笔思投日，芳草如茵忆吐时。《后汉书》："丙吉驭吏嗜酒，醉呕丞相车上，两曹吏白欲斥之。吉曰：'此不过污丞相车茵耳。'"山下只今黄绢字，泪痕犹堕六州儿。用堕泪碑事。按：茂元开元中授忠武军节度使，会昌中授河阳军节度使。忠武管许、陈、蔡三州，河阳管孟、怀、卫三州，故曰六州。

长安客舍叙邵陵旧宴寄永州萧使君五首

（唐）曹　唐

邵陵佳树碧葱茏，河汉西沉宴未终。残漏五更传海月，清笳三会揭天风。香薰舞席云鬟绿，光射头盘头亦作骰。

白居易诗:"红袖拂骰盘。"蜡烛红。今日却怀行乐处,两床丝竹水楼中。

不知何路却飞翻,虚受贤侯郑重恩。五夜清歌敲玉树,三年洪饮倒金尊。招携永感双鱼双鱼,信也。见《饮马长城窟行》。在,报答空知一剑存。狼藉梨花满城月,当时长醉信陵门。

粉堞彤轩画障西,水云红树窣窣,读速,入声。拂也。璇题。璇题为玉饰的椽头。鹧鸪欲绝歌声定,鸲鹆《晋书》:"王导辟谢尚为椽,谓曰:'闻君能作鸲鹆舞,一座倾想,宁有此否?'尚便着衣帻而舞,傍若无人。"初惊舞袖齐。坐对玉山空甸线,细听金石怕低迷。东风夜月三年饮,不省非时不似泥。吴曾《能改斋漫录》:"南海有虫,名曰泥。在水中则活,失水则醉,如一堆泥然。"

木鱼金钥锁重城,夜上红楼纵酒情。竹箭古代计时间的工具。水繁更漏促,桐花风软管弦清。百分散打杜牧诗:"觥船一棹百分空。"散打似谓行抛打令以促饮也。银船《闲情小品酒考》:"酒船古以金银为之,内藏风帆十幅,酒满一分则一帆举,饮干一分则一帆落。"溢,十指敲催玉箸轻。丁静山谓:"轻敲玉箸以促饮也。"星斗渐稀宾客散,碧云犹恋艳歌声。

三年身逐楚公侯,宾榻容居最上头。饱听笙歌陪痛饮,熟寻云水纵闲游。朱门锁闭烟岚暮,铃阁铃阁为都督阁。置铃架警防不虞,故曰铃阁。见《晋书·羊祜传》。清泠水木秋。月满前山圆不动,更邀诗客上高楼。

偶 题 (唐)吴 融

贱子曾尘踪迹也。国士知，登门倒屣忆当时。西州酌尽看花酒，东阁编成咏雪诗。莫道精灵无伯有，寻闻任侠报袁丝。乌衣旧宅犹能认，粉竹金松一两枝。吴曰：“慷慨激烈、生气凛然，此公亦侠士也。”又曰：“前半追写盛时，五、六忽倒入死后，此为逆转突接，大家用力全争此等，俗手不悟，终为凡近耳。”

(元)方回：此乃感恩之言，必为某人为朱温之徒所杀，而未有能报之者也。予于魏公明己门下亦然。——《瀛奎律髓汇评》

(明)胡震亨：融为韦昭度掌记，受知似深。韦在相位，崔昭纬收而杀之。后昭纬势败，亦被杀于荆南。韦之死类晁错，故比昭纬于袁丝。方回以为感恩言，是矣。——《唐音戊签》

(清)冯班：尾二句紧应第一联。——《瀛奎律髓汇评》

(清)何焯：此诗为韦昭度作，《戊签》注详之。○“伯有”、“乌衣”之语，冀当路者恤其后也。——同上

(清)纪昀：前半稍平，后半自是健笔。——同上

寄黄几复 (北宋)黄庭坚

我居北海君南海，《左传·僖公四年》：“(楚子问齐桓公)君处北海，寡人处南海，风马牛不相及也。”寄雁传书谢不能。桃李春风一杯酒，江湖夜雨十年灯。上联相聚之乐下联相思之深。持家但有四立壁，治病不蕲通祈，求也。三折肱。《左传·定公十三年》：“三折肱，知为良医。”肱读弘，平声。想见读书头已白，以上用持家、治病(国)、读书三个方面言黄几复的为人和处境。隔溪猿哭瘴溪藤。在凄凉的气氛中蕴含怀才不遇之不平之鸣。从李贺《南园》“不见年年辽海上，文章何处哭秋风”化出。

次韵东坡还自岭南　(北宋)李之仪

凭陵岁月固难堪,食蘗即黄蘗味苦,可入药。多来味却甘。时雨才闻遍中外,卧龙相继起东南。天边鹤驾瞻仙袂,云里诗笺带海岚。重见门生应不识,雪髯霜鬓两毵毵。

满江红·呈赵晋臣敷文　(南宋)辛弃疾

老子平生,元自有、金盘华屋。还又要、万间寒士,眼前突兀。一舸归来轻似叶,两翁相对清如鹄。道如今、吾亦爱吾庐,多松菊。　人道是、荒年谷,还又似、丰年玉。甚等闲却为、鲈鱼归速?野鹤溪边留杖屦,行人墙外听丝竹。问近来、风月几篇诗,三千轴。

贺新郎　(南宋)辛弃疾

邑中指江西铅山县境内。园亭,仆皆为赋此词。一日独坐停云,堂名。水声山色,竞来相娱,意溪山欲援例者,遂作数语,庶几仿佛渊明思亲友之意云。陶渊明《停云诗序》:“停云,思亲友也。”

甚矣吾衰矣。《论语·述而》:“子曰:甚矣,吾衰也。久矣,吾不复梦见周公。”怅平生,交游零落,只今余几?白发空垂三千丈,李白《秋浦歌》:“白发三千丈,缘愁似个长。”一笑人间万事。问何物,能令公喜?《世说新语·宠礼》:髯参军(郗超)、短主簿(王恂),能令公(桓温)喜,能令公

怒。此处“公”，指作者自己。我见青山多妩媚，《新唐书·魏征传》：“太宗曰：人言魏征举动疏慢，我但见其妩媚耳。”料青山、见我应如是。情与貌，略相似。　　一尊搔首东窗里。想渊明、停云诗就，此时风味。江左江东，今长江下游一带。沉酣求名者，用苏轼《和陶渊明饮酒》“江左风流人，醉中亦求名”语意。岂识浊醪妙理？杜甫《晦日寻崔戢李封》诗：“浊醪有妙理，庶用慰沉浮。”回首叫、云飞风起。不恨古人吾不见，恨古人、不见吾狂耳。语出《南史·张禹传》：“融常叹曰：‘不恨我不见古人，所恨古人不见我。’”知我者，二三子。

(宋)岳珂：前篇(指本词)豪视一世，独首尾两腔，警语差相似。——《桯史》

(明)卓人月：此词稼轩自拟彭泽诗意，然彭泽一爵酣如，二爵訚訚，如此则“坎坎鼓我，蹲蹲舞我”矣。——《古今词统》

(明)沈际飞：稼轩每燕，辄命侍妓歌此，拊髀自笑，坐客叹誉，如出一口。岳亦斋云：“待制词句，豪视一世，独首尾二腔，警语相似。”稼轩慨然曰：“夫君实中我痼。”乃咏改其语，不知改者若何，惜未见之。——《草堂诗余别集》

高阳台·和周草窗周密号草窗。寄越中诸友韵

(南宋)王沂孙

残雪庭阴，轻寒帘影，霏霏玉管春葭。古人烧苇膜成灰，置于律管中，放密室内，以占季节气候。见《后汉书·律历志》。小帖金泥，宋代立春，由翰林学士撰进春帖子，帝、后、贵妃、夫人诸阁，各有定式，华粲可观。见《武林旧事》。不知春在谁家。相思一夜窗前梦，用卢仝《有所思》“相思一夜梅花发，忽到窗前疑是君”诗意。奈个人、指周密。水隔天遮。但凄然，满树幽香，满地横斜。上片由节令寄寓亡国之痛，由隔别抒发怀人之情。

江南自是离愁苦，况游骢古道，归雁平沙。怎得银笺，

殷勤与说年华。如今处处生芳草，纵凭高、不见天涯。更消他，几度东风，几度飞花。

(清)张惠言：此伤君国晏安，不思国耻，天下将亡也。——《词选》

(清)周尔墉：莫丙山词："直饶明日便春晴，已是一春闲过了。"与此收笔用意相反，而一用进笔，一用缩笔，洵为异曲同工。——《周批草窗词》

(清)谭献："相思"句点逗清醒，换头又是一层勾勒；《词品》云"反虚入浑"，"如今"二句是也。——《谭评词辨》

(清)陈廷焯：一片热肠，无穷哀感，《小雅》怨诽不乱，诸词有焉。以视白石之《暗香》、《疏影》亦有过之无不及，词至是乃蔑以加矣。——《词则·大雅集》

(清)王闿运：此等伤心语，词家各自出新，实则一意。比较自知文法。——《湘绮楼词选》

高阳台·寄越中诸友　(南宋)周　密

小雨分江，谓小雨将江流分割：一半在视线内，一半在视线外。又据《吴地记》载，汉顺帝时，山阳人殷重献策，请分江以置两浙，以钱塘江中线为界，以东为会稽郡，以西为吴郡。残寒迷浦，春容浅入蒹葭。生在水边的小草。《诗·秦风·蒹葭》："蒹葭苍苍，白露为霜，所谓伊人，在水一方。"原指在水一方怀念故人。后用以泛指。雪霁读济，去声。雪霁，雨雪停止。空城，燕归何处人家？梦魂欲渡苍茫去，怕梦轻、翻被愁遮。感流年，夜汐东还，冷照西斜。　萋萋望极王孙草，认云中烟树，鸥外春沙。白发青山，可怜相对苍华。归鸿自趁潮回去，笑是归鸿笑人。倦游、犹是天涯。问东风、先到垂杨，后到梅花。杨柳是主离别者，梅花是折赠相思者。问东风，是否是先叫人离别，然后又叫人相思呢？

(清)陈廷焯：幽怨得碧山意趣，但厚意不及。——《词则·大雅集》

木兰花慢·孟津黄河渡口，在河南孟津县。官舍寄钦若李献诚。钦用李献甫。昆仲并长安故人

（金）元好问

流年春梦过，记书剑、入西州。对得意江山，十千沽酒，着处到处也。欢游。兴亡事，天也老，尽消沉、不尽古今愁。落日霸陵原上，野烟凝碧池头。　风声习气想风流。终拟觅菟裘。菟裘，地名，在山东泰安东南。《左传·隐公十一年》："使营菟裘，吾将老焉。"后因以指告老退隐的处所。待射虎南山，用李广事，见《史记·李将军列传》短衣匹马，腾踏清秋。黄尘道，何时了？料故人、应也怪迟留。只问寒沙过雁，几番王粲登楼。

广陵遇嘉禾友指秀水曹溶。感赋

（清）姜 埰

朝罢西华并马还，龚曹龚鼎，曹溶。龚为明兵科给事中，曹为御史，其时姜埰为礼科给事中。昔日此鹓班。人留天宝风尘后，客在雷塘雨雪间。连岁丧亡哀白马，几年离别惨朱颜。娄东学士指吴伟业。三词伯，龚、曹、吴三词伯皆降清。身世伤心庾子山。以庾信比之。有婉惜而无讥斥，见友情之深。

雨中诸子集予机山别业　（清）周茂源

樵采闲时学苦吟，身如越鸟恋平林。偶然花月春江夜，共此蒹葭秋水心。山市酒炉兵后少，草堂诗句雨中

深。沉沉钟梵声俱寂，横笛还吹激楚音。

答友人　(清)洪　昇

君问西泠陆讲山，飘然一钵竟忘还。乘云或化孤飞鹤，来往天台雁荡间。陆讲山是明末诗人。陈子龙结“登楼社”于西湖，陆与丁澎、毛先舒、沈谦等十人被目为“西泠十子”。陆以文学志行被许为社中翘楚。康熙二年(1663)，庄廷钺私刊《明史》，语触时讳，清廷大兴文字狱，株连被杀者七十二人，陆讲山也被卷入案中，侥幸留得一命。出狱不久，便弃家出走，始终不明下落。大概是指“明史案”余波再起，重遭不测。后来，他的儿子中了进士，万里寻父无着，悒悒而死。

月夜聚奎堂三绝句呈总裁同考诸先生

(清)汪　绎

桃李随风叹寂寥，峄阳石上有孤标。不知桐尾留多少，待遇中郎已半焦。

敢谓披沙便得金，幽兰空谷杳难寻。三更独自卷帘坐，皓月青天识此心。

芙蓉阙下赐衣鲜，惭愧天街早着鞭。敢倚平生粗气味，误他灯火又三年。

寄范声佩进士都门　(清)王时翔

我占湖滨一钓竿，相思有梦到长安。美人何处碧云合，欲赠芙蓉江水寒。

答友二首 （清）梁同书

卅年蒲柳早衰芜，壮不如人况老乎？苦笋硬差良有愿，葫芦依样已难摹。休言报国文章在，只合投闲草木俱。物不答施天地大，始节惭负是顽躯。

北望君门首重回，一门三世荷栽培。臣心不似卷施草，天意须怜臃肿材。絮已沾泥飞不起，豆和灰冷爆不开。他生愿作衔环雀，再上觚棱高处来。

秀　才 （清）施国祈

除名端合市流芟，别却黉宫把木镵。墨艺久应书白榜，皇恩终许着青衫。长辜友谊赪颜忍，痛负亲心永劫衔。忽忽闷怀三日恶，卢家骨相总尘凡。潘焕龙《卧园诗话》云："秀才三年一岁试，十次后年老者免试，准给衣顶终其身。"

次韵陈诗见寄 （清）周家禄

谁是北山诗弟子，孔门今日有颜回。后潮水逐前潮长，下岫云遮上岫来。君掣长鲸回碧海，我持朽骨上金台。可能身后丛残集，点勘终烦大雅才。陈诗《尊瓠室诗话》云："壬寅，先生赴津门，余赋诗赠行，先生次韵见答云云。"

同季直张謇字季直。夜坐吴氏吴学廉。草堂

（清）郑孝胥

一听秋堂雨，知君病渐苏。欲论十年事，庭树已模糊。

五、宾客　同事　乡里

南　邻　（唐）杜　甫

锦里先生乌角巾，园收芋栗未全贫。惯看宾客儿童喜，得食阶除鸟雀驯。秋水才深四五尺，野航恰受两三人。白沙翠竹江村暮，相对柴门月色新。

（清）纪昀："得食"者，人无网弋之意，得以食于阶除也，非谓以食饲之。○五、六天然好句。然真无根柢而效之，则易俚易率。"江西"变症，多于此种暗受病根。——《瀛奎律髓汇评》

（清）许印芳：纪评指摘"江西"病根，可谓深切着明，然非谓此诗五、六不可学也。凡天地间事物，有一美在前，即有一病随之于后。惟诗亦然，雄有粗病，奇有怪病，高有肤廓病，老有草率病。惟根柢深厚者，始能善学古人，得其美而病不生。根柢浅薄者，每学古人，未得其美，病已着身；非古人原有是病，乃不善学而自成其病耳。此学古所以贵先培养根柢也。——同上

（清）无名氏（乙）：五、六化尽律家对属，化工妙。此景千古常新，杜公亦千古长在。——同上

（清）黄生：前段叙事，语简而意深；后段写景，语妙而意浅。盖前面将主

人作人行径,逸韵高情,一一写出,即只是四句;后面不过只写一“别”字,却亦是四句,浅深繁简之间,便是一篇极有章法古文化。○“锦里”、“乌巾”亦以彩色字相映有情。三句尤深。盖富翁好客不难,贫士好客难,贫士家人不厌客为尤难。非平日喜客之诚,浃入家人心髓,何以有此。——《唐诗摘抄》

(清)何焯:落句衬出竟日淹留,无迹(“相对柴门”句下)。——《义门读书记》

(清)仇兆鳌:诗善炼格。前段叙事,数层括以四语;后段写景,一意拓为半篇。“儿童”、“鸟雀”,用倒装法;“秋水”、“野航”用流对法。——《杜诗详注》

(清)沈德潜:前半言造南邻之居,后半言同舟送别也。——《唐诗别裁集》

(清)浦起龙:前半山庄访隐图,后半江村送别图。——《读杜心解》

北 邻 (唐)杜 甫

明府岂辞满,藏身方告劳。青钱买野竹,白帻岸将帽帻上推,露出前额称岸。江皋。爱酒晋山简,能诗何水曹。时来访老疾,步屧屧读协,入声。原为鞋的衬垫,此作行走。到蓬蒿。

客 至 (唐)杜 甫

舍南舍北皆春水,但见群鸥日日来。花径不曾缘客扫,蓬门今始为君开。盘飧此读孙,平声。市远无兼味,樽酒家贫只旧醅。肯与邻翁相对饮,隔篱呼取尽余杯。

(明)钟惺:二语严,门无杂宾,意在言外矣(“花径不曾”二句下)。——《唐诗归》

(清)黄生:经时无客过,日日有鸥来。语中虽见寂寞,意内愈形高旷。

前半见空谷足音之喜,后半见贫家真率之趣。——《杜诗镜铨》

(清)何焯:反打开去,惟公能之,《宾至》起相似。风雨则思友,况经春积水绕舍,日惟鸥鹭群乎?极写不至,则“喜”字溢发纸上矣。——《义门读书记》

(清)张谦宜:一、二言无人来也,三、四是敬客意。五、六是待客具。每句含三层意,人却不觉,炼力到也。七、八又商量得妙。如书法之有中锋,最当临摹。——《茧斋诗谈》

(清)浦起龙:首联兴起,次联流水入题,三联使“至”字足意,至则须款也。末联就“客”字生情,客则须陪也。——《读杜心解》

宾　至　(唐)杜　甫

幽栖地僻经过少,老病人扶再拜难。岂有文章惊海内,漫劳车马驻江干。竟日淹留佳客坐,百年粗粝腐儒餐。不嫌野外无供给,乘兴还来看药栏。

(宋)洪迈:(七律)五十六言,大抵多引韵起,若以侧句入,尤峻健。如老杜“幽栖地僻经过少,老病人扶再拜难”是也。——《容斋随笔》

(明)钟惺:少陵有言,“畏人嫌我真”,读此可想。又云,“惫语,尽傲尽狂”(“老病人扶”句下)。——《唐诗归》

(清)仇兆鳌:上四宾至,下四留宾。直叙情事而不及于景,此七律独创之体,不拘唐人成格矣。〇此诗五六失粘。〇朱翰曰:一主一宾,对仗成篇,而错综照应,极结构之法。起语郑重,次联谦谨,腹联真率,结语殷勤。如聆其声咳,如见其仪型。较之香山诸作,真觉高僧规矩,肃肃雍雍也。——《杜诗详注》

(清)方东树:叙事耳,而语意透彻朗俊,温醇得体。情韵缠绵,律度井然。——《昭昧詹言》

题邻居 （唐）于 鹄

僻巷邻家少，茅檐喜并居。蒸梨常共灶，浇薤亦同渠。传屐朝寻药，分灯夜读书。虽然在城市，还得似樵渔。

（清）吴乔：于鹄《题邻居》，体异陶而情则同。——《围炉诗话》
（清）谭宗：真绝矣，却不少趣逸。——《近体秋阳》

梓州罢吟寄同舍 （唐）李商隐

不拣花朝与雪朝，五年从事霍嫖姚。君缘接座交珠履，我为分行近翠翘。首联为倒装法，次联为互文法。顺说谓：五年从事暮府以来，不闻花朝与雪后，彼此没有一天不和珠履翠翘者所接近。楚雨含情皆有托，楚雨用巫山神女事。谓：你们各有所恋。漳滨卧病竟无僇。我却卧病无聊。长吟远下燕台去，燕台，用黄金台事。因柳仲郢罢镇，故云。惟有衣香染未销。衣香，用荀令君事。此指柳的恩遇。

饮席戏赠同舍 （唐）李商隐

洞中屐响省分携，不是花迷客自迷。珠树重行怜翡翠，玉楼双舞羡鹍鸡。谢惠连《雪赋》："对庭鹍之双舞。"兰回旧蕊缘屏绿，屏风刺绣。椒缀新香和壁泥。温室以椒涂壁见《西京杂记》。唱尽阳关无限叠，半杯松叶冻颇黎。松叶，酒名。《本草》有松叶酿酒法。颇黎即玻璃。叶葱奇《疏注》云：前四句戏其宵来欢会，知道行将分离，却恋恋不舍。"翡翠”、“鹍鸡”慨叹人不如鸟。五、六二句言其所欢的居处新加修葺,以更见留恋之意。结二句则说在离筵饯席上缱绻难分,以至酒都冷了。大抵同舍深恋所欢,不忍相别,所以即席作此相赠,语颇佻薄,是一时戏谑之作。

别乡旧　(北宋)陈师道

数有中年别,宽为满岁期。得无鱼口厄,聊复雁门踦。齿落心犹壮,秋清意自悲。平时郡文学,邓禹得三为。

(元)方回:此棣州教时所作。盖徐教、颍教,凡三任也——《瀛奎律髓汇评》

(清)冯班:用邓禹事不妥切。○知落句之病,可与言用事矣。得事便用,全无古人刀尺,工夫少而笔拙也。——同上

(清)纪昀:五、六本常语而异常老健。末句用邓禹事,冯云不妥切。——同上

春怀示邻曲　(北宋)陈师道

断墙着雨蜗成字,老屋无僧燕作家。剩欲出门追语笑,却嫌归鬓着尘沙。风翻朱网开三面,雷动蜂窠趁两衙。屡失南邻春事约,只今容有未开花。

(元)方回:淡中藏美丽,虚处着工夫,力能排天斡地,此后山诗也。——《瀛奎律髓汇评》

(清)冯舒:如此诗未尝不好,只不该以赞李、杜者佞谀之。——同上

(清)纪昀:刻意劖削,脱尽甜熟之气,以为“排天斡地”,则意境自高,推许太过。——同上

（清）冯班："蜗成字"、"燕作家"、"蛛网"、"蜂窠"两联叠用此，老杜如是乎？〇此却不粗。——同上

（清）查慎行：第二句"僧"字疑"人"字之误，因通首与僧无涉，且此句"僧"字无着落。——同上

（清）纪昀：起二句言居处之荒凉，五、六句言节候之暄妍，故两联写景而不为复。——同上

过邻家戏作　（南宋）陆　游

久脱朝冠岸幅巾，时时乘兴过比邻。瓶无储粟吾犹乐，步有新船子岂贫。醅甕香浮花露熟，药栏土润玉芝新。原注："玉芝"谓鬼臼，山家多有之。相从觅笑真当勉，又过浮生一岁春。

（元）方回：三、四陶、韩语，工。——《瀛奎律髓汇评》

（清）纪昀：平而不庸。〇"比邻"之"比"，平仄兼读。——同上

简邻里　（南宋）陆　游

今年意味报君知，属疾虽频未苦衰。独坐冷斋如自讼，三舍法行时，尝上书言事者，屏置一斋曰"自讼"。小镌残俸类分司。乐天诗云："犹被妻孥教渐退，莫求致仕且分司。"闲撑野艇渔蓑湿，乱插山花醉帽欹。有兴行歌便终日，逢人那识我为谁。

（元）方回："自讼"、"分司"虽戏语，下一联又自好。——《瀛奎律髓汇评》

（清）纪昀：亦无深味。总之作诗太多，便无许多意思，只以熟套换来换

去，此放翁一生病根。——同上

江城子·戏同官　(南宋)辛弃疾

留仙初试砑罗裙。"留仙裙"见伶玄《飞燕外传》："……风大起，后扬袖曰：'仙乎，仙乎……'帝令无方持后裙风止，裙为之绉。他日，宫姝或襞裙为绉，号留仙裙。"小腰身，可怜人。江国幽香，曾向雪中闻。过尽东园桃与李，还见此、一枝春。皆指梅言，意同官或其侍者，与"梅"有关也。

庾郎此庾郎指南齐庾杲之。《南齐·庾杲之传》云："……清贫自业，食惟有韭菹……或戏之曰：'谁谓庾郎贫，食鲑常有二十七种。'言三九也。"(按：九谐韭)襟度最清真，挹芳尘，便情亲。南馆花深，清夜驻行云。拚却日高呼不起，灯半灭，酒微醺。

六、少　年

少年行四首　(唐)王　维

新丰美酒斗十千，咸阳游侠多少年。相逢意气为君饮，系马高楼垂柳边。

(明)钟惺：此"意气"二字，虚用得妙。——《唐诗归》

(清)黄叔灿：少年游侠，意气相倾，绝无鄙琐龌龊之态，情景如画。——

《唐诗笺注》

（清）王士禛：豪侠凌励之气，了不可折。——《唐贤三昧集》

出身仕汉羽林郎，初随骠骑战渔阳。孰知不向边庭苦，纵死犹闻侠骨香。

（明）袁宏道：少年场中语，太白“纵死侠骨香，不惭世上英”正与此同。——《唐诗训解》

（明）唐汝询：此羽林少年羡布衣任侠而为愤激之词，安知不向边庭之苦者，乃能垂身后名。此盖指郭解之流，虽或捐躯，而侠烈之声不减。——《唐诗解》

（明）周敬等：黄家鼎曰：说得侠士壮怀，凛凛有生气。——《唐诗选脉会通评林》

（明）赵殿成：诗意谓死于边庭者，反不如侠少之死而得名，盖伤之也。——《王右丞集笺注》

一身能擘两雕弧，虏骑千重只似无。偏坐金鞍调白羽，纷纷射杀五单于。

（清）王士禛：顾云：“前半隐使李广事，后半隐使霍去病事，而矜才雄，虽散联而隐属对，皆作法之妙。”——《唐贤三昧集》

汉家君臣欢宴终，高议云台论战功。天子临轩赐侯印，将军佩出明光宫。

（明）周珽：摩诘《少年行》诸篇俱激烈慷慨。——《唐诗选脉会通评林》

（清）张文荪：雄快事说得安雅，是右丞诗体。——《唐贤清雅集》

少年行二首　(唐)王昌龄

西陵侠少年，送客短长亭。青槐夹两道，白马如流星。闻道羽书急，单于寇井陉。气高轻赴难，谁顾燕山铭。

(明)徐用君：全是侠少意气本色语。——《唐诗分类绳尺》
(清)沈德潜：少伯塞上诗，多能传出义勇。——《唐诗别裁集》

走马远相寻，西楼下夕阴。结交期一剑，留意赠千金。高阁歌声远，重门柳色新。夜闲须尽饮，莫负百年心。

少年行　(唐)李　白

五陵年少金市东，银鞍白马度春风。落花踏尽游何处，笑入胡姬酒肆中。

(宋)严羽：写豪情在“笑入”二字，有味。——《李太白诗集》
(明)高棅：刘云，“语气凌厉快活，梦亦难忘”。——《唐诗品汇》
(明)唐汝询：摹写少年之态，曲尽其妙。——《唐诗解》
(清)黄生：极写豪华之盛，曲尽少年之态。——《唐诗摘钞》

少年行　(唐)杜　甫

马上谁家白面郎，临轩下马坐人床。不通姓氏粗豪甚，指点银瓶索酒尝。

(明)胡应麟:杜《少年行》"马上谁家白面郎(略)",殊有古意。——《诗薮》

(明)李东阳:诗贵意,意贵远不贵近,贵淡不贵浓。浓而近者易识,淡而远者难知。如杜子美"钩帘宿鹭起,丸药流莺啭"、"不通姓氏粗豪甚,指点银瓶索酒尝"……皆淡而愈浓,近而愈远,可与知者道,难与俗人言。——《麓堂诗话》

(明)王嗣奭:此首是真咏少年者,然亦恶少。——《杜臆》

(明)周珽:他人呕血拈髯不能得者,少陵辄谈笑得之,如此与《花卿》真胸有圆镜,手有慧笔者。谁谓绝句非其所长?〇此诗全副精神,在"不通姓氏粗豪甚"七字上见出。——《唐诗选脉会通评林》

(清)仇兆鳌:此摹少年意气,色色逼真。下马坐床,指瓶索酒,有旁若无人之状。其写生之妙,尤在不通姓氏一句。〇胡夏客云:"此盖贵介子弟,恃其家世,而恣情放荡者。既非才流,又非侠士,徒供少陵诗料,留千古一噱耳。"——《杜诗详注》

(清)翁方纲:《渔评林杜摘记》云:"《少年行》直书所见,不求语工,但觉格老。"——《石洲诗话》

送从侄拟赴江陵少尹　(唐)王　建

荆州少尹好闲官,亲故皆来劝自宽。无事日长贫不易,有才年少屈终难。沙头欲买红螺盏,渡口多呈白角盘。应向章华台下醉,莫冲云雨夜深寒。切地。

(清)金人瑞:好闲官,是一时亲故异口同声相与失叹之辞。三、四承写,言闲官则贫,贫既实难,闲官则屈,屈又实难。看他写贫之难,难于无事,难于无事而又日长,妙!妙!屈之难,难于有才,难于有才而又年少,妙!妙(前四句下)!〇沙头买盘,渡口买盏,言一路惟有多治饮具,醉为主策也(后四句下)。——《贯华堂选批唐才子诗》

赠严童子　（唐）元　稹

卫瓘诸孙卫玠珍，可怜雏凤好青春。解拈玉叶排新句，认得金环识旧身。十岁佩觿娇稚子，八行飞札老成人。杨公莫讶清无业，家有骊珠不复贫。

长安少年行十首　（唐）李　廓

金紫少年郎，绕街鞍马光。鲍照诗："鞍马照地光。"身从左中尉，官属右春坊。刬读产，上声。只也。戴扬州帽，只戴一顶扬州帽。"扬州帽"见《河东记》："李敏求暴卒至柳判官处。柳谓敏求曰：'非故人莫能致此，更欲奉留恐误足下，握手叙别。'又谓敏求曰：'此间甚难得扬州毡帽，子他日请致一枚。'"重熏异国香。垂鞭踏青草，来去杏园芳。《秦中岁时记》："唐人举进士会杏园，谓之探花宴，以少年二人为探花使，偏游名园。"

追逐轻薄伴，闲游不着绯。长拢出猎马，数换打毬衣。《荆楚岁时记》："寒食为打毬、秋千、藏钩之戏。"晓日寻花去，春风带酒归。青楼无昼夜，歌舞歇时稀。

日高春睡足，帖马庾信诗："据鞍垂玉帖，横腰带锦心。"帖马或是鞍马之意。赏年华。倒插银鱼袋，行随金犊车。《朝野佥载》："庞帝师养一牸牛一赤犊子，前后生五犊，得绢一百匹，及翻转至万匹，特号金犊子。"绿珠《懊恼歌》："黄牛细犊车，游戏出孟津。"还携新市即新丰市。酒，远醉曲江花。几度归侵黑，金吾送到家。

好胜耽长夜，天明烛满楼。留人看独脚，赌马换偏

头。乐奏曾无歇，杯巡不暂休。时时遥冷笑，怪客有春愁。

邀游携艳妓，装束似男儿。杯酒逢花住，笙歌簇马吹。《开元遗事》："长安侠少每至春时结朋连党各置矮马，饰以锦鞯金络，并辔于花下往来，使仆从执酒而随之，遇好囿则驻而饮。"莺声催曲急，春色讶归迟。不以闻街鼓，《大唐新话》："旧制京城内，金吾晓暝传呼以戒行者。马周献封章，始置街鼓，俗号鼕鼕鼓，公私便焉。"华筵待月移。

赏春惟逐胜，大宅可曾归。不乐还逃席，多狂惯衩衣。衩读岔，去声。衩衣，衣襟展开。《海篇》：衩，衣袒也。歌人踏日起，踏日起，起晏也。日影至床前，故云：踏日起也。语燕卷帘飞。好妇惟相妒，倡楼不醉稀。

戟门连日闭，苦饮惜残春。开锁通新客，教姬屈醉人。请歌牵白马，《独异记》："后魏曹彰性倜傥，偶逢骏马，爱之，其主所惜也。彰曰：'予有美妾可换，惟君所选。'遂换之。"马号曰白鹘。○《纂异记》："鲍生家富畜妓，外弟韦生得良马数匹。韦谓鲍曰：'能以人换，任选殊尤。'鲍密遣四弦更衣盛妆，顷之，乃至，命捧酒劝韦生，歌一曲以送之云：'白露湿庭砌，皓月临前轩。此时颇留恨，含思独无言。'又歌《送鲍生酒》云：'风飐荷珠难暂圆，多生信有短因缘。西楼今夜三更月，还照离人泣断弦。'韦生乃召御者牵紫叱拨以酬之。"自舞踏红茵。红地毯也。张子野词云："垂螺近额，走上红茵初赴拍。"时辈皆相许，平生不负身。

新年高殿上，始见有光辉。玉雁张子野《咏筝》诗："雁柱十三行。"此言玉带排列十三銙如雁行也。排方带，李贺诗："金鱼公子夹衫长，密装腰鞓割玉方。"注：鞓，皮带也。割玉方，带銙方也。王建诗："银带排方獭尾长。"金鹅《李德裕传》："金鹅天马，盘绦掬豹，文彩怪丽。"韦庄诗："紫袍日照金鹅斗。"立仗带刀仗而立,号曰:立门仗。衣。酒深和碗赐,马疾打珂珂,勒饰也。玉为之。飞。朝下人争看,香街意气归。

游市慵骑马,随姬入坐车。楼边听歌吹,帘外见莺花。乐眼从人闹,归心畏日斜。苍头来去报,饮伴到倡家。

小妇教鹦鹉,头边唤醉醒。犬娇眠玉簟,鹰掣撼金铃。碧地攒花障,白居易诗:"歌舞屏花障上,几时曾画白头人。"红泥待客亭。李白诗:"红泥亭子赤阑干。"虽然长按曲,不饮不曾听。

赠李秀才　(唐)杜　牧

骨清年少眼如冰,凤羽参差五色层。天上麒麟时一下,人间不独有徐陵。

公　子　(唐)李商隐

一盏新罗酒,凌晨恐易消。归应冲鼓半,去不待笙调。歌好惟愁和,香浓岂惜飘。春场铺艾帐,艾帐,雉翳也。李贺诗:"艾叶绿花谁剪刻,中藏祸机不可测。"下马雉媒骄。纪昀曰:"极刻画纨袴性情愈工愈佻。"○何焯曰:"第五句妙甚。只欲家妓擅长,惟恐更有和者,非公子无此心情。"

富平少侯 （唐）李商隐

七国三边未到忧，十三身袭富平侯。不收金弹抛林外，却惜银床《乐府淮南王篇》："后园凿井作床银，金瓶素绠汲寒浆。"在井头。彩树转灯谓元宵闹灯。珠错落，绣檀回枕玉雕锼。《洞冥记》："东方朔曰：'臣小时掘井陷地下，其国人邀臣入云煸之幕，设元琨雕枕，刻黑玉铜镂为日月云雷之状，亦曰雕云枕。'"当关不报侵晨客，新得佳人字莫愁。

（清）钱谦益、何焯：此言富平侯少年袭封，乐不知节，如韩嫣之弃金弹，淮南之饰银床，以致珠灯之错落，玉枕之雕锼，皆倚其富贵也，末言新得佳人如莫愁之美，而当关不敢报客，是又极形淫乐以讽之耳。——《唐诗鼓吹评注》

（清）冯班：自然，非杨、刘辈可及。知此可以言"昆体"矣。——《瀛奎律髓汇评》

（清）纪昀：此义山集中之下乘。——同上

（清）贺裳：义山有《富平少侯》诗，盖咏西京张氏也。其诗止形容侈汰，而不入实事。如"不收金弹抛林外"，乃韩嫣事，正不妨借用耳。然如"彩树转灯珠错落，绣檀回枕玉雕锼"，不过骄奢尽之。至"直登宣室螭头上，横过甘泉豹尾中"，俨然画中东京梁，窦家儿矣。——《载酒园诗话》

（清）胡以梅：妙在双借"莫愁"以结之，收拾通篇。此是高手作法异人处。——《唐诗贯珠》

（清）姚培谦：此写贵宠之憨痴，为荒躭者讽也。……开口七字，足当"痛哭"一书。——《李义山诗集笺注》

（清）王寿昌：虽甚切直，而终不失为风雅之遗。——《小清华园诗谈》

公子家二首 （唐）李山甫

曾是皇家几世侯，入云高第照神州。柳遮门户横金锁，花拥弦歌咽画楼。锦袖妒姬争巧笑，玉衔骄马索闲游。麻衣酷献平生业，醉倚春风不点头。

柳底花阴压露尘，瑞烟轻罩一团春。鸳鸯占水能嗔客，鹦鹉嫌笼解骂人。騕褭似龙随日换，轻盈如燕逐年新。不知买尽长安笑，活得苍生几户贫。

(清)钱朝鼒、王俊臣：用鸳鸯欺客，鹦鹉骂人，騕褭如龙，轻盈如燕等意，言公子家奢侈成习，不知稼穑艰难为何事！即左右仆从窥公子家之余光者，亦皆骄横从事，可即禽鸟以类推矣，故用"苍生"作结。——《唐诗鼓吹笺注》

(清)屈复：八以讽刺结，得体。贵家娇妒，从何处说得尽，只写禽兽且如此，他可知矣。——《唐诗成法》

(清)薛雪：《公子家》二首，尤为绝伦，读之令人想到"伶伦吹裂孤生竹"，"侍臣最有相如渴"、"当关莫报侵晨客"等诗，不觉泪涔涔沾袖矣。——《一瓢诗话》

公子行　(唐)孟宾于

锦衣红夺彩霞明，侵晓春游向野庭。不识农夫辛苦力，骄骢踏烂麦青青。

公　子　(北宋)杨　亿

夹道青楼拂彩霓，月轩宫袖按《前溪》。锦鳞河伯供烹鲤，金距邻翁逐斗鸡。细雨垫巾过柳市，轻风侧帽上铜鞮。珊瑚击碎牛心熟，香草兰芳客自迷。

(清)冯舒:第三联寒俭。○若说"江西"胜"西昆",我永不论诗。——《瀛奎律髓汇评》

(清)冯班:次联欠切。腹联好。——同上

(清)纪昀:"河伯"、"邻翁",俱涉装点,与义山之"湖燕雨"、"海鹏风"同一病痛。"巾"、"帽"复。——同上

(清)无名氏(甲):晋人甚贵牛心炙,有王济故事。——同上

(清)无名氏(乙):第六俊句。——同上

菩萨蛮　(北宋)陈 克

赤栏桥尽香街直,笼街细柳娇无力。金碧上青空,花晴帘影红。　　黄衫黄衫谓少年公子,见《新唐书·礼乐志》。飞白马,日日青楼下。醉眼不逢人,谓目中无人也。杜甫《少年行》:"黄衫年少来宜数。"午香吹暗尘。

(清)张惠言:此刺时也。——《词选》

(清)谭献:("金碧"二句)李义山诗,最善学杜。("醉眼不逢人,午香吹暗尘")风刺显然。——《谭评词辨》

同儿辈赋未开海棠　(金)元好问

枝间新绿一重重,小蕾深藏数点红。爱惜芳心莫轻吐,且教桃李闹春风。

少年行　(清)朱彝尊

臂上黑雕弧,腰间金仆姑。突骑五花马,射杀千金

狐。狐谐胡音，知其用意所在。

公子行　（清）沈起凤

雏伶会奏郁轮袍，唤去尊前伴酒曹。何处通侯旧遗第，将来买与郑樱桃。

浣溪沙　（近代）王国维

六郡良家最少年，戎装骏马照山川。闲抛金弹落飞鸢。　何处高楼无可醉，谁家红袖不相怜。人间那信有华颠。

春　情　（唐）孟浩然

青楼晓日珠帘映，红粉春妆宝镜催。已厌交欢怜枕席，相将游戏绕池台。坐时衣带萦纤草，行即裙裾扫落梅。更道明朝不当作，相期共斗管弦来。

（宋）刘辰翁：五、六皆装点趣事，然下句尤妙。——《王孟诗评》

（清）赵臣瑗：春情者，闺人春日之情也。艳而不俚，乃为上乘。他人写情，必写其晏眠不起，而此偏写其早起；他人写情，必写其怜枕席，而此偏写其厌交欢，落想已高人数等。而尤妙在从朝至暮，曲曲折折写其初起，写其妆成，写其游戏，既写其坐，复写其行，五十六字中便已得几幅美人图，真能事也。——《小满楼笺注唐诗七言律》

（清）金人瑞：写女郎美是俗笔，写女郎淫是恶笔，必要写其憨方是妙笔。写女郎自道憨是俗笔，要人道其憨是恶笔，必要写女郎以憨极而不自以为憨方是妙笔（此诗是也）。——《贯华堂选批唐才子诗》

江南曲　（唐）于　鹄

偶向江边采白蘋，还随女伴赛江神。众中不敢分明语，暗掷金钱卜远人。

（明）周珽：摹古不为古所役。〇诗人托意微而婉。——《唐诗选脉会通评林》

（清）贺裳：摹写一段柔肠慧致，自是化工之笔。——《载酒园诗话》

（清）黄叔灿：一片心情只自知。曰“偶向”，曰“还随”，分明勉强从事，却就赛神，微露于金钱一卜，妙极形容。——《唐诗笺注》

离思五首　（唐）元　稹

自爱残妆晓镜中，环钗谩篸绿丝丛。须臾日射燕脂颊，一朵红苏旋欲融。

山泉散漫绕阶流，万树桃花映小楼。闲读道书慵未起，水晶帘下看梳头。

(清)潘德舆:《莺莺》、《离思》、《白衣裳》诸作,后生习之,败行丧身。诗将为人之仇,率天下之人而祸诗者,微之此类诗是也。——《养一斋诗话》

红罗着压逐时新,杏子花纱嫩曲尘。第一莫嫌材地弱,些些纰缦最宜人。

曾经沧海难为水,除却巫山不是云。取次花丛懒回顾,半缘修道半缘君。

(唐)范摅:元稹初娶京兆韦氏,字蕙丛,官未达而苦贫……韦蕙丛逝,不胜其悲,为诗悼之曰:"谢公最小偏怜女……"又云:"曾经沧海难为水……(略)。"——《云溪友议》

寻常百种花齐发,偏摘梨花与白人。今日江头两三树,可怜和叶度残春。

幼女词　(唐)施肩吾

幼女才六岁,未知巧与拙。向夜在堂前,学人拜新月。

(明)胡应麟:(五绝)开元以后,句格方超。如崔国辅《流水曲》、《采莲曲》……施肩吾《幼女词》,皆酷得六朝意象,高者可攀晋宋,平者不失齐梁。唐人五言绝句佳者,大半此矣。——《诗薮》

(明)周敬等:吴山民曰:细景。〇顾璘曰:意新。〇幼女无知,学人拜月。天然景趣,自觉悦人。于鹄有《古词》俱述小儿女行径,语似古,殊不如此词浅而有致。——《唐诗选脉会通评林》

(明)邢昉:古调,与(王)仲初"三日入厨下"同。——《唐风定》

(清)毛先舒:胡明瑞举唐五言绝句凡十六首云"佳者大半于此"。余观权德舆《玉台体》二首,语意佻浅;至王建《新嫁娘》、施肩吾《幼女词》,摹事太入情,便落卑格。——《诗辨坻》

(清)黄叔灿:真情真景,无斧凿痕。"学人"二字,所谓"道是无情还有情"也。——《唐诗笺注》

(清)吴瑞荣:总是一气流出,无可安排,摘一句不得。——《唐诗笺要》

(清)刘宏煦、李惪举:本色如话,此诗中太羹元酒也。徒事粉饰雕琢者那知此味?"拜新月"见形巧,"学"字并性巧都画出。——《唐诗真趣编》

秋　夕　(唐)杜　牧

银烛秋光冷画屏,轻罗小扇扑流萤。天阶夜色凉如水,坐看牵牛织女星。

贫　女　(唐)秦韬玉

蓬门未识绮罗香,拟托良媒益自伤。谁爱风流高格调,共怜时世俭梳妆。敢将十指夸纤巧,不把双眉斗画长。最恨年年压金线,为他人作嫁衣裳。

(明)周珽:晋罗友好学,桓温虽以才遇之,许而不用。人有得郡者,温为席送别,罗友后至。温问之。对曰,"旦出,逢一鬼揶揄云'我见汝送人,不见人送汝',惭怖却回,不觉淹缓。"温心愧,遂以为襄阳守。罗之语,其即"为他人作嫁衣裳"之谓乎?衡文者闻是诗,亦有淹没贤才之愧否?此伤时未遇,而托"贫女"以自况也。首联喻己素贫贱,不托荐以求进。次联喻有才德者,见弃于世。二句一气读下,若谓世俱好修容者,谁人能怜取俭饰之士也。第五句见不以才夸人。六句见不以德自骄。末伤己少有著述措置,徒供藉人作进阶耳。——《唐诗选脉会通评林》

(清)贺裳:秦韬玉诗无足言,独《贫女》一篇遂为古今口舌。"苦恨年年压金线,为他人作嫁衣裳",读之辄为短气,不减江州夜月,商妇琵琶也。——《载酒园诗话》

(清)赵臣瑗:此盖自伤不遇而托言也。贫士贫女,千古一辙,仕路无媒,何由自拔,所从来久矣。——《山满楼笺注唐诗七言律》

(清)屈复:格调既高,所以不遇良媒;梳妆之俭,以其生长蓬门。三、四分承一二。五、六自伤。七结五,八结六。〇六句皆平头,是一病。〇有托而言,通首灵动,结好,遂成故事。——《唐诗成法》

浣溪沙　(北宋)苏　轼

道字娇讹读鹅,平声。苦未成。未应春阁梦多情。朝来何事绿鬟倾。　彩索身轻长趁燕,红窗睡重不闻莺。困人天气近清明。

(明)王世贞:永叔、长公,极不能作丽语,而亦有之。永叔如"当路游丝萦醉客,隔花啼鸟唤行人",长公如"彩索身轻长趁燕,红窗睡重不闻莺",胜人百倍。——《弇州词评》

(明)卓人月:首句欲生,结句太俗。——《古今词统》

(清)王又华:苏子瞻有铜琶铁板之讥,然其《浣溪沙·春闺》曰:"彩索身轻常趁燕,红窗睡重不闻莺。"如此风调,令十七八女郎歌之,岂在"晓风残月"之下。——《古今词论》

诉衷情　(北宋)周邦彦

出林杏子落金盘。齿软怕尝酸。可惜半残青紫,犹印小唇丹。　南陌上,落花闲,雨斑斑。谓花落于地,似雨点斑斑。不言不语,一段伤春,都在眉间。

寒　词　　（明）王次回

从来国色玉光寒，昼视常疑月下看。况复此宵兼雪月，白衣裳凭赤栏干。

相见欢　　（清）毛奇龄

花前顾影粼粼，水中人。水面残花片片，绕人身。

私自整。红斜领，茜儿巾。茜读欠，去声。用茜草染成的红色披巾。却讶领间巾里刺花新。

咏燕女　　（清）洪　昇

燕姬生小习原野，春草茸茸猎城下。身轻不许健儿扶，捉鞭自上桃花马。

邻女因婿无籍沦于塞下闻而有感

（清）王　慧（女）

曾向邻居共绛纱，裁云咏絮斗芳华。香沾绣帙同分线，春暖妆台互送花。漫说罗敷原有婿，可怜蔡琰读掩，上声。竟无家。于今辫发垂双耳，紫塞斜阳泣暮笳。

浣溪沙　(近代)王国维

乍向西邻斗草过。药栏红日尚婆娑。一春只遣睡消磨。　　发为沉酣从委枕，脸缘微笑渐生涡。这回好梦莫惊她。

应天长　(近代)王国维

紫骝却照春波绿，波上荡舟人似玉。似相知，羞相逐，一晌低头犹送目。　　鬓云欹，眉黛蹙。应恨这番匆促。恼乱一时心曲，手中双桨速。

八、老　年

江　汉　(唐)杜　甫

江汉思归客，乾坤一腐儒。片云天共远，永夜月同孤。落日心犹壮，秋风病欲苏。古来存老马，不必取长途。

(元)方回：此诗会幼而学书，有此古印本为式，云杜牧之书也。味之久矣，愈老而愈见其工。中四句用“云天”、“夜月”、“落日”、“秋风”皆景也以情贯之。“共远”、“同孤”、“犹壮”、“欲苏”八字绝妙。世之能诗者，不复有出其右矣。〇公之意，自比于“老马”，虽不能取“长途”，而犹可以知道释惑也。——《瀛奎律髓汇评》

（明）周敬等：董养性曰：“此篇起联便突兀，或疑中联不应全用天文字，殊不知二联自‘归客’上说，三联于‘腐儒’上说。况老杜于诗，虽有纵诞，终句句有理，不可以常格拘之，然有极谨严处。”学者先当以谨严为法，若首以纵诞为师，必取败也。——《唐诗选脉会通评林》

（清）黄生：五言齿暮心雄，六言时衰身健。一“腐”上着“乾坤”字，自鄙而兼自负。——《杜工部诗说》

（清）冯舒：第二联是比。妙处不在字眼。——《瀛奎律髓汇评》

（清）查慎行：牢落之况，经子美写出，气慨亦自高远。——同上

（清）何焯：言所以思归者，非怀安也，庙堂勿用，因其老以安用？腐儒见弃，则犹可以端委而折冲也。〇若单点起联，恐未熟读《解嘲》。——同上

（清）李天生：有议公是篇中二联相碍者，不知其泛咏羁愁，非定为夜作也。——同上

（清）纪昀：“落日”二字乃景迫桑榆之意，借对“秋风”，非实事也。前四句是思归。“片云”二句紧承思归说出。后四句乃壮心陡发。“落日”二句提笔振起，呼出末二句，语气截然不同。虚谷此评却不差。——同上

（清）无名氏（乙）：东坡《南归》诗云“浮云世事改，孤月此心明”。与老杜千载相合。——同上

答张十一功曹张十一指张署。

（唐）韩 愈

山净江空水见沙，哀猿啼处两三家。筼筜竞长纤纤笋，踯躅闲开艳艳花。未报恩波“未”字双贯“报”字和“知”字。言皇恩未报，死所未知也。知死所，莫令炎瘴送生涯。吟君诗罢看双鬓，陡觉霜毛一半加。

(清)王夫之:寄悲正在兴比处。——《唐诗评选》

(清)金人瑞:通解只写后解中之"炎瘴"二字也。夫山曰"净",江曰"空",水曰"见沙",则是天地肃清,明是秋冬时候也;而笋犹"竞长",花犹艳开如此,此其炎瘴为何如者?又妙于三句中间,轻轻再放"哀猿啼处两三家"之七字。"两三家"之为言无可与语,以预衬后之"君"字也。"哀猿啼"之为言不可入耳,以预衬后之"诗"字也。真异样机杼也(前四句下)。〇畏瘴者,畏死也。夫死非君子之所畏也,然而死又有所,如非死之所而遽死,是又非君子之所出也。昨先生作示侄诗,乃敕其收骨瘴江,此岂非以君命至瘴江,即瘴江是死所者。今日得张十一诗,始悟君自命至瘴江,君初不命我死。夫以臣罪当诛而终不命死,即此便是君之至恩,便是臣所必报;而万一以炎方不服之故,而溘然果死江边,将竟置君恩于何地?竟以此死为塞责耶?吟罢看鬓而陡骇霜毛,真乃有时鸿毛,有时泰山也(后四句下)。——《贯华堂选批唐才子诗》

(清)朱彝尊:四句点景有静味(首四句下)。——《批韩诗》

(清)何焯:五、六既不如君子之狷怼,结乃借答诗以见其憔悴,可谓怨而不乱矣。——《义门读书记》

代邻叟　(唐)窦　巩

年来七十罢耕桑,就暖支羸强下床。满眼儿孙身外事,闲梳白发对残阳。

晚　岁　(唐)白居易

壮岁忽已去,浮云何足论。身为百口长,官是一州尊。不觉白双鬓,徒言朱两轓。病难施郡政,老未答君恩。岁暮别京洛,年衰无子孙。惹愁谙世网,因苦赖空门。揽带知腰瘦,看灯觉眼昏。不缘衣食系,寻合反丘园。

(元)方回:此在杭州作,殆初至郡时。——《瀛奎律髓汇评》

(清)查慎行:《长庆集》中拗句绝少,此首是其变体。——同上

(清)纪昀:此诗如删为八句曰:"不觉白双鬓,徒言朱两轓。病难施郡政,老未答君恩。岁暮别京洛,年衰无子孙。不缘衣食系,寻合返丘园。"亦未尝不括全诗之意,何必敷衍如斯?〇三、四鄙。〇结却真切,东坡"有田不归如江水",亦是此意。——同上

七年大和七年。初到洛阳,寓居宣教里,时已春暮而四老指李绅、皇甫镛、张仲方、白居易。俱在洛中分司

白居易赠皇甫、张、李诗有"今年四皓各分司"句。　　(唐)李　绅

青莎满地无三径,白发缘头忝四人。官职谬齐商岭客,以商山四皓为比。姓名那重汉廷臣。圣朝寡罪容衰齿,愚叟多惭未退身。惟有门人怜钝拙,劝教沉醉洛阳春。

木兰花　(唐)温庭筠

家临长信往来道,乳燕双双掠烟草。油壁车轻金犊肥,流苏帐晓春鸡早。　笼中娇鸟暖犹睡,帘外落花闲不扫。衰桃一树近池前,似惜红颜镜中老。

何满子　(唐)薛　逢

系马宫槐老,持杯店菊黄。故交今不见,流恨满川

光。“今不见”者故人已辞世也。

(宋)王灼:《何满子》,白乐天诗云“世传满子是人名,临就刑时曲始成。一曲四词歌八叠,从头便是断肠声”,……薛逢《何满子》词云“系马宫槐老……(略)”五字四句,乐天所谓“一曲四词”,庶几是也……五代时尹鹗、李珣亦同此。其他诸公所作,往往只一段,而六句各六字,皆无复有五字者。字句既异,即知非旧曲。——《碧鸡漫志》

诮山中叟　(唐)施肩吾

老人今年八十几,口中零落残牙齿。天阴伛偻带咳行,犹向岩前种松子。

中　年　(唐)郑　谷

漠漠秦云淡淡天,新年景象入中年。情多最恨花无语,愁破方知酒有权。苔色满墙寻故第,雨声一夜忆春田。衰迟自喜添诗学,更把前题改数联。

(宋)刘克庄:郑谷《送人下第》云“吾子虽云命,乡人懒读书”,七言云“愁破方知酒有权”,皆有新意。——《后村诗话》

(清)谭宗:凄婉奇逸。“寻”、“忆”二字,细析驯稳,透入旅情,而终不露。“寻”字痴而奇,收结轻浅风逸,非得真趣于此道者不能。——《近体秋阳》

(清)贺裳:《中年》“情多最恨花无语,愁破方知酒有权”,《寄杨处士》“春卧瓮边听酒熟,露吟庭际待花开”,皆入情切景,然终伤婉弱,渐近宋元格调。吾尤恨其“衰迟自喜添诗学,更把前题改数联”,何遽作此老婢声!——《载酒园诗话》

木兰花　　(北宋)钱惟演

城上风光莺语乱，城下烟波春拍岸。绿杨芳草几时休，泪眼愁肠已先断。　　情怀渐变成衰晚，鸾镜朱颜惊暗换。昔年多病厌芳樽，今日芳樽惟恐浅。年老体衰，本该节饮，而"芳樽恐浅"，则有意纵饮戕寿何也！〇此词作于1034年，为钱惟演之绝笔。钱曾位极人臣，1033年被贬，谪居汉东，郁郁寡欢，次年卒。

(宋)僧文莹：钱思公谪居汉东日，撰一曲曰"城上风光莺语乱……(略)"每歌之，酒阑则垂涕。时后阁尚有故国一白发姬，乃邓王俶歌鬟惊鸿者也。曰："吾忆先王将薨，预戒挽铎中歌《木兰花》，引绋为送，今相公其将亡乎？"果薨于隋。邓王旧曲亦有"帝乡烟雨锁春愁，故国江山空泪眼"之句，颇相类。——《湘山野录》

(宋)黄昇：此词暮年作，词极凄惋。——《花庵词选》

(明)李攀龙：妙处俱在末句语传神。——《草堂诗余隽》

(明)杨慎：不如宋子京"为君持酒劝斜阳，且向花间留晚照"更委婉。——《词品》

(明)沈际飞：芳樽恐浅，正断肠处，情尤真笃。——《草堂诗余正集》

予既到郡，有诏仍修唐书，寄局中诸僚

(北宋)宋　祁

一章通奏领州麾，诏许残书得自随。吾党成章真小子，官中了事是痴儿。昏眸视久花争乱，倦首搔余雪半垂。所愿韦吴皆杰笔，刘生当见汗青期。刘知幾论史，尝言："头白有期，汗青无日。"

(元)方回：知幾论史，尝言"头白有期，汗青无日"。三、四佳。作郡而修

史，亦文士之至荣矣，盖亳州也。——《瀛奎律髓汇评》

(清)冯班：病处似“江西”，渐启“江西体”。——同上

(清)纪昀：三、四犷气太重。——同上

借观五老图次韵　(北宋)欧阳修

脱遗轩冕就安闲，笑傲丘园纵倒冠。白发忧民虽种种，丹心许国尚桓桓。鸿冥得路高难慕，松老无风韵自寒。闻说优游多唱和，新篇何惜尽传看。

(清)查慎行：《五老图》和章甚多，载孙绍远《声画集》。不独欧阳公，此外尚多可采者。——《瀛奎律髓汇评》

(清)纪昀：五、六好。——《同上》

子玉以诗见邀同刁丈游金山　(北宋)苏轼

君年甲子未相逢，难向君前说老翁。更有方瞳八十一，奋衣矍铄走山中。

和欧阳少师会老堂次韵

蔡启《蔡宽夫诗话》：“欧阳文忠公与赵康靖同在政府，相得甚欢。赵归老睢阳，欧相继谢事，归汝阴。一日，康靖单车来访，逾月而反，年八十矣。文忠因榜其地为“会老堂”。○据《渑水燕谈》载：吕正献学士为颍川守，设宴二公。欧阳公亲作口号，有“金马玉堂三学士，清风明月两闲人”之句。

(北宋)苏　轼

一时冠盖尽严终，严助与终军，二子皆少年之贵。旧德年来岂易逢。闻道堂中延盖叟，赵概也。定当床下拜梁松。《后汉书》："马援有疾，梁松候之拜床下。"蠹鱼自晒闲箱箧，科斗长收古鼎钟。我欲弃官重问道，寸筳读廷，平声，小竹片。何以得春容。春容，声音悠然洪亮。张说《山夜闻钟》诗："前声既春容，后响复晃荡。"

次韵德孺惠贶秋字之句　(北宋)黄庭坚

少日才华接贵游，老来忠义气横秋。未应白发如霜草，不见丹砂似箭头。顾我今成丧家狗，期君早作济川舟。汉家宗庙英灵在，定是寒儒浪自愁。《本草图经》：丹砂生石上，状若芙蓉头，箭镞、连床者黯若铁色，而光明莹彻，真辰砂也。〇《书·说命》：若济巨川，用汝作舟楫。

水调歌头　(北宋)叶梦得

秋色渐将晚，霜信报黄花。指菊花。小窗低户深映，微路小路。绕敧斜。为问山公山简好酒易醉，时人称之山公。见《晋书·山简传》。何事，坐看犹眼看而无行动。流年轻度，拼却鬓双华。两鬓花白。徙倚徘徊留恋。望沧海，应指太湖。作者晚年寓居吴兴(今湖州)。天净水明霞。　　念平昔，往日。空飘荡，遍天涯。归来三径重扫，松竹本吾家。陶渊明《归去来兮辞》："三径就荒，松竹犹存。"却恨悲风秋风也。时起，冉冉读染，上声。渐渐地。云间新雁，用杜牧《早雁》"金河秋半虏弦开，云外惊飞四散哀"诗意。边马怨胡笳。蔡琰《悲愤诗》："胡笳动兮边马鸣，孤雁归兮声嘤嘤。"胡笳指敌人军中的角号。谁似东山老，东山老指淝水之战中的谢安。因安曾隐居东山(在浙江上虞西南)。谈笑静胡沙。谢安曾以少胜多，击溃前秦苻坚的百万大军。〇李白《永王东巡歌》："但用东山谢安石，为君谈笑静胡沙。”

残　腊　（南宋）陆　游

残腊无多日，吾生又一年。林塘明月照，墟落淡春烟。山色危栏角，梅花绿酒边。岁时元自好，老病独凄然。

（元）方回：五、六壮丽。——《瀛奎律髓汇评》
（清）纪昀：三、四有唐人意，五句胜于六句。——同上

七　十　（南宋）陆　游

七十残年百念枯，桑榆元不补东隅。但存隐具坐卧之具，如靠背之类的东西。金鸦嘴，古代术士用铁制成的黑色粗金，其形如鸦嘴，故称。见沈括《梦溪笔谈》。那梦朝衣玉鹿卢。剑也。玉鹿卢为剑首之装饰。此代指剑。身世蚕眠将作茧，形容牛老已垂胡。颔肉下垂，亦称垂胡。客来莫问先生处，不钓娥江即镜湖。

（清）纪昀：语自风华，然终带甜熟之味。——《瀛奎律髓汇评》
（清）无名氏（甲）：此首略能造句，然气局亦隘。——同上

枕上作　（南宋）陆　游

龙钟七十岂前期，短帽枯筇与老宜。愁得酒卮如敌国，病须书卷作良医。登山筋力虽尤健，闭户工夫颇自奇。今日快晴春睡足，卧听檐鹊已多时。

(清)纪昀:此诗比较单薄。——《瀛奎律髓汇评》

八十三吟　(南宋)陆　游

石帆山下白头人,八十三回见早春。自爱安闲忘寂寞,天将强健报清贫。枯桐已爨宁求识,敝帚当捐却自珍。桑苎家风君勿笑,他年犹得作茶神。

(清)纪昀:此稳适。——《瀛奎律髓汇评》

浣溪沙·漫兴作　(南宋)辛弃疾

未到山前骑马回。风吹雨打已无梅。共谁消遣两三杯?　一似旧时春意思,百无是处老形骸。也曾头上戴花来。

丑奴儿·书博山道中壁　(南宋)辛弃疾

少年不识愁滋味,爱上层楼。爱上层楼。为赋新词强说愁。　而今识尽愁滋味,欲说还休。欲说还休。却道"天凉好个秋"。

(明)卓人月:前是强说,后是强不说。——《古今词统》

木兰花慢·滁州送范倅　(南宋)辛弃疾

老来情味减，对别酒、怯流年。况屈指中秋，十分好月，不照人圆。无情水、都不管，共西风、只管送归船。秋晚莼鲈江上，夜深儿女灯前。　征衫。便好去朝天，玉殿正思贤。想夜半承明，留教视草，却遣筹边。长安故人问我，道寻常、泥酒只依然。目断秋霄落雁，醉来时响空弦。

(清)陈廷焯：此稼翁晚年笔墨，不必十分经营，只信手写去，如闻饿虎吼啸之声，古今词人焉得不望而却步？——《云韶集》

又云：稼轩词如"旧恨春江流不尽，新恨云山千叠"，又"前度刘郎今重到，问玄都千树花存否"，又"重阳节近多风雨"……皆于悲壮中见浑厚。后之狂呼叫嚣者，动托苏、辛，真苏、辛之罪人也。——同上

又云：一直说去而语极浑成，气极团练，总由力量大耳。——《词则·放歌集》

示怀祖　(金)元好问

憔悴经年卧涧阿，囊中无物只诗多。自惊白发先潘岳，人笑蓝衫似采和。狗盗鸡鸣皆有用，鹤长凫短果如何，《庄子·骈拇》："凫胫虽短，续之则忧；鹤胫虽长，断之则悲。"后比喻事物各有特点。乘闲便作归田赋，付与牛童扣角歌。

不寐作　(清)黄宗羲

年少鸡鸣方就枕，老人枕上待鸡鸣。转头三十余年

事，不道消磨只数声。

开平老翁诗　（清）李旦华

底事雕虫悔壮夫，衰翁九十兴犹粗。元都一别春风老，白鹤重来岁月徂。自有文章干气象，莫嫌甲子混泥涂。赚他绛帐敲铜句，谱入张为主客图。

和后村十老诗（录四首）　（清）樊增祥

老医

晓起稀闻款户声，悬壶老矣未知名。徒夸三世传针诀，懒教诸儿诵脉经。枕底丹方经验少，袖中红纸谢仪轻。肩舆偶视朱门病，归去逢人诧药灵。

老妾

退为房老几何春，衰丑翻为大妇亲。手硬怕梳娇女髻，分卑难议小男姻。虀盐料理还多事，巾栉只承别有人。三十年前团扇子，空箱捡得一沾巾。

老僧

小多灾疾寄檀林，雪刺盈头艾炷深。偏访同参惟见塔，欲装古佛恨无金。腹虚枉托求斋钵，目耗难穿补纳

针。十上普陀三入藏，早年行脚到如今。

老　吏

工为鬼蜮与人殊，抱牍堂前慎走趋。累世居仓成大鼠，有时分芋弄群狙。印偷圣相知能返，钱盗乘崖不畏诛。包老来时翻得计，愈清严处愈糊涂。

六十三初度　（清）陈三立

降生父老宠龙媒，六十三年博一哀。自信眼穿偿一死，扶舆劫烬未成灰。

九、仙　子

送寒陵妓　（唐）戎　昱

宝钿香蛾代指美人。翡翠裙，装成掩泣欲行云。用宋玉《高唐赋》行云行雨事。殷勤好取襄王意，莫向阳台梦使君。使君，作者自指。《唐诗纪事》载：昱在零陵，于襄阳（指于頔。于在唐德宗贞元十四年任襄阳刺史充山南东道节度使）闻有妓善歌，取之。戎昱以此诗遣行，于遂遣还。

玉真张观主下小女冠阿容　（唐）白居易

绰约小天仙，生来十六年。姑山半峰雪，瑶水一枝莲。晚院花留立，春窗月伴眠。回眸虽欲语，阿母在傍边。

醉后题李、马二妓　（唐）白居易

行摇云髻花钿节，应似霓裳趁管弦。艳动舞裙浑是火，愁凝歌黛欲生烟。有风纵道能回雪，无水何由忽吐莲。疑是两般心未决，雨中神女月中仙。

怀妓四首　（唐）刘禹锡

玉钗重合两无缘，鱼在深潭鹤在天。得意紫鸾休舞镜，能言青鸟罢衔笺。金盆已覆难收水，玉轸长抛不续弦。若向蘼芜山下过，遥将红泪洒穷泉。

鸾飞远树栖何处？凤得新巢有去心。红璧尚留香漠漠，碧云初断信沉沉。情知点污投泥玉，犹自经营买笑金。从此山头似人石，丈夫形状泪痕深。

但曾行处遍寻看，虽是生离死一般。买笑树边花已老，画眉窗下月犹残。云藏巫峡音容断，路隔星桥过往难。莫怪诗成无泪滴，尽倾东海也须干。

三山不见海沉沉，岂有仙踪更可寻？青鸟去时云路断，姮娥归处月宫深。纱窗遥想春相忆，书幌谁怜夜独吟？料得夜来天上镜，只应偏照两人心。

夔州窦员外窦常。见示悼妓诗，顾余尝识之，因命同作

(唐)刘禹锡

前年曾见两鬟瞿蜕园注：用《陌上桑》两鬟千万余语意，谓量珠以聘也。时，今日惊吟悼妓诗。凤管学成知有籍，龙媒欲换叹无期。用爱妾换马事。空廊月照常行地，后院花开旧折枝。寂寞鱼山青草里，何人更立智琼祠。智琼仙女。见王维《鱼山神女祠歌》。

答　赠　　(唐)李　贺

本是张公子，张公子，富平侯张放也。曾名萼绿华。萼绿华仙女夜降羊权家。沉香薰小象，杨柳伴啼鸦。《古乐府》："暂出白门外，杨柳可藏鸦。欢作沉水香，侬作博山炉。"长吉演作此诗句以喻相依不离之意。露重夜深也。金泥指泥金衣。冷，杯阑玉树斜。琴堂沽酒客，司马相如也。新买后园花。后园花谓宠妓也。此贵公子新买宠妓宴客之作也。

题商山店　　(唐)韩　琮

商山驿路几经过，未到仙娥见谢娥。红锦机头抛皓

腕，绿云鬟下送横波。佯嗔阿母留宾客，暗与王孙换绮罗。碧涧门前一条水，岂知平地有天河。

及第后夜访月仙子 （唐）施肩吾

自喜寻幽夜，新当及第年。还将天上桂，来访月中仙。

春暮宴罢寄宋寿先辈 （唐）温庭筠

斜掩朱门花外钟，晓莺时节好相逢。窗间桃蕊宿妆在，雨后牡丹春睡浓。苏小风姿迷下蔡，马卿才调似临邛。谁怜芳草生三径，参佐桥西陆士龙。贯珠解曰："题云'宴罢'是歇后语，乃宴罢而宋寿留席上之妓也。首言掩朱门之际业已鸣钟，相逢而听晓莺矣。窗间相对如桃蕊之娇还是隔宿妆而为雨后之牡丹之浓睡乎。原是极无赖语，因雨与花草相通，遂成蕴藉。后方从实地写，言妓有苏小风姿，可迷下蔡，君有相如才调，乐抵临邛，若我则谁怜乎？有妒意。而陆士龙之三间草屋，一庭芳草，荒凉特甚……总是调笑而已。"

偶　游 （唐）温庭筠

曲巷斜临一水间，小门终日不开关。红珠斗帐樱桃熟，金尾屏风孔雀闲。云髻几迷芳草蝶，额黄无限夕阳山。与君便是鸳鸯侣，休向人间觅往还。

和友人溪居别业　(唐)温庭筠

积润初销碧草新，凤阳晴日带雕轮。丝飘弱柳平桥晚，雪点寒梅小苑春。屏上楼台陈后主，镜中金翠李夫人。花房露透红珠落，蛱蝶双双护粉尘。

送阆州妓人归老　(唐)何　扶

竹翠婵娟草径幽，佳人归老傍汀洲。玉蟾露冷梁尘暗，金凤花开云鬓秋。十亩稻香新绿野，一声歌断旧青楼。芭蕉半卷西池雨，日暮门前双白鸥。

有赠二首　(唐)崔　珏

莫道妆成断客肠，粉胸绵手白莲香。烟分顶上三层绿，剑截眸中一寸光。舞胜柳枝腰更软，歌嫌珠贯曲犹长。虽然不似王孙女，解爱临邛卖赋郎。

锦里芬芳少佩兰，风流全占似君难。心迷晓梦窗犹暗，粉落香肌汗未干。两脸夭桃从镜发，一眸春水照人寒。自嗟此地非吾土，不得如花岁岁看。

题北里妓人壁　(唐)赵光远

鱼钥兽环斜掩门，萋萋芳草忆王孙。醉凭青琐窥韩

寿，闲掷金梭恼谢鲲。《晋书》："谢鲲邻高氏女有美色，鲲常挑之，女投梭折其两齿。时人为之语曰：'任达不已，幼舆折齿。'"不夜珠光连玉匣，辟寒钗《拾遗记》："魏明帝二年昆明国贡嗽金鸟，常吐金屑如粟，此鸟畏寒，乃起小屋处之，名曰辟寒台。宫人争以鸟吐之金饰钗，谓之辟寒钗。"影落瑶尊。欲知肠断相思处，役尽江淹别后魂。

陪金陵府相中堂夜宴　（五代）韦　庄

满耳笙歌满眼花，满楼珠翠胜吴娃。因知海上神仙窟，只是人间富贵家。绣户夜攒红烛市，舞衣晴曳碧天霞。却愁宴罢青娥散，扬子江头月半斜。

忆　昔　（五代）韦　庄

昔年曾向五陵游，子夜歌清月满楼。银烛树前长似昼，露桃花里不知秋。西园公子名无忌，南国佳人号莫愁。今日乱离俱是梦，夕阳惟见水东流。不知秋，不知有秋也。饫膏粱则不知藜藿之味，厌文绣则不知布褐之温，乐朝夕者不知钟鸣漏尽随其后也。哀哉！

木兰花　（北宋）晏幾道

秋千院落重帘暮。彩笔闲来题绣户。墙头丹杏雨余花，门外绿杨风后絮。　　朝云信断知何处。应作襄王春梦去。紫骝认得旧游踪，嘶过画桥东畔路。

(明)沈际飞:雨余花,风后絮;入江云,粘地絮,如出一乎。——《草堂诗余正集》

(明)沈谦:填词结句,或从动荡见奇,或以迷离称隽,著一实语,败矣。康伯可"正是消魂时候也,撩乱花飞",晏叔原"紫骝认得旧游踪,嘶过画桥东畔路",秦少游"放花无语对斜晖,此恨谁知",深得此法。——《填词杂说》

(清)陈廷焯:"余"、"后"二字有哀味。——《词则·闲情集》

(清)黄苏:前阕首二句,别后想其院宇深沉,门阑紧闭。接言墙内之人,如雨余之花。门外行踪,如风后之絮。次阕起二句,言此后杳无音信。末二句言重经其地,马尚有情,况于人乎?似为游冶思其旧好而言。然叔原尝言其先公不作妇人语,则叔原又岂肯为狭邪之事,或亦有所寄托言之也。——《蓼园词选》

赵成伯家有丽人,仆忝乡人,不肯开樽,徒吟春雪美句,次韵一笑　(北宋)苏　轼

绣帘朱户未曾开,谁见梅花落镜台。试问高吟三十韵,何如低唱两三杯。莫言衰鬓聊相映,须得纤腰与共回。知道文君隔青琐,梁园赋客肯言才。

惜分飞·题富阳地名在杭州西南。僧舍,作别语赠妓琼芳

(北宋)毛　滂

泪湿阑干阑干,纵横貌,谓泪流满面。花泣露。愁到眉峰碧聚。古人以黛画眉,黛色碧。此恨平分取。更无言语空相觑。读去,去声,看也。　短雨残云无意绪。寂寞朝朝暮暮。今夜山深处。断魂分付潮回去。将魂魄交付江潮回到情人身边。

(宋)陈振孙:《东堂词》一卷。毛滂泽民撰。本以"断魂分付潮回去"见赏东坡得名,而他词虽工,未有能及此者。——《直斋书录解题》

(明)沈际飞:第一个相别情态,一笔描来,不可思议。——《草堂诗余正集》

黄金缕读卤,上声。　　(北宋)司马槱

妾在钱塘江上住。花落花开,不管流年如水般流去的光阴。鲍照《登云阳九里埭》:"宿心不复归,流年抱衰疾。"度。燕子衔将春色去。纱窗一阵黄昏雨。　　斜插犀梳犀牛角制成的梳子。云半吐。檀板檀木拍板。清歌,唱彻。曲终曰彻。黄金缕。望断行云行云指情人。曲出宋玉《高唐赋》。无去处。梦回明月生南浦。"南浦"泛指离别。江淹《别赋》:送君南浦,伤如之何。

(明)王世贞:吾爱司马才仲"燕子衔将春色去,纱窗几阵黄昏雨",有天然之美,令斗字者退舍。——《艺苑卮言》

(明)潘游龙:最薄媚,最优柔。"燕子"二句美妙天然。余最喜柳耆卿"层波细剪明眸,腻玉圆搓素颈",惜后多不趁。——《古今诗余醉》

(清)陈廷焯:情词凄艳,不愧少游之弟。——《词则·闲情集》

少年游　　(北宋)周邦彦

并刀如水,吴盐胜雪,纤指破新橙。锦幄初温,兽香不断,相对坐吹笙。　　低声问,向谁行宿?城上已三更。马滑霜浓,不如休去,直是少人行。

(明)卓人月:即事直书,何必益毛添足。——《古今词统》

(明)潘游龙:说尽冬景行路意思,展转有味。——《古今诗余醉》

(清)王又华:毛稚黄曰,周清真《少年游》题云"冬景",却似饮妓馆之作。起句"并刀如水"四字,若掩却下文,不知何为陡著此语。"吴盐"、"新橙",写境清别。"锦幄"数语,似为上下文太淡宕,故著浓耳。后阕绝不作了语,只以"低声问"三字贯彻到底,蕴藉袅娜,无限情境都自纤手破橙人口中说出,更不必别著一语。意思幽微,篇章奇妙,真神品也。〇又云:周美成词家神品。如《少年游》:"马滑霜浓,不如休去,直是少人行。"何等境味!若柳七郎,此处如何煞得住。——《古今词论》

(清)贺裳:周清真避道君,匿师师榻下,作《少年游》以咏其事。吾极喜其"锦幄初温,兽烟不断,相对坐调笙",情事如见。至"低声问向谁行宿,城上已三更。马滑霜浓,不如休去"等语,几于魂摇目荡矣。——《皱水轩词筌》

(清)许昂霄:情景如绘,宜遭道君之怒也。——《词综偶评》

鹧鸪天·已酉之秋,苕溪记所见

(南宋)姜　夔

京洛风流绝代人。因何风絮落溪津?笼鞋鞋面较宽的鞋子。浅出鸦头袜,古代妇女穿的分出足趾的袜子。知是凌波缥缈身。

红乍笑,绿长嚬。红指嘴唇,绿指眉毛。与谁同度可怜春?鸳鸯独宿何曾惯,化作西楼一缕云。

鹧鸪天　(金)元好问

复幕重帘十二楼,十二楼神仙所居。温庭筠《瑶瑟怨》:"雁声还向潇湘去,十二楼中月自明。"而今尘土是西州。香云已失金钿翠,小景犹残画扇秋。　天也老,水空流。春山眉也。供得几多愁。桃花一簇开无主,尽着风吹雨打休。

鹧鸪天　　(金)元好问

颜色如花画不成，画不成者，风韵也。命如叶薄可怜生。浮萍自合无根蒂，杨柳谁教管送迎？　云聚散，月亏盈。海枯石烂古今情。鸳鸯只影江南岸，肠断枯荷夜雨声。化抽象意识为具体形象。

鹧鸪天　　(金)元好问

一日春光一日深，眼看芳树绿成阴。芳树成阴花已凋谢矣。娉婷卢女乐府有《卢女曲》，卢女者魏武帝时宫人也。娇无奈，流落秋娘瘦不禁。杜秋娘李锜妾，锜诛入宫。　霜塞阔，海烟沉。燕鸿何地更相寻？且教会得琴心了，琴心者，男女爱慕之心也。辞尽长门买赋金。

丙戌南还，赠别故侯家妓人冬哥四绝句(录二首)

(清)钱谦益

绣岭灰飞金谷残，内人红袖泪阑干。临觞莫怅青娥老，两见仙人泣露盘。

天乐荒凉禁苑倾，教坊凄断旧歌声。临歧只合懵腾去，不忍听他唱渭城。

金坛逢水榭故妓感叹之作二首　（清）钱谦益

黄阁青楼尽可哀，啼妆堕髻尚低徊。莫欺乌爪麻姑少，曾是沧桑前度来。

剩水残山花信稀，琐窗鹦鹉旧笼非。侬家十二珠帘外，可有寻常燕子飞？按：陈其年《妇人集》云“陆姬孟珠，或曰畷城大家女也。曾为侯门宠伎。侯栽为法，姬邑邑不得志，流落江海间，凄然拥髻，有‘东京梦华’想。制诗一卷，自名红纳道人。”按：孟珠名燕燕，又字绿珠，苏州人。其《用韵答牧斋》（牧斋即钱谦益）二绝句云：“‘十五吹箫晕粉腮，舞衫一半已蒙灰。闻郎烂醉燕支馆，可踏青青冢上来？’‘名园莫讶坠楼稀，鹦鹉无情恨是非。为问永丰坊畔柳，雕檐春色傍谁飞？’”

赠妓二首　（清）萧　诗

我年八十君十八，相隔戊申一花甲。颠之倒之是同庚，好把红颜对白发。

我年九十君十九，配成百岁真佳偶。天孙恰与长庚对，千古风流一杯酒。

和袁枚《题张忆娘簪花图》二首　（清）尤　侗

当场一曲《浣溪纱》，可是陈宫张丽华。恰胜状元新及第，琼林宴里去簪花。

赠田校书 （清）曾 畹

帘动闻人至，衣香近烛前。低徊光不定，旖旎镜中悬。钗以轻风掠，眉从堕髻偏。声声何满子，歌似李延年。

虔州有怀故妓蕊珠 （清）曾 畹

细雨连墙龟角尾，春风三月虎头城。倡楼昔在桥东畔，杨柳依依怨别声。

和袁枚《题张忆娘簪花图》 （清）沈德潜

曾遇当年冰雪姿，轻尘短梦怅何之。卷中此日重相见，犹认春风舞柘枝。

绣谷留春春可怜，倾城名士总寒烟。老夫莫怪襟怀恶，触拨闲情五十年。

悼亡姬十二首 妓姓朱，字月上。

（清）厉 鹗

无端风信到梅边，谁道蛾眉不复全。双桨来时人似玉，一奁空去月如烟。第三自比青溪妹，最小相逢白石仙。十二碧阑重倚遍,那堪肠断数华年。

门前鸥波色染蓝,旧家曾记住城南。客游落托思寻藕,生小缠绵学养蚕。失母可怜心耿耿,背人初见发鬖鬖。而今好事成弹指,犹剩莲花插戴簪。

怅怅无言卧小窗,又经春雪扑寒釭。定情顾兔秋三五,破梦天鸡泪一双。重问杨枝非昔伴,漫歌桃叶不成腔。妄缘了却俱如幻,居士前身合姓庞。

东风重哭秀英君,寂寞空房响不闻。梵夹呼名翻满字,新诗和恨写回文。虚将后夜笼鸳被,留得前春蔟蝶裙。犹是踏青湖畔路,殡宫芳草对斜曛。原注:姬人权厝西湖之南。

病来倚枕坐秋宵,听彻江城漏点遥。薄命已知因药误,残妆不惜带愁描。闷凭盲女弹词话,危托尼姑祝梦妖。几度气丝先诀别,泪痕兼雨洒芭蕉。

一场短梦七年过,往事分明触绪多。搦管自称诗弟子,散花相伴病维摩。半屏凉影颓低髻,幽径春风曳薄罗。今日书堂觅行迹,不禁双鬓为伊皤。

零落遗香委暗尘,更参绣佛忏前因。永安钱小空宜子,续命丝长不系人。再世韦郎嗟已老,重寻杜牧奈何春。故家姊妹应肠断,齐向洲前泣白蘋。

郎主年年耐薄游，片帆望尽海西头。将归预想迎门笑，欲别俄成满镜愁。消渴频烦供茗碗，怕寒重与理熏篝。春来憔悴看如此，一卧枫根尚忆不？

何限伤心付阿灰，人间天上两难猜。形非通替无由睹，泪少方诸寄不来。嫩萼忽闻拼猛雨，春酥忍说化黄埃。重三下九嬉游处，无复蟾钩印碧苔。

除夕家筵已暗惊，春醪谁分不同倾。衔悲忍死留三日，爱洁耽香了一生。难忘年华柑尚剖，瞥过石火药空擎。只余陆展星星发，费尽愁霜染得成。原注：姬人殁之前一夕，索予擘温柑，尚食其半。

约略流光事事同，去年天气落梅风。思乘荻港扁舟返，肯信妆楼一夕空。吴语似来窗眼里，楚魂无定雨声中。此生只有兰衾梦，其奈春寒梦不通。

旧隐南湖渌水旁，稳双栖处转思量。收灯门巷忺微雨，汲井帘栊泥早凉。故扇也应尘漠漠，遗钿何在月苍苍。当时见惯惊鸿影，才隔重泉便渺茫。袁枚《随园诗话》云："诗人笔太豪健，往往短于言情；好征典者，病亦相同。即如悼亡诗，必缠绵婉转，方称合作。东坡之哭朝云，味同嚼蜡；笔能刚而不能柔故也。阮亭之悼亡妻，浮言满纸，词太文而意转隐故也。近时杭堇浦太史悼亡妾诗，远不如樊榭先生，今摘数首为比例。厉哭月上诗（其一、五、六、八）皆言情绝调。"〇杭世骏《哭厉徵君》诗云："泉路定应寻月上，断风零雨说相思。"〇沈其光《瓶斋诗话》云："余最爱'将归预想迎门笑，欲别俄成满镜愁'一联，谓非善于言情者不能道。然自是从元微之'别常回面泣，归定出门迎'二句蜕化来。"

题张忆娘簪花图五首　(清)袁　枚

百首诗题张忆娘，古人比我更清狂。青衫红袖都零落，但见真珠字数行。

五十年前旧舞衣，丹青留住彩云飞。开图且自簪花笑，不管人间万事非。

想见风华一座倾，清丝流管唱新声。国初诸老钟情甚，袖角裙边半姓名。

身后扬州又往还，芳魂应唱《念家山》。兰亭肯换崔徽画，赎得文姬返汉关。

当日开元全盛时，三千宫女教坊司。繁华逝水春无恨，只恨迟生杜牧之。

为老妓高翠娥作　(近代)李叔同

残山剩水可怜宵，慢把琴樽慰寂寥。顿老琵琶妥娘曲，红楼暮雨梦南朝。

（五）家族

一、父母子女

春园家宴　（唐）张　谓

南园春色正相宜，大妇同行小妇随。竹里登楼人不见，花间觅路鸟先知。樱桃解结垂檐子，杨柳能低入户枝。山简醉来歌一曲，参差笑杀郢中儿。

（清）金人瑞：唐人诗直是羽翼圣经，助流风化，不止作韵语而已。如此诗，一，表天时和应；二，表闺门肃雍；三、四又言此为人家内行，不必外人之所与闻，便将天地一段太和元气，欲发而为礼乐文章者，已无不酝酿于此。呜呼！此岂后代小子之所得而措手乎（前四句下）！〇解结子，妙！能低枝，又妙！自来妻妾愁其不解结子，及才解结子，又可恨是不能低枝。今既解结子，又能低枝，此直佛经所称"女宝"。而《易》曰"无攸遂，在中馈"。《诗》曰"黾勉同心，莫不静好"，《礼》曰"婉勉听从"，皆是此物此志也。诚有妻妾如此，而丈夫犹不饮酒歌曲，夫岂人情（后四句下）！——《贯华堂选批唐才子诗》

（清）黄生：竹里登楼，花间觅路，人与景相宜也。樱子垂檐，柳枝入户，景与人相宜也。携此人，玩此景，则对酒当歌，无之而不宜，庶几不负南园春色矣！——《唐诗摘钞》

（清）屈复：欢乐难工，此首可贵。——《唐诗成法》

熟食日示宗文宗武　（唐）杜　甫

消渴游江汉，羁栖尚甲兵。几年逢熟食，万里逼清明。松柏邛山路，邛山在偃师县北二里子美先茔在洛，故有是句。风花白帝城。汝曹催我老，回首泪纵横。末二句所感甚深，非徒叹祭扫久虚，子孙长大，白发相催，已亦将为松柏中人矣。

（明）王嗣奭：儿渐长，身渐老，分明是“汝曹”催之。——《杜臆》

（清）金人瑞：起十字，对得错落之极。出他人手，便费笔墨无数矣。三句，我亦能道；四句，非人所及也。熟读细思，便能自造奇句。老人忽忽无乐，只向松柏一路，纵复风花满眼，与之全没交涉。见诸少年及时行乐，不胜厌恶，真有“催老”之恨也。从“清明”字中，分出“松柏”、“风花”二项，松柏渐与老人亲，风花徒属少年事。——《杜诗解》

（清）浦起龙：公此际心头，追前慨后，无一样恶怀不转到。——《读杜心解》

又示宗武　（唐）杜　甫

觅句新知律，摊书解满床。试吟青玉案，张衡《四悲》诗：“美人赠我锦绣段，何以报之青玉案。”莫带紫罗囊。《晋书》：“谢玄少好佩紫罗香囊，叔父安患之，而不欲伤其意，因戏赌取之，遂止。”假日从时饮，明年共我长。应须饱经术，已似爱文章。十五男儿志，三千弟子行。曾参与游夏，达者得升堂。

宗武生日　（唐）杜　甫

小子何时见，高秋此日生。自从都邑语，已伴老夫名。诗是吾家事，人传世上情。熟精文选理，休觅彩衣轻。凋瘵筵初秋，攲斜坐不成。流霞分片片，涓滴就余倾。李云：分三段，一段生日，二段勉学，三段置酒。叙事历历如眉目之自然。又云：劝子以学，而曰诗是吾家事，则兼怀祖德矣。人传世上情，正当时功令也。淡淡说来，何等关系。

奉贺阳城郡王卫伯玉也，原荆南节度使，代宗大历二年封阳城郡王。太夫人恩命加邓国太夫人　（唐）杜　甫

卫幕《汉书·卫青传》：拜大将军于幕下。切姓。衔恩重，潘舆潘岳《闲居赋》太夫人乃御板舆，升轻轩。送喜频。济时瞻上将，锡号戴慈亲。富贵当如此，尊荣迈等伦。郡依封土旧，旧指阳城郡。国与大名新。新指邓国。紫诰鸾回庾信《贺娄慈碑》：台堪走马，书足回鸾。纸，清朝燕贺《淮南子》："大厦成而燕雀相贺。"人。远传竹笋味，更觉彩衣春。二句用孝子故事。奕叶班姑《后汉书·烈女传》："扶风曹世叔妻者，同郡班彪之女，名昭，字惠姬，兄固著《汉书》未竟，和帝诏昭就东观藏书阁，踵而成之。"史，芬芳孟母邻。义方兼有训，词翰两如神。委曲承颜体，骞飞报主身。可怜忠与孝，双美画麒麟。

送王十五判官扶侍还黔中得开字

（唐）杜　甫

大家东征逐子回，指王判官母，以班氏比之也。后汉曹世叔妻，班彪之女，名昭，和帝召入宫，令皇后贵人师事焉，号曰大家。子谷为陈留长垣县长，大家随之官，作《东征赋》以叙行李。风生洲渚锦帆开。青青竹笋用孝子孟宗事。迎船出，日日江鱼入馔用孝子王祥事。来。离别不堪无限意，

艰危深仗济时才。黔阳信使应稀少，莫怪频频劝酒杯。

送韩十四江东省觐 （唐）杜 甫

兵戈不见老莱衣，叹息人间万事非。我已无家寻弟妹，君今何处访庭闱？黄牛峡静滩声转，白马江寒树影稀。此别应须各努力，故乡犹恐未同归。

（清）何焯：一路水声、树影。兵戈之后，寻访良难。然不可不努力也。〇结句双收。——《瀛奎律髓汇评》

（清）纪昀：纯以气胜，而复极沉郁顿挫，不比莽莽直行。〇因峡“静”而闻滩声之“转”，因江“寒”而见树影之“稀”。四字上下相生，虚谷却未标出。——同上

（清）许印芳：此评尤当。观前段可悟炼气之法，观后段可悟炼句之法。〇对结。——同上

（清）仇兆鳌：“滩声”、“树影”二句，在韩是一片归思，在杜是一片离情。气韵淋漓，满纸犹湿。——《杜诗详注》

（清）沈德潜：前半言江东觐省，后半言蜀江送别。——《唐诗别裁集》

（清）浦起龙：猛触起乱离心绪，情文恻恻。首提“莱衣”扣题即紧，妙在不着韩说，虚从时会领起，故三、四便好彼此夹发。偏能笔势侧注，宾主历然，使五、六单项无痕。然先言滩转，神则预驰；后言蜀江，袂才初判。是虽单写彼行，仍已逆兜临送，恰好双拖“此别”，就势总收回顾，神矣，化矣。——《读杜心解》

（清）施补华：“兵戈不见老莱衣”是提清省觐矣。第三句“我已无家寻弟妹”忽插入自己作衬，才是愁人对愁人，意更沉痛。五、六两句景中含情，开展顿宕。收处“各努力”、“未同归”又插入自己，期望亲切。是少陵送人省觐诗，他人移掇不得。——《岘佣说诗》

许州赵使君孩子　（唐）僧护国

毛骨贵天生，肌肤片玉明。见人空解笑，弄物不知名。国器嗟犹小，门风望益清。抱来芳树下，时引凤雏声。

游子吟　（唐）孟　郊

慈母手中线，游子身上衣。临行密密缝，意恐迟迟归。谁言寸草心，报得三春晖。谓子女报答不尽父母的养育之恩也。

（明）高棅：刘云，全是托兴，终之悠然。不言之感，复非睍睆寒泉之比。千古之下，犹不忘淡，诗之尤不朽者。——《唐诗品汇》

（明）钟惺：仁孝之言，自然风雅。——《唐诗归》

（清）贺裳：贞元、元和间，诗道始杂，类各立门户。孟东野为最高深，如"慈母手中线……"真是六经鼓吹，当与退之《拘幽操》同为全唐第一。——《载酒园诗话》

（清）宋长白：孟东野"慈母手中线"一首，言有尽而意无穷，足与李公垂"锄禾日当午"并传。——《柳亭诗话》

送太常萧博士弃官归养赴东都　（唐）刘禹锡

兄弟尽鸳鸾，归心切问安。贪荣五彩服，遂挂两梁冠。侍膳曾调鼎，循陔更握兰。从今别君后，长向德星看。

苏州白舍人寄新诗有叹早白无儿之句，因以赠之

（唐）刘禹锡

莫嗟华发与无儿，却是人间久远期。雪里高山头白早，海中仙果子生迟。于公必有高门庆，《汉书·于定国传》："定国父于公，其闾门坏，父老方共治之，于公谓曰：少高大闾门，令容驷马高车，盖我治狱多阴德，子孙必有兴者。"谢守何烦晓镜悲。谢朓诗："清镜悲晓发。"朓为宣城太守，故称谢守。幸免如新邹阳狱中上书自明曰："白头如新。"注：至白头不相知也。分非浅，祝君长咏梦熊诗。《诗》："吉梦维何，维熊维罴，维虺维蛇，大人占之。维熊维罴，男子之祥；维虺维蛇，女子之祥。"

送国子令狐博士赴兴元觐省　（唐）刘禹锡

相门才子高阳族，学省清资五品官。谏院过时荣棣萼，谢庭归去踏芝兰。山中花带烟岚晚，栈底江涵雪水寒。伯仲到家人尽贺，柳营莲府递相欢。

闻韩宾擢第归觐，以诗美之，兼贺韩十五曹长，时韩牧永州韩宾为韩十五之子。　（唐）刘禹锡

零陵香草满郊坰，丹穴雏飞入翠屏。孝若归来呈画赞，《晋书·夏侯湛传》："湛字孝若，父庄，淮南太守，湛幼有奇才……善构新词。其东方朔画赞云：'大人来守此国，仆自东都，言归定省。'"孟阳别后有山铭。《晋书·张载传》："载字孟阳，父收，蜀郡太守，载性闲雅，博学有文章，太康初至蜀省父，道经剑阁，以蜀人恃险好乱，因著铭以作诫。"兰陔旧地花才结，桂树新枝

色更青。为报儒林丈人道，如今从此鬓星星。

吟乐天哭崔儿上篇怆然寄语　(唐)刘禹锡

吟君苦调我霑襟，能使无情更有情。回望车中心未释，个秋亭下赋初成。庭梧已有雏栖处，池鹤今无子和声。从此期君比琼树，一枝吹折一枝生。

答乐天所寄咏怀且释其枯树之叹

(唐)刘禹锡

衙前有乐馔常精，宅内连池酒任倾。自是官高无狎客，不论年长少欢情。骊龙颔被探珠去，老蚌胚还应月生。莫羡三春桃与李，桂花成实向秋荣。

阿崔儿诗　(唐)白居易

谢病卧东都，羸然一老夫。孤单同伯道，迟暮过商瞿。岂料鬓成雪，方看掌上珠。已衰宁望有，虽晚亦胜无。兰入前春梦，桑悬昨日弧。里闾多庆贺，亲戚共欢娱。腻剃新胎发，香绷小绣襦。玉芽开手爪，酥颗点肌肤。乳气初离壳，啼声渐变雏。何时能反哺，供养白头乌。

(元)方回：元、白皆苦无子，乐天晚得此子，后亦夭也。诗人穷相，形容

无所不至，晚乃所以妨此子欤？——《瀛奎律髓汇评》

（清）查慎行："腻剃"以下四联，熨贴细腻。——同上

（清）纪昀：起八句极老健。〇白诗最患敷衍，惟此为生平得意事，故不嫌于细写，所谓言各有当也。若论诗法，则当以"腻剃"二句接"虽晚"二句，以"何时"二句接"腻剃"二句足矣。〇"乳气"、"啼声"二句俱不佳。——同上

（清）许印芳：此原诗批语也，依此删节，通体俱老健。晓岚既圈前八句，后四句亦可圈矣。学者于此当知诗文总贵简练，不尚繁缛。——同上

（清）无名氏（甲）：商瞿四十无子，欲出其妻。夫子止之，谓后必多子。果举五丈夫子焉。（事见《家语》："母欲更娶室。孔子曰……"云云。商瞿係孔子弟子。）——同上

重寄微之　（唐）白居易

海内声华并在身，箧中文字绝无伦。遥知独对封章草，忽忆同为献纳臣。走笔往来盈卷轴，除官递互掌丝纶。制从长庆辞高古，诗到元和体更新。各有文姬才稚齿，俱无通子继余尘。琴书何必求王粲，与女犹胜与外人。

杨本胜说于长安见小男阿衮　（唐）李商隐

闻君来日下，日下指首都长安。见我最娇儿。二句点题。渐大啼应数，长贫学恐迟。此二句商隐问。寄人龙种瘦，商隐与唐王朝同姓，故称龙种。失母凤雏痴。《晋书·陆云传》："闵鸿见而奇之，曰：'此儿若非龙驹，定是凤雏。'"〇此二句极沉痛。语罢休边角，时作者身在东川，故听到边地的角声。青灯两鬓丝。七、八语罢作收，怆惘不尽。此诗一、二点题，三、

四商隐问，五、六杨所说，七、八说罢作结，层次极其清整。

送郑大台文南觐　(唐)李商隐

黎辟滩声宋之问《下桂江悬黎壁》诗："吼沫跳急浪，合流环峻滩。"《太平寰宇记》：昭州平乐江有悬藤滩，黎壁(壁、辟古通)滩。五月寒，南风无处附平安。君怀一匹胡威绢，《三国志·胡威传》："胡威少有志向，厉操清白。父质为荆州刺史，威往省。告归，质赐绢一匹，威跪曰：'大人清白，不审于何得此绢?'质曰：'是俸禄之余，故以为汝道路粮耳。'威始受之。"争拭酬恩泪得干。按《旧唐书》："郑畋字台文年十八登进士第。以书判授渭南尉，直史馆。未行，父亚，出为桂管都防御经略使。畋随侍左右。"

韩冬郎即席为诗相送，一座尽惊，他日余方追吟"连宵侍坐徘徊久"之句有老成之风，因成二绝寄酬，兼呈畏之员外二首冬郎韩偓小字，公瞻字畏之，义山同年。

(唐)李商隐

十岁裁诗走马成，冷灰残烛动离情。桐花张正见诗："丹山下威风，来集帝梧桐。"薛道衡诗："集凤桐花散。"万里丹山路，雏凤清于老凤声。

剑栈风樯各苦辛，别时冰雪到时春。为凭何逊休联句，何逊尝于范广州宅联句。瘦尽东阳姓沈人。沈东阳约谓何逊曰："吾每读卿诗，一日三复，终未能到。"此句意谓，余虽无东阳之才而有东阳之瘦矣。

仲元女孙 (北宋)王安石

双鬟嬉戏我庭除，争挽新花比绣襦。亲结香缨知不久，汝翁那更镊髭须。

庆老堂 (北宋)王安石

板舆古代一种用人抬的代步的工具。潘安仁《闲居赋》:“太夫人乃御板舆。”后代指官吏在任迎养父母之词。去国宦三年，《左传·宣公二年》:“宦三年矣。未知父母之存否?”华屋归来地一偏。种竹常疑出冬笋，孟宗后母事。开池故合涌寒泉。姜诗事。身间楚老老莱子楚国人。犹能戏，道姓邹人不更迁。孟母事。嗟我强颜无所及，想君为乐更焦然。言己不能远养，见他人之亲而悲戚也。

张剑州至剑一日以亲忧罢 (北宋)王安石

客舍飞尘尚满鞯，却寻东路想茫然。白头反哺秦乌侧，流血思归蜀鸟前。今日相逢知怅望，几时能到与留连。行看万里云西去，倚马春风不忍鞭。

次韵黄鲁直嘲小德，小德鲁直子，其母微，故其诗云:解著《潜夫论》，不妨无外家《后汉书·王符传》:符无外家，隐居著书，讥当时失得，号《潜夫论》。 (北宋)苏 轼

进馔客争起，《晋书·裴秀传》:母贱，嫡母宣氏不之礼，尝使进馔于客，见

者皆为之起。秀母曰：微贱如此，当为小儿故也。小儿那可涯。莫欺东方星，《诗》："嘒彼小星，三五在东。"注云：嘒，微貌，小星妾也。三五自横斜。名驹已汗血，老蚌孔融见韦元将与其父书曰：不意明珠生于老蚌。空泥沙。但使伯仁长，还兴络秀家。《列女传》："周凯母李氏字络秀，尝谓凯曰：'我屈节为汝家作妾，门户计耳。汝不为我家为亲亲者，吾亦何惜余年。'凯从命，由是李氏遂得为方雅之族。"

洗儿戏作　　(北宋)苏　轼

人皆养子望聪明，我被聪明误一生。惟愿孩儿愚且鲁，无灾无难到公卿。

赠王觐　　(北宋)苏　轼

何人生得宁馨儿，今夜初逢掣笔郎。莫怪围棋忘瓜葛，已能作赋继《灵光》。按：四句皆用王姓故事。

戏作贾梁道诗并引　　(北宋)苏　轼

王凌谓贾充曰："汝非贾梁道之子耶？乃欲以国与人。"由是观之，梁道之忠于魏也久矣。司马景王既执凌归，过梁道庙，凌大呼曰："我亦大魏之忠臣也。"及司马景王病，见凌与梁道守而杀之。二人者，可谓忠义之至，精贯于神明矣，然梁道之灵，独不能已其子充之奸，至使首发成济之事，成济人名。贾充指使成济抽戈犯跸，事见《晋书·贾充传》。此又理之不可晓者也。故予戏作诗云。

嵇绍似康为有子，《晋书·嵇绍传》：嵇绍，魏中散大夫康之子也。以父得罪，靖居私门。山涛领选，启武帝，征之。起家秘书丞。荡阴之败，百官侍卫莫不散溃，唯绍俨然端冕，以身捍卫，遂被害于惠帝侧，血溅御服。及事定，左右请浣衣。帝曰："此嵇侍中血，勿去。"郗超叛鉴是无孙。郗超，鉴之孙。郗鉴为晋之忠臣，其孙郗超为桓温之谋主。如今更恨贾梁道，不杀公闾杀子元。公闾，贾充字；子元，司马景王字。

北斋书志示儿辈　（南宋）陆 游

初夏佳风日，颓然坐北斋。百年从落魄，万事忌安排。乡俗能尊老，君恩许赐骸。饥寒虽未免，何足系吾怀。

阿千始生　（金）元好问

四十举儿子，提孩聊自夸。梦惊松出笋，兆应竹生花。田不求千亩，书先备五车。野夫诗有学，他日看传家。

三乡时作　（金）元好问

山林钟鼎不相兼，说着浮名梦亦嫌。菽水尽欢吾岂敢，老亲自爱荠羹甜。

杨焕然生子四首　(金)元好问

掌上明珠慰老怀，愁颜我亦为君开。异时载酒扬雄宅，知有迎门竹马来。

人家欢喜是生儿，巷语街谈总入诗。我欲去为汤饼客，买羊沽酒约何时。

半生辛苦坐耽书，我笑先生老更迂。生子但持门户了，玄谈何必似童乌。童乌，扬雄子名。九岁助父著《太玄》，早夭。事见《法言·问神》。后因以指早慧而夭折者。苏轼《悼朝云》诗："苗而不秀岂其天，不使童乌与我《玄》。"

阿麟学语语牙牙，七岁元郎髻已丫。更醉使君汤饼局，儿童他日记通家。

清平乐·嘲儿子阿宁阿宁，作者次子，名振字叔开，继室毛氏所生。
(金)元好问

娇莺娅姹，陆游《春愁曲》："蜀姬双环娇娅姹，醉看恐是海棠妖。"解说三生话。试看青衫骑竹马，若个张萱许画。张萱，唐京兆人，著名人物画家。　西家撞透烟楼，撞透烟楼即"跨灶"，超过父亲之意。灶上有釜，与父同音，把烟囱楼都撞破了，即跨釜，超过父亲。东家谈笑封侯。莫道元郎小小，明年部曲黄牛。以黄牛为部曲，做个牛倌去放牛。

太常引·端阳日当母诞不得归

（元）陈 孚

短衣孤剑客乾坤。奈无策，报亲恩。三载隔晨昏。更疏雨、寒灯断魂。　赤城霞外，赤城山名。在浙江天台县北。孙绰《天台赋》有“赤城霞起而建标”句。西风鹤发，犹想倚柴门。《战国策》（王孙贾母对王孙贾说）：“汝朝出而晚归，则吾倚门而望。”蒲醑读许，上声，美酒。古人端阳节用蒲草浸的酒称蒲醑。谩盈樽。倩谁写，青衫泪痕？

伏波弄璋歌六首　（清）钱谦益

天上张星照海东，扶桑新涌日东红。寻常弧矢那堪挂，自有天山百石弓。

酾酒椎牛壁垒开，三军大嚼殷如雷。百年父老争欢笑，曾唤谁家汤饼来。

汗血名驹蹴踏行，白眉他日笑书生。虎龙变化谁能料，玉雪家儿似北平。

开天金榜豁鸿蒙，越国旌旗在眼中。百万婺民齐合掌，玉皇香案与金童。

龙旗交曳矢频悬，绣褓金盆笑胁骈。百福千祥铭汉字，浴儿仍用五铢钱。

充闾佳气溢长筵，孔释分明抱送年。授记不须寻宝志，老夫摩顶是彭篯。按：伏波谓马进宝，开府婺州七载余，生子时钱谦益亲往祝贺。故有"摩顶"句。○"五诶钱"句复明之意尽显，遵王不敢注一字。《后汉书·马援传》云："初援在陇西，上书言，宜如旧铸五铢钱。事下三府，三府奏以为未可许，事遂寝。及援还，从公府求得前奏难十余条，乃随牒解释，更具表言，帝从之。"

答人述先君旧事　（清）戴移孝

莫道吴兴事，酸风刺骨寒。相知皆死别，无处问平安。故鬼千家哭，孤城百战难。当时衣上血，今日与谁看。

黄孝子端木万里寻亲　（清）韩　洽

父子分殊域，趋庭道路难。间关冲虎豹，生死涉风湍。乍识容颜在，翻悲涕泪干。故国今共返，犹作梦中看。

示　儿　（清）周　篔

几净晨开卷，瓶空晚作糜。得成儿子学，无碍老夫饥。

忆 母 (清)倪瑞璿(女)

河广难航莫我过,未知安否近如何? 暗中时滴思亲泪,只恐思儿泪更多。

寄铨儿蒋士铨也。 (清)钟令嘉(女)

音书差慰我,文采莫骄人。失路皆由命,安贫即报亲。俞陛云《清代闺秀佳话》云:"蒋士铨之母钟令嘉,家贫不怨,尝于除夕大雪,抱儿坐冷屋中,搜囊中数十钱,市酒小饮。其夫曰:'得无戚于心乎?'笑答曰:'故人处此者多矣!君丈夫亦动念耶?'迨士铨入词林,诫之曰:'儿非适时者。'遂告归,主书院讲席十余年。士铨尝语人曰:人以禄养,吾以学养。吾所学者,皆昔年母所授也。'"

二月五日生女 (清)张问陶

自嗟平生得子迟,颠狂先赋弄璋诗。那知绣榻香三日,又捧瑶林玉一枝。事到有缘皆有味,天教无憾转无奇。女郎身是何人现,要我重翻绝妙辞。

先母生日前一夕大风,独坐京邸泣赋是篇

(清)李慈铭

五十孤儿泣断蓬,亡灵惭对影堂中。岂真白发充朝

隐，虚负黄泉眄祭丰。徙宅分无酬教育，首丘何日得来同。犹迟地下莱衣戏，一盏残灯独敢风。

二、夫　妇

别内赴征三首　（唐）李　白

王命三征去未还，明朝离别出吴关。白玉高楼看不见，相思须上望夫山。

出门妻子强牵衣，问我西行几时归。归来倘佩黄金印，莫见苏秦不下机。

翡翠为楼金作梯，卷帘愁坐待鸣鸡。夜泣寒灯连晓月，行行泪尽楚关西。此于天宝十五年（756）应永王璘征聘而作。〇永王请李白先后三次，李白与贾少公书云："辟书三至，人轻礼重。严期迫切，难以固辞。扶力一方，前观进退。"第三次是被聘使韦子春说通的。李白有诗赠韦子春云："气同万里合，访我来琼都（指庐山，时李白与妻宗氏居庐山）。披云睹青天，扪虱话良图。留侯将绮季（把韦子春比张良，自比商山四皓绮里季），出处未云殊。终与安社稷，功成去五湖。"〇看来宗氏不大同意李白下山的。"强牵衣"和归来二句，反用苏秦事"如果我佩着黄金印回来，你不要看到我这个庸俗的苏秦而不肯理睬吧"。

送阎二十六赴剡县 （唐）李 冶（女）

流水阊门外，孤舟日复西。离情遍芳草，无处不凄凄。妾梦经吴苑，君行到剡溪。归来重相访，莫学阮郎迷。《教坊记》有阮郎迷。

得阎伯均书 （唐）李 冶（女）

情来对镜懒梳头，暮雨潇潇庭树秋。莫怪阑干垂玉箸，玉箸，泪也。只缘惆怅对银钩。银钩，书也。

初除浙东妻有阻色，因以四韵晓之 （唐）元 稹

嫁时五月归巴地，今日双旌上越州。兴庆首行千命妇，自注：予在中书日，妻以郡君朝太后于兴庆宫，猥为班首。会稽旁带六诸侯。海楼翡翠闲相逐，镜水鸳鸯暖共游。我有主恩羞未报，君于此外更何求。

谢秀才有妾缟练改从于人，秀才引留之不得从生感忆，座人制诗嘲谢，贺复继四首 （唐）李 贺

谁知泥忆云，望断梨花春。荷丝制机练，竹叶剪花

裙。月明啼阿姐，阿姐者秀才正室而言。灯暗会良人。也识君夫婿，金鱼挂在身。

铜镜立青鸾，燕脂拂紫绵。腮花弄暗粉，眼尾泪侵寒。碧玉破不复，瑶琴重拨弦。今日非昔日，何人敢正看。

洞房思不禁，蜂子作花心。灰暖残香炷，发冷青虫簪。夜遥灯焰短，睡熟小屏深。好作鸳鸯梦，南城罢梼碪。

寻常轻宋玉，今日嫁文鸯。宋玉喻秀才。文鸯喻后夫。按文鸯有二：一为将家子，见《晋书》；一为蕃人。则缟之后夫，非蕃将则武夫也。戟干横龙簴，簴读聚，上声。悬挂钟磬之立柱也。刀环倚桂窗。邀人裁半袖，端坐据胡床。泪湿红轮重，栖乌上井梁。

初入谏司喜家室至　(唐)窦　群

一旦悲欢见孟光，十年辛苦伴沧浪。不知笔砚缘封事，犹问佣书日几行？

(明)周珽：宋人喜议论，往往不深谕。唐人主于性情，使隽永有味，然后为胜。如此诗言简意尽，使宋人评之，则以窦氏内室为不解事妇人矣。——《唐诗选脉会通评林》

(清)王谦：句句是喜极语，妙！——《碛砂唐诗》

赠内子 （唐）白居易

白发方兴叹，青娥亦伴愁。寒衣补灯下，小女戏床头。暗澹屏帏故，凄凉枕席秋。贫中有等级，犹胜嫁黔娄。

追代卢家人嘲堂内 （唐）李商隐

道却横波字，人前莫谩羞。只应同楚水，长短入淮流。道源云："横波同楚水喻其情之长也。以淮代怀乃隐语，如古乐府石阙、衔碑之类。"元勋按：《请曲歌》："石阙生口中，衔碑不得语。"石阙，汉碑石，隐言悲也。

寄　怀 （唐）唐彦谦

有客伤春复怨离，夕阳亭畔草青时。泪随红蜡何由制，肠比朱弦已更危。梅向好风惟是笑，柳因微雨不胜垂。双溪未去饶归梦，夜夜孤眠枕独攲。此寄内诗。"伤春"者，惜少年之去也。"怨离"者恨玉人不见也；"夕阳亭畔"者怨离也，"草青时"者伤春也；"泪无由制"者怨离也，"肠更危"者伤春也。○五、六不可不一写景，然"梅"句意在伤春，"柳"句意在怨离。

车遥遥 （唐）胡　曾

自从车马出门朝，便入空房守寂寥。玉枕夜残鱼信绝，金钿秋尽雁书遥。脸边楚雨临风落，头上春云向日销。芳草又衰还不至，碧天霜冷转无憀。

迎李近仁员外　（唐）鱼玄机(女)

今日喜时闻喜鹊，昨宵灯下拜灯花。焚香出户迎潘岳，不羡牵牛织女家。

山中寡妇　（唐）杜荀鹤

夫因兵死守蓬茅，麻苎衣衫鬓发焦。桑柘废来犹纳税，田园荒尽尚征苗。时挑野菜和根煮，旋斫生柴带叶烧。任是深山最深处，也应无计避征徭。

（宋）吴可：老杜诗"本卖文为活，翻令室倒悬。荆扉深蔓草，土锉冷疏烟"，此言贫不露骨。如杜荀鹤"时挑野菜和根煮，旋斫生柴带叶烧"，盖不忌当头，直言穷愁之迹，所以鄙陋也。切忌当头，要影落出。——《藏海诗话》

（宋）蔡正孙：此诗备言民生之憔悴，国政之烦苛，可谓曲尽其情矣。采民风者，观之其能动心否乎？——《诗林广记》

（元）方回：荀鹤诗至此俗甚，而三、四格卑语率，最是"废来"、"荒后"。似此者不一，学晚唐者以为式，予心盖不然之，尾句语俗似谔，却切。——《瀛奎律髓汇评》

（清）纪昀：此评最是。○虽切而太尽，便非诗人之致。五、六尤粗鄙。——同上

（清）无名氏（甲）：紫阳全不知诗，此评尤败露。前六句叙事而总括在末句，不独为一人也。诗与少陵气脉相通。——同上

（清）冯舒：直写时事，然亦伤粗浅。——同上

（清）查慎行：一变樊川家法，但要说得爽快，此学香山而失之肤浅者。——同上

（清）陆次云：大似（杜甫）"东邻扑枣"之诗，自是君家诗法。——《五朝诗善鸣集》

碧牡丹·晏同叔出姬 (北宋)张 先

步帐摇红绮。晓月堕,沉烟砌。缓板香檀,唱彻伊家新制。怨入眉头,敛黛峰横翠。芭蕉寒,雨声碎。 镜华翳。闲照孤鸾戏。思量去时容易。钿盒瑶钗,至今冷落轻弃。望极蓝桥,但暮云千里。几重山,几重水。《道山清话》云:"晏元献为京兆,辟张先为通判。新纳侍儿,公甚属意。先能为诗词,公雅重之。每张来,令侍儿出侑觞,往往歌子野所为词。其后王夫人寖不能容,公即出之。一日子野至,公与之饮,子野作《碧牡丹》词曰:'步帐摇红绮……'令营妓歌之。至末句,公闻之抚然曰:'人生行乐耳,何自苦如此。'亟命于宅库支钱若干,复取前所出侍儿。既来,夫人亦不复谁何也。"

(清)陈廷焯:深情绵邈,晏公闻之,能无动心耶? ——《词则·闲情集》

(近代)俞陛云:上阕追忆闻歌,"眉"、"黛"二句,红牙按拍,有怨入落花之感。下阕重到歌筵,而惊鸿已渺,惆怅成词,有情不自禁者。——《唐五代两宋词选释》

戏孙公素 (北宋)苏 轼

披扇当年笑温峤,《世说新语》:"温峤下玉镜台一枚聘姑女,既婚交礼,女以手披纱扇抚掌大笑曰:'我疑是老奴,果如所卜。'"握刀晚岁战刘郎。《三国志》刘备东吴提亲事。不须戚戚如冯衍,《汉书·冯衍传》:"妻北地任氏妬悍,衍作书与其兄遂逐之。"便与时时说李阳。《世说新语》:"王夷甫妻郭泰宁女,才拙而性刚,夷甫患之而不能禁。时有京师大侠李阳,郭氏惮之,夷甫骤谏之曰:'非但我言卿不可,李阳亦谓卿不可。'郭氏为之小损。"

朝云诗并引　　(北宋)苏　轼

世谓乐天有鬻骆马放杨柳枝词，嘉其主老病，不忍去也。然梦得有诗云：春尽絮飞留不住，随风好去落谁家。乐天亦云：病与乐天相伴住，春随樊子一时归。则是樊素竟去也。予家有数妾，四五年相继辞去，独朝云者，随予南迁。因读乐天集，戏作此诗。朝云姓王氏，钱唐人。尝有子曰：幹儿，未期而夭云。

不似杨枝别乐天，恰如通德伴伶玄。阿奴络秀不同老，天女维摩总解禅。经卷药炉新活计，舞衫歌扇旧因缘。丹成逐我三山去，不作巫阳云雨仙。

(宋)胡仔：东坡《朝云》诗，略去洞房之气味，翻为道人之家风，非若乐天所云"樱桃樊素口，杨柳小蛮腰"，但自诧其佳丽也。——《苕溪渔隐丛话》

张子野年八十五尚闻置妾，述古令作诗

(北宋)苏　轼

锦里先生自笑狂，莫欺九尺鬓眉苍。诗人老去莺莺在，公子归来燕燕忙。《汉书·外戚传》："成帝微行，过阳阿主，见飞燕而悦之。童谣云：燕燕尾涎涎，张公子，时相见。盖帝每微行与张放俱。又切子野姓。"柱下相君犹有齿，江南刺史已无肠。刘禹锡席上赋诗：司空见惯浑闲事，断尽江南刺史肠。平生谬作安昌客，略遣彭宣到后堂。《汉书》："张禹弟子尤著者彭宣、戴崇。禹爱崇，敬宣而疏之。崇每候禹，责师宜置酒设乐，与弟子相娱。禹将崇入后堂，饮食、妇女相对，优人管弦，铿锵极乐，昏夜乃罢。而宣之来也，禹见之于便坐，讲论经义，日晏赐食，不过一肉，卮酒相对。宣未尝得至后堂。"按：禹封安县侯，此又切姓。

天仙子　（北宋）苏 轼

走马探花花发未，人与化工俱不易。千回来绕百回看，蜂作婢，莺为使。谷雨清明空屈指。谷雨清明为牡丹花开时节。欧阳修《牡丹记》：洛（阳）花以谷雨为开候。　白发卢郎情未已，唐校书郎，卢某其妻崔氏《述怀》诗云："不怨卢郎年纪大，不怨卢郎官职卑。自恨妾身生较晚，不及卢郎年少时。"《全唐诗》题下注云："校书娶崔时年已暮，崔微有以愠色，赋诗述怀。"一夜剪刀收玉蕊。尊前还对断肠红，《琅嬛记》：秋海棠又名断肠红。人有泪，花无意。明日酒醒应满地。

西江月·姑熟再见胜之，次前韵

（北宋）苏 轼

别梦已随流水，泪巾犹裛香泉。相如依旧是臞仙，人在瑶台阆苑。以司马相如比死去的朋友，黄州太守徐君猷。　花雾萦风缥缈，歌珠滴水清圆。蛾眉新作十分妍，走马归来便面。《汉书·张敞传》："敞无威仪，时罢朝会，过走马章台街，使御吏驱，自以便面拊马。胜之为徐君猷侍女，君猷亡后嫁与姑熟张恕为妾。"○上词运用三维（东坡，君猷，胜之）观照，时（黄州）空（姑熟）交错的技法，悼念了徐君猷，哀而不伤；直面了胜之，婉而不怨。○林语堂《苏东坡传》云："在主人请他吃饭喝酒时，他认出了张方平儿子的妾，那个女人以前曾做过黄州太守的妾，深得太守钟爱，名叫胜之，太守当年为苏东坡好友，不幸亡故，此妾亦即改嫁。苏东坡一见此女在张家筵席上出现，状极轻松愉快。他颇为感慨，想起老朋友来，两眼泪痕，喉头哽咽。这却逗得胜之发笑。她只得转头和别人说话岔开。苏东坡离席时很难过。他告诉朋友说：'人千万别纳妾。'"

定风波并引　（北宋）苏 轼

王定国王巩字定国，苏轼好友。歌儿曰柔奴，定国之歌姬，或称寓娘。姓宇文氏，眉目娟丽，善应对。家世住京师。定国南迁归，定国受苏轼“乌台诗案”牵连，被贬为监宾州（今广西宾阳南）盐酒税五年后归。余问柔：“广南风土应是不好？”柔对曰：“此心安处，便是吾乡。”因为缀词云。

常羡人间琢玉郎。言其美姿容如玉也。天应乞与点酥制作糕点时的一种裱花工艺。娘。自作清歌传皓齿。风起，雪飞炎海变清凉。　　万里归来年愈少。微笑。笑时犹带岭梅香。试问岭南应不好。却道，此心安处是吾乡。

南歌子·赠东坡侍妾朝云　（北宋）秦观

霭霭迷春态，溶溶媚晓光。不应容易下巫阳。只恐翰林指东坡。前世是襄王。　　暂为清歌住，还用暮雨忙。瞥然归去断人肠。空使兰台公子赋高唐。兰台公子是宋玉。兰台为汉藏书之处，唐人称秘书省为兰台。秦观时任秘书省正字，故借宋玉以自喻。

浣溪沙·寿内子　（南宋）辛弃疾

寿酒同斟喜有余。朱颜却对白髭须。两人百岁恰乘除。　　婚嫁剩添儿女拜，平安频拆外家书。年年堂上寿星图。

风入松·为友人放琴客妾也。赋
（南宋）吴文英

春风吴柳几番黄。欢事小蛮白居易妾。窗。梅花正结双头梦，被玉龙、玉笛。吹散幽香。落梅花曲也。昨夜灯前歌黛，今朝陌上啼妆。　　最怜无侣伴雏莺。妾所生之子。桃叶王献之妾。已春江。曲屏先暖鸳衾惯，夜寒深、都是思量。莫道蓝桥路远，行云只隔幽坊。

答内子寄衣　（明）聂大年

山妻怜我旧苏秦，寄得衣来稳称身。落日故园歌白苎，秋风京洛染缁尘。同心意重思偕老，结发情深不厌贫。万里莫如归去好，几多衣锦夜行人。

生辰曲自注：余时在狱中。　（清）龚鼎孳

琉璃为箧贮冰霜，谏草琳琅粉泽香。清顺治初年，作者遭政敌攻讦而系狱，其妻上章申辩，尽力营救。适逢其妻生日，作此以抒其感激之情。哭泣牛衣儿女态，“哭泣牛衣”典出《汉书·王章传》。独将慷慨对平章。

春日我闻室呈牧翁　（清）柳如是（女）

裁红晕碧泪漫漫，南国春来正薄寒。此去柳花如梦里，向来烟月是愁端。画堂消息何人晓，翠帐容颜独自看。珍重君家兰桂室，东风取次一凭阑。

内人生日　(清)吴嘉纪

潦倒丘园二十秋，亲炊葵藿慰余愁。绝无暇日临青镜，频过凶年到白头。海气荒凉门有燕，溪光摇荡屋如舟。不能沽酒持相祝，依旧归来向尔谋。

忆　内　(清)顾景星

静夜停金剪，含情对玉缸。数声风起处，花雨上纱窗。

高廉雷三郡旅中寄怀道香楼内子十五首

(清)屈大均

美人居莞水，游子在崧台。一片闺中月，清光夜夜来。泪痕知镜满，行处定生苔。白露秋方冷，芙蓉勉自开。

月井蜘蛛度，花轩翡翠过。风长怜柳弱，水绿恨萍多。瘦出飞龙骨，凉添孔雀罗。裁书频见寄，细腻写《曹娥》。

知尔绣裲香，别来双带长。三秋多怨曲，七夕定新妆。珠掠东莞女子以珠围髻，曰珠掠。盘明月，花梳以彩丝贯素馨茉莉绕髻，曰花梳。间海棠。针楼如有梦，西去即高梁。

棋局闲楸玉，熏炉冷郁金。半年为伉俪，三度作商参。菡萏新含的，芭蕉好展心。学诗诸弟子，刘碧最知音。

甘蔗茎多汗，槟榔子满房。道中虽解渴，闺里更生香。马上苔痕滑，车盘石磴长。飞飞合浦叶，何日始还乡？

日日廉阳道，愁攀碧柳枝。可怜千万缕，总是一相思。海女开珠肉，蛮童斗画眉。夜光应购得，归作耳珰垂。

此日称闺秀，三娘复令娴。自注：内子亦行三。贫愁书卷少，病惜笔床闲。组绣凭双滕，钗钿买一山。心光怜水月，禅坐碧池间。

遂我幽栖志，平生得孟光。况兼鸾凤彩，益助薜萝香。月夕联珠句，花晨对羽觞。不须怀媚蝶，欢爱在文章。

赤蟹秋来美，蛮娘素手分。心憎巾影拂，梦恨鬓花薰。椰子合甘液，伽高吐紫氛。幽闺人正苦，不忍恋徐闻。

课妾香奁体、娱姑绿绮声。燠寒勤诊问，甘毳苦经营。庑下书能著，墙东隐已成。因人又于役，贫使别离轻。

驰驱嗟命舌，四十好端居。深井宁无里，中田尚有庐。堂前呼犬子，膝下玩蚕书。莫问霸王事，吾才日以疏。

夫人张绣帐，刺史奋罗裙。犀杖先朝泪，鸾旗女子军。英雄归粉黛，事业比桓文。肃肃瞻遗像，题诗一报君。夫人，冼氏也，冼读险，上声。

白发孀姑在，鸡鸣汝问安。长先诸妾起，不顾一身寒。抹丽装花引，沉香制笔盘。新诗多丽则，娣姒定传看。

路暗随萤火，行行陷泽中。阴森山鬼影，凛冽野鹰风。汗洒炎云湿，愁将碧水空。幽阁知己在，未拟哭途穷。

树树山鹕唤，村村竻读勒，入声。竹刺也。竹围。炎云秋更起，清露午方晞。高士难求食，佳人易乐饥。归与浮峤曲，与子共餐薇。陈融《颙园诗话》："(翁山)继室黎氏，名静卿，字绿眉，东莞人，能为五七言诗。年长择偶不嫁，读翁山《哭华姜》之作而意有慕焉。……为夫妇仅五载，朝暮相见又仅二十有三月。……故翁山有句云：'半年为伉俪，三度作商参'也。……绿眉少喜学禅，自称绿眉道人，所居楼曰道香，诗卷则曰《道香楼集》……殁后箧中得数绝句，有曰：'一片苍苔红不灭，落花争似泪痕多。'寄怀翁山之作也。"

咏葛稚川赠内 （清）屈大均

葛令当年勾漏去，求仙却娶鲍家姝。双栖红翠三花树，对写烟霞五岳图。芙蓉自可为金液，蛱蝶何知在玉壶。将子罗浮明日返，人疑桂父桂父为古代传说中的仙人。见刘向《列仙传》。与麻姑。

从塞上偕内子南还赋赠 （清）屈大均

一声鸡唱整衣裳，眉黛沾残子夜霜。行到白门春色满，梅花为尔点新妆。

与华姜宿红梅驿 （清）屈大均

南枝花白北枝红，红是秦中白越中。辛苦鸳鸯飞万里，今宵姑宿庾关东。屈向邦《粤东诗话》："屈翁山游秦陇，作华岳百韵诗，能令恃才傲物之李天生（因笃）叹服，以闻王华姜。华姜为陕西榆林卫人。父以建义不降死，育于诸姑侯氏家。长而端丽幽娴，文事武功，皆所素习。闻天生言，曰：是隐君子也，无愧我先将军矣。遂嫔焉。"

寄鄂夫人 （清）尹继善

正因被冷想装棉，又接音书短榻前。暖阁遥思春雪冷，长途更犯晓冰坚。不言家事知予苦，频寄征衣赖汝贤。依旧疏狂应笑否？偷闲时复耸吟肩。

调篁村四首　（清）梁同书

病来久不见陶潜，隔着重城似隔天。昨夜中庭看星象，小星正在少微边。

见说榕江泛栌枝，已成阴后未凉时。一根楖栗无人管，分付樵青好护持。

不比朝云侍老坡，也如天女伴维摩。对门有个林和靖，冷抱梅花奈尔何。

好将斑管画眉双，莫染星星鬓上霜。比似诗人张子野，莺花还有廿年狂。袁枚《随园诗话》："陶篁村置屋孤山，余月夜访友，怜其孤寂，劝置燕王，为媛老计。篁村以为然，购一小鬟。梁山舟调之以诗。"

水调歌头·舟次感成　（清）蒋士铨

偶为共命鸟，都是可怜虫。泪与秋河天上银河。相似，点点注倾注。天东。十载楼中新妇，九载天涯夫婿，首已似飞蓬。《诗经·卫风·伯兮》："自伯之东，首如飞蓬。"蓬蒿至秋而叶枯根拔，风卷而飞。年光愁病里，心绪别离中。　　咏春蚕，李商隐《无题》诗："春蚕到死丝方尽，蜡炬成灰泪始干。"疑夏雁，雁至秋天方飞向南方。泣秋蛩。几见几曾见，不见也。珠围翠绕，含笑坐东风。闻道十分消瘦，为我两番磨折，据《清史稿·蒋士铨传》载，蒋士铨曾两次因病回乡。辛

苦念梁鸿。梁鸿，东汉人家贫而尚气节，偕妻孟光隐居霸陵山中，以耕织为业。夫妻相敬如宾，“举案齐眉”。谁知千里夜，各对一灯红。

内人归省还　（清）黎　简

杨柳晓依依，桃花水满陂。暖波恬恋影，香雨软蒙丝。白袷空江色，青云重鬓垂。罗敷自今出，不使路人知。

冬日无事，手为内子写照，得其神似而已。内子戏题一绝云：“爱君笔底有烟霞，自拔金钗付酒家。修到人间才子妇，不辞清瘦似梅花。”依韵和之

（清）张问陶

妻梅许我癖烟霞，仿佛孤山处士家。画意诗情两清绝，夜窗同梦笔生花。

得内子病中札　（清）张问陶

同检红梅玉镜前，如何小别便经年。飞鸿呼偶音常苦，栖凤将雏瘦可怜。梦远枕偏云叶髻，寄愁买贵雁头笺。开缄泪浣销魂句，药饵香浓手自煎。作者之妻林韵征是成都盐茶道林西崖之女，能诗善文，被誉为四川才女。

石溪馆梅　（清）吴嵩梁

临水柴门久未开，寒香漠漠点苍苔。伤心一树梅花影，曾上仙人缟袂来。自注：绿姬初归，尝扶病一至花下，低徊不去，花尚未开，惟爱其影而已。〇姚元之《竹叶亭杂记》云：吴嵩梁，号兰雪，其所爱绿姬，生时最爱梅，家有梅将花，尝曰：梅不但花可爱，影亦可爱也。及花开而姬卒。

室人赋述怀纪事七古二章，以手稿寄余，喜成四律即寄青门（录一首）　（清）林则徐

卅年凫雁镇相依，万里鸳鸽怅独飞。生别胜于归马革，壮游奚肯泣牛衣。只怜瘦骨支床久，想对残脂览镜稀。忽得诗筒狂失喜，珠玑认是手亲挥。

寄　内　（清）林　旭

六月长安无一事，借人亭馆看西山。鹿车甚处堪同挽，留滞何因却未还。

三、闺 情

杂 诗 (唐)沈佺期

闻道黄龙戍，频年不解兵。可怜闺里月，长在汉家营。少妇今春意，良人昨夜情。谁能将旗鼓，一为取龙城。

(明)张延登：古今绝响，太白“长安一片月”准此。——《沈诗评》

(明)钟惺：“少妇”二句娇怨之甚，壮语懈调。——《唐诗归》

(明)周敬等：说者谓语晦而浅，不知作诗之妙，正以似深非深，似浅非浅，有可解不可解之趣也。——《唐诗选脉会通评林》

(清)王夫之：五、六分承，三、四顺下，得之康乐，何开阖承转之有？结语平甚，故或谓之懈。然宁懈勿淫，初唐人家法不紊，乃以持数百年之穷。——《唐诗评选》

(清)顾安：五、六就本句看，极是平常，就通首看，则无恨不可说之话尽缩在此两句内，初唐人微妙至此。其“卢家少妇”七律亦是此法而用意尤觉深婉。〇五、六句极平常，妙，不说尽。“其新孔嘉、其旧如之何？千古闺情绝唱也，岂必艳辞为？”——《唐律消夏录》

(清)朱之荆：结联和起联相应，局法甚紧。——《增订唐诗摘钞》

(清)佚名：即景见情，此全篇直叙格也。五怀春，六梦远，“怀”字“梦”字藏于句中。结句即私情以见公义，何等柔婉。——《唐诗从绳》

闺　怨　　(唐)王昌龄

闺中少妇不知愁，春日凝妆上翠楼。忽见陌头杨柳色，悔教夫婿觅封侯。

(明)唐汝询：伤离者莫甚于从军，故唐人闺怨，大抵皆征妇之词也。知愁，则不复能"凝妆"矣；"凝妆"上楼，明其"不知愁"也。然一见"柳色"而生悔心，功名之望遥，离索之情亟也。虫鸣思觏，南国之正音；萱草痗心，东迁之变调。闺中之作，近体之《二南》欤？——《唐诗解》

(清)黄叔灿：曰"不知愁"，曰"忽见"，曰"悔教"，少妇心情，无端感触，景物撩人，描绘毕现，此天然笔墨。"春日凝妆"艳矣，偶上"翠楼"、"陌头"遥望，"闺中"身份自好。——《唐诗笺注》

春女怨　　(唐)蒋维翰

白玉堂前一树梅，今朝忽见数花开。儿家门户重重闭，春色因何入得来。

(明)钟惺："因何"妙于"何因"。"入得来"妙于"得入来"。用字之变不得不知。——《唐诗归》

(明)周敬等：睹梅开而感春色，发为警怪之语。"忽见"、"因何"四字相关而怨自见，此心贞洁，非外物所能动，得国风不淫不诽之体，的是闺女妙词。与李白"春风不相识，何事入罗帏"同入神境。——《唐诗选脉会通评林》

玉阶怨　　(唐)李　白

玉阶生白露，夜久侵罗袜。却下水精帘，玲珑望秋

月。(清)王琦注曰:宋之问诗"云母帐前初泛滥,水精帘外转逶迤",沈佺期诗"水精帘外金波下,云母窗前银汉回"。萧士赟曰:"水精帘以水精为之,如今之琉璃帘也。无一字言怨而隐然幽怨之意,见于言外,晦庵所谓圣于诗者,此欤?"

(明)高棅:刘云,"矜丽素净,自是可人"。——《唐诗品汇》

(明)桂天祥:怨而不怨,可入风雅,后之作者多少,无此浑雅。——《批点唐诗正声》

(明)李沂:从未有过下帘望月者,不言怨而怨自深。——《唐诗援》

(明)钟惺:一字不怨。深!深!——《唐诗归》

春思　(唐)李　白

燕草如碧丝,秦桑低绿枝。当君怀归日,是妾断肠时。春风不相识,何事入罗帏?萧士赟《分类补注李太白集》云:燕北地寒,生草迟,当秦地柔桑低绿之时,燕草方生,兴其夫方萌怀归之志,燕草之方生,妾则思君之久,犹秦桑之已低绿枝也。末句喻此心贞洁,非外物所能动。此诗可谓得《国风》不淫不诽之体矣。

(明)高棅:刘云,"平易近情,自有天趣"。——《唐诗品汇》

(明)钟惺:(末二句)若嗔若喜,俱着"春风"上,妙,妙!——《唐诗归》

(明)陆时雍:尝谓大雅之道有三:淡、简、温。每读太白诗,觉深得此致。——《唐诗镜》

(清)王夫之:字字欲飞,不以情,不以景。《华严》有"两镜相入"义,惟供奉不离不堕。——《唐诗选评》

(清)黄周星:同一"入罗帏"也,"明月"则无心可猜,而"春风"则不识何事。一信一疑,各有其妙。——《唐诗快》

子夜吴歌四首(其三)　(唐)李　白

长安一片月,万户捣衣声。秋风吹不尽,总是玉关情。何日平胡虏，良人罢远征。《诗·国风》："见此良人。"《正义》曰："妻谓夫曰良人。"

(明)钟惺：毕竟是唐绝句妙境，一毫不像晋宋。然求像则非太白矣。——《唐诗归》

(明)陆时雍：有味外味。〇每结二语，余情余韵无穷。"秋风吹不尽，总是玉关情"，此入感叹语意，非为万户砧声赋也。——《唐诗镜》

(明)李攀龙：蒋仲舒曰"前四语便是最妙绝句"。——《唐诗广选》

(明)叶羲昂：不恨朝廷黩武，但言胡虏未平，深得风人之旨。——《唐诗直解》

(明)袁宏道：此为戍妇之词，以讥当时征战之苦也。——《唐诗训解》

(清)王夫之：前四语是天壤间生成好句，被太白拾得。——《唐诗评选》又曰：情景名为二，而实不可离。神于诗者，妙合无垠。巧者则有情中景，景中情。景中情者，如"长安一片月"，自然是孤栖忆远之情。——《姜斋诗话》

(清)沈德潜：诗贵寄意，有言在此而意在彼者。李太白《子夜吴歌》本闺情语，而忽冀罢征。——《说诗晬语》

春　怨　　(唐)金昌绪

打起黄莺儿，莫教枝上啼。啼时惊妾梦，不得到辽西。

(明)王世贞："打起黄莺儿……"不惟语意之高妙而已，其句法圆紧，中间增一字不得，着一意不得，起结极斩绝，而中自纡缓。无余法而有余味。——《艺苑卮言》

(清)李瑛：此诗有一气相生之妙，音节清脆可爱。惟梦中得到辽西，则相见无期可知，言外意须微参。不怨在辽西者不得归，而但怨黄莺之惊梦，乃深于怨者。——《诗法易简录》

春　怨　（唐）刘方平

纱窗日落渐黄昏，金屋无人见泪痕。寂寞空庭春欲晚，梨花满地不开门。

（清）金人瑞：一日之愁，黄昏为切；一岁之怨，春暮居多。此时此景，宫人之最感慨者也。不忍见梨花之落，所以掩门耳。——《唐诗解》

（近代）俞陛云：首二句言黄昏窗下，虽贵居金屋，时有泪痕。李白诗“但见泪痕湿，不知心恨谁”。愁深泪湿，尚有人窥。此则于寂寞无人处泪尽罗巾，愈可悲矣。后二句言本甘寂寞，一任春晚花飞，朱门深掩，安有余绪怜花？结句不事藻饰，不诉幽怀，淡淡写来，而春怨自见。——《诗境浅说》

拜新月　（唐）李　端

开帘见新月，便即下阶拜。细语人不闻，北风吹裙带。

（清）黄生：“北风”字老甚！风吹裙带，有悄悄冥冥之意。此句要从旁人看出才有景，若直说出所语何事，便是钝汉矣。画家射虎，但作弯弓引满之状；洗砚图，便画清水满地，而弃一砚于中，与此同一关捩。——《唐诗摘钞》

（清）黄叔灿：上三句写照，心事已是传神，但试思“细语人不闻”下如何下转语？工诗者于此用离脱法，“北风吹裙带”，此诗之魂，通首活现矣。——《唐诗笺注》

题美人　（唐）于　鹄

秦女窥人不解羞，攀花趁蝶出墙头。胸前空带宜男草，嫁得萧郎爱远游。

(明)周珽：胸带宜男草，期宠爱也。所嫁乃爱远游夫婿，虚却一生情志矣，虽带无益！攀花趁蝶，女子不解愁姿态，至空带宜男，不言愁而愁自深也。此与李义山《为有》、《赠畏之》二诗音调相似而此作觉多蕴蓄，得风人不怒微旨。——《唐诗选脉会通评林》

(清)贺裳：首二句即王江宁"闺中少妇不知愁，春日凝妆上翠楼"意。但见柳色而悔，是少妇自悔，此则出于旁观者之矜惜。然语意含蓄，较之"自惭输厩吏，余暖在香鞯"，可谓好色不淫也。——《载酒园诗话》

江南曲　(唐)李　益

嫁得瞿塘贾，朝朝误妾期。早知潮有信，嫁与弄潮儿。

(明)钟惺、谭元春：荒唐之想，写怨情却真切。——《唐诗归》

(清)贺裳：诗又有无理而妙者，如李益"早知潮有信，嫁与弄潮儿"。此可以理求乎？然自是妙语。——《载酒园诗话》

(清)乔亿：俚语不见身分，方是贾人妇口角，亦《子夜》、《读曲》之遗。——《大历诗略》

(清)黄叔灿：不知如何落想，得此急切情至语，乃知《郑风》"子不我思，岂无他人"，是怨怅之极词也。——《唐诗笺注》

(清)李瑛：极言夫婿之无情，借潮信作翻波，便有无限曲折。——《诗法易简录》

闺人赠远五首(其四)　(唐)王　涯

啼莺绿树深，语燕雕梁晚。不省出门行，沙场知

近远。

(清)沈德潜:闺人不省出门,而梦中时至沙场,若知其远近者然。如云不省出门,焉知沙场之远近,意味便薄。——《唐诗别裁集》

调笑令 (唐)王 建

杨柳,杨柳,日暮白沙渡口。杜甫有《白沙渡》诗。在四川剑阁。船头江水茫茫。商人少妇断肠。肠断,肠断,鹧鸪夜飞失伴。

少妇词 (唐)窦 巩

坐惜年光变,辽阳信未通。燕迷新画屋,春识旧花丛。梦绕天山外,愁翻锦字中。昨来谁是伴,鹦鹉在帘栊。

秋闺思二首 (唐)张仲素

碧窗斜日蔼深晖,愁听寒螿泪湿衣。梦里分明见关塞,不知何路向金微。沈约云:"梦中不识路,何以慰相思。"金微,山名。在今蒙古国。

(清)黄叔灿:言有梦尚不得到,用意更深一层。——《唐诗笺注》

(清)吴瑞荣:晚唐绝句,愈工愈浅近,此诗独空淡有远神。——《唐诗笺要》

秋天一夜静无云，断续鸿声到晓闻。欲寄征衣问消息，居延城外又移军。

(清)黄叔灿：戍无定所，消息难凭，感北雁之南征，悲寒衣之莫寄，秋天夜永，闺思情长。有风人之旨，亦太白、少伯之遗。——《唐诗笺注》

(清)吴瑞荣：盛唐风骨。"桐庐人不见，今得广州书"，异曲同情。委曲苦衷，读之如见王少伯，后惟绘之得其遗响。——《唐诗笺要》

(清)潘德舆：诗有一字诀，曰厚。偶咏唐人"梦里分明见关塞，不知何路向金微"、"欲寄征衣问消息，居延城外又移军"，便觉深曲有味。今人只说到梦见关塞，托征鸿问消息便了，所以为公共之言，而寡薄不成文也。——《养一斋诗话》

梦江南　(唐)温庭筠

梳洗罢，独倚望江楼。过尽千帆皆不是，柳永："误几回天际识归舟。"本此。斜晖脉脉水悠悠。肠断白蘋洲。

(明)汤显祖："朝朝江上望，错认几人舟"，同一结想。——《评花间集》

(明)沈际飞：痴迷、摇荡、惊悸、惑溺，尽此二十余字。——《草间诗余别集》

(明)陈廷焯：绝不着力，而款款深深，低徊不尽，是亦谪仙才也。吾安得不服古人。——《云韶集》

清夜怨　(唐)李商隐

含泪坐春宵，闻君欲度辽。绿池荷叶嫩，红砌杏花娇。曙月当窗满，征云出塞遥。画楼终日闭，清管为谁调。

为有 （唐）李商隐

为有云屏无限娇，凤城寒尽怕春宵。无端嫁得金龟黄金铸的龟钮官印。婿，辜负香衾事早朝。何焯曰：此与“悔教夫婿觅封侯”同意，而用意较尖刻。○姚培谦曰：“此作细意，体贴之词。”“无端”二字下得妙，其不言之意，应如此。

（清）屈复：玉溪生以绝世香艳之才，终老幕职，晨入昏出，薄书无暇，与嫁贵婿，负香衾何异？其怨宜也。——《玉溪生诗意》

古态 （唐）陆龟蒙

古态日渐薄，新妆心更劳。城中皆一尺，非妾髻鬟高。

秋怨 （唐）罗邺

梦断南窗啼晓乌，新霜昨夜下庭梧。不知帘外如珪月，还照边城到晓无？

（明）周敬等：杨慎列为妙品。○周珽曰：“低徊宛转，如临风堕羽，半斜又转。读之乐其风神，忘其凄恻。”○焦竑曰：“‘如珪月’，用江淹赋语，妙甚。又杜工部‘露从今夜白，月是故乡明’，又衍四字（按：指江淹《别赋》中“秋月如珪”四字）为十字，而情景入玄矣；及毛熙震小词‘伤心一片如珪月’，亦用之。乃此等语脍炙人口久哉！”——《唐诗选脉会通评林》

(近代)俞陛云：深闺绝塞，天远书沉，所空际寄情者，惟万里外共对一轮明月，已属幽渺之思。作者更言秋闺夜午，月渐西沉，不知塞外月斜，可还照征人铁甲？愈见思曲而苦矣。——《诗境浅说续编》

古　意　　(唐)王　驾

夫戍萧关妾在吴，西风吹妾妾忧夫。一行书信千行泪，寒到君边衣到无？

(明)周敬等：两地相隔而忧怀莫传，至情至苦。末句巧。○唐汝询曰："浅而近情，宜为世赏。"○敖英曰："昔人有寄衣诗云：'寄到玉关应万里，征人犹在玉关西。'与此诗俱婉娈沉着。"——《唐诗选脉会通评林》

清平乐　　(五代)韦　庄

琐窗春暮，满地梨花雨。君不归来情又去，红泪散沾金缕。　梦魂飞断烟波，伤心不奈春何。空把金针独坐，鸳鸯愁绣双窠。窠指编织物上的花纹式样，即花团。

醉花间　　(五代)毛文锡

休相问，怕相问，相问还添恨。三句三转折。心态复杂矛盾，可谓爱之深，恨之极，怨之切也。春水满堂生，鸂鶒读溪尺，平入声。水鸟名，俗呼紫鸳鸯。还相趁。互相嬉戏追逐。　昨夜雨霏霏，临明寒一阵。偏忆戍楼人，久绝边庭信。

（清）陈廷焯：此种起笔，合下章自成章法。自是一时兴到作，婉约无比。后人屡屡效之，反觉数见不鲜矣。——《云韶集》

（清）况周颐：《花间集》毛文锡三十一首，余只喜其《醉花间》后段“昨夜雨霏霏”数语。情景不奇，写出正复不易。语淡而真，亦轻清，亦沉着。——《餐樱庑词话》

临江仙　（五代）和凝

海棠香老春江晚，小楼雾縠空蒙。翠鬟初出绣帘中，麝烟鸾佩惹蘋风。　碾玉玉名。钗摇鸂鶒战，雪肤云鬓将融。含情遥指碧波东，越王台殿蓼花红。

（明）卓人月：徐士俊评“是采珠拾羽一辈人”。——《古今词统》

采桑子　（五代）冯延巳

花前失却游春侣，独自寻芳。满目悲凉。纵有笙歌亦断肠。　林间戏蝶帘间燕，各自双双。忍更思量。绿树青苔半夕阳。

（清）陈廷焯：缠绵沉着。——《词则·别调集》

（近代）俞陛云：“小堂”一首羡双燕之归来。“画堂”一首，怅谁家之吹笛，通首仅寓孤闷之怀，至末首乃见本意。江左自周师南侵，朝政日非，延巳匡救无以，怅疆宇之日蹙，第六首“夕阳”句寄慨良深，不得以绮语目之。——《唐五代两宋词选释》

采桑子　(五代)冯延巳

小堂深静无人到，满园春风。惆怅墙东。暗用“东邻”典故。宋玉《登徒子好色赋》中的“东家之子”和司马相如《美人赋》中“臣之东邻，有一女子，玄鬓丰艳，蛾眉皓齿”，均指美女。一树樱桃带雨红。意同白居易《长恨歌》“梨花一枝春带雨”，比写樱桃既娇艳欲滴而又楚楚可怜。　愁心似醉兼如病，欲语还慵。懒散。日暮疏钟。双燕归栖画阁中。燕子双飞双栖而人却孤眠独宿，两相对照大有人不如燕。

谒金门　(五代)冯延巳

风乍起，吹皱一池春水。闲引鸳鸯香径里。手挼读梭，平声。用手揉搓，摩挲。红杏蕊。　斗鸭古代富贵人家皆喜斗鸭之戏。《三国志·孙权传》、《陆逊传》、《南史·王僧达传》、《新唐书·齐王祐传》皆有记载。阑干独倚，碧玉搔头斜坠。终日望君君不至，举头闻鹊喜。黄进德云：“这首词一开头‘风乍起，吹皱一池春水’，就用生花妙笔，将特定环境中的春色以特定的镜头推向读者，令人耳目一新。它象喻着少妇经春风搅动而难以自遏的心态。作为富贵人家的思妇，由于受封建礼教的熏陶，其表露的方式却又非同一般。这里着一‘皱’字，准确传神地勾勒出矜持柔韧的个性特征。然后凭借对其‘闲引鸳鸯’、‘手挼红杏蕊’、‘斗鸭阑干独倚，碧玉搔头斜坠’等一系列神情动作的生动细腻刻画，淋漓尽致地展现了这位处于深院的上层少妇貌似宁静，漫不经心，实则心烦意乱，孤寂难耐的内心世界。‘终日望君君不至，举头闻鹊喜。’寻常语一经道出，便觉凄婉备至。全词即物起兴，以景托情，形象生动，韵味盎然，不失为冯延巳的代表作。”

(宋)马令：元宗乐府词云“小楼吹彻玉笙寒”，延巳有“风乍起，吹皱一池春水”之句，皆为警策。元宗尝戏延巳曰：“吹皱一池春水，干卿底事？”延巳曰：“未若陛下‘小楼吹彻玉笙寒’也。”元宗悦。元宗即南唐中主李璟也。——《南唐书·冯延巳》

(明)卓人月：徐士俊云，刘伯温“风袅袅，吹绿一庭秋草”摹此。——《古

今词统》

(明)沈际飞:起语与前同一况味。闻鹊报喜,须知喜中还有疑在。无非望泽希宠之心。而语自清隽。——《草堂诗余正集》

(清)贺裳:"无凭谙鹊语,犹得暂心宽。"韩偓语也。冯延巳去偓不多时,用其语曰:"终日望君君不至,举头闻鹊喜。"虽窃其意,而语加蕴藉。——《皱水轩词筌》

摊破浣溪沙 (五代)李璟

菡萏读旱淡,皆上声。荷花的别称。《诗·陈风·泽陂》:"彼泽之陂,有蒲菡萏。"香消翠叶残,西风愁起碧波间。还与韶光美好的时光共憔悴,不堪看。　　细雨梦回鸡塞即鸡鹿塞,在今内蒙古地区。此泛指边塞。远,小楼吹彻一曲终了称彻。玉笙寒。多少泪珠无限恨,依阑干。

(宋)胡仔:荆公问山谷云:"作小词曾看李后主词否?"云:"曾看。"荆公云"何处最好?"山谷以"一江春水向东流"为对。荆公云:"未若'细雨梦回鸡塞远,小楼吹彻玉笙寒',又'细雨湿流光'最好。"——《苕溪渔隐丛话》

(明)沈际飞:"塞远"、"笙寒"二句,字字秋矣。——《草堂诗余正集》

(清)许昂霄:"细雨"二句合看,乃愈见其妙。——《词综偶评》

(清)黄苏:按"细雨"、"梦回"二句,意兴清幽,自系名句。结束"依阑干"三字,亦有说不尽之意。后主词自多佳制,第意兴凄凉惨憔,实为亡国之音,故少选之。鹏按:黄苏误以此词为李煜作,故有此语。——《蓼园词选》

清平乐 (五代)毛熙震

春光欲暮,寂寞闲庭户。粉蝶双双穿槛舞,帘卷晚天疏雨。　　含愁独倚闺帏,玉炉烟断香微。正是销魂时节，东风满树花飞。

(清)沈雄：《清平乐》云“正是销魂时节，东风满院花飞”。……试问今人弄笔，能出一头地否？——《古今词话·词评》

(清)陈廷焯：情味宛然。——《词则·别调集》

又云：“东风”六字精湛，凄绝。——《云韶集》

长相思　(五代)李　煜

云一緺，緺读瓜，平声。形容发髻之状。玉一梭。指玉簪。淡淡衫儿薄薄罗，轻颦双黛螺。螺是古代妇女画眉用的颜料，此代指眉。秋风多，雨相和。帘外芭蕉三两窠，用于植物，同“棵”。夜长人奈何。

(明)卓人月：徐士俊云“云一緺，玉一梭”缘饰尤佳。——《古今词统》

(清)陈廷焯：字字绮丽。结五字婉曲。——《云韶集》

捣练子令　(五代)李　煜

深院静，小庭空。断续寒砧断续风。无奈夜长人不寐，数声和月到帘栊。末二句倒过来写。明明是砧声使人不能入睡，偏说由于人不寐，才使砧声时断时续地送来。○声和月伴在一起，听觉和视觉合在起，共同来拨动主人的心弦。

甘草子　　(北宋)柳　永

秋暮。乱洒衰荷,颗颗真珠雨。雨过月华生,冷彻鸳鸯浦。　　池上凭阑愁无侣。奈此个、单栖情绪!却傍金笼共鹦鹉,念粉郎言语。上片之“鸳鸯”乃虚写,下片之“鹦鹉”乃实写,各有妙用。

一丛花令　　(北宋)张　先

伤高怀远几时穷,无物似情浓。离愁正引千丝乱,更东陌、飞絮蒙蒙。嘶骑渐远,征尘不断,何处认郎踪。

双鸳池沼水溶溶,南北小桡通。梯横画阁黄昏后,又还是、斜月帘栊。沉思细恨,不如桃杏,犹解嫁东风。

(清)贺裳:李益诗“嫁得瞿塘贾,朝朝误妾期。早知潮有信,嫁与弄潮儿”。子野《一丛花》末句云“沉思细想,不如桃杏,犹解嫁东风”。此皆无理而妙,吾亦不敢定其所见略同,然较之“寒鸦数点”则略无痕迹矣。——《皱水轩词筌》

踏莎行　　(北宋)晏　殊

细草愁烟,幽花怯露。凭阑总是销魂处。日高深院静无人,时时海燕双飞去。　　带缓罗衣,香残蕙炷。天长不禁迢迢路。垂杨只解惹春风,何曾系得行人住。

(清)李调元:晏殊《珠玉词》极流丽,能以翻用成语见长。如“垂杨只解

惹春风，何曾系得行人住”，又“春风不解禁杨花，蒙蒙乱扑行人面”等句是也。翻复用之，各尽其致。——《雨村词话》

踏莎行　(北宋)晏　殊

碧海无波，瑶台有路。思量便合双飞去。当时轻别意中人，山长水远知何处。　绮席凝尘，香闺掩雾。红笺小字凭谁附？情不能达，与前片“知何处”呼应。高楼目尽欲黄昏，梧桐叶上萧萧雨。

(清)陈廷焯：起二句妙。是凭空结撰。(起二句意谓：即使神仙居住的海上仙山，或瑶台琼阙也是有路可去的，而我的“意中人”却不知在何处？)——《词则·闲情集》

踏莎行　(北宋)晏　殊

小径红稀，芳郊绿遍。高台树色阴阴绿叶稠密幽暗。见。春风不解禁杨花，蒙蒙乱扑行人面。　翠叶藏莺，朱帘隔燕。炉香静逐游丝转。一场愁梦酒醒时，斜阳却照深深院。

(明)沈际飞：结句深深妙，着不得实字。——《草堂诗余》

(明)沈谦：“夕阳如有意，偏傍小窗明”，不若晏同叔“一场愁梦酒醒时，斜阳却照深深院”更自神到。——《填词杂说》

(明)黄苏：首三句言花稀而叶盛，喻君子少而小人多也。“高台”指帝阍。东风二句，小人如杨花之轻薄，易动摇君心也。“翠叶”两句，喻君子多阻隔。“炉香”句，喻己心之郁纡也。“斜阳却照深深院”言不明之日难照此

渊衷也。臣心与闺意双关，写去细思，自得之耳。——《蓼园词选》

木兰花　（北宋）晏殊

绿杨芳草长亭路。年少抛人容易去。楼头残梦五更钟，花底离情三月雨。　无情不似多情苦。一寸还成千古缕。天涯地角有穷时，只有相思无尽处。

（宋）赵与时：《诗眼》云，晏叔原见蒲传正云："先公平日小词虽多，未尝作妇人语也。"传正曰："绿杨芳草长亭路，年少抛人容易去。"岂非妇人语乎？晏曰："公谓少年为何语？"传正曰："岂不谓所欢乎。"晏曰："因公之言，遂晓乐天诗两句盖'欲留所欢待富贵，富贵不来所欢去'。"传正笑而悟。余按全篇云"绿杨芳草长亭路（略）"，盖真谓所欢者，与乐天之句不同，叔原之言失之。——《宾退录》

（明）李攀龙：春景春情，句句逼真，当压倒白玉楼矣。——《草堂诗余隽》

（清）黄苏：言近而指远者，善言也。"年少抛人"凡罗雀之门，故鱼之泣，皆可作如是观。"楼头"二语，意致凄然，击起多情苦来。末二句总见多情之苦耳。妙在意思忠厚，无怨怼口角。——《蓼园词选》

（清）陈廷焯：凄绝。低回反复，言有尽而意无穷。——《词则·闲情集》

思远人　（北宋）晏幾道

红叶黄花秋意晚，千里思行客。飞云过尽，归鸿无信，何处寄书得。　泪弹不尽临窗滴。就砚旋研墨。渐写到别来，此情深处，红笺为无色。

（明）卓人月：笔则一时无色，字则三岁不灭。——《古今词统》

(清)陈廷焯:就"泪"、"墨"二字渲染成词,何等姿态。——《词则·闲情集》

再观邸园留题　(北宋)苏　轼

小园香雾晓蒙笼,醉守狂词未必工。鲁叟录《诗》应有取,曲收彤管邶鄘风。按:邸氏有贤妇,孀居不嫁,其节甚高。故公此诗用《静女》"彤管有炜"及《柏舟》"邶、鄘"二风之事也。

蝶恋花　(北宋)赵令畤

卷絮风头寒欲尽。坠粉飘香,谓落花。日日红成阵。新酒又添残酒困,今春不减前春恨。　蝶去莺飞无处问。隔水高楼,望断双鱼信。恼乱横波秋一寸,斜阳只与黄昏近。

(明)李攀龙:妙在写情语,语不在多,而情更无穷。——《草堂诗余隽》

(明)沈际飞:恨春日又恨黄昏,黄昏滋味更觉难尝耳。又云,斜阳在目,各有其境,不必相同。一云"却照深深院",一云"只送平波远",一云"只与黄昏近"句句沁人毛孔皆透。——《草堂诗余正集》

(清)沈雄:山谷谓,"好词惟取陡健圆转"。屯田意过许久,笔犹未休。待制滔滔漭漭,不能尽变。如赵德麟云"新酒又添残酒困,今春不减前春恨",陆放翁云"只有梦魂能再遇,堪嗟梦不由人做",又黄山谷云"春未透。花枝瘦。正是愁时候",梁贡父云"拼一醉留春,留春不住,醉里春归",此则陡健圆转之榜样也。——《古今词话·词品》

忆秦娥　（南宋）范成大

楼阴缺。阑干影卧东厢月。东厢月。一天风露，杏花如雪。　隔烟催漏金虬即铜龙。古代计时的漏器。咽。罗帏丝织的幕帐。暗淡灯花结。灯花结。片时春梦，江南天阔。岑参《春梦》诗："枕上片时春梦中，行尽江南数千里。"

（近代）俞陛云：上阕言室外之景，月斜花影，境极幽俏。下阕言室内之人，灯昏欹枕，梦更迷茫，善用空灵之笔，不言愁而愁随梦远矣。——《唐五代两宋词选释》

祝英台近·晚春　（南宋）辛弃疾

宝钗分，桃叶渡。烟柳暗南浦。怕上层楼，十日九风雨。断肠片片飞红，都无人管；倩谁唤，流莺声住。　鬓边觑。试把花卜心期，才簪又重数。罗帐灯昏，哽咽梦中语：是他春带愁来，春归何处？却不解、带将愁去。

（宋）刘克庄：雍陶《送春》云"今日已从愁里去，明年更莫共愁来"。稼轩词云"是他春带愁来，春归何处，却不解带将愁去"。虽用前语，而反胜之。——《后村诗话》

（宋）魏庆之："宝钗分，桃叶渡，烟柳暗南浦（略）。"此辛稼轩词也。风流妩媚，富于才情，若不类其为人矣。……盖其天才既高，如李白之圣于诗，无适而不宜，故能如此。——《诗人玉屑》

（宋）陈鹄：辛幼安词"是他春带愁来，春归何处，却不解带将愁去"。人皆以为佳，不知赵德庄《鹊桥仙》词云"春愁元自逐春来，却不肯随春归去"。盖德庄又体李汉老杨花词"蓦地便和春带将归去"。大抵后辈作词，无非道人已道底句，特善能转换耳。——《耆旧续闻》

(明)卓人月:结尾数语,分明流莺声也。自然婉转销魂,怎生住得。——《古今词统》

(清)谭献:(肠断三句)一波三过折。(末三句)托兴深切,亦非全用直语。——《谭评词辨》

(清)黄苏:按此闺怨词也。史称稼轩人才,大类温峤,陶侃。周益公等抑之,为之惜。此必有所托,而借闺怨,以抒其志乎!——《蓼园词选》

谒金门　(金)王庭筠

双喜鹊,几报归期浑错。尽做旧愁都忘却,新愁何处着。　瘦雪指梅花。一痕墙角,青子已妆残萼。不道枝头无可落,东风犹作恶。言东风不顾梅花已落尽,仍无情地狂吹。

题西泠闺咏四首　(清)吴伟业

落日轻风雁影斜,蜀笺书字报秦嘉。绛纱弟子称都讲,碧玉才人本内家。神女新词填杜若,如来半偈绣莲花。妆成小阁熏香坐,不向城南斗钿车。

晴楼初日照芙蕖,姑射仙人赋子虚。紫府高闲诗博士,青山遗逸女尚书。卖珠补屋花应满,刻烛成篇锦不如。自写洛神题小像,一帘秋水镜湖居。

五铢衣怯凤凰雏,沫玉为心冰雪肤。绿屧侍儿春祓禊,红牙小妹夜摴蒲。凉窗日暖樱桃赋,粉箑风轻蛱蝶图。频敛翠娥人不识,自将书札问麻姑。

石城杨柳碧城鸾，谢女诗篇张女弹。鹦鹉歌调银管细，琅玕字刻玉钗寒。双声宛转连珠格，八体浓纤倒薤看。闲整笔床摊素卷，棠梨花发倚阑干。

题浣青夫人诗册四首（录二首）

（清）袁 枚

妙绝金闺咏絮才，一生花骨是花裁。分明拥髻挥毫际，别有心从天外来。

而翁南下赋归欤，值我新婚北上初。水面匆匆通数语，怀中正抱女相如。原按：夫人名孟钿，号浣青，常州钱文敏公女也。据《雨村诗话》云："袁枚于庚申乘舟北上时，稼轩未中状元，手中抱幼女，才周晬。后经四十余年在杭州始见夫人，问之，即所抱女也。"

兄弟姊妹

别 弟

（唐）韦承庆

澹澹长江水，悠悠远客情。落花相与恨，到地一无声。时作者坐罪南流岭表。

送袁十岭南寻弟　　(唐)孟浩然

早闻牛渚咏，今见鹡鸰心。羽翼嗟零落，悲鸣别故林。苍梧白云远，烟水洞庭深。万里独飞去，南风迟尔音。

灵云池送从弟　　(唐)王　维

金杯缓酌清歌转，画舸轻移艳舞回。自叹鹡鸰鸟名。喻兄弟。读脊令，入平声。《诗·小雅》："鹡鸰在原，兄弟急难。"临水别，不同鸿雁向池来。自叹兄弟分离，不同于向池上飞来的成群鸿雁。

送舍弟　　(唐)李　白

吾家白额驹，按：千里驹曹家事，白额驹李家事。见《晋书》武昭王李玄盛事。远别临东道。他日相思一梦君，应得池塘生春草。用谢灵运兄弟事。

月夜忆舍弟　　(唐)杜　甫

戍鼓断人行，秋边一雁声。露从今夜白，月是故乡明。有弟皆分散，无家问死生。寄书长不达，况乃未休兵。

(明)王嗣奭：只"一声雁"便是忆弟。对明月而忆弟，觉露增其白，但月

不如故乡之明，忆在故乡兄弟故也，盖情异而景为之变也。——《杜臆》

（清）浦起龙：上四句突然而来，若不为弟者，精神却字字忆弟，因句里有魂也。“寄书长不达”平时犹可，“况乃未休兵”可保无事乎？此二句从五、六两句申写。——《读杜心解》

（清）何焯：“戍鼓”兴“未休兵”，“一雁”兴“寄书”。五、六正拈忆弟。——《瀛奎律髓汇评》

（清）纪昀：平正之中，自饶情致。——同上

（清）无名氏（乙）：句句转。“戍鼓”是领句，突接“雁声”，妙。——同上

得弟消息二首 （唐）杜甫

近有平阴信，遥怜舍弟存。侧身千里道，寄食一家村。烽举新酣战，啼垂旧血痕。不知临老日，招得几人魂。

（明）王嗣奭：“遥怜舍弟存”，痛甚，与“惊定还拭泪”相似。“酣战”曰“新”，见兵戈未休；“血痕”曰“旧”，见乱离已久。——《杜臆》

（清）浦起龙：“侧身”、“寄食”申“舍弟存”；“千里”、“一家”申“平阴信”。此与《春望》之次联，皆横劈承顶之法。第五拓开，第六收拢。一“新”一“旧”见乱方殷而悲已久也。曰“几人魂”，则彼此存亡难卜，不知弟招兄，兄招弟，语极深痛。——《读杜心解》

汝懦归无计，吾衰往未期。浪传乌鹊喜，深负鹡鸰诗。生理何颜面，忧端且岁时。两京三十口，虽在命如丝。吴星叟曰：“头首是望弟之来，而知其必不能来，次首是冀身之去，而知其必不能去，读之益知身世骨肉之感。”

送十五弟侍御使蜀　（唐）杜　甫

喜弟文章进，添余别兴牵。数杯巫峡酒，百丈内江船。未息豺狼斗，空摧犬马年。归期多便道，搏击望秋天。

第五弟丰独在江左，近三四载寂无消息，觅使寄此二首　（唐）杜　甫

乱后嗟吾在，羁栖见汝难。草黄骐骥病，沙晚鹡鸰寒。楚设关城险，吴吞水府宽。十年朝夕泪，衣袖不曾干。三承一，自怜贫老。四承二，伤弟飘零。五已不能往，六句弟不能来。

闻汝依山寺，杭州定越州。风尘淹别日，江汉失清秋。影着啼猿树，魂飘结蜃楼。明年下春水，东尽白云求。第二句，在杭呢，在越呢？三、四方乱而别，无心对秋景也。五，己所在，己之肠欲断。六，弟所在，弟之迹渺茫也。

示　弟　（唐）许　浑

自尔出门去，泪痕长满衣。家贫为客早，路远得书稀。文字何人赏，烟波几日归？秋风正摇落，孤雁又南飞。

（宋）范晞文：人知许浑七言，不知许五言亦自成一家……全篇如《示

弟》……措思削词皆可法。余则珠联玉映,尤未易遍述也。〇老杜《得弟信》诗云"浪传乌鹊喜,深负鹡鸰诗"。……别之则云"数杯巫峡酒,百丈内江船"。又止于尽忆别之意,未尝用事也。亦何害其不为忆弟,别弟之诗。其他与子侄之诗亦然。近因举许浑《示弟》诗,有云"家贫为客早,路远得书稀"。或谓不见示弟之意,不足为佳;似未尝读杜诗也。——《对床夜话》

(清)陆次云:至性至情,谁谓晚唐中不有老杜?——《五朝诗善鸣集》

(清)马位:"君问归期未有期……"全不似玉溪生手笔。"自尔出门去……"亦不类丁卯作。二诗皆妙绝,通人真无所不可也。——《秋窗随笔》

(清)屈复:许丁卯本典丽笔,此诗骨肉情怀,真情恳挚,一字一泪,与他作如出两手,古人不可测也。——《唐诗成法》

寄校书校书郎为唐代官职名。七兄　(唐)李　冶(女)

无事乌程县,蹉跎岁月余。不知芸阁芸阁为朝廷藏书之所。芸阁吏指校书郎。吏,寂寞竟何如?远水浮仙棹,寒星伴使车。因过大雷指雷池,在安徽望江县。自乌程上京,经过雷池。岸,莫忘八行书。鲍照受临川王征召,由建业赴江州,途经雷池写下著名的《登大雷岸与妹书》。诗人以鲍照之妹鲍令辉自比。

(明)高棅:吴逸一评:"口吻神韵,文房诸君如何对付?"——《唐诗正声》

(明)胡应麟:薛奇童"梨苑春风起",全篇典丽精工,王摩诘无以加。李季兰"远水浮仙棹"二语幽闲和适,孟浩然莫能过。宁可以妇人、童子忽之?——《诗薮》

(明)周敬等:吴山民曰,何物女子,有此词意两致语!〇周敬曰:五、六用事入化。〇前四句叙阔别之情,因其淹留,想及寂寞也;后四句,致怀念之殷,冀其使便,无忘裁答。按:季兰与刘文房辈联社乌程,故有此寄。末盖以明远之妹自居也。——《唐诗选脉会通评林》

(明)邢昉:工炼造极,绝无追琢之迹。——《唐风定》

(清)王夫之:托意远、神情密,平缓而有沉酣之趣。班、蔡之后,惟此为足当诗,鲍令辉、沈满愿犹妆阁物耳。——《唐诗评选》

送舍弟 (唐)严 维

疏懒吾成性,才华尔自强。早称眉最白,何事绶仍黄。时暑嗟于迈,家贫念聚粮。只应宵梦里,诗兴属池塘。

喜外弟卢纶见宿 (唐)司空曙

静夜四无邻,荒居旧业贫。雨中黄叶树,灯下白头人。以我独沉久,愧君相见频。平生自有分,况是蔡家亲。《晋书·羊祜传》:"祜,蔡邕外孙。"又曰:"祜讨吴贼有功,将进爵,乞以赐舅子蔡袭。"又《博物志》:"蔡伯绍母,袁公妹,耀卿姑也。"

(宋)范晞文:诗人发兴造语,往往不约而合。如"雨中山果落,灯下草虫鸣",王维也。"树初黄叶日,人欲白头时",乐天也。司空曙有云"雨中黄叶树,灯下白头人",句法王而意参白,然诗家不以为袭也。——《对床夜语》

(明)谢榛:韦苏州曰"窗里人将老,门前树已秋"。白乐天曰"树初黄叶日,人欲白头时"。司空曙曰"雨中黄叶树,灯下白头人"。三诗同一机杼,司空曙为优,善状目前之景,无限凄感,见乎言表。〇又:晚唐人多用虚字,若司空曙"以我独沉久,愧君相见频"……此皆一句一意,虽瘦而健,虽粗而雅。——《四溟诗话》

寒食寄京师诸弟 (唐)韦应物

雨中禁火空斋冷,江上流莺独坐听。把酒看花想诸

弟，杜陵寒食草青青。

(清)黄叔灿：此诗情味不减"遍插茱萸少一人"诗也。王诗粘，韦诗脱，各极其致。——《唐诗笺注》

送太常萧博士萧俛。弃官归养赴东都

原注：时元兄(指萧俛)罢相为少师，仲兄(俛之弟杰)为郎官，并分司洛邑。

(唐)刘禹锡

兄弟尽鸳鸾，归心切问安。贪荣五彩服，用老莱子事。遂挂两梁冠。《旧唐书·舆服志》："三品以上三梁冠，五品以上两梁冠。"侍膳曾调鼎，循陔读该，平声。《诗·大雅·南陔》："循彼南陔，言采其兰。眷恋庭闱，心不遑安。"李善注：循陔以采香草者将以供养其父母。按：陔为阶砌。更握兰。从今别君后，长向德星看。

过衡山见新花开却寄弟　(唐)柳宗元

故国名园久别离，今朝楚树发南枝。晴天归路好相逐，正是峰前回雁时。言鸿雁尚能于归路相逐而兄弟分离欲归不得也。

别舍弟宗一　(唐)柳宗元

零落残魂倍黯然，双垂别泪越江边。一身去国六千里，万死投荒十二年。桂岭瘴来云似墨，洞庭春尽水如天。欲知此后相思梦，长在荆门郢树烟。姚曰："结句自应用'边'

字，避上而用‘烟’字。”高步瀛按：“郢树边”太平凡，即不与上复，恐非子原所用，转不如“烟”字神远。

(宋)周紫芝：此诗可谓妙绝一世，但梦中安能见“郢树烟”？“烟”字只当用“边”字，盖前有江边故耳。不然当改云“欲知此后相思处，望断荆门郢树边”。如此却似稳当。——《竹坡诗话》

(元)方回：此乃到柳州后，其弟归汉、郢间，作此为别。“投荒十二年”其句哀矣。然自取之也。为太守尚怨如此，非大富贵不满愿，亦躁矣哉！——《瀛奎律髓汇评》

(明)周敬等：陈彝曰：次联真悲真痛，不觉其浅。○林瑜曰：宋人话有极可笑者，谓“梦中安能见烟树”，此真与痴人说梦耳？梦非实事，“烟”正其梦境模糊，欲见不可，以寓其相思之恨耳，岂闻是耶？——《唐诗选脉会通评林》

(清)杨逢春：一总摄全神作提笔，二点题。——《唐诗绎》

(清)薛雪：别手足诗，辞直而意哀，最为可法。观此一首，无出其右。——《一瓢诗话》

(清)何焯：五、六起下梦不到。落句用韩非子、张敏事。——《瀛奎律髓汇评》

(清)纪昀：语意浑成而真切，至今传颂口熟，仍不觉其滥。○“烟”字趁韵。——同上

(清)许印芳：语意真切，他人不能勦袭，故得历久不滥。末句“烟”字当是“边”字，因与次句重复，故改之。然或改次句以就末句，或改末句以就次句，皆宜更易词语，方能使两句完好，乃不肯割爱，但改重复之字，牵一“烟”字凑句，此临文苟且之过也。末数语深文曲笔，全是诬罔古人，故晓岚抹之。——同上

自河南经乱，关内阻饥，兄弟离散各在一处。因望月有感，聊书所怀，寄上浮梁大兄，于潜七兄，乌江十五兄，兼示符离及下邽弟妹　（唐）白居易

时难年荒世业空，弟兄羁旅各西东。田园寥落干戈后，骨肉游离道路中。吊影分为千里雁，辞根散作九秋蓬。共看明月应垂泪，一夜乡心五处同。

（清）杨逢春：末二折到望月，一语总摄，笔有余情。——《唐诗绎》

（清）胡以梅：诗之上界，直叙流离之苦。五、六佳，雁行本兄弟事，用得自然，"辞根"、"九秋"皆沉着。——《唐诗贯珠》

示弟　（唐）李　贺

别弟三年后，还家一日余。醁醽左思《吴都赋》："飞轻轩而酌醁醽。"注：醁醽，酒名。今夕酒，缃帙去时书。病骨犹能在，人间底事无。何须问牛马，抛掷任枭卢。

（明）黄淳耀：率。平易似不出贺手。〇冲淡拙率尤贺之佳处。〇黎简曰：拙率为佳，佳处恐未然。——《李长吉集》

（清）姚文燮：此应举失意归日也。碌碌三年，未尝欢饮。今夕兄弟之乐，当何如之？挟策无成，空囊返里，犹是出门时篇帙。病骨幸存，骨肉欢聚而生计复尔茫然。功名成败，颠倒英雄，主司去取，一任其意，又何异于抛掷枭卢耶？——《昌谷集注》

赠舍弟　(唐)杨　牢

秦云蜀浪两堪愁，尔养晨昏我远游。千里客心难寄梦，两行乡泪为君流。早驱风雨知龙圣，饥食鱼虾觉虎羞。袖里莫邪光似水，丈夫不合等闲休。

怀汶阳兄弟　(唐)刘　沧

回看云岭思茫茫，几处关河隔汶阳。书信经年乡国远，弟兄无力海田荒。天高霜月砧声苦，风满寒林木叶黄。终日路歧归未得，秋来空羡雁成行。

清平乐　(五代)李　煜

别来春半，触目柔肠断。砌下落梅如雪乱，拂了一身还满。　　雁来音信无凭。路遥归梦难成。离恨恰如春草，更行更远还生。李后主煜其七弟从善入宋为人质，久不得归。后主思之深切。此词暗用谢灵运思其弟惠连事。灵运夜梦其弟惠连，遂成“池塘生春草”千古名句。

(明)卓人月：徐士俊云，末二句从杜诗“江草唤愁生”句来。——《古今词统》

(明)沈际飞：是“恨如芳草，刬尽还生”稿子。——《草堂诗余续集》

(清)谭献：“泪眼问花花不语，乱红飞过秋千去”与此同妙。——《谭评词辨》

(清)陈廷焯：欧阳公“离愁渐远渐无穷”二语，从此脱胎。——《云韶集》

(近代)俞陛云:上段言愁之欲去仍来,犹雪花之拂了又满;下段言人之愈离愈远,犹草之更远还生,皆加倍写出离愁。且借花草取喻以渲染词句,更见婉妙。六一词之“行人更在青山外”,东坡诗之“但见乌帽出复没”,皆言极目征人,直至天尽处,与此词春草句,俱善状离情之深挚者。——《唐五代两宋词选释》

寄子京子京即宋祁,庠之弟也。　　(北宋)宋　庠

八年三郡驾朱轮,更忝鸿枢对国钧。原注:为郡八年,荣愿已息,朝恩念旧,复假相印管内枢,然思归之心已忉怛矣。老去师丹多忘事,少来之武不如人。车中顾马空能数,海上逢鸥想见亲。惟有弟兄亲隐者,共将耕凿报尧仁。

(元)方回:是时士大夫风俗浑厚,如元宪名德,后岂易及?此诗三、四绝佳,世所称者。——《瀛奎律髓汇评》

(清)冯舒:委婉润泽。——同上

(清)冯班:颔联似东坡语。——同上

(清)纪昀:语却深致。——同上

(清)许印芳:“忘”读去声。七句语既不佳,“亲”字又与六句犯复,因为易作“何日夷山寻旧隐”。——同上

示四妹　　(北宋)王安石

孟光求婿得梁鸿,庑下相随不讳穷。卓荦才名今日事,萧条门巷古人风。五噫尚与时多忤,一笑兼忘我屡空。六月尘沙不相贷,泫然搔首又西东。

寄阙下诸父兄兼示平甫兄弟　(北宋)王安石

父兄为学众人知，小弟文章亦自奇。家世到今宜有后，士才如此岂无时。久闻阳羡溪山好，颇与渊明性分宜。但愿一门皆贵仕，时将车马过茅茨。

示长安君　(北宋)王安石

少年离别意非轻，老去相逢亦怆情。草草杯盘供笑语，昏昏灯火话平生。自怜湖海三年隔，又作尘沙万里行。欲问后期何日是，寄书应见雁南征。王安石大妹名文淑，工部侍郎张奎之妻，封长安县君。〇宋仁宗嘉祐五年(1060)王安石使辽时作。

(清)纪昀：李雁湖注此诗，恐是使北时作。长安君，公妹也。〇三、四好。——《瀛奎律髓汇评》

(清)许印芳：情真格老，举止大方，绝似中唐人。——同上

寄张剑州并示女弟　(北宋)王安石

剑阁天梯万里寒，春风此日白衣冠。自注：时张以太夫人丧，自剑州归。乌辞反哺颠毛黑，鸟引思归口血丹。行路想君今瘠瘦，相逢添我老悲酸。浮云渺渺吹西去，每到原头勒马看。

寄张氏女弟　（北宋）王安石

十年江海别常轻，岂料今随寡嫂行。心折向谁论宿昔，魂来空复梦平生。音容想像犹如昨，岁月萧条忽已更。知汝此悲还似我，欲为西望泪先横。

和子由渑池渑读免，上声。渑池在河南。怀旧　（北宋）苏轼

人生到处知何似，应似飞鸿踏雪泥。泥上偶然留指爪，鸿飞那复计东西。老僧已死成新塔，坏壁无由见旧题。往日崎岖还记否，路长人困蹇驴嘶。纪昀云："前四句单行入律，唐人旧格；而意境恣逸，则东坡之本色。"〇苏辙《怀渑池寄子瞻兄》诗："相携话别郑原上，共道长途怕雪泥。归期还寻大梁陌，行人已度古崤西。曾为县吏民知否，归宿僧房壁共题。遥想独游佳味少，无言骓马但鸣嘶。"

送三姊之鄂州　（北宋）张耒

兄弟分飞各一方，老来分袂苦多伤。两行别泪江湖远，五月征车歧路长。休叹伯鸾甘寂寞，所欣杨恽好文章。原注：甥克一苦为诗。北归会有相逢地，只恐尘埃鬓易苍。

（元）方回：此即文潜之姊。甥克一能文，故有五、六一联，用事极佳。——《瀛奎律髓汇评》

（清）纪昀：姊已见题，甥已见注，此评赘。诗亦真切，结尤浑厚。——同上

(清)无名氏(甲):杨恽,太史公外孙。——同上

(清)许印芳:首联"分"字既复,意亦合掌,且末句方恐鬓苍,何遽言老?愚并改之,首联易作"少日离群各一方,中年分袂意多伤"。○"好"去声。——同上

秋日怀弟　(明)谢　榛

生涯怜汝自樵苏,时序惊心尚道途。别后几年儿女大,望中千里弟兄孤。秋天落木愁多少,夜雨残灯梦有无。遥想故园挥涕泪,况闻寒雁下江湖。

对月答子浚怀诸兄弟作　(明)皇甫汸

南北何如汉二京,南京老三、河南洛阳老四。迢迢吴越两乡情。吴,苏州老大,越,浙江老二。谢家楼上疑用谢灵运《池上楼》怀其弟谢惠连事。清秋月,分作关山几处明。在明代的诗坛上有被誉为"皇甫四杰"者。大哥皇甫冲字子浚,从故乡苏州寄给老三皇甫汸,怀念远在浙江的二哥皇甫涍和在北方的四弟皇甫濂。兄弟四人在仕途上都不如意。老大三十岁中举人后,屡试不第,在故乡,忍看头发逐渐变白。二哥在京为官多年,却又因"改官有私"被谪广平通判,后迁仕浙江佥事。老三因揭发武定侯郭勋的弄权舞弊,贬为黄州推官后迁任南京稽勋郎中,四弟中进士最晚,仍谪在北方,任河南布政司理问。

舍弟彝鉴远访东瓯喜而有作　(清)朱彝尊

急难逢令弟,令,善也,美也。《诗·小雅·角弓》:此令兄弟,绰绰有裕,不令兄弟,交相为瘉。郑玄笺:"令,善也。"此令弟犹言贤弟。访我自江东。顿喜羁愁豁,兼闻道路通。晴江空翠里,春草乱山中。知汝

南来日，西陵定遇风。彝尊以魏耕之狱，欲走海上，后闻事解，乃有此作。

赠文子武子兄弟 （清）沈受弘

高堂自昔梦熊迟，兄弟俄看竞爽姿。门户已能承阀阅，文章且复擅裘箕。陈群再世论交日，谢傅平生感旧时。记得荷衣迎客拜，双泉松竹始生枝。其园后曰双泉草堂。

北行留别舍弟大云 （清）陈沆

十年车马逐风尘，今日辞家又暮春。仗尔多才能养母，怜予此去尚依人。逢迎自愧无奇策，出处须知不辱身。长路艰难休在念，客中生计未嫌贫。此诗初看似平淡无奇，细绎之，章法甚密。“辞家”二字领起三、四，“尚”字与“又”字呼应。第五句顶第四句，第六句“出处”二字，绾合三、四。第七句“长路艰难”顶出；“在念”顶“处”，融成一气，便不觉。一结漾开。全首脉络灵活，情真语挚，自是名作。

五、亲 戚

送族侄式颜 （唐）高适

惜君才未遇，爱君才若此。世上五百年，《孟子·公孙丑》：

“五百年必有王者兴。”谓正逢盛世也。吾家一千里。俱游帝城下，忽在梁园里。我今行山东，离忧不能已。

示侄佐　　（唐）杜　甫

多病秋风落，君来慰眼前。自闻茅屋趣，只想竹林眠。满谷山云起，侵篱涧水悬。嗣宗诸子侄，早觉仲容贤。阮籍字嗣宗，咸字仲容，籍之侄。

李监宅二首（其一）　　（唐）杜　甫

尚觉王孙贵，豪家意颇浓。屏开金孔雀，褥隐绣芙蓉。且食双鱼美，谁看异味重。门阑多喜气，女婿近乘龙。

题柏大兄弟柏学士之侄。山居屋壁二首

（唐）杜　甫

叔父朱门贵，郎中玉树高。山居精典籍，文雅涉风骚。江汉终吾老，云林得尔曹。哀弦绕白雪，未与俗人操。

野屋流寒水，山篱带薄云。静应连虎穴，喧已去人群。笔架沾窗雨，书签映隙曛。萧萧千里足，个个五花文。

寄姨妹　　(唐)王蕴秀(女)

相国已随麟阁贵,家风第一右丞诗。笄年解笑鸣机妇,耻见苏秦富贵时。作者为元载之妻,载曾为相。

送王牧往吉州谒王使君叔　　(唐)李嘉祐

细草绿汀洲,王孙奈薄游。年华初冠带,文体旧弓裘。《礼记》:"良弓之子必学为箕,良冶之子必学为裘。"野渡花争发,春塘水乱流。使君怜小阮,李白诗:"我家小阮贤,剖竹赤城边。"小阮咸,籍之侄。应念倚门愁。《战国策》:"王孙贾年十五、事齐闵王,王出走,失王之处。其母曰:'汝朝出而晚来,我倚门而望,汝暮出而不还,则吾倚闾而望。今汝事王,王出走,汝不知其处,汝尚何归。'"

(清)沈德潜:天然名秀,当时称其齐梁风格,不虚也。——《唐诗别裁集》

(清)王闿运:(五、六)二句与题无干,别是写景佳句。——《手批唐诗选》

小岁日,喜谈氏外孙女孩满月　　(唐)白居易

今旦夫妻喜,他人岂得知。自嗟生女晚,敢讶见孙迟。物以稀为贵,情因老更慈。新年逢吉日,满月乞名时。原注,因名引珠。桂燎熏花果,兰汤洗玉肌。怀中有可抱,何必是男儿。

谈氏外孙生三日，喜是男，偶吟成篇，兼戏呈梦得

(唐)白居易

玉牙珠颗小男儿，罗荐兰汤浴罢时。芣苢春来盈女手，梧桐老去长孙枝。庆传媒氏燕先贺，喜报谈家乌预知。明日贫翁具鸡黍，应须酬赛引雏诗。原注：前年谈氏外孙女初生，梦得有贺诗云"从此引鹓雏"。今幸是男，前言似有征，故云。

寄内兄和州崔员外十二韵　(唐)杜　牧

历阳崔太守，何日不含情。恩义同钟李，埙篪读勋池，皆平声。埙和篪皆古代乐器，二者合奏时声音相应和，因以此比喻兄弟亲密和睦。《诗·小雅》："伯氏吹埙，仲氏吹篪。"实弟兄。光尘能混合，擘画最分明。台阁仁贤誉，闺门孝友声。西方象教毁，南海绣衣行。金橐宁回顾，珠篁肯一枨。枨读城，平声。触动也。只宜裁密诏，何自取专城。进退无非道，徊翔必有名。好风初婉软，离思苦萦盈！金马旧游贵，桐庐春水生。雨侵寒牖梦，梅引冻醪倾。共祝中兴主，高歌唱太平。

与同年李定言曲水闲话戏作　(唐)李商隐

海燕参差沟水流，同君身世属离忧。此二句说自己与李都因游宦，以致和家室分离。"海燕"比夫妇。沈佺期《古意》："海燕双栖玳瑁梁。""沟水"见卓文君《白头吟》："今日斗酒会，明旦沟水头。躞蹀御沟上，沟水东西流。"相携花下

非秦赘，对泣春天类楚囚。三、四言：彼此抑抑，并不是身为赘婿；因风尘落托，倒有些像楚囚。李定言与李商隐同为王茂元之婿。○“春天”谓万物皆春而身独憔悴。以上四句与李定言共同之处，共同感受。碧草暗侵穿苑路，珠帘不卷枕江楼。此二句就曲水之荒凉景像来慨叹时事。曲江有芙蓉苑等。莫惊五胜埋香骨，地下伤春亦白头。五胜，水也。《汉书·律历志》：“秦兼天下，……亦颇推五胜，而自以为获水德。”注：五行相胜，秦以周为火，用水胜之。“埋香骨”指西施沉江。其时李商隐丧妻（王氏）。言地如有知也会和你我一样，头都愁白了。

赠外孙　（北宋）王安石

南山新长凤凰雏，眉目分明画不如。年少从他爱梨栗，长成须读五车马。

小　姑　（北宋）王安石

小姑未嫁与兰支，何恨流传乐府诗。初学水仙骑赤鲤，竟寻山鬼从文狸。缤纷云襹空棠棍，绰约烟鬟独桂旗。弄玉有祠终或往，飞琼无梦故难知。

送千之侄西归　（北宋）苏　辙

京洛东游岁月深，相逢初喜解微吟。梦中助我生池草，别后同谁隐竹林。文字承家怜汝在，风流似舅慰人心。便将格律传诸弟，王谢诸人无古今。

同世弼韵作寄伯氏在济南兼呈六舅祠部

(北宋)黄庭坚

山光扫黛水挼蓝，闻说樽前惬笑谈。伯氏清修如舅氏，济南萧洒似江南。屡陪风月干吟笔，不解笙簧醉舞衫。只恐使君乘传乘传，犹今之公车也。去，拾遗今日是前衔。

按：世弼，王纯亮，作者妹夫。伯氏作者之兄大临，字元明。六舅李常字公择。使君指李公择。乘传，公车，指调离。拾遗，谏官，李公择曾为右正言。故云前衔。

寄外舅郭大夫　(北宋)陈师道

巴蜀通归使，妻孥且旧居。深知报消息，不敢问何如。身健何妨远，情亲未肯疏。功名欺老病，泪尽数行书。

送杨补之赴鄂州支使　(北宋)张　耒

相逢顾我尚童儿，二十年来鬓有丝。涕泪两家同患难，光阴一半属分离。扁舟又作江湖别，千里长悬梦寐思。何日粗酬身世了，卜邻耕钓老追随。

(元)方回：此文潜姊夫也。——《瀛奎律髓汇评》

(清)冯舒：太袭。——同上

(清)纪昀：三、四沉痛，情真语切，诗人之笔。——同上

次韵家叔　(南宋)陈与义

衮衮诸公车马尘,先生孤唱发《阳春》。黄花不负秋风意,白发空随世事新。闭户读书真得计,载肴从学岂无人。只应又被支郎汉末、三国时支谦及晋代高僧支遁,皆称支郎。此疑泛指僧人。笑,从者依然困在陈。

(元)方回:自是一种高格英风。——《瀛奎律髓汇评》

(清)纪昀:冯氏抹"支郎"二字,可谓千虑一失矣,此非僻事也。按:指冯班。——同上

(清)无名氏(甲):以"肴"代"酒"但求叶声,未妥。按:扬雄家贫,时有好事者载酒肴从游学。——同上

寄新息家叔　(南宋)陈与义

风雨淮西梦,危魂费九升。潘安仁《寡妇赋》"神一夕而九升。"一官遮日手,杜牧《途中绝句》:惆怅江湖钓竿手,却遮西日向长安。两地读书灯。见客深藏舌,吟诗不负丞。韩愈《蓝田丞壁记》:崔斯立丞兹邑,叹曰:"官无卑,顾才不足以塞职。既噤,不得施用。余不负丞,而丞负余。"对树二松,日哦其间。竹林虽有约,门户要人兴。夏侯玄见乐广,谓其父曰:"可令专学,必能兴卿门户。"

跋外祖存诚子帖　(南宋)陈与义

乱眼龙蛇起平陆,前身羲献已黄墟。黄墟,犹黄泉。白居易《狂歌辞》云:"焉用黄墟下,珠衾玉匣为?"客来空认袁公额,《南史·王筠传》:

“沈约见筠，以为似其外祖袁粲，谓仆射张稷曰：‘五郎非为额类袁公，其风韵都欲相似。’”泪尽惭无杨恽书。杨恽，司马迁外孙。著有《答孙会宗书》。

外家南寺原注：在至孝社，予儿时读书处也。

(金)元好问

郁郁秋梧动晚烟，一庭风露觉秋偏。眼中高岸移深谷，《诗·小雅·十月之交》：“高岸为谷，深谷为陵。”愁里斜阳更乱蝉。去国衣冠有今日，外家梨栗记当年。白头来往人间遍，依旧僧窗借榻眠。

赠答郝经伯常，伯常之大父予少日从之学科举

(金)元好问

故家珠玉自成渊，重觉英灵赋予偏。文阵自怜吾已老，名场谁与子争先。撑肠正有五千卷，苏轼诗：“不用撑肠拄，文字五千卷。”下笔须论二百年。谢朓长于五言诗，沈约见到他的作品说：二百年无此作也。见《南齐书》。莫把青春等闲了，蔡邕书籍待渠传。蔡邕王粲事见《三国志》。

浣溪沙·外家种德堂作者幼年过继给叔父元格，叔母张氏娘家系书香门第，以孝德称誉乡里。外祖有“种德堂”。

(金)元好问

墙外桑麻雨露深，堂前桃李有新阴。高门因见古人心。高门句见《汉书·于定国传》“于公闾门坏，父老方共治之。”于公谓曰：“少高大

门间，令容驷马高盖车。我治狱多阴德，子孙必有兴者。”三世读书无白屋，一经教子胜黄金。小雏先与唤琼林。琼林为启蒙读本。如《幼学琼林》、《玉藻琼林》、《琼林会要》等。

赠侄贡友初 (元)贡师泰

嗣宗诸侄仲容贤，客路飘零雪满颠。曾为颂椒留子美，却思戏蜡爱僧虔。十年湖海三杯酒，百里溪山一钓船。何日兵戈得休息，敬亭春雨共归田。

题南楼却扇图赠吴山尊妹婿三首 (清)孙星衍

广乐声中翠烛然，荆钗出拜画堂前。料量嫁事分清俸，不抵长安卖赋钱。

一夕争传萧史来，婿乡难得有仙才。他年泗上寻遗迹，便指南楼作凤台。

沛上春波处处生，送君千里到蓬瀛。画眉莫费凌云笔，天子临轩问长卿。

（六）释道

一、僧　尼

题大禹寺义公禅房　（唐）孟浩然

义公习禅寂，结构依空林。户外一峰秀，阶前万壑深。夕阳连雨足，空翠落庭阴。看取莲花净，方知不染心。

（明）袁宏道：秀语可餐。——《唐诗训解》

（清）王夫之：五、六为襄阳绝唱，必如此乃耐吟咏。一结入套，依然山人本色。——《唐诗评选》

（清）张谦宜："夕阳连雨足，空翠落庭阴。"惟其"连雨"，是以"空翠"欲落，形对待而意侧注。——《茧斋诗谈》

陪李侍御访聪上人禅居　（唐）孟浩然

欣逢柏台友，共谒聪公禅。石室无人到，绳床见虎眠。阴崖常抱雪，枯涧为生泉。出处虽云异，同欢在法筵。

过乘如禅师萧居士嵩丘兰若　（唐）王　维

无著天亲无著、天亲皆菩萨名。天亲与其兄无著同为古印度大乘佛教瑜伽行派理论体系的主要建立者。○此处指乘如禅师与萧居士。弟与兄，嵩丘兰若一峰晴。食随鸣磬巢乌下，行踏空林落叶声。迸水定侵香案湿，雨花应共石床平。深洞长松何所有，俨然天竺天竺为古印度别称。古先生。道教称老子西至天竺为佛，号古先生。参见《后汉书·襄楷传》及《南史·顾欢传》。

（清）朱之荆：起用一菩萨，一居士，唤出二人，接即离开，且写其所居之地。三、四又承写二句，言我来此惟见落叶满林，巢乌下食，则其兰若之孤高，人迹所不到，可以意想也。五、六写禅师，七、八写居士，方与起句相接。而叙事处亦是写景，章法之开合，笔墨之神化，皆登无上神品矣。——《增订唐诗摘钞》

（清）方东树：起贴乘如、居士二人。次破兰若。三、四写上人居此，境味警策入妙。五、六人地合写。收作赞美叹羡。——《昭昧詹言》

谒真谛寺禅师　（唐）杜　甫

兰若山高处，烟霞障几重。冻泉依细石，晴雪落长松。问法看诗妄，观身向酒慵。未能割妻子，卜宅近前峰。

（元）方回：凡诗只如此作自伶俐。前四句景，而起句为题目；后四句情，而结句有合杀。——《瀛奎律髓汇评》

（清）纪昀：亦不必如此说定。第四句生动，胜出句。五、六二句已逗晚唐。结用周颙事无迹。——同上

(清)无名氏(乙):次句以禅譬之,可谓入佛。——同上

因许八奉寄江宁旻上人　(唐)杜　甫

不见旻公三十年,封书寄与泪潺湲。旧来好事今能否,老去新诗谁与传。棋局动随幽涧竹,袈裟忆上泛湖船。闻君话我为官在,头白昏昏只醉眠。

(元)方回:看前辈诗,不专于景上观,当于无景言情处观。——《瀛奎律髓汇评》

(清)纪昀:虚谷此评,对晚唐装点言之,不为无见。然诗家之妙,情景交融。必欲无景言情,又是一重滞相。一气单行,清而不弱。此后山诸人之衣钵,为少陵嫡派者也。然少陵无所不有,此其一体耳。——同上

(清)查慎行:律中松快之调,亦自老杜创辟。——同上

(清)何焯:三十年相隔,何所不有,只访生死,问存没耳。一"在"字收转"泪潺湲"意足。——同上

(清)吴星叟:只写问讯之语,飞动满纸,与苦忆荆州作同。后人便以流便短之,非也。——同上

(清)许印芳:"与"字复。——同上

赠朗公　(唐)耿　沣

来自西天竺,持经奉紫微。年深梵语变,行苦俗人归。月上安禅久,苔深出院稀。梁间有驯鸽,下去为无机。

怀 归 （唐）僧皎然

一坐西林寺，从来未下山。不因寻长者，无事到人间。宿雨愁为客，寒衣笑未还。空怀旧山月，童子念经闲。

（元）方回：杼山皎然诗意句律平淡。及识颜真卿，交韦应物。天宝大历间人。皎然字清昼，谢灵运十世孙，居杼山，湖州人。真卿为湖州刺史，皎然为其著论。——《瀛奎律髓汇评》

（清）纪昀：吐属清稳，不失雅音。——同上

妓人出家 （唐）杨郇伯

尽出花钿与四邻，云鬟剪落厌残春。暂惊风烛难留世，便是莲花不染身。贝叶欲翻迷锦字，梵声初学误梁尘。从今艳色归空后，湘浦应无解佩人。

（清）金人瑞：尽出花钿者，剪落云鬟也；剪落云鬟者，心厌残春也。“残春”，“残”字妙！已识尽春滋味矣，亦有限春滋味矣！三、四便是如来一切种智语，所谓放下屠刀，立地成佛也（前四句下）。〇五、六在唐人本是佳句，近今乃纯作此言，便成恶道。〇云何是唐人佳句？盖言积习既久，新力未充，切恐常时业相发现也。七、八因更勉之，言出家乃是大丈夫之事，断头沥血，便请长辞，毋更留恋为佳也。云何是近今恶道？如贝叶与锦字，梵声与梁尘，专取两误，以为巧妙，于是乃至一题作数十首不自依也（后四句下）。——《贯华堂选批唐才子诗》

（清）马位：岐王宫有侍儿出家为比丘尼者，张公嵇仲赋诗云：“六尺轻罗染曲尘，金莲稳步衬湘裙。从今不入襄王梦，剪尽巫山一朵云。”不及杨郇伯《妓人出家诗》“贝叶欲翻迷锦字，梵声初落误梁尘”二句工妙。——《秋窗随笔》

贻小尼师　　(唐)王　建

新剃青头发,生来未扫眉。身轻礼拜稳,心慢记经迟。唤起犹侵晓,催斋已过时。春晴阶下立,私地弄花枝。

送定法师归蜀,法师即红楼院供养广宣上人兄弟

(唐)杨巨源

凤城初日照红楼,禁寺公卿识惠休。诗引棣花沾一雨,经分贝叶向双流。孤猿学定前山夕,远雁伤离几地秋。空性碧云无处所,约公曾许剡溪游。

广宣上人频见过　　(唐)韩　愈

三百六旬长扰扰,不冲风雨即尘埃。久为朝士无裨补,空愧高僧数往来。学道穷年何所得,吟诗竟日不能回。天寒古寺游人少,红叶窗前有几堆?

(元)方回:老杜诗无人敢议。"穿花蛱蝶深深见,点水蜻蜓款款飞",程夫子以为不然。自齐、梁、陈、隋以来,专于风、花、雪、月、草、木、禽、鸟,组织绘画,无一句雅淡,至唐犹未尽革。而晚唐诗料,于琴、棋、僧、鹤、茶、酒、竹、石等物,无一篇不犯。昌黎大手笔也。此诗中四句却只如此枯槁平易,不用事,不状景,不泥物,是可以非诗訾之乎?此体惟后山有之,惟赵昌父有之,学者不可不知也。〇观题意似恶此僧往来太频,即红楼院应制诗僧

也。——《瀛奎律髓汇评》

(清)纪昀：方批，"自齐、梁、陈、隋以来……无一句雅淡，至唐犹未尽革。"此种皆谬为大言。〇方批云："昌黎大手笔也，此诗中四句却只如此枯槁平易，不用事，不状景，不泥物，是可以非诗訾之乎?"琴棋等物却有之。〇末二句是讥其终日不归，此评甚确。〇昌黎不尽如是，大手笔亦不尽如是也。此种议论，似高而谬。循此以往，上者以枯淡文空疏，下者方言俚语，插科打诨，无不入诗；才高者轶为野调，才弱者流为空腔。万弊丛生，皆"江西派"为之作俑，学者不可不辨之。——同上

(清)何焯：自叹碌碌费时，不能立功立事，即有一日之闲，徒与诸僧酬唱，究何益乎？言外讥切此僧忘却本来面目，扰扰红尘，役役声气，未知及早回头，不顾年光之抛掷也。——同上

读禅经　(唐)白居易

须知诸相皆非相，若住无余却有余。言下忘言一时了，梦中说梦两重虚。空花岂得兼求果，阳焰如何更觅鱼。摄动是禅禅是动，不禅不动即如如。

(元)方回：游戏三昧，不可以诗律拘。佛语"阳焰"者，谓远地日光，如见水然。以对"空花"，与梦幻、泡影譬喻一同。——《瀛奎律髓汇评》

(清)纪昀：此是野调，不得谓之游戏。竟是偈颂，何以为诗？——同上

(清)冯班：妙。——同上

(清)无名氏(甲)：佛经云"如如不动"。又云"性相如如，常住不迁，名曰道传"。是本言不动，而白公又翻得巧耳。——同上

广宣上人寄在蜀与韦令公韦皋。唱和诗卷，因以令公手札答诗示之　(唐)刘禹锡

碧云佳句"日暮碧云合，佳人殊未来"，高僧汤惠休诗也。久传芳，曾

向成都住草堂。振锡常过长者宅，披文犹带令公香。一时风景添诗思，读去声。八部人天入道场。若许相期同结社，吾家本自有柴桑。瞿蜕园按：谓白莲社中之刘遗民也。刘曾与陶渊明、东林寺主持慧远等结为白莲社。〇《唐诗纪事》：广宣会昌间有诗名，与刘梦得最善。……退之有《广宣上人频见过》诗云"三百六旬长扰扰……"时召许上人居安国寺红楼，以诗供奉。乐天有诗云："道林谈论惠休诗，一到人天便作师。香积筵承紫泥诏，昭阳歌唱碧云词。红楼许住请银钥，翠辇陪行踏玉墀。惆怅甘泉频侍从，与君先后不同时。"李益《赠宣大师》云："一国沙弥独解诗，人人道胜惠休师。先皇诏下征还日，今上龙飞入内时。看月忆来松寺宿，寻花思作杏溪期。论因佛地求心地，只说常吟是住持。"当时文士与广宣往还者不少，其广通声气，追逐势利，亦可想见。《唐两京城坊考》："大安国寺有红楼，睿宗在藩时舞榭，元和中，广宣上人住此院，有诗名。时号为《红楼集》。"

送无可上人　(唐)贾　岛

圭峰霁色新，送此草堂人。麈尾同离寺，蛩鸣暂别亲。独行潭底影，数息树边身。终有烟霞约，天台作近邻。

(元)方回：五、六绝唱。——《瀛奎律髓汇评》

(清)冯舒：腹联奇句。——同上

(清)冯班：长江用思极苦，然出语自远。李洞、曹松之流，虽有新警，词多露骨为不及矣。——同上

(清)纪昀：第四句费解。〇浪仙于五、六句下自志一绝云："两句三年得，一吟两泪流。知音如不赏，归卧故山秋。"盖生平得意之语。初读似率易，细玩之，果有幽致。——同上

(清)许印芳：纪批云第四句太费解，故为易作"蛩鸣亦怆神"。——同上

送贺兰上人　(唐)贾　岛

野僧来别我，略坐傍泉沙。远道擎空钵，深山踏落

花。无师禅自解，有格句堪夸。此去非缘事，孤云不定家。

（清）冯班：次联好。——《瀛奎律髓汇评》

（清）纪昀：三、四天然清远，惜六句鄙浅。——同上

（清）许印芳：三、四极佳。〇原本前后有病，愚为易之。原本起句太率，下句太凑，易作"野僧心在野，行脚是生涯"。原本六句，纪批云太鄙浅，易作"得句俗争夸"。原本七句意与八句不贯，皆疵类也，易作"此去终何适"。——同上

送僧 （唐）僧无可

四海无拘系，行心兴自浓。百年三事衲，万里一枝筇。夜减当晴影，春消过雪踪。《重订中晚唐主客图》：二句从乃兄"独行潭底影"翻出。白云深处去，知宿在何峰。

（元）方回：第五句最高绝。日晴有影为伴，至夜则又减去，言其孤之极也。为僧不孤，又恶乎可？——《瀛奎律髓汇评》

（清）纪昀：以为高绝，谬甚。如虚谷所解，此句直谓之迂拙可也。次句不佳。——同上

送赞律师归嵩山 （唐）僧无可

禅意归心急，山深定易安。清贫修道苦，孝友别家难。雪路寻溪转，花宫映岳看。到时孤塔暮，松月向人寒。

(元)方回:为僧以清苦为事,是也。然孝友之天性犹在,则别家亦难。所谓出家者,何其忍然弃骨肉耶?存此诗以见予志。——《瀛奎律髓汇评》

(清)纪昀:欲戒人之为僧,以自附于道学也。然著书立说,何所不可,而必存诗以见志耶?"禅意归心"四字连用不妥。——同上

(清)冯班:次联妙。——同上

宿冽上人房　(唐)徐　凝

浮生不定若蓬飘,林下真僧偶见招。觉后始知身是梦,更闻寒雨滴芭蕉。

寄清凉寺僧　(唐)温庭筠

石路无尘竹径开,昔年曾伴戴颙来。戴颙事见《南史》。窗间半偈闻钟后,松下残棋送客回。帘向玉峰藏夜雪,砌临兰水长秋苔。白莲社里如相问,为说游人是姓雷。按:作者自夸是庐山雷次宗也。

奉寄安国大师兼简子蒙　(唐)李商隐

忆奉莲花座,兼闻贝叶经。岩光分蜡屐,上了蜡的木屐。涧响入铜瓶。僧人盛水用。日下徒推鹤,《晋书·陆云列传》:"陆云与荀隐素未相识,尝会张华坐。华曰:'今日相遇,可勿为常谈。'云因抗手曰:'云间陆士龙。'隐曰:'日下荀鸣鹤。'"鸣鹤,隐字也。天涯正对萤。车胤家贫,集萤火照书夜读,事见《晋书·车胤列传》。鱼山羡曹植,《异苑》:"陈思王(曹植)尝登鱼山,忽闻岩岫里有诵经声,清遒深亮,远谷流响,不觉敛襟祗听,便效而则之,今梵唱皆植依拟

所造。”卷属佛家称亲属为“眷属”。有文星。释道源注：“子蒙必安国俗家眷属，故以曹植拟之。”

忆住一师 （唐）李商隐

无事经年别远公，慧远名僧。帝城钟晓忆西峰。炉烟消尽寒灯晦，童子开门雪满松。

华　师 （唐）李商隐

孤鹤不睡云无心，衲衣筇杖来西林。院门昼锁回廊静，秋日当阶柿叶阴。叶葱奇《疏注》云：这是走访不遇所作。上二句说华师暂来寄住于此，下二句描绘他外出后，院中的幽静，相念之情孕含于中。

明禅师院酬从兄见寄 （唐）李商隐

贞吝嫌兹世，会心驰本原。明禅师厌恶世上善恶无标准，于是趋向本心清净之地。《周易》用“贞吉”和“悔吝”作一对反义词。贞，正也；吝，忧虑，悔恨也。本原，谓本来的心。“会心”谓心中领会。《世说新语》：“简文（司马昱）入华林园顾左右曰：‘会心处不必在远。’”人非四禅缚，说他对佛经确有妙悟。《楞严经》：一切苦恼所不能逼，名为初禅；一切忧悬所不能逼，名为二禅；身心安稳得无量乐，名为三禅；一切诸苦乐境所不能动，有所得心，功用纯熟，名为四禅。○《维摩诘经》：“贪着禅味，是为菩萨缚。”地绝一尘喧。禅院之境地清静。霜露歌高木，写景，比人生短暂。星河压故园。就景以表达思乡。故乡远在天边，银河将落时像压在其上。斯游傥为胜，九折幸回轩。《汉书·王尊列传》：迁益州刺史。先是琅琊王阳为益州刺史，行部至邛郲九折阪，叹曰：“奉先人遗体，奈何数乘此险。”后以病去。及尊为刺史，至其阪，问吏曰：“此非王阳所畏道耶？”吏对曰：“是。”尊叱其驭曰：“驱之，王

阳为孝子，王尊为忠臣。"○诗二句言：不如早归心禅寂，不必在宦途上驰驱了。

送臻师二首　（唐）李商隐

昔去灵山非拂席，拂席见《法华经》。今来沧海欲求珠。求珠见《譬喻经》。楞迦顶上清凉地，善眼仙人忆我无。善眼仙人见《楞迦经》。

苦海迷途去未因，东方过此几微尘。《法华经》："假使有人磨以为墨，过于东方千国土，乃下一点大如微尘，又过千国土复下一点，如是展转尽地种墨，是诸佛土。"何当百亿莲花上，一一莲花见佛身。《大般涅槃经》："世尊放大光明，身上一一毛孔，出一莲花，其华微妙，各具千叶，是诸莲花，各出种种杂色光明，是一一华，各有一佛，圆光一寻，金色晃耀，微妙端严，尔时众生，多所利益。"

题白石莲花寄楚公　（唐）李商隐

白石莲花谁所供，六时常捧佛前灯。空庭苔藓饶霜露，时梦西山老病僧。大海龙宫无限地，诸天雁塔几多层。漫夸鹙子真罗汉，不会牛车是上乘。按：《妙法莲花经》云，有龙女年始八岁，已发道意，辨才无碍。鹙子疑其胡得有是？尔时，龙女即以手珠从宝塔前疾上于佛，佛便受之。龙女因顾问鹙子："一上一受，是事疾邪？"答曰："甚疾。"龙女笑言："以汝神力，观我成佛，又疾于是。"遂往南方无垢世界，忽然之间，成等正觉。

赠南岳僧　（唐）李　远

曾住衡阳岳寺边，门开江水与云连。数州城郭藏寒树，一片风帆著远天。猿啸不离行道处，客来皆到卧床前。今朝惆怅红尘里，惟忆闲陪尽日眠。一片坦然，无人无物，无我无彼，直是至今思之，犹疑高眠未起也。

寄石桥僧　（唐）项 斯

逢师入山日，道在石桥边。别后何人见，秋来几处蝉。溪中云隔寺，夜半雪一作"雨"。添泉。生有天台约，知无却出缘。

（元）方回：五、六佳。——《瀛奎律髓汇评》

（清）纪昀：不及三、四。前六句极洒脱，惟结二句拙而浅。〇秋不应"雪"，"雨"字为是。——同上

（清）何焯：次联淡远。——同上

寒夜同袭美访北禅院寂上人　（唐）陆龟蒙

月楼风殿静沉沉，披拂霜华访道林。鸟在寒枝栖影动，人依古堞坐禅深。明时尚阻青云步，半夜犹追白石吟。自是海边鸥伴侣，不劳金偈更降心。月楼者月色在楼，风殿者风声满殿，只四字已是二子不得不访也。

寄赠诗僧秀公　（唐）司空图

灵一心传清塞心，可公吟后楚公吟。近来雅道相亲少，惟仰吾师所得深。好句未停无暇日，旧山归老有东林。冷曹孤宦甘寥落，多谢携筇数访寻。

赠　僧　（唐）李　洞

不羡王公与贵人，惟将云鹤自相亲。闲来石上观流水，欲写禅衣未有尘。

次韵秀上人长安寺居言怀　（唐）郑　谷

旧斋松老别多年，香社人稀丧乱间。出寺只如趋内殿，闭门长似在深山。秀上人即文季，南僧也。居长安，曾以文章应制。卧听秦树秋钟断，吟荆江夕鸟还。惟恐兴来飞锡去，老郎无路更追攀。

重访黄神谷策禅者　（唐）郑　谷

初尘芸阁辞禅阁，却访支郎是老郎。我趣转卑师趣静，数峰秋雪一炉香。费长房《历代三宝记》：三国时月支国僧支谦，人称"支郎服中黄，形躯虽细是智囊"。后以支郎代僧人也。

访建阳马驿僧亚齐　（五代）翁承赞

萧萧风雨建阳溪，溪畔维舟访亚齐。一轴新诗剑潭北，十年旧识华山西。吟魂惜向江村老，空性元知世路迷。应笑乘轺青琐客，此时无暇听猿啼。此系作者使福州至剑浦县见旧识僧亚齐时作。

怀齐己上人　（五代）僧昙域

鬓髯秋景两苍苍，独对茅斋一炷香。病后身心俱淡泊，老来朋友半凋伤。峨嵋山色侵云直，巫峡滩声入夜长。犹喜深交有支遁，时时音信到松房。

早春阙下寄观公　（北宋）僧希昼

客心长念隐，早晚得书招。看月前期阻，论山静会遥。微阳生远道，残雪下中宵。坐看青门柳，依依又结条。

（清）纪昀：此首亦不减随州，非武功辈所可并论。——《瀛奎律髓汇评》
（清）许印芳："看"字复。——同上

酬赠梦真上人　（北宋）僧行肇

禅舍因吟往，晴来坐彻宵。春通三径晚，家别九江遥。巢重禽初宿，窗明叶旋飘。住期应未定，谢守有诗招。原注：青社凌使君以诗见招。

（元）方回：五、六何以圈？见静极之味也。——《瀛奎律髓汇评》
（清）冯舒：第五是奇句。——同上
（清）纪昀：五、六亦是涩体，而妙不琐屑。——同上

送僧南归　（北宋）僧简长

渐老念乡国，先归独羡君。吴山全接汉，江树半藏云。振锡林烟断，添瓶涧月分，重栖上方定，孤狖雪中闻。

(元)方回：简长，九僧之王。第六句绝妙。——《瀛奎律髓汇评》

(清)纪昀：妙在巧而不纤。中四句虽雕琢而成，而一气流出，不见凑合之迹。——同上

(清)冯舒：首句送归。——同上

(清)许印芳："狖"音又。——同上

送思齐上人之宣城　（北宋）林　逋

林岭蔼春辉，程程入翠微。泉声落坐石，花气上行衣。诗正情怀淡，禅高语论稀。萧闲水西寺，驻锡莫忘归。

(元)方回：和靖于僧徒交游良多，如《送机素》云"锡润飞晴霭，罗寒滤晓澌"。下一句新奇。《寄清晓》云"树丛归夕鸟，湖影浸寒城"，尤妙不可言。宜其隐于湖山，而名闻天下，彻九重垂百世也。胸次笔端，两相扶竖如此。——《瀛奎律髓汇评》

(清)纪昀：虚谷云"名闻天下，彻九重"，见地殊陋。情韵亦佳。〇"正"字意是而字不稳。——同上

次韵定慧钦长老见寄　（北宋）苏　轼

左角看破楚，南柯闻长滕。钩帘归乳燕，穴纸出痴

蝇。为鼠常留饭，怜蛾不点灯。崎岖真可笑，我是小乘僧。

（元）方回：左角以言争，故以破楚系之。南柯以言荣，故言长滕系之。如本山谷句法，亦老杜句法。“厉阶董狐笔，祸首燧人氏”是也。至山谷演而为“管城子无食肉相，孔方兄有绝交书”，则其工极矣。此只论句法。〇中四句“燕”、“蝇”、“鼠”、“蛾”，皆悯世之迷，为作方便之意。然区区如此，亦小乘所为，非上乘也。守钦自苏州遣其徒卓契顺如惠州，寄《拟寒山》八诗，坡公和之。第一首似律，故取诸此。坡材大，于小诗余事耳。——《瀛奎律髓汇评》

（清）冯舒：说到山谷，便如蛆之恋粪，蜣之转丸，嗜病逐臭，不足道也。〇方批云“亦老杜句法”。大不然。方批引“厉阶董狐笔，祸首燧人氏”二句，文理直甚。方批云“至山谷演而为‘管城子无食肉相，孔方兄有绝交书’，则其工极矣”。丑甚。——同上

（清）冯班：妄谈。〇方批云“左角以言争，故以破楚系之。南柯以言荣，故言长滕系之”。只言藤蚁斗耳，何曾如此。——同上

（清）纪昀：所引杜、黄两联，与此句法俱不同，殊为附会。——同上

赠清凉寺和长老　（北宋）苏　轼

代北初辞没马尘，《古乐府》胡沙没马足。〇作者言其自定州来也。江南来见卧云人。问禅不契前三语，《广清凉传》：“大历中，释无着至五台山，见一寺，问僧：‘此处众有几何？’答曰：‘前三三，后三三。’无着无对。僧曰：‘既不解，速须引去。’”施佛空留丈六身。老去山林徒梦想，雨余钟鼓更清新。会须一洗黄茅瘴，“南海黄茅瘴，不死成和尚。”用《五代史》徐彦若事。未用深藏白氎巾。

赠诗僧道通　(北宋)苏　轼

雄豪而妙苦而腴,只有琴聪与蜜殊。钱塘僧思聪善琴。安州僧仲殊,好诗,常啖蜜。语带烟霞从古少,气含蔬笋到公无。《石林诗话》:近世僧学诗者极多,皆无超然自得之趣,往往掇拾摹仿士大夫所残弃。又自作一种体,格律尤俗,谓之酸馅气。子瞻诗云:"语带烟霞从古少,气含蔬笋到公无。"尝语人云:"颇解蔬笋语否?"为无酸馅气也。闻者无不失笑。香林乍喜闻薝卜,古井惟愁断辘轳。为报韩公莫轻许,从今岛可是诗奴。岛为贾岛,可则可明也。所谓诗奴,则杜牧《李贺诗集序》所谓"奴仆命骚"意也。

是日宿水陆寺,寄北山清顺僧二首

(北宋)苏　轼

草没河堤雨暗村,寺藏修竹不知门。拾薪煮药怜僧病,扫地焚香净客魂。农事未休侵小雪,佛灯初上报黄昏。年来渐识幽居味,思与高人对榻论。

长嫌钟鼓聒湖山,此境萧条却自然。乞食绕村真为饱,无言对客本非禅。披榛觅路冲泥入,洗足关门听雨眠。遥想后身穷贾岛,夜寒应耸作诗肩。

赠治易僧智周　(北宋)苏　轼

寒窗孤坐冻生瓶,尚把遗编照露萤。阁束九师新得妙,梦吞三画旧通灵。断弦挂壁知音丧,挥麈空山乱石听。斋罢何须更临水，胸中自有洗心经。《易·系辞上》：圣人以此洗心，退藏于密。

南歌子　　(北宋)苏　轼

师唱谁家曲，宗风嗣阿谁？借君拍板与门槌。皆乐器。我也逢场作戏，莫相疑。　　溪女方偷眼，山僧莫眨眉。却愁弥勒下生迟。傅幹注："释氏有当来下生弥勒佛，言百千万亿劫后，阎浮世界复散为虚空，则弥勒佛乃当下生时也。"不见老婆三五、少年时。王定保《唐摭言》："薛监(逢)晚年厄于宦途，尝策羸赴朝，值新进士榜下，缀行而出……见逢行李萧条，前导曰：'回避新郎君！'逢輾然，即遣一介语之曰：'报道莫贫相！阿婆三五少年时，也曾东涂西抹来。'"

(宋)胡仔：《冷斋夜话》云，东坡镇钱塘，无日不在西湖。尝携妓谒大通禅师，师愠形于色。东坡作长短句，令妓歌之曰"师唱谁家曲(略)"。时有僧仲殊在苏州，闻而和之曰："解舞清平乐，如今说向谁？红炉片雪上钳锤。打就金毛狮子，也堪疑。　木女明开眼，泥人暗皱眉。蟠桃已是着花迟，不向春风一笑待何时。"——《苕溪渔隐丛话》

(明)田汝成：大通禅师者，操律高洁，人非斋沐，不敢登堂。东坡一日挟妙伎谒之，大通愠形于色。公乃作《南歌子》一首，令妙伎歌之，大通亦为解颐。公曰："今日参破老禅矣。"——《杭州游览志余》

赠惠洪　　(北宋)黄庭坚

数面欣羊胛，论诗喜雉膏。眼横湘水暮，云献楚山高。堕我玉麈尾，乞君宫锦袍。月清放舟舫，万里渺云涛。

(元)方回：山谷谪宜州，洪觉范在长沙岳麓寺曾见山谷，于是伪作山谷七言赠诗，所谓气爽绝类徐师川者。予于《名僧诗话》已详辩其事。此诗亦恐非山谷作。山谷乙酉年死于宜州，觉范始年三十五岁，撰此诗以惑众，而山谷甥洪氏误信为然，故收之云。五、六虽壮丽，恐非山谷语，意浅。——《瀛奎律髓汇评》

(清)查慎行："羊胛"出《唐书·回纥传》。骨利幹部昼长夜短，日入烹羊胛，熟，东方已明，盖近日出处也。"雉膏"出《易·鼎卦》，《臆乘》云"雉膏不食，云美也"，《说文》云"未戴角曰膏"，用事如此，终觉艰涩少味。——同上

(清)纪昀：却似山谷笔墨。虚谷所云，恐不免爱憎之见。——同上

(清)无名氏(甲)：羊背、雉油，自喻其美，但造句未善。——同上

(清)许印芳："云"字复。"乞"去声，与也。——同上

渔家傲　(北宋)黄庭坚

三十年来无孔窍，几回得眼还迷照。一见桃花参学了。普济《五灯会元》载："灵云在沩山见桃花而悟道，作偈云：'三十年来寻剑客，几回落叶又抽枝。自从一见桃花后，直到如今更不疑。'"按：佛家所谓"剑"是慧剑，指智慧。呈法要。无弦琴上单于调。　摘叶寻枝虚半老，拈花特地重年少。今后水云人欲晓。非玄妙。灵云合被桃花笑。

赠尼昧上人　(北宋)僧惠洪

不着包头绢，能披坏衲衣。愧无灌溪辨，敢对末山机。未肯题红叶，终期老翠微。余今倦行役，投杖梦烟霏。

(元)方回：大愚法嗣端州末山尼了然禅师，有灌溪闲和尚者来，山问，"今日离何处？"曰："路口山。"曰："何不盖却？"闲乃礼拜，问："如何是末山？"山曰："非男女相。"闲乃喝曰："何不变去？"山曰："不是神，不是鬼，变个什

么?”闲于是伏应,作园头三载。觉范用此事。然“红叶”之句又似侮之,末句有欲炙之色,女人出家,终何益哉?——《瀛奎律髓汇评》

(清)冯舒:论诗说不到此,方君真钝汉。——同上

(清)冯班:腹联句俗,下贱。——同上

(清)纪昀:鄙恶之极,不以诗论。——同上

浪淘沙　(北宋)僧惠洪

城里久偷闲,尘浣云衫。此身已是再眠蚕。隔岸有山归去好,万壑千岩。　　霜晓更凭栏,减尽晴岚。微云生处是茅庵。试问此生谁作伴?弥勒同龛。

(宋)胡仔:《冷斋夜话》云,予留南昌,久而忘归,独行无侣,意绪萧然。偶登秋屏阁望西山,于是浩然有归志。作长短句寄意。其词曰“城里久偷闲(略)”。——《苕溪渔隐丛话》

浣溪沙·别成上人并送性禅师　(南宋)辛弃疾

梅子熟时到几回,桃花开后不须猜。重来松竹意徘徊。　　惯听禽声浑可谱,饱观鱼阵已能排。晚云挟雨唤归来。

自　咏　(明)僧读彻

翦尺杖头挑宝志,山河掌上见图澄。休将白帽街头卖,道衍终为未了情。

苍梧云盖寺访无可上人原注:上人即方密之太史也。

(清)施闰章

精舍萧疏山路斜,高人解组即袈裟。沧桑痛苦无知地,江海流篱不见家。云暗苍梧飞锡杖,梦归秋浦泛仙槎。与君坐对成今古,尝尽冰泉旧井茶。

书吴尼御符扇御符,吴尼之名。

(清)毛奇龄

不信才观廿,幡然去普陀。传衣真是锦,剪发尚如螺。贝叶箱中簿,莲花水面多。阿潘方学道,相待洛桥波。

和书吴尼御符扇二首　(清)徐昭华(女)

前身本灵照,开口即弥陀。乞食施山鸟,装香在海螺。乡程云外近,别恳晚来多。试看千江月,徐徐出绿波。

几欲还慈室,无缘款跋陀。毫分眉际彩,掌合指头螺。赠拂留狮尾,缁经度贝多。龙宫有神女,何处不凌波。

送尼诗 (清)徐昭华(女)

芙蓉曲岸散红霞,送客江边疏柳斜。兰桨行时飞花雨,锦茵铺处布金沙。乘杯欲渡吴阊水,拂尘曾开镃曲花。一自水田相顾去,何年重把绿袈裟。

花朝晴示僧道楷 (清)查慎行

初日烘云碎作霞,讨春人竞出江涯。老来不喜间桃李,别约山僧看菜花。查为仁云:此诗与魏野所作"城里争看城外花,独来城里访僧家。殷勤觅得新钻火,为我旋烹岳麓茶",意相似。

南 屏僧正岩,号豁堂,浙江余杭人,住南屏净慈寺。 (清)陆繁弨

上人蒙难谓处于艰险之境,非死难也。后,而我亦余生。不为浮名误,焉知出世情。晴岚开晓色,寒鸟变春声。若许陶潜醉,相随入化城。《易·明夷》:"内文明而外柔顺,以蒙大难,文王以之。"谓处于艰险之境也。最后谓上人如慧远允许渊明饮酒,相随学道也。

戏题小尼姑下山 (清)钱陈群

三寸黄冠绾碧丝,装成十六女沙弥。无情最是长眉佛,诉尽春愁总不知。

将往扬州阻风宏济寺赠默默上人四首

(清)袁　枚

入门修竹倚风翔，下界芦花九点凉。海内云烟留胜迹，朝中人物聚文章。江流万古山僧老，潮打空城草木荒。半偈未留篷又转，禅关回首正斜阳。

何须撒手问悬崖，仙佛原须绝代才。石幕势吞高殿起，江帆影射画堂开。阻风莫怅前程缓，失路方能福地来。累我一官尘几寸，朝衫今日点苍苔。

上方九十老支公，炼得容颜瘦鹤同。谒我但参鸠仗送，送人偏过虎溪东。诵经音韵江声里，入定神光水气中。三万六千回日落，问师亲见几回红。

拾级攀梯不惮遥，公然耳目到云霄。舟中夜夜东西笛，江上年年早晚潮。满壁诗人多聚散，六朝老树半萧条。空桑争道无留恋，何计扬州驻短桡。

题报国寺慧真和尚游春图二首

(清)刘铭传

桃花如锦草如茵，一杖逍遥物外身。春色万山仗谁管，神仙多半出家人。

踏青携杖到云岑，绕涧穿林缓步行。山水多情常供佛，不教春色动禅心。

赠却尘三首原注：却尘，女尼名。　　（清）无名氏

闲叩禅关访素娥，醮坛药院覆松萝。一庭薝卜迎人落，满壁图书献佛多。作赋我应惭宋玉，拈花卿合伴维摩。尘心到此都消尽，细味前缘总是魔。

旧传奔月数嫦娥，今叩云房锁绿萝。才调玄机应不让，风怀孙绰觉偏多。谁参半分优婆塞，待悟三乘阿笈摩。何日伊蒲同设馔，清凉世界遣诗魔。

群花榜上笑痕多，梓里云房此日过。君自怜才留好句，我曾击节听高歌。清音远托伽山竹，冷艳低牵茅屋萝。点缀秋光篱下菊，尽将游思付禅魔。

二、寺　塔

滍湖山寺　　（唐）张　说

空山寂历道心生，虚谷迢遥野鸟声。禅室从来尘外

赏,香台岂是世中情。云间东岭千重出,树里南湖一片明。若使巢由同此意,不将萝薜易簪缨。

(明)叶羲昂:五、六写景妙,结亦深。——《唐诗直解》

(明)袁宏道:从境中画出景来,善描写。——《唐诗训解》

(明)李沂:此燕公初谪宦时作,绝无怨尤之意,而和平恬澹如此,可觇公之器量。——《唐诗援》

(清)黄叔灿:道心因寂历而生,鸟声以虚谷而传,二语已有绝尘物外景色,故下接"禅室"二语。三联补写湖山,真如一幅图画。落句言巢由有意逃名,若使同此欣赏,亦决不以"萝薜易簪缨"也。——《唐诗笺注》

(清)毛张健:钱、刘清润之品,实本诸此。必以时代先后强画界分,盖未识其源流相接耳,如于宝中王、岑、高、李诸作,即大历之先声也("云间东岭"二句下)。——《唐体余编》

宿立公房　(唐)孟浩然

支遁初求道,深山笑买山。何如石岩趣,自入户庭间。苔涧春泉满,萝轩夜月闲。能令许玄度,吟卧不知还。《世说新语》:"支道林因人就深公买印山,深公笑曰:'未闻巢由买山而隐。'"

(宋)刘辰翁:起处用事得好,固宜不经人道。三、四句亦自在有味。——《王孟诗评》

(清)卢𬊤、王溥:五、六着"苔"、"萝"二字增致。结承第六来,有致足登。〇又云:亦是浅淡中作小致者,无此则败蜡矣。〇邹古愚曰:起二用反入,三、四转掉,一往情深,耽人嚼咊。——《闻鹤轩初盛唐近体读本》

与张折冲游耆阇寺 (唐)孟浩然

释子弥天秀，将军武库才。横行塞北尽，独步汉南来。贝叶传金口，山楼作赋开。因君振嘉藻，江楚气雄哉！《晋书·习凿齿传》载，释道安与习凿齿相见，道安曰："弥天释道安。"凿齿曰："四海习凿齿。"

题融公兰若 (唐)孟浩然

精舍买金开，流泉绕砌回。芰荷薰讲席，松柏映香台。法雨晴飞去，天花昼下来。谈玄殊未已，归骑夕阳催。

(明)周珽：孟诗每似不经思轻口吐出，古意淡韵，人自罕及。此篇极美兰若建置幽胜，兼赞融公道法灵通，语调稍艳，而丰骨超逸。即"法雨晴飞去"句更奇越，也如选载脍炙人口，高华清峭，出人意表，不胜殚述。刘会孟评其如访梅问柳，偏入古寺，与韦苏州意趣虽相似，然入处不同。善哉，千古知己。——《唐诗选脉会通评林》

(清)冯班：但见其妙，无可形容矣。——《瀛奎律髓汇评》

(清)纪昀：语虽平近，尚有初唐意味。——同上

(清)许印芳："若"音"惹"。释氏所居，由官造或官赐题额者为寺，私造者为招提，为兰若。——同上

晚春题远上人南亭 (唐)孟浩然

给园支遁隐，虚寂养闲和。春晚群木秀，关关黄鸟歌。林栖居士竹，池养右军鹅。炎月北窗下，清风期

再过。

宿莹公禅房闻梵　(唐)李　颀

花宫仙梵远微微，月隐高城钟漏稀。夜动霜林惊落叶，晓闻天籁发清机。萧条已入寒空静，飒沓仍随秋雨飞。始觉浮生无住着，顿令心地欲皈依。

(明)周敬等：写梵之乍鸣乍寂，若无若有，灵妙，非深于禅理者说不出。从闲有悟之作。——《唐诗选脉会通评林》

(清)金人瑞：只起句"远微微"三字实写，已下悉用揣测成文，奇绝，妙绝！犹言此何声耶？为是钟，为是漏？论此时，月落城阴，即钟漏已歇。然则霜叶耶，抑天风耶？若在夜动，则或霜叶，今自晓闻，恐是天风。凡写三七二十一字悉不写梵，而梵之妙谛已尽(前四句下)。〇妙绝，妙绝！此天然是闻梵，天然不是闻歌。今后纵有妙笔再欲拟作，任是髯枯血竭，亦终作得闻歌，决作不出闻梵也。"萧条已入"，妙！便是过去法过去。"飒沓仍随"，妙！便是现在法无住。此为亲眼现见三世三心了不可得，又安能不生无所住心(后四句下)？——《贯华堂选批唐才子诗》

(清)刘邦彦：深浑清绝，字字入禅，七言律中求可敌此者，指不多屈。——《唐诗归折衷》

(清)王士禛：开后人咏物之体例。——《唐贤三昧集笺注》

题璿公山池　(唐)李　颀

远公遁迹庐山岑，开士幽居祇树林。片石孤峰窥色相，清池皓月照禅心。指挥如意天花落，坐卧闲房春草深。此外俗尘都不染，惟余玄度得相寻。

(明)周珽:新乡(李颀曾任新乡尉,故称)《山池》、《闻梵》二诗,维摩之朗悟,楞迦之幽深,狎入笔端,可于禅经诸子中分鼎足。——《唐诗选脉会通评林》

(清)金人瑞:此借远公当璿公也。一是从世间遁入山中,二是从山中开出精舍。三“色相”句,着“片石孤云”,妙!石亦不常,云亦不断,若问色相,色相如是。四“禅心”句,着“清池皓月”,妙!月亦不一、池亦不异,若问禅心,禅心如是。诚能是,则遁迹可,开山又可。设不然,则遁迹不应又开山,开山便是不遁迹也。三写山,四写池(前四句下)。〇“指挥如意”,写璿公动相也。“坐卧闲房”写璿公静相也。七句“此”字,正指满房落花,绕床深草,言璿公面前只许尔许,其外更无杂色人闯得一个入来,所以深表己之为一色人也(后四句下)。——《贯华堂选批唐才子诗》

山　寺　　(唐)杜　甫

野寺残僧少,山园细路高。麝香眠石竹,鹦鹉啄金桃。乱水通人过,悬崖置屋牢。上方重阁晚,百里见纤毫。

(元)方回:五、六新异,末句开阔。——《瀛奎律髓汇评》

(清)冯舒:野寺僧少,自然路细。〇第三句是衬语,第七句“山寺”。——同上

(清)何焯:六句细写,结忽宕开。——同上

(清)纪昀:对起而势极耸拔,仍有单入之势。三、四稍丽而不缛。五、六势须作散笔,再一装点便冗。七、八除却拓开,再无结法。——同上

(清)无名氏(乙):琢练极工,而出之若无意,所以难到。〇劲力透在一“牢”字。——同上

上兜率寺　　(唐)杜　甫

兜率知名寺,真如会法堂。江山有巴蜀,栋宇自齐梁。庾信哀虽久,何颙何颙,东汉人,但无好佛名。疑是周颙之误。好不忘。白牛车释家"三车"谓鹿车、牛车、羊车。远近,且欲上慈航。

(宋)叶少蕴:诗人以一字为工,世固知之。惟老杜变化开阖,出奇无穷,殆不可以形迹捕。如"江山有巴蜀,栋宇自齐梁",远近数千里,上下数百年,只在"有"与"自"两字间,而吞纳山川之气,俯仰古今之怀,皆见于言外。——《石林诗话》

(元)方回:此寺栋宇自齐、梁至今,则所用"自"字决不可易,亦既工矣。江山有巴蜀,"有"字亦决不可易,则不应换平声字,却将"巴"字作平声一拗,如"诗应有神助","吾得及春游"亦是。——《瀛奎律髓汇评》

(清)冯舒:俱不是。——同上

(清)纪昀:此单拗法。单拗者,本句三、四平仄互换也,惟用于出句,不用于对句。此乃巴蜀,"巴"字不可易,以"有"字拗之耳,下说非是。——同上

(清)无名氏(乙):用虚字作句中眼。三、四俯仰形胜,上下今古,只在一两字中。于此可悟炼字之法。——同上

宿赞公房　　(唐)杜　甫

杖锡邵注:"杖锡,禅家以锡为仗也。释氏称游行僧为飞锡,安住僧为挂锡。"何来此,秋风已飒然。雨荒深院菊,霜倒半池莲。《镜铨》:"是秋日僧房景。"放逐宁违性?虚空不离禅。《镜铨》:"言诸事久已悟彻,当不以迁谪动心。"相逢成夜宿,陇月向人圆。《镜铨》:"便打一禅语作结。浦起龙云:此同病相怜之作也。有惊愕意,有赞意,有聊相慰藉意,无怨意。"

(元)方回：赞公谪居秦州，即在长安贼中时。大云寺长老也。尝有四诗。宿其房，今又于陇郡相逢也。乾元二年己亥四十八年矣。——《瀛奎律髓汇评》

(清)钱湘灵：首句起下谪置之案。——同上

(清)查慎行：赞公世外人，乃复撄世网，故诗中多感叹意。——同上

(清)何焯：末句应“来此”。——同上

(清)纪昀：结得轻妙。——同上

(清)无名氏(乙)：苍凉矫健，是公独步。——同上

题玄武禅师屋壁　(唐)杜　甫

何年顾虎头，满壁画沧洲。赤日石林气，青天江水流。锡飞常近鹤，杯渡不惊鸥。似得庐山路，直随惠远游。

(元)方回：此是题诗于所画之壁，皆指画而赋之。曰“锡飞”、曰“杯渡”，皆画中事也。“似得庐山路”而“真随惠远游”，亦言画也。——《瀛奎律髓汇评》

(清)纪昀：二句乃分顶上山水，借僧家典故点缀寺壁，非画中实有二事。——同上

(清)冯舒：若大历以还，决以画结。此诗亦同结到画，却潇洒摆脱，不可及也。——同上

(清)何焯：落句结到题者。——同上

(清)无名氏(乙)：奇杰，辟风气。——同上

上牛头寺　(唐)杜　甫

青山意不尽，衮衮上牛头。无复能拘碍，真成浪出

游。花浓春寺静，竹细野池幽。何处莺啼切，移时独未休。

(元)方回：后四句工丽清婉。——《瀛奎律髓汇评》

(清)冯舒：结得变换。——同上

(清)纪昀：三、四申足"意不尽"三字。"花浓"句入神，对句不及。——同上

(清)许印芳：结亦回应首句，纪批尚未道及。——同上

巳上人吴曾《漫录》：唐诗多以僧为上人。按《摩诃般若经》云：佛言若菩萨一心行阿耨菩提心不散乱，是名上人。**茅斋**　　(唐)杜　甫

巳公茅屋下，可以赋新诗。枕簟读上声"垫"。竹席也。入林僻，茶瓜留客迟。江莲摇白羽，白羽扇也。天棘疑是天门冬。《抱朴子》及《博物志》皆云：天门冬一名颠棘。蔡梦弼曰：天与颠，声相近也。蔓青丝。空忝许询辈，难酬支遁词。《世说新语》：支遁、许询共在会稽王斋，支遁为法师，许为都讲。《高僧传》：支遁讲《维摩经》，遁通一义，询无以厝难；询设一难，遁亦不能复通。巳公亦是能诗者，"可以赋"两人并提，与结呼应。中四句为两人助发诗兴处。〇蒋云：五、六是诗意，亦是禅机，即用起下。

(元)方回："入"字当平而仄，"留"字当仄而平，"许"、"支"二字亦然。间或出此，诗更峭健。又"入"字、"留"字乃诗句之眼，与"摇"、"蔓"字同，如必不可依平仄，则拗用之，尤佳巨。如"云散灌坛雨，春青彭泽田"亦是。——《瀛奎律髓汇评》

(清)冯舒：诸注俱梦。落句是旧法。——同上

(清)纪昀：此论双拗法是。——同上

涪城县香积寺官阁　（唐）杜　甫

寺下春江深不流，山腰官阁迥添愁。含风翠壁孤云细，背日丹枫万木稠。小院回廊春寂寂，浴凫飞鹭晚悠悠。诸天合在藤萝外，昏黑应须到上头。

（元）方回：老杜七言律，晚唐人无之。凡学诗，五言律可晚唐，只如七言律，不可不老杜也。——《瀛奎律髓汇评》

（清）查慎行：予谓五律亦宜学杜。——同上

（清）纪昀：盛唐、晚唐各有佳处，各有其不佳处。必谓五律当学某，七律当学某，说定板法，便是英雄欺人。"壁"与"云"是两物，"枫"与"木"却是一物，此二句铢两不称，语亦近于冗塞。〇五、六就句作对，故为慢调，又自一种。然不及"落花游丝白日静，鸣鸠乳燕青春深"也。——同上

（清）许印芳：此论明通。——同上

（清）何焯：先说寺下涪江，次联说寺上石壁，结出山腰意。"小院"句正叙官阁，又叙下之凫鹭，上之藤萝，盖无一句不切山腰也。——同上

（清）仇兆鳌：诗作三层看，便明。山下有江，山腰有阁，山上有寺也。轻风散云则渐细，落日映枫则更稠，此从一淡一浓对说。"寂寂"境地之幽，"悠悠"物性之闲。——《杜诗详注》

（清）浦起龙：三、四从阁仰视；五、六就阁边写。春天"丹枫"反照映之故赤，着一"背"字，晚景可想。傍晚就阁盘桓，结联透后，有不尽之致。——《读杜心解》

题荐福寺衡岳禅师房　（唐）韩　翃

春城乞食还，高论此中闲。僧腊阶前树，禅心江上山。疏帘看雪卷，深户映花关。晚送门人去，钟声杳霭间。

(元)方回:第三句最佳,五、六近套,尾句乃有味也。——《瀛奎律髓汇评》

(明)周敬等:象外之趣,色外之艳,读之使人神远。非深于佛理,谁能道只语。——《唐诗选脉会通评林》

(清)黄生:起句着"禅师",次句着"房"字。三、四又着"师",五、六又着"房"。结云云,既与师相别,但闻钟声杳霭,而其空遂远矣,此亦暗暗双绾。人知此诗风致韶秀,而不知其章法之紧密也。——《唐诗摘钞》

(清)屈复:通篇总发"此中闲"三字。"花"字正应"春城","雪"字反应"春城","钟声"又反应"闲"字也。"山"、"树"写寺,"帘"、"户"写禅房,非复也。——《唐诗成法》

(清)吴瑞荣:开端真甚老甚。"僧腊"一联,情外情,景外景,百思难道。——《唐诗笺要》

(清)冯舒:如此结尚是开宝。——《瀛奎律髓汇评》

(清)冯班:三胜四,人多不解。第三联亦未为工。——同上

(清)纪昀:三、四微有俗韵,不及五、六。——同上

经废宝庆寺　(唐)司空曙

黄叶前朝寺,无僧寒殿开。池晴龟出曝,松暝鹤飞回。古砌碑横草,阴廊画杂苔。禅宫亦消歇,尘世转堪哀。

(元)方回:此必武宗废寺之后有此诗。句句工,尾句尤不露。——《瀛奎律髓汇评》

(清)冯舒:首联"经废"。——同上

(清)何焯:此假废寺以寓天宝之乱后,两都禾黍,百姓虫沙。落句即仲宣之七哀也。——同上

(清)纪昀:六句如画。结拓开,好。——同上

题慈恩寺塔 （唐）章八元

十层突兀在虚空，四十门开面面风。却怪鸟飞平地上，自惊人语半天中。回梯暗踏如穿洞，绝顶初攀似出笼。落日凤城佳气合，满城春树雨蒙蒙。

题僧院 （唐）僧灵一

虎溪闲月引相过，带雪松枝挂薜萝。无限青山行欲尽，白云深处老僧多。

（明）袁宏道：（首）二句，分明画出。——《唐诗训解》

（清）唐汝询："老僧多"三字亦好。○又曰："语不入禅而有禅韵；是僧诗，非悟道僧。"○闲月引行，松萝带雪，景何幽也；山云应接，禅隐众多，境何胜也；总见僧院之雅僻。——《唐诗选脉会通评林》

西郊兰若 （唐）羊士谔

云天宜北户，塔庙似西方。林下僧无事，江清日复长。石泉盈掬冷，山实满枝香。寂寞传心印，玄言亦已忘。

（元）方回：五、六有夏间山居之景。眼前事，只他人自难道也。——《瀛奎律髓汇评》

（清）纪昀：此尚非人不能道语。三、四自然。绰有远致。——同上

题石瓮寺　(唐)王　建

青崖白石夹城东，泉脉钟声内里通。地压龙蛇山色别，屋连宫殿匠名同。檐灯经夏纱笼黑，溪叶先秋腊树红。天子亲题诗总在，画扉长锁壁龛中。此诗虽曰寄题佛寺，而实怀念先皇，所谓触事生悲，借题弹泪者也。

秋日过鸿举法师寺院　(唐)刘禹锡

看画长廊遍，寻僧一经幽。小池兼鹤净，古木带禅秋。客至茶烟起，禽归讲席收。浮杯杯渡，高僧也。能乘杯渡河。见《法苑珠林》。明日去，相望水悠悠。

(清)冯班：句句妙。——《瀛奎律髓汇评》

(清)纪昀：四句好，自然，胜出句。——同上

(清)无名氏(乙)：脱口无迹，不知其精研得此。——同上

题招隐寺　(唐)刘禹锡

隐士遗尘在，高僧精舍开。地形临渚断，江势触山迴。楚野花多忌，南禽声例哀。殷勤最高顶，闲即望乡来。

(元)方回：刘梦得诗老辣，不可以妆点并观。——《瀛奎律髓汇评》

(清)冯舒："例"字新。——同上

(清)纪昀：后半首好在自说自话，不规于"寺"字，而七句不脱"字"，运意

绝佳。〇五、六沉着,只“例”字墨痕太重。——同上

(清)许印芳:“例”字小疵,而能摘出,足见心细。又按:三、四是常语,宋子京《再游海云寺》诗云“天形敧野尽,江势让山回”,袭用其语,而“敧”字、“让”字炼得好,有青出于蓝之妙。可见作诗贵加锤炼功,决不可草草混过。〇“高”字复。——同上

(清)无名氏(乙):“例”字构思深。——同上

题报恩寺　(唐)刘禹锡

好是清凉地,都无系绊身。晚晴宜野寺,秋景属闲人。净石堪敷坐,寒泉可濯巾。自渐衰鬓上,犹带郡庭尘。

(元)方回:三、四雅淡。——《瀛奎律髓汇评》

(清)无名氏(乙):可人意。——同上

送王十八归山寄题仙游寺　(唐)白居易

曾于太白峰前住,数到仙游寺里来。黑水澄时潭底出,白云破处洞门开。林间暖酒烧红叶,石上题诗扫绿苔。惆怅旧游无复到,菊花时节羡君回。

(元)方回:五、六自然而工。——《瀛奎律髓汇评》

(清)纪昀:最是小家样范。四句较有致。——同上

(清)金人瑞:乐天诗,都作坊厢印板贴壁语耳,胡可仰厕风雅末席?兹亦聊摘其数首稍文者,以塞人问,实非平时之以常读也。〇送人诗,只末句三字略带,其外通首纯是寄题。此法他人亦曾有之,然定觉还有意致,还有风格,此则不过直直眼见之几笔耳。〇前解写寺景(前四句下)。〇后解写

旧游,前解"黑水"、"白云",后解"红叶"、"绿苔",一何丑乎(后四句下)!——《贯华堂选批唐才子诗》

宿山寺　(唐)贾　岛

众岫耸寒色,精庐向此分。流星透疏木,走月逆行云。绝顶人来少,高松鹤不群。一僧年八十,世事未曾闻。

(清)黄生:尾联寓意格。○三、四写景极确。若子美"飞星过水白,落月动沙虚",虽极刻画而无刻画之迹,又未可同日论矣。——《唐诗矩》

又云:(末二句)意在言外。——《唐诗摘钞》

(清)岳端:首联十字都是眼前平常之景,一经巨手出之,便可惊人。——《寒瘦集》

(清)何焯:"寒色"是暮,又是在绝顶也。○又云:结句亦欲弃人事而从之避世也。句句精绝超绝,神仙中人。——《唐三体诗评》

(清)沈德潜:顺行云则月隐矣,妙处全在"逆"字。——《唐诗别裁集》

(清)叶矫然:贾浪仙"长江人钓月,旷野火烧风"、"流星透疏木,走月逆行云"……真堪铸佛礼拜。——《龙性堂诗话》

(清)昌春荣:对法不可合掌,如一动必一静,一高必一下,一纵必一横,一多必一少,此类可以递推。如耿沣"冒寒人语少,乘月烛来稀","稀"、"少"合掌。李宗嗣"普天皆灭焰,匝地尽藏烟","皆"、"尽"合掌。贾岛"流星透疏木,走月逆行云","流"、"走"合掌……此皆诗之病也。——《葚原诗说》

(清)冯班:次联奇句。——《瀛奎律髓汇评》

(清)纪昀:"流星"、"走月"字不佳。○后四句忽作平语,一气流走,有萧散之致。——同上

(清)许印芳:全诗有奇气,三、四乃即景佳句。晓岚以"流"、"走"字面刺目而斥之,盖以试帖禁忌之例绳律诗,苛且谬矣。后四句亦从洗炼而出,"高松"五字甚警策,晓岚亦斥为平语,皆非公论。——同上

(清)无名氏(乙):尝见此景,诧君拾之。——同上

题青龙寺镜公房 （唐）贾 岛

一夕曾留宿，终南摇落时。孤灯冈舍掩，残磬雪风吹。树老因寒折，泉深出井迟。疏慵岂有事，多失上方期。

（元）方回：中四句已佳。尾句谓疏慵之人，有何事乎？而多失上方之约。亦奇也。——《瀛奎律髓汇评》

（清）许印芳：句句洗炼，而出以自然。晓岚全取之，但无批语耳。——同上

宿云际寺 （唐）温庭筠

白盖微云一径深，东风弟子远相寻。苍苔路熟僧归寺，红叶声干鹿在林。高阁清香生静境，夜堂疏磬发禅心。自从紫桂岩前别，不见南能直到今。

宿杼山昼公禅堂 （唐）周 贺

从作西河客，别离经半年。却来峰顶宿，知废井南禅。积霭沉斜月，孤灯照落泉。何当闲事尽，相伴老溪边。作者初为僧，即清塞上人。后还俗。

（元）方回：试于山寺夜宿，崖有落泉，壁有孤灯，而思此句，则见其有味矣。——《瀛奎律髓汇评》

(清)纪昀:一气涌出,殊有高韵。虚谷惟取第六句,陋甚。——同上

(清)许印芳:六句果佳,但舍气格而专求字句,则浅陋矣,此虚谷一生病根也。——同上

入静隐寺途中作　(唐)周　贺

乱云迷远寺,入路认青松。鸟道缘巢影,僧鞋印雪踪。草烟连野烧,溪雾隔霜钟。更遇樵人问,犹言过数峰。

(元)方回:贺与贾岛本皆僧也,故于僧寺诗为善能着题。鸟道之行,不曰缘树影,而曰"缘巢影",所以为佳。五、六微冗,尾句则又妙矣。他如《送禅僧》云:"坐禅山店暝,补纳夜灯微。"又如"夏高移坐次","斋身疾色浓"、"讲次树生枝",皆是僧家滋味,俗人所难道者,故书之。——《瀛奎律髓汇评》

(清)纪昀:虚谷曰"不曰缘树影,而曰缘巢影"。亦是故为涩语,佳不在此。——同上

题邵公禅院　(唐)刘得仁

无事门多掩,阴阶竹扫苔。劲风吹雪聚,渴鸟啄冰开。树向寒山得,人从瀑布来。终朝天目老,擎锡逐云回。

(元)方回:三、四用工至矣。唐人作诗,不紧要处模写得直是精神。——《瀛奎律髓汇评》

(清)纪昀:"武功派"所以不佳,正坐着力都在没紧要处。若盛唐大家却在紧要处用力,其象外传神,空中烘托之笔,亦必与本位秘响潜通,神光离

合，必不是抛落正意，另自刻画小景。——同上

（清）冯舒：只炼得三、四，下四句吃力而散缓。——同上

（清）屈复：生新之极，但全篇无从容意致，中晚多如此。——《唐诗成法》

五月十五夜忆往岁秋与彻师同宿　（唐）李商隐

紫阁相逢处，丹岩议宿时。二句忆往岁秋间与彻师同宿。堕蝉翻败叶，栖鸟定寒枝。此二句妙极空灵，写景实寓漂泊、沉滞之意。万里飘流远，三年问讯迟。紧接前二句，言万里飘泊因而久疏问讯。炎方忆初地，频梦碧琉璃。谓身滞炎方，不禁时时回想起清凉之初地。《法苑珠林》：初地菩萨，犹如初月，光明未显，其明性皆悉具足。

封禅寺居　（唐）罗隐

盛礼何由睹，嘉名偶寄居。周南太史泪，蛮徼长卿书。砌竹摇风直，庭花泣露疏。谁能赋秋兴，千里隔吾庐。

（元）方回：题是封禅寺。昭谏身居乱世，故起句曰："盛礼何由睹"，奇哉句也。三、四好，岂可全不用事？善用事者不冗。——《瀛奎律髓汇评》

（清）冯班：律诗成于沈、宋。对偶之文必工于用事，方是当行。——同上

（清）纪昀：此为通论。因封禅而思及长卿，因长卿而思及谕巴蜀，而能通巴蜀又是能封禅之根。纡纡曲曲，总是居衰世而思太平之盛。——同上

（清）何焯：子美、义山之间。——同上

游栖霞寺　（唐）皮日休

不见明居士，空山但寂寥。白莲吟次缺，青霭坐来销。泉冷无三伏，松枯有六朝。何时石上月，相对论《逍遥》。

（元）方回：三、四细看有味，五、六忽然出奇。——《瀛奎律髓汇评》

（明）周珽：因明居士旧居，想见其人而不得，故结有"何时相对"之语。三、四承"寂寥"说，五、六见寺之幽隐古远，格调亦整秀。——《唐诗选脉会通评林》

（清）冯班：三、四好。——《瀛奎律髓汇评》

（清）何焯：三、四生动有情，五、六是寻常板对。——同上

（清）纪昀：三句甄用莲社事，殊不自然。末句用支道林事，见刘孝标《世说注》。——同上

慈恩寺偶题　（唐）郑　谷

往事悠悠添浩叹，劳生扰扰竟何能。故山岁晚不归去，高塔晴来独自登。林下听经秋苑鹿，江边踏扫夕阳僧。吟余却起双峰念，曾看庵西瀑布冰。

闻尚颜上人创居有感　（唐）僧齐己

麓山南面橘洲西，别构新斋与竹齐。野客已闻将鹤赠，江僧未说有诗题。窗临杳霭寒千嶂，枕遍潺湲月一溪。可想乍移禅榻去，松阴冷湿壁新泥。

(清)金人瑞:一句,分明是写“创”;三、四分明是写“新”;只有二句之“与竹齐”三字,却是写景。甚矣,律诗之不肯写景也(前四句下)!○前解,写新居之新;此解,写新居之受用也。易解。○末句只写得“壁新泥”三字耳。上四字,只如一人问云:松阴何故冷湿?因答之云:非冷湿也,乃壁新泥耳(后四句下)。——《贯华堂选批唐才子诗》

(清)王寿昌:何谓超然……僧齐己之“麓山南面橘洲西,闻道新斋与竹齐……”等作是也。——《小华清园诗谈》

书惠崇师房 (北宋)僧希昼

诗名在四方,独此寄闲房。故域寒涛阔,春城夜梦长。禽声沉远木,花影动回廊。几为分题客,殷勤扫石床。

(元)方回:希昼,九僧之一。所选诗每首必有一联佳。不特希昼,九僧皆然。——《瀛奎律髓汇评》

(清)查慎行:僧诗大概多蔬笋气。——同上

(清)冯舒:九僧:希昼、保暹、文兆、行肇、简长、惟凤、惠崇、宇昭、怀古。○此诸大德大抵以清紧为主,而益以佳句,神韵孤远,斤两略轻,必胜“江西”也。○“江西”之体,大略如农夫之指掌,驴夫之脚跟,本臭硬可憎也,而曰强健。老僧嫠妇之床席,奇臭恼人,而曰孤高守节。老妪之絮新妇,塾师之训弟子,语言面貌,无不可厌,而曰吾正经也。山谷再起,吾必远避。不则别寻生活,永不作有韵语耳。——同上

(清)冯班:自希昼至怀古,所谓“九僧”也,亦胜“四灵”。○“西昆”之流弊使人厌读丽词。“江西”以粗劲反之,流弊至不成文章矣。“四灵”以清苦唐诗,一洗黄、陈之恶气味,狞面目,然间架太狭,学问太浅,更不如黄、陈有力也。——同上

(清)纪昀:中四句却炼得好。——同上

(清)许印芳:九僧者,皆宋初人。其诗专工写景,又专工磨炼中四句,于起结不大留意,纯是晚唐习径,而根柢浅薄,门户狭小,未能追逐温、李、马、

杜诸家，只近姚合一派，却无琐碎之习，故不失雅则。虚谷谓学贾、周固非，晓岚谓是"十子"余响，亦过情之誉。惟谓少变化，切中其病。此等诗病皆起于晚唐小家，而"九僧"承之，"四灵"又承之。读其诗者，炼句之工犹可取法。至其先炼腹联后装头尾之恶习，不可效尤也。——同上

宿宇昭师房　(北宋)僧保暹

与我难忘旧，多期宿此房。卧云归未得，静夜话空长。草际沉萤影，杉西露月光。天明共无寐，南去水茫茫。

(元)方回：保暹，九僧之二。第六句于工之中，不弱而新。——《瀛奎律髓汇评》

(清)纪昀：五、六自是刻意做出，而妙极自然。上接"静夜"，下接"天明"亦极细致。异乎先得两句，而首尾生嵌。——同上

宿西山精舍　(北宋)僧文兆

西山乘兴宿，静称寂寥心。一径杉松老，三更雨雪深。草堂僧语息，云阁磬声沉。未遂长栖此，双峰晓待寻。

(元)方回：文兆，九僧之三。有宋国初，未远唐也。凡此九人诗，皆学贾岛、周贺，清苦工密。所谓景联，人人着意，但不及贾之高、周之富耳。——《瀛奎律髓汇评》

(清)冯班：周贺亦不为富。——同上

(清)纪昀："九僧"诗源出中唐，乃"十子"之余响，与贾、周南辕北辙。虚谷引之以重贾、周，因以自重其派耳，纰缪殊甚。三、四已佳。五、六从三、四

生出，更为幽致。通体亦气韵脩然，无刻画龌龊之习。——同上

(清)许印芳："兴"、"称"俱去声。——同上

题山寺　(北宋)寇准

寺在猿啼外，门开古涧涯。山深微有径，树老半无枝。望远云长暝，谈空日易移。恐朝金马去，还失白莲期。

(元)方回：寇公学晚唐诗，尾句忽又似老杜。——《瀛奎律髓汇评》

(清)冯班：何必老杜？——同上

(清)纪昀：意以对结似杜耳。其实学杜不在此种处。老当之笔，不必有何奇处。"寺在猿啼外"五字有致，作起句尤妙。——同上

与道源游西庄过宝乘宝乘，寺名。

(北宋)王安石

周颙宅作阿兰若，娄约身归窣堵波。《高僧传》："慧约，俗姓娄，二十达妙理。周颙素所钦服，乃于钟山旧馆造草堂寺以居之。"〇窣读肃，入声。窣堵波，梵语，即佛塔。蕙帐铜瓶蕙帐，指周颙；铜瓶，指娄约。皆梦事，翛然翛读消，平声。翛然，无拘无束超脱貌。陈迹翳松萝。

咏北高峰塔　(北宋)王安石

飞来山上千寻塔，闻说鸡鸣见日升。不畏浮云遮望眼，自缘身在最高层。

北寺悟空禅师塔　(北宋)苏　轼

已将世界等微尘，空里浮花梦里身。岂为龙颜更分别，只应天眼识天人。

游诸佛舍，一日饮酽茶七盏，戏书勤师壁

(北宋)苏　轼

示病维摩元不病，在家灵运已忘家。何须魏帝一丸药，《宋书·乐志》："魏文帝(曹丕)《折杨柳行》：'西山一何高，高高殊无极。上有两仙童，不饮亦不食。赐我一丸药，光耀有五色。服之四五日，身体生羽翼。'"且尽卢仝七碗茶。卢仝《谢孟谏议寄新茶》诗：一碗喉吻润，二碗破孤闷，三碗搜枯肠，惟有文字五千卷；四碗发轻汗，平生不平事，尽向毛孔散；五碗肌骨清，六碗通仙灵，七碗吃不得也，惟觉两腋习习清风生。

寒食与器之游南塔寺寂照堂　(北宋)苏　轼

城南钟鼓斗清新，端为投荒洗瘴尘。总是镜空堂上客，谁为寂照境中人。红英扫地风惊晓，绿叶成阴雨洗春。记取明年作寒食，杏花曾与此翁邻。韩愈《杏花诗》："居邻北郭古寺空，杏花两株能白红。明年更发应更好，道人莫忘邻家翁。"

题落星寺二首　(北宋)黄庭坚

星宫游空何时落，着地亦化为宝坊。诗人昼吟山入

座，醉客夜愕江撼床。蜜房各自开牖户，蚁穴或梦封侯王。不知青云梯几级，更借瘦藤寻上方。

（清）冯舒：第六句无谓。——《瀛奎律髓汇评》

（清）冯班：妙甚。第六句凑，第五句妙甚。——同上

（清）纪昀：意境奇恣。此种是山谷独辟。——同上

落星开士深结屋，龙阁老翁来赋诗。小雨藏山客坐久，长江接天帆到迟。燕寝清香与世隔，画图妙绝无人知。原注：僧隆画甚富，而寒山，拾得画甚妙。蜂房各自开户牖，处处煮茶藤一枝。

（元）方回：此学老杜所谓拗字"吴体"格，而编山谷诗者置《外集》"古诗"中，非是。"各开户牖"真佳句，恐以此遂两用之。——《瀛奎律髓汇评》

（清）纪昀：拗字与"吴体"不同。无一句而连篇两用之理。此必后一首为初稿，前一首为改定之本，后人不知而存耳。——同上

（清）冯舒：寺中有蜂，一句亦不妨。两用之，则冗矣。——同上

（清）冯班："蜂房"比僧舍也。——同上

（清）查慎行："蜂房"句在此首又位置落句，便不见佳。——同上

（清）许印芳：山谷本集落星寺诗共四首，皆载《外集》中。史氏注："前二首题云《题落星寺》，第三首题云《题落星寺岚漪轩》，此三首皆拗体七律。第四首题云《往与刘道纯醉卧岚漪轩夜半取烛题壁间》，此诗乃七言绝句，四诗非同时作。后人类聚于此，故诗语有重复，不可指其岁月。"此说是也。虚谷不细考本集，选其拗律二章，题目不分，概为《题落星寺》，且谓"蜂房"句以其佳而两用之。晓岚又谓连篇无两用之理，后诗乃未定之稿。皆误。今从史氏注分题录诗。二诗之境界既清，其真面目始出。"蜂房"重句之病，亦不可掩矣。又按史氏注："龙阁老翁谓山谷舅氏李公择。元祐三年，公择充龙图阁直学士。山谷此诗，当是与公择游寺而作。"此说亦是。姚姬传先生《今体诗钞》选"落星寺"诗独取此章，批云"此诗真所谓似不食烟火人语"。其他选本亦多取此章，而晓岚以重句之故，疑而不取，可怪也。〇又按："吴体"之

名，始见少陵集中，“愁”字诗题下自注云“强戏为‘吴体’”。其诗云：“江草日日唤愁生，巫峡泠泠非世情。盘涡鹭浴底心性，独树花发自分明。十年戎马暗万国，异域宾客老孤城。渭水秦山得见否，人今疲病虎纵横。”前三联皆对偶，首句、四句、六句是古调，次句、三句、五句是拗调，每联中古调、拗调参用，上下联不粘，是为拗调变格。尾联上句仍用拗调，下句以平调作收，变而不失其所，此“吴体”所以为律诗，不能混入“古诗”也。少陵集中，此体最多，不知者或误为古诗。山谷学杜，亦喜作此体。《外集》第二卷有“吴体”，诗题云《二月丁卯喜雨吴体为北门留守文潞公作》，其诗云：“乘舆斋祭甘泉宫，遣使骏奔河岳中。谁与至尊分旰食，北门卧镇司徒公。微风不动天如醉，润物无声春有功。三十余年霖雨手，淹留河外作时丰。”前半散行用拗体，第三句却不拗，后半用平调，第六句却拗“春”字。通首上下相粘，全是律体，不用古调。与杜诗参用古调者迥然不同，而题目明标“吴体”。即此而观，可见“吴体”即是拗体，亦不必尽如杜诗之奇古。虚谷批语每称为“拗字吴体”，原自不错。晓岚处处驳之，盖未尝遍考唐、宋以来律诗之正变，而固执己见，妄议古人。愚抄杜诗已驳纪批之误。今抄黄诗，复详辩之。欲学者以杜、黄二家之诗为凭，勿为晓岚无稽之言所惑也。〇附录《王直方诗话》：“洪龟父，山谷甥也。山谷尝问曰：‘甥爱老舅何等篇？’龟父举‘黄流’、‘碧树’一联及‘蜂方’、‘蚁穴’一联，以为深类老杜。山谷曰‘得之矣’。”——同上

题庵壁　（南宋）陆　游

衰发萧疏雪满巾，君恩乞与自由身。身并猿鹤为三口，宅托烟波作四邻。十日风号未成雪，一年梅发又催春。渔舟底用勤相觅，本避浮名不避人。

（元）方回：白乐天有云“身兼妻子都三口，鹤与琴书共一船”，尤佳。此亦小异而律同。——《瀛奎律髓汇评》

（清）查慎行：梅妻鹤子，何妨算口；泛宅浮家，故可作邻。若移他用便非。与香山诗句法不殊，而炼句用意自别。——同上

（清）许印芳：三、四虽袭香山语而变化得妙，故晓岚取之。首句“霜”字，

本作“雪”，与五句犯复；次句本作“君恩乞与自由身”，“身”字与三句犯复。目措语太空，未能为中后伏脉，故易之，易作“衰发萧疏霜满巾，君恩许住镜湖边”。惟中间四用数目字，不能改换耳。——同上

山行过僧庵不入　（南宋）陆 游

垣屋参差竹坞深，旧题名处懒重寻。茶炉烟起知高兴，棋子声疏识苦心。淡日晖晖孤市散，残云漠漠半川阴。长吟未断清愁起，已见横林宿暮禽。

（元）方回：诗不但豪放高胜，非细下工夫有针线不可，但欲如老杜所谓“裁缝灭尽针线迹”耳。此诗题目甚奇，“山行”是一节，“过僧庵而不入”又似是两节。“垣屋参差竹坞深”，只此一句便见山行而过僧庵，及过僧庵而不入矣。“旧题名处懒重寻”，即是曾过此庵，而今懒入矣。“茶炉烟起知高兴”，此谓不入庵而遥见煮茶之烟。想像此僧之不俗也。“棋子声疏识苦心”，则妙之又妙矣。闻棋声而不得观其棋，固已甚妙；于棋声疏缓之间想见棋者用心之苦，此所谓妙之又妙也。过僧庵而不入，尽在是矣。“淡日”、“残云”下一联，及末句结，乃结煞“山行”一段余意。前辈诗例如此，须合别有摆脱，老杜《缚鸡行》、山谷《水仙花》一律皆然。此放翁八十五岁时诗也。——《瀛奎律髓汇评》

（清）冯舒：诗妙，评亦妙。如此说诗，方君亦匡鼎矣。以余论之，懒而不入是一篇主意。三、四是不入光景，以下四句却又是因天晚而不入，与第二句破题裂开矣。落句又斡旋补出晚景，大为费力。不如第二句并出天晚，方为天成无缝衣，只此句尚有可商。然此非深于诗者不知，吾恐解人之难索也。——同上

（清）纪昀：此自人人共解，不必如此细评。〇虚谷谓：“前辈诗例如此，须合别有摆脱，老杜《缚鸡行》、山谷《水仙花》一律，皆然。”此评是。三句“高兴”字凑，四句亦小样，结却有致。〇知高兴、识苦心，何以又懒重寻？此未免不联贯。——同上

（清）冯班：第二句怯，去“懒”字方有力。〇第二联，不入只为日晚。下

四句汲汲补题，俱为破题“懒”字所累，意晦而不得出。然此诗亦妙绝矣。“懒”字唤不起第二联。——同上

(清)许印芳：首句点僧庵，次句点不入，三、四从不入转身，言身不入庵，心却想像庵中之人。晓岚前评呆讲字句，谓不联贯，非也。茶酒皆可言高兴，不得云凑。此二句从窄处细摹神意，庵内、庵外，两面圆到，乃一篇之警策，亦不得加以“小样”之名。后半找清山行，“寒日萧萧”原本“淡日晖晖”，语未融洽。“山”字，原本“川”字，未免夹杂，愚皆易之。——同上

浪淘沙·山寺夜半闻钟　(南宋)辛弃疾

身世酒杯中。万事皆空。古来三五个英雄。雨打风吹何处是，汉殿秦宫。　梦入少年丛。歌舞匆匆。老僧夜半误鸣钟。惊起西窗眠不得，卷地西风。

(明)卓人月：“夜半钟声到客船”，人或疑之，此词添一“误”字便明。——《古今词统》

(清)许昂霄：“老僧夜半误鸣钟”三句，与老杜“欲觉闻晨钟，令人发深省”，同意。——《词综偶评》

(清)陈廷焯：沉郁顿挫中，自觉眉飞色舞。笔力雄大，辟易千人。结数语，如闻霜钟，如听秋风，读者神色都变。——《云韶集》

又云：粗莽。必如稼轩，乃可偶一为之，余子不能学也。结三句，忽有所悟，不知其何所感。——《词则·放歌集》

桃花寺　(南宋)赵师秀

旧有桃花树，人呼寺故云。石幽秋鹭上，滩远夜僧闻。汲井连黄叶，登台散白云。烧丹勾漏令，无处不逢君。

（元）方回："四灵"诗赵紫芝为冠。大抵中四句锻炼磨莹为工。以题考之，首尾略如题意，而中四句者亦可他入，不必切于题也。——《瀛奎律髓汇评》

（清）纪昀：此语切中"四灵"、"九僧"之病，并切中晚唐人之病。起二句太率易。五句自佳。——同上

上白塔寺　（金）杨云翼

睡饱杖筇彻上方，门前山好更斜阳。苔连碧色龟趺古，松落轻花鹤梦香。身世穷通皆幻影，山林朝市自闲忙。帘幡不动天风静，莫听铃中替戾冈。替戾冈，羯语。《晋书·佛图澄》载：石勒将攻刘曜，群下咸谏以为不可。勒问佛图澄，澄曰："相轮铃音云：'秀支替戾冈，仆谷劬秃当。'"此羌语也。秀支，军也。替戾冈，出也。仆谷，刘曜胡位也。劬秃当，捉也。此言军出捉得曜也。勒果生擒曜。

烟寺晚钟　（元）陈　孚

山深不见寺，藤阴锁修竹。忽闻疏钟声，白云满空谷。老僧汲水归，松露堕衣绿。钟残市门掩，小鸟自争宿。

辛未二月十三日雷火焚古宫白塔寺

（元）张　翥

数声起蛰乍闻雷，骤落千山白雨来。恐有怪龙遭雷

取,未应佛塔被魔灾。人传妖鸟生讹火,谁觅胡僧话劫灰。岂复神灵有遗恨,冷烟残烬满荒台。

白塔寺 (明)刘 基

物换星移事已迷,重来此地惑东西。可怜如镜天边月,独照城乌半夜啼。

宿野寺 (清)金人瑞

众响渐已寂,虫于佛面飞。半窗关夜雨,四壁挂僧衣。

婺宁庵 (清)李 渔

谁引招提路,随云上小峰。饭依香积煮,衣倩衲僧缝。鼓吹千林鸟,波涛万壑松。楞严听未阕,归计且从容。

重过海印庵 (清)僧宗渭

三年重向虎溪游,石路依然碧水流。鸟背斜阳微带雨,寺门衰柳渐迎秋。弟兄谊重难为别,师友情深竟莫酬。叹息此身闲未得,天涯明月又孤舟。沈德潜《清诗别裁集》

云："鸟背一层，斜阳在鸟背一层，带微雨又一层，七字中写出三层，浑然无迹。"

题禅智寺　（清）汪 琬

鹤影蝉声野径长，髯翁遗墨冷斜阳。游人尽说迷楼好，谁访残碑到蜀冈。王士禛《渔洋诗话》云："东坡《送李孝博之岭表诗》石刻在蜀冈禅智寺。断仆已久，而字画幸无刓缺。余访之，出诸榛莽间，缄以铁。会重修禅智，三峰硕揆禅师来为住持，属陷石方丈壁间，所谓'新苗未没鹤，老叶初翳蝉'者也。余次韵，亦刻一石。汪钝翁诗云云。"

秋夜宿破山寺绝句十二首　（清）钱 曾

禅房花木荡穷尘，白发观河喻性因。省得浮生俱幻泡，山光潭影即前身。

曲径荒凉石壁开，山风暗拂旧经台。泠泠涧水清如磬，此字疑有错？何处龙归钵里来。

劫尽灰飞变幻空，陶轮世界任飚风。寂光定处常无恙，楼阁依然右手中。

空庭月白树阴多，崖石巉岩似钵罗。莫取琉璃笼眼界，举头争忍见山河。

驯鸽西飞倦又还，石幢云影度空山。世人不识陀罗臂，只在如来颠倒间。

空堂印火自然明，山鬼窗前踏叶行。十笏空中无语坐，松风吹落木鱼声。

古梁斜月照经函，忍草侵阶悟旧参。弥勒夜深还一笑，长明灯下许同龛。

梦里群羊见负鱼，金铃羯语受风初。乳旁自有光明穴，夜夜幽窗照读书。

琉牖斜开对病僧，闲看饥鼠啮枯籐。马兜门外依稀在，却是无人唤百升。

三劫茫茫灰乱飞，蒲围锡杖且相依。饮光那肯闲来去，鸡足山头守佛衣。

长廊尽处虎曾过，深叹年光一掷梭。闲倚殿角璎珞树，额干有约笑难陀。

莲华法界万松西，静夜圆音解宿迷。便合洛阳城北住，闷来点笔记招提。丙申中秋十二日，钱谦益戏题二绝句于此诗之后云："笼眼琉璃映望奇，诗中心眼几人知。思公七尺屏风上，合写吾家断句诗。""高楼额粉笑如云，还钵休随庆喜群。大叫曾孙莫惊怖，老夫还是武夷君。"

广泉寺　(清)宋　荦

山椒旭日哢春禽，破寺何妨振策寻。荒径有人挑笋

蕨,残碑无字纪辽金。禅房叠石吴中手,别院看花世外心。雅爱僧雏能解事,硬黄一幅索清吟。

礼和尚塔 大山和尚姓孙,禾中人,鼎革时弃家入道,破产接客,义声着江湖间。

(清)沈受弘

稽首孙公妙塔前,倾家报国诧逃禅。英雄骨已青山朽,忠孝名空白社传。坏屋冷飘松径雨,闲门春锁竹溪烟。道人遗迹梅花在,遥接风流四百年。

登南楼见天宇寺塔同黄自先、刘元叹赋二首

(清)孔尚任

纵目重楼上,云山面面深。城邻千像寺,塔出万松林。孤洁冲雷雨,青苍阅古今。夕阳空翠里,一望失尘襟。

塔影层层见,秋天万里晴。炊烟连宝气,阵雁避铃声。顶与浮云乱,腰当落照横。遥知高绝处,俯见故乡城。

题圆津庵 (清)吕谦恒

花界浓阴日影微,倦游偶憩发清机。长松匝院僧初饭,曲磴环亭鸟自飞。廿载重来如有悟,百年强半渐知

非。路旁车马劳劳者，磅礴谁能一解衣。袁枚《随园诗话补遗》云："圆津庵在河南内邱县南官道旁。康熙间，吕光禄谦恒过其庵，题诗云云。后其子耀曾奉命使黔，又题诗云：'昔侍严亲此地过，重来风木恨如何。随行人忆当年少，相去时惊廿载多。户外松阴仍羃屏，篱边菊影自婆娑。追思往事浑如梦，敢以皇华续蓼莪。'乾隆甲申，其孙燕昭赴河南，过其庵，见壁上墨迹犹新。和云：'驿柳参差晓翠匀，寻幽萧寺不辞频。非关此地林泉胜，犹见先人手泽新。风木兴怀追往事，莺花如旧正阳春。他年重过长安道，取次纱笼拂壁尘。'事隔百年，诗题三代，亦德门佳话也。"

过安济寺二首　（清）蒋士铨

随着钟声入梵宫，凭谁一喝耳双聋。桊楞不解无言旨，孤负拈花一笑中。

山水争留文字缘，脚根犹带九州烟。现身莫问三生事，我到人间廿四年。

新正六日自十二圩至镇江独游金山江天禅林

（清）沈曾植

百里遥瞻窣堵波，岩阶拾级转坡陀。溯流不汩中泠泠，云气常随北顾多。末法定僧依槁木，大身香象蹴奔河。庄严世界终无尽，未信诸天瞥眼过。

闰二月十二日游龙华寺　（清）严　复

靓妆炫眼媚晴川，流水游龙正咽嗔。阔领遮腮疑俗瘿，短衣露骭斗身偎。炉烟漠漠钟声续，野日迟迟塔影偏。三十五年弹指过，清波无恙照华颠。

临江仙并序 （清）陈曾寿

三月十六夜梦至一寺，殿前广潭，月光皎洁。有人告予曰："此明月寺也。"因成一词。醒后不全记，余味在心，足成之。

明月寺前明月夜，依然月色如银。明明分明也。明月是前身。回头成一笑，取"拈花微笑"意。"拈花传法"是禅宗立派的重要依据。见《释氏通鉴》。此喻顿悟。清冷几千春。　照彻大千大千世界犹言宇宙。清似水，也曾照彻微尘。喻人间之事。莫将圆相谓佛性。禅宗有"圆相"心法。换眉颦。喻色相。人间三五夜，误了镜中人。或问，此词序中所言之"殿前广潭"似未见点染？对曰：月是明写，潭是暗写。换头"照彻大千清似水"已暗逗"广潭"，结拍"镜中人"，即词人自道潭中身影也。

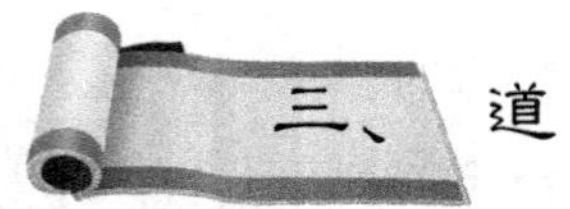

三、道

梅道士水亭 （唐）孟浩然

傲吏非凡吏，名流即道流。隐居不可见，高论莫能酬。水接仙源近，山藏鬼谷幽。再来迷处所，花下问渔舟。起为连环对偶法。第三联二夫纯粹。

(宋)刘辰翁:事料不凡,得语亦异,故好。——《王孟诗评》

(明)钟惺、谭元春:与右丞"欲投人处宿,隔水问樵夫",各自成渔樵画图。——《唐诗归》

寻梅道士、张逸人　(唐)孟浩然

彭泽先生柳,山阴道士鹅。我来从所好,停策汉阴多。重以观鱼乐,因之鼓枻歌。崔徐迹未朽,千载揖清波。

奉和圣制幸玉真公主山庄,因题石壁十韵之作应制

(唐)王　维

碧落风烟外,瑶台道路赊。如何连帝苑,别自有仙家。比地回銮驾,缘溪转翠华。洞中开日月,窗里发云霞。庭养冲天鹤,溪留上汉槎。种田生白玉,泥灶化丹砂。谷静泉逾响,山深日易斜。御羹和石髓,香饭进胡麻。大道今无外,长生讵有涯。还瞻九霄上,来往五云车。

送柳道士　(唐)钱　起

去世能成道,游仙不定家。归期千载鹤,行迈五云

车。海上春应尽，壶中日未斜。不知相忆处，琪树几枝花。

题游仙阁息公庙　　(唐)李嘉祐

仙冠轻举竟何之，薜荔缘阶竹映祠。甲子不知风御日，朝昏惟见雨来时。霓旌翠盖终难遇，流水青山空所思。逐客自怜霜鬓改，焚香多负白云期。此不信仙亦不羡仙。老子云："我有大患，为有我身；及我无身，我有何患！"

(明)周珽：三、四运笔如神。流水在后联，尤不易得。——《唐诗选脉会通评林》

(清)金人瑞：有时写仙是慕仙，有时写仙是不信有仙。此诗后解却似慕仙，前解又似不信有仙。然而皆非也。老子云：我有大患，为有我身，及我无身，我有何患！人生在此世间，实是身为大累。譬如飞蛾入网，并非网有所加，但使无身飞来，十面是网何害！今此诗正是被逐无计，大恶此身，是日偶登仙阁，一时恰触愁心，于是不觉低头至地，极致叹慕也。"轻举"字妙，逐客累坠，此不如也。"竟"字妙，逐客牵制，此又不如也。"何之"字妙，逐客防讥，此又不如也。下二句与三、四句，一总皆写欲寻其身，杳无其身，为逐客浩叹(前四句下)。○前解既写无身之乐，后解再写逐客之苦也。五"终难遇"妙，身为逐客，则与升沉永判也。六"空所思"妙，身为逐客，则真是题目先差也。七、八双鬓已改，而白云未期，我实为之，于人何尤！横插"焚香"字妙，只是珠玉在前，惶恐无地，并非与仙有期(后四句下)。——《贯华堂选批唐才子诗》

(清)赵臣瑗：息公不知何许人？其庙意必在先生谪宦之所。夫谪宦之与飞仙，相去远矣，故此诗实借以致慨，并非有慕于餐霞咽气之术也。一其人已往，二其庙空存，三曾莫考其时代，四亦未见其灵奇，细玩语意，颇似以为不足深信者。下乃忽然转笔，极写逐客苦况，无论"霓旌翠盖"，上真之路长虚，即此"流水青山"世外之缘亦浅，斯何人耶？盖即红尘中之所谓逐客者也。"自怜双鬓改"，言趁此静修，已恐不及，而白云悠悠，焚香少暇，吾其如此息公何哉！——《山满楼笺注唐诗七言律》

送宫人入道　(唐)于　鹄

十五吹箫入汉宫，看修水殿种芙蓉。自伤白发辞金屋，许着黄衣向玉峰。解语老猿开晓户，学飞雏鹤落高松。定知别后宫中伴，遥听缑山半夜钟。

(明)周珽：《送宫人入道》，唐人多有此作。荆公止选项斯一首，以未脱唐体。予澹斋翁取此，谓蕴藉，风致殊胜，若比"舍庞求仙畏色衰"又更远矣。〇田艺衡云"金屋"、"雪峰"不切，何不对玉峰(按"玉"一作"雪")，又本色语？"学"、"鹤"、"落"，又病；"晓"、"高"犯。——《唐诗选脉会通评林》

(清)金人瑞：十五入宫，只加"吹箫"二字，便早具仙意，"看修水殿"是纪其入宫之年。如问绛县甲子，却云叔仲惠会却成，叔孙庄败长狄，即用此法，然亦殊画娇憨之甚也。"自伤"一气贯下，十二字成一句，言颇闻有人蒙被主上恩私，御前无求不许，独我入宫至今，曾未尝有是事，只有昨日一辞一许，算是一生至恩特荣，故伤之也。若解作"伤白发"，此岂复成语(前四句下)？〇五、六写世外另一天地，若不出得宫来，几乎全然不知。七、八又反写未出宫者，以极形其自在解脱，盖言相慕，非言相思也(后四句下)。——《贯华堂选批唐才子诗》

(清)朱之荆：五、六言其与"猿"、"鹤"为群，正与下"宫中伴"字反映。——《增订唐诗摘钞》

送宫人入道　(唐)韦应物

舍宠求仙畏色衰，辞天素面立天墀。金丹拟驻千年貌，宝镜休匀八字眉。公主与收珠翠后，君王看戴角冠时。从来宫女皆相妒，说着瑶台总泪垂。

赠道者 （唐）武元衡

麻衣如雪一枝梅，笑掩微妆入梦来。若到越溪逢越女，红莲池里白莲开。

宿青牛谷 （唐）杨 衡

随云步入青牛谷，青牛道士留我宿。可怜夜久月明中，惟有坛边一枝竹。

送宫人入道 （唐）王 建

休梳丛鬓洗红妆，头戴芙蓉出未央。弟子抄将歌遍叠，宫人分散舞衣裳。问师始得经中字，入静犹烧内里香。发愿蓬莱见王母，却归人世施仙方。

九仙公主旧庄 （唐）王 建

仙居五里外门西，石路亲回御马蹄。天使来栽宫里树，罗衣自买院前溪。野牛行傍浇花井，本主分将灌药畦。楼上凤皇飞去后，白云红叶属山鸡。

经东都安国观九仙公主旧院作 （唐）刘禹锡

仙院御沟东，今来事不同。门开青草日，楼闭绿杨风。将犬升天路，披霓赴月宫。武皇曾驻跸，亲问主人翁。主人翁指帝姑馆陶公主辟幸童偃。事见《汉书·东方朔传》。

同白二十二白居易。赠王山人

(唐)刘禹锡

爱名之世忘名客，多事之时无事身。古老相传见来久，岁年虽变貌长新。飞章上达三清路，受箓平交五岳神。笑听鼕鼕朝暮鼓，只能催得市朝人。

(元)方回：刘公诗，才读即高似他人，浑若天成。——《瀛奎律髓汇评》

(清)纪昀：此评不错，而非此诗之谓也。已逗"江西"一派。五、六鄙甚。——同上

赠敬晊助教　(唐)刘得仁

到来常听说清虚，手把玄元七字书。仙籍不知名姓有，道情惟见往来疏。已怪胎绝粒无饥色，早晚休官买隐居。便欲相随为弟子，片云孤鹤肯相于。

月夜重寄宋华阳姊妹　(唐)李商隐

偷桃窃药事难兼，"偷桃"谓人间情爱；"窃药"乃入道求仙。十二城中锁彩蟾。"彩蟾"指月光。应共三英三人。同夜赏，玉楼仍是水精帘。月光下之帘栊仍和宫中一个样。

赠华阳宋真人兼寄清都刘先生　　（唐）李商隐

沦谪千年别帝宸，至今犹识蕊珠人。二句说自己沉沦已久，由于有宿根，所以还能认识仙家。《说文》："宸，屋宇也。""蕊珠"，仙宫名。但惊茅许同仙籍，不道刘卢是世亲。此二句是说：只惊叹两位的仙风道骨，却不料两位还有亲戚之谊。茅、许皆仙人。刘琨答卢谌诗曰："郁穆旧姻，燕婉新婚。"臧荣《晋书》曰："琨妻即谌之从母也。"玉检赐书迷凤篆，自己尝蒙赐书。《真诰》："二女侍持锦囊，囊盛书十余卷，以白玉检囊口。"《三洞经》："道家字曰云篆，曰天书，曰龙章，曰凤文。""迷凤篆"言自己愚昧，未得深造。金华归驾冷龙鳞。言刘离开他归山已久。"冷"指时间之久。不因杖履逢周史，周史指老子，比刘先生。老子曾为周守藏史和柱下史。徐甲何曾有此身。商隐少时体弱多疾，曾从刘先生学气功故云。《神仙传》："老子有客徐甲，少赁于老子……甲见老子出关，索偿不可得，乃倩人作辞，诣关令以言老子，老子问甲曰：'汝久应死，吾昔赁汝，为官卑家贫，无有使役，故以太玄清生符与汝，所以至今日。'……乃使甲张口向地，其太玄真符立出于地，丹书文字如新，甲成一聚枯骨矣。喜（令尹喜）知老子……老子复以符投之，甲立更生。"

碧城三首

唐初公主多自请出家，商隐同时如文安、浔阳、平恩、邹阳、永嘉、永安、义昌、安康诸主，皆先后为道士，筑馆在外。史即不言他丑，于防闲复行召人，颇着微辞。　　（唐）李商隐

碧城十二曲《古辞西洲曲》："栏干十二曲，垂手明如玉。"阑干，犀辟尘埃《岭表录异》："辟尘犀为妇人簪梳，尘埃不及发。"玉辟寒。《开元遗事》："岐王有玉鞍一面，天气严寒，在此鞍上，坐如温火。"阆苑《西王母传》："王母所居在昆仑之圃，阆风之苑。"有书多附鹤，西王母有三鸟：青鸟、钟鹤、燕子。常令三鸟送书于武帝。女床《山海经》："女床之山有鸟焉，其状如翟而五彩文，名曰鸾鸟。"无树不栖鸾。星沉海底当窗见，雨过河源隔座看。若是晓珠郝天挺云："晓珠谓日也。"明又定，一生长对水晶盘。《三辅黄图》："董偃

以玉晶为盘，置冰于膝前，玉晶与冰相洁，侍者谓冰无盘必融湿席，乃拂玉盘坠，冰玉俱碎。”《唐音癸签》笺：“起四句甚贵，舍主第即孙寿，贾夫人家未易副之。”

对影闻声已可怜，玉池梁武帝《欢闻歌》：“艳艳金楼女，心如玉池莲。”荷叶正田田。不逢萧史休回首，莫见洪崖《东方朔传》：“洪崖先生尧时已三十岁。”郭璞诗：“右拍洪崖肩。”又拍肩。紫凤《禽经》：“紫凤谓之鷟。”放娇衔楚佩，赤鳞狂舞拨湘弦。湘弦谓湘君鼓瑟之弦。道源曰：此句暗用瓠巴鼓瑟游鱼出听意。鄂君怅望舟中夜，绣被焚香独自眠。《唐音戊签》笺云：“如金仙、玉真之师事道士史崇元，皆不逢萧史而拍洪崖之肩者也。心悦君兮，君不知，自恨不得为洪崖也。”

七夕来时《汉武帝内传》：“帝闲居承华殿，忽见一女子美丽非常，曰：我墉宫玉女王子登也，为王母所使，从今请斋不问人事，七月七日王母暂来。”先有期，洞房帘泊至今垂。玉轮顾兔《楚辞·天问》：“夜光何德，死而又育，厥利维何，而顾兔在腹。”注：夜光，月也；顾兔，顾望之兔。初生魄，铁网珊瑚《唐书·西域传》：“海中有珊瑚洲，海人乘大船，堕铁网水中，珊瑚初生磐石上，白如菌，一岁而黄，三岁赤枝格交错高三四尺，铁发其根，系网船上，绞而出之。”未有枝。检与神方《汉武内传》：“上元夫人命侍女纪离容往到扶广山敕青，其小童出六甲，左右灵飞，致神之方十二事，以授武帝，可致长生。”教驻景，收将凤纸元和中，元稹使蜀，营妓薛涛造十色彩笺以寄稹，有龙凤笺。写相思。武皇内传分明在，莫道人间总不知。结句是戒之之言，莫谓深居纵欲无人得知，固已昭然难掩也。

送羽人王锡归罗浮　（唐）曹唐

风前顿整紫荷巾，归向罗浮保养神。石磴倚天行带月，铁桥通海入无尘。龙蛇出洞闲邀雨，犀象眠花不避人。最爱葛洪寻药处，露苗烟蕊满山春。按：凡律诗三、四决无无故平书二语之理，纵复有时甚似平书，然细察其间，必有攲侧。三“行”言一路正归；四“入”言已到家也。

步虚词 （唐）高 骈

青溪道士人不识，上天入地鹤一只。洞门深锁碧窗寒，滴露研朱点周易。

步虚词 （唐）司空图

阿母亲教学步虚，三元元始天尊。长遣下蓬壶。云韶黄帝的《云门乐》和虞舜的《大韶乐》合称。韵俗停瑶瑟，鸾鹤低飞拂宝炉。

临江仙 （五代）牛希济

谢家仙观寄云岑，岩萝拂地成阴。洞房不闭白云深。当时丹灶，一粒化黄金。　　石壁霞衣犹半挂，松风长似鸣琴。时闻唳鹤起前林。十洲高会，何处许相寻。广东香山县境海中，有谢女峡。有谢姓女子在此得道。此地又名仙女澳。〇李冰若《栩庄漫记》云：“词作道教语而妙在‘石壁霞衣犹半挂，松风长似鸣琴’，用一‘犹’字，一‘似’字，便觉虚无缥缈，不落滞板矣。”

赠黄山人《墨庄漫录》引东坡《赠黄照道人诗》首二句即此篇也。

(北宋)苏　轼

面颊照人元自赤,眉毛覆眼见来乌。倦游不拟谈玄牝,《老子》:"谷神不死,是谓玄牝,玄牝之门,是谓天地根。"示病何妨出白须。绝学已生真定慧,《楞严经》:"摄心为戒,因戒生定,因定发慧,是名三无漏学。"说禅长笑老浮屠。东坡若肯三年住,亲与先生看药炉。

留题延生观后山上小堂唐玉真公主修道处。

(北宋)苏　轼

溪山愈好意无厌,上到巉巉第几尖。深谷野禽毛羽怪,上方仙子鬓眉纤。不惭弄玉骑丹凤,应逐嫦娥驾老蟾。涧草岩花自无主,晚来蝴蝶入疏帘。

蝶恋花·题华山道女扇　　(南宋)吴文英

北斗秋横云髻影。写其深夜念经修行。莺羽衣轻,指黄色道服。腰减青丝青丝腰带。剩。一曲游仙闻玉磬。月华深夜人初定。　　十二阑干和笑凭。风露生寒,人在莲花顶。华山莲花峰。睡重不知残酒醒。红帘几度啼鸦暝。又转写到过去的歌伎生活。

(清)陈廷焯:语带仙气,吐弃一切凡艳,惟"腰减"五字病俗,在全篇中不称。——《词则·闲情集》

过沙陀道中　（元）丘处机

高如云气白如沙，远望那知是眼花。渐见山头堆玉屑，远观日脚射银霞。横空一字长千里，照地连城及万家。从古到今常崇佛，吟诗写向直南夸。

宿轮台赠书生李伯祥　（元）丘处机

三峰并起插云寒，四壁横陈绕涧盘。雪岭界天人不到，冰池耀日俗难观。岩深可避刀兵害，水众难滋稼穑干。名镇北方为第一，无人写向画图看。

巴陵琴酌送羽人游青城　（明）邝　露

弹琴劝君酒，君去少知音。此曲岂不古，拨弦人尽今。夜移河汉浅，花深洞庭阴。小别成千岁，依然此夕心。曲云龙《定厂诗话》谓："此诗纯以神行，化尽笔墨痕迹者。"

赋得宫人入道　（清）汪　琬

翻因薄命爱长生，羽氅云冠再拜行。曾被玉皇教按曲，忽随金母学吹笙。颜逢炼液重疑艳，身为持斋转觉轻。从此幽栖如野鹤，万年枝上月空明。

自题道装像　(清)顾太清(女)

双峰丫髻道家装，回首云山去路长。莫道神仙颜可驻，麻姑两鬓已成霜。

石城寻白道人　(清)僧敬安

石城残照里，杨柳碧余春。独放青天鹤，来寻白道人。溪云凉入梦，潭水近为邻。坐觉沧州晚，微风动葛巾。

重过玄妙观　(清)俞陛云

画壁榴皮久寂寥，颜书吴笔亦烟消。白头道侣谈兴废，犹忆同光极盛朝。

四、道观　神庙

玉台观二首　(唐)杜　甫

中天《列子》:"西极化人见周穆王，为改筑宫室，其高千仞，临终南之上，名曰：

中天之台。"积翠。颜延之诗:"积翠亦葱芊。"注:松柏重冇曰积翠。玉台遥,上帝高居绛节朝。邵陵王《祀鲁山神文》:"绛节陈竽,满堂繁会。"此言群仙来集也。遂有冯夷来击鼓,始知嬴女善吹箫。江光隐见鼋鼍窟,石势参差乌鹊桥。更肯红颜生羽翼,便应黄发老渔樵。

浩劫《广韵》:"浩劫,宫殿大阶级也。"杜田云:"俗谓塔级为劫。故《岳麓行》:塔劫宫墙壮丽敌。"因王造,平台访古游。彩云萧史驻,文字鲁恭留。宫阙通群帝,乾坤到十洲。人传有笙鹤,时过此山头。

禹庙　（唐）杜 甫

禹庙空山里,秋风落日斜。荒庭垂橘柚,古屋画龙蛇。云气生虚壁,江声走白沙。早知乘四载,疏凿控三巴。四载谓:水乘舟,陆乘车,泥乘楯,山乘樏。

(元)方回:凡唐人祠庙诗,皆不能出老杜此等局段之外。二诗(指此与"重过昭陵")盖绝唱也。——《瀛奎律髓汇评》

(明)高棅:孙莘老云"橘柚锡贡"、"驱龙蛇",皆禹之事。公因见此有感也。〇刘芷堂光庭云:尝侍须溪先生,论及禹庙诗,至结语,先生云:"此言禹功疏凿,自三巴而始。禹庙在上流,故控持也。言三巴皆控持于此。""早知",言其气力之威壮也。——《唐诗品汇》

(明)胡应麟:"荒庭垂橘柚,古屋画龙蛇"……杜用事入化处。然不作用事看,则古庙之荒凉,画壁之飞动,亦更无人可着语。此老杜千古绝技,未易追也。——《诗薮》

(明)袁宏道:意气荒愁,结追念禹功得体。——《唐诗直解》

(明)谭元春:"声走"妙! 〇钟惺云:蜂声曰"游",江声曰"走",痴人前说

不得（"江声"句下）。——《唐诗归》

（清）何焯：疏凿三巴，万古如在。腹联真写得神灵飒至。——《瀛奎律髓汇评》

（清）纪昀：三、四孙莘老以为关合禹事，确有此意，而诗话不取。盖务欲翻案，不顾是非，乃宋人之通病。○末二句语意未详。——同上

（清）无名氏（甲）：《禹贡》有橘柚之包，治水远龙蛇之害。妙对，而又出之无意之间，故为神笔。——同上

（清）仇兆鳌：四十字中，风景形胜，庙貌功德，无所不包；局法谨严，气象宏壮，是大手笔。——《杜诗详注》

（清）胡本渊："龙蛇"、"橘柚"，点染禹事，妙在无迹，极镜花水月之趣，学者悟此，乃得使事三昧法。——《唐诗近体》

（清）朱之荆：中四句法本同，但一联顺说，一联逆说，便不犯复。——《增订唐诗摘钞》

（清）黄生：尾联寓意格。○次句不遽入禹庙景事，如此开法，人不能知；如此对法，人更不能知。"橘柚"字出《禹贡》，"龙蛇"字出《孟子》，暗用禹事，极其浑化。○言不尽意（尾联句下）。——《唐诗矩》

（清）刘邦彦：吴敬夫云"走"字写江声神动（"江声"句下）。○唐云：即所闻以想其凿（末句下）。——《唐诗归折衷》

同题仙游观 （唐）韩翃

仙台下见五城楼，风物凄凄宿雨收。山色遥连秦树晚，砧声近报汉宫秋。疏松影落空坛静，细草香闲小洞幽。何用别寻方外去，人间亦自有丹丘。

（清）朱之荆：若非次句，中联如何承接？若非七句，全首如何结合。——《增订唐诗摘钞》

（清）赵臣瑗：既登山以后，未入观之前，所见所闻如此，风物凄清已隐然有个"晚"字，"秋"字在内，非但以宿雨初收之故。"秦树"、"汉宫"须活着，妙处全在"远连"、"近报"四虚字。——《山满楼笺注唐诗七言律》

(近代)朱宝莹:落句两句如一句,上句略作开势,下句合而意义愈显愈深,盖谓人间自有妙境,何用托之于仙!——《诗式》

晚春寻桃源观　(唐)僧皎然

武陵何处访仙乡?古观云根路已荒。细草拥坛人迹绝,落花沉涧水流香。山深有雨寒犹在,松老无风韵亦长。全觉此身离俗境,玄机亦可照迷方。

(清)陆次云:"风入松林韵不休"佳在有韵之处,"松老无风韵亦长"佳在无韵之处。无韵之韵,谁能听之?——《五朝诗善鸣集》

(清)金人瑞:一、二写真灵境界,欲寻即无路可寻。三、四再写之,言若问别处,则实是更无别处。除非此处,则任汝谛认此处。所谓特与痛搒一上者也(前四句下)。〇五、六写太上消息,不寻即又满街抛撒。"只此",妙!妙(后四句下)!——《贯华堂选批唐才子诗》

宿天柱观　(唐)僧灵一

石室初投宿,仙翁幸见容。花源随水远,洞府过山逢。泉涌阶前地,云生户外峰。中宵自入定,非是欲降龙。

(唐)高仲武:自齐梁以来,道人工文者多矣,少有入其流者。一公乃能刻意精妙,与士大夫更唱迭和,不其伟欤!如"泉涌阶前地,云生户外峰",则道猷、宝月,曾何及此。——《中兴间气集》

题楚昭王庙　　(唐)韩　愈

丘坟满目衣冠尽，城阙连云草树荒。犹有国人怀旧德，一间茅屋祭昭王。朱彝尊曰：若草草然，却有风致，全在"一间草屋"四字上。〇何焯曰：(一、二两句)颠倒得妙，亦回鸾舞风格。

(宋)叶寘：昌黎《题楚昭王庙》……感慨深矣！苏《冷然洞金陵》诗："龙光寺里只孤僧，玄武湖如掌样平。更上鸡笼山上望，一间茅屋晋诸陵。"末语惨然类韩公。——《爱日斋丛钞》

(明)高棅：刘(须溪)云，人评韩《曲江寄乐天》绝句胜白全集，此独谓唱酬可尔。若韩绝句，正在《楚昭王庙》一首，尽压晚唐。——《唐诗品汇》

(明)杨慎：宋人诗话取韩退之"一间茅屋祭昭王"一首，以为唐人万首之冠。今观其诗只平平，岂能冠唐人万首？而高棅《唐诗品汇》取其说。甚矣。世人之有耳而无目也。——《升庵诗话》

(明)周珽：此篇虽题美昭王，实现世主，当留德泽于民心也。与"一种青山秋草里，路人惟拜汉文陵"。同有言外远思。夫以"一间茅屋"形彼"连云城阙"，以彼"尽"、"荒"二字，转出"犹有"怀德意来，展读间觉花影零乱。宋人评为唐万首之冠，以此。——《唐诗选脉会通评林》

(清)何焯：近体固非公得意处，要之自是雅音。昭王欲用孔子，而为子西所沮。公之托意，或在于此欤！——《义门读书记》

(清)贺裳：昔人称退之"一间茅屋祭昭王"为晚唐第一，余以不如许浑《经始皇墓》远甚。"龙蟠虎踞树层层，势入浮云亦是崩。一种青山秋草里，路人惟拜汉文陵。"韩原咏昭王庙，此则于题外相形，意味深长多矣。——《载酒园诗话》

玉真观　　(唐)李群玉

高情帝女慕乘鸾，绀发初簪玉叶冠。秋月无云生碧落，素渠含露出清澜。层城烟雾将归远，浮世尘埃久住

难。一自箫声飞去后，洞宫深淹碧瑶坛。三、四言其人道既早，并无染身也。五、六写公主化去。结言此观此后即空掩至今日也。

题木兰庙　（唐）杜　牧

弯弓征战作男儿，梦里曾经与画眉。几度思归还把酒，拂云堆上祝明妃。

（宋）魏泰：古乐府中《木兰诗》、《焦仲卿诗》皆有高致……杜牧之《木兰庙》诗云："弯弓征战作男儿……"殊有美思也。——《临汉隐居诗话》

题道静院，院在中条山，故王颜中丞所置，虢州刺史舍官居此，今写真存焉　（唐）李商隐

紫府丹成化鹤群，青松手植变龙文。王维《春日与裴迪过新昌里访吕逸人不遇》："闭户著书多岁月，种松皆作老龙鳞。"壶中别有仙家日，岭上犹多隐士云。陶弘景《诏问山中何所有，赋诗以答》："山中何所有，岭上多白云。"独坐遗芳成故事，褰帷旧貌似元君。自怜筑室灵山下，徒望朝岚与夕曛。

题王母庙　（唐）刘　沧

寂寥珠翠想遗声，门掩烟微水殿清。拂曙紫霞生古壁，何年绛节下层城。鹤归辽海春光晚，花落闲阶夕雨晴。武帝无名在仙籍，玉坛星月夜空明。五、六微讥。"春光晚"

王母来迟,“花落闲阶”无奈武帝已升遐矣。

桐柏观　(唐)周　朴

东南一境清心目,有此千年插翠微。人在下方冲月上,鹤从高处破烟飞。岩深水落寒侵骨,门静花开色照衣。欲识蓬莱今便是,更于何处学忘机。

宿简寂观　(唐)僧齐己

万壑云霞影,千峰松桧声。如何教下士,容易信长生。月共虚无白,香和沆瀣清。闲寻古廊画,记得列仙名。

乐仙观　(五代)僧若虚

乐氏骑龙上碧天,写仙。东吴遗宅尚依然。写观。悟来大道无多事,真后丹元不值钱。此二句且置观不提,先了却仙人骑龙上天一案。问乐氏何故上天,曰无何故也。然则乐氏何故上天?曰:我今已不知其何故也。三、四之妙如此。老树夜风虫吃叶,古坛春雨藓生砖。此二句写今日观非写昔日观也。松倾鹤死桑田变,华表归乡未有年。写他观,并非今日观也。眼光手法都从“尚依然”三字来。

富阳妙庭观董双成故宅，发地得丹鼎，覆以铜盘，承以琉璃盆，盆既破碎，丹亦为人争夺持去，今独盘鼎在耳　（北宋）苏 轼

琉璃击碎走金丹，无复神光发旧坛。时人世人来舐鼎，欲随鸡犬事刘安。

玉女洞　（北宋）苏 轼

洞里吹箫子，终年守独幽。石泉为晓镜，山月当帘钩。岁晚松枫尽，人归雾雨愁。送迎都鄙陋，谓湘沅间其俗作歌舞以乐鬼神者也。谁继楚臣讴？

桐柏观　（南宋）赵师秀

山深地忽平，缥缈见殊庭。瀑近春风湿，松多晓日清。石坛遗鹤羽，粉壁剥龙形。道士王灵宝，轻强满百龄。

(元)方回：五、六佳。——《瀛奎律髓汇评》
(清)纪昀：三、四胜五、六。结二句鄙陋。——同上
(清)冯班：起好。——同上
(清)查慎行：起句用意。——同上

（七）
历史及人物

一、先　秦

经邹鲁祭孔子而叹之　（唐）李隆基

夫子何为者，栖栖一代中。地犹鄹氏邑，宅即鲁王宫。叹凤嗟身否，伤麟怨道穷。今看两楹奠，当与梦时同。

（元）方回：此祭孔子必于其庙，所谓“宅即鲁王宫”也。鲁共王坏孔子旧宅以为宫室，后所谓灵殿者岿然独存，岂非以孔子之故哉！予过兖州，东望洙、泗而识孔子之所在，惜不及一往拜奠，读此诗为之怅然。三、四以下俱佳。——《瀛奎律髓汇评》

（明）李沂：妙在不赞而叹，叹胜于赞也。——《唐诗援》

（清）顾安：就鲁《论》成语作一问答，添入“一代中”三字，便见大圣一生忧悯心肠。以下只将夫子典故用几个虚字转折出来，并不另加一赞美之词，愈见大圣之大，后来无数孔子庙碑文，终不及此一诗也。——《唐律消夏录》

（清）李固培：通首皆“叹”字意，起十字道出大圣人一生心事，可泣可歌，“犹”字、“即”字指点得妙。——《唐诗观澜集》

（清）冯舒：天子亲祭，故称比题中“叹”字。方君何事怅然。——同上

（清）纪昀：灵光不以孔子存。孔子更何赞？只以喟叹取神，最妙。五、六“嗟”、“叹”、“伤”、“怨”用字重复，虽初体常有之，然不可为训。结处收“祭”字，密。——同上

（清）许印芳：此评非是，故晓岚删去。命题便高。五、六原本云“叹凤嗟身否，伤麟怨道穷”。纪批“重复，不可为训”，今为更易四字，使归完美。凡

好诗有字句不妥处，可改者改之，不可改者仍从其旧，劣诗则悉依旧本云。五、六易作“叹凤斯文在，伤麟吾道穷”。——同上

息夫人 (唐)王 维

莫以今时宠，能忘旧日恩。看花满眼泪，不共楚王言。

(宋)张表臣：杜牧《息夫人》诗曰“细腰宫里露桃新……”与所谓“莫以今时宠……”语意远矣。——《珊瑚钩诗话》

(清)贺裳：摩诘“莫以……”正以咏饼师妇佳耳，若真咏息夫人，有何意味？——《载酒园诗话》

(清)张谦宜：体贴出怨妇本情，真得三百篇法。又云：止二十字，却有味外味，诗之最高者。——《茧斋诗谈》

(清)马位：最喜王摩诘“看花满眼泪，不共楚王言”。李太白“但见泪痕湿，不知心恨谁”，及张祜“一声何满子，双泪落君前”，又李峤“山川满目泪沾衣”，得言外之旨，诸人用泪字莫及也。——《秋窗随笔》

过秦皇墓 (唐)王 维

古墓成苍岭，幽宫象紫台。紫台犹紫宫，谓王宫。星辰七曜曜读耀，去声。日月、五星，统称曜。隔，河汉九泉开。有海人宁渡，无春雁不回。更闻松韵切，疑是大夫大夫指松。始皇尝上泰山，风雨暴至，休于松下，因封其树为五大夫，见《史记·秦始皇本纪》。哀。

(清)叶矫然：同题始皇陵诗。王维“星辰七曜外，河汉九泉开”，许浑“一种青山秋草里，路人惟拜孝文陵”，元好问“无端一片云亭石，杀尽苍生有底功”，侈语、冷语、谩骂语，各有其妙。——《龙性堂诗话》

谒老君庙　(唐)李　白

先君怀圣德，灵庙肃神心。草合人踪断，尘浓鸟迹深。流沙丹灶灭，关路紫烟沉。独伤千载后，空余松柏林。

冬日洛城北谒玄元皇帝庙　(唐)杜　甫

配极玄都閟，凭虚禁篽长。守祧严具礼，掌节镇非常。碧瓦初寒外，金茎一气旁。山河扶绣户，日月近雕梁。仙李蟠根大，猗兰奕叶光。世家遗旧史，道德付今王。画手看前辈，吴生远擅场。森罗移地轴，妙绝动宫墙。五圣联龙衮，千官列雁行。冕旒俱秀发，旌旆尽飞扬。翠柏深留景，红梨迥得霜。风筝吹玉柱，露井冻银床。身退卑周室，经传拱汉皇。谷神如不死，养拙更何乡。

(宋)刘克庄：《谒玄元庙》、《次昭陵》二诗，巨丽骏壮，为千古五言律诗典则。——《后村诗话》

(明)李沂：结处讽刺妙绝。——《唐诗援》

(明)周敬等：陈继儒曰："褒功颂德诗，最要典雅庄重，况长律必得斤两数语，篇法斯振。如老杜'碧瓦初寒外'四句，真诗中转法轮手。"〇陆时雍曰："精浑。"〇唐汝询曰："首匹语，切玄元，觉一字不可移动。'山河'二语与'日月低秦树'一联并峻。'仙李'二句，说得真是唐室始祖。'世家'二句，不刺之刺。'旌旆尽飞扬'已上匹联，得道子画笔法。'翠柏'以下四语，庙中景冷落。'卑'、'拱'二字有妙想。"——《唐诗选脉会通评林》

(清)吴乔:卢德水云"唐自高祖追崇老子为祖;天宝中,现象降符,不一而足,人主崇信极矣。此诗直纪其事以讽也。'配极'四句,讽其用宗庙之礼。'碧瓦'四句,讥其宫殿逾制。'世家遗旧史',谓开元中敕升《老》、《庄》为列传之首,而不能改易子长旧史。'《道德》付今王',谓玄宗亲注《道德经》,直崇玄学。'画手'以下,谓世代寥廓而画图亲切,'冕旒'、'旌旆'同儿戏也。'身退'以下,谓老子之要在清净无为,即今不死,亦当藏名养拙,岂肯凭人降形以博人主之崇奉乎?"此诗极意讽谏而词语浑然,德水读书,眼光透过纸背者也。余谓"谷神"二句,谓老子若有神,舍此庙尊崇之地,更居何方乎?前极严重,故以谑语为结。——《围炉诗话》

(清)浦起龙:(此诗)字字曲重,句句高华。据事直书,不参议论,纯是颂体。而细绎之,"配极"四句,亦似巨典,亦是悖礼。"碧瓦"四句,亦似壮观,亦似逾制。"蟠根"、"奕叶",亦似绵远,亦似矫诬。"遗旧史",亦似反挑,亦似实刺。"付今王",亦似同揆,亦似假托。纪画处,亦似尊崇,亦似涉戏。"谷神"、"何乡"亦似呼吸可接,亦似神灵不依。而读去毫无圭角,所以为佳。——《读杜心解》

咏怀古迹五首(其二)　　(唐)杜　甫

摇落深知宋玉悲,宋玉《九辩》:"悲哉秋之为气也,萧瑟兮,草木摇落而变衰。"风流儒雅亦吾师。怅望千秋一洒泪,萧条异代不同时。顾注:"谓与宋同一萧条,而隔于异代,此所以怅望也。"江山故宅空文藻,赵曰:"归州、荆州皆有宋玉宅,此当指归州者。"云雨荒台岂梦思?指宋玉《高唐赋》。《汉书》注:"宋玉此赋盖假设其事而讽谏淫惑也。"最是楚宫俱泯灭,舟人指点到今疑。《镜铨》:"意在言外。"

(明)王嗣奭:玉悲"摇落"而公云"深知",则悲与之同也。故"怅望千秋"为之"洒泪";谓玉萧条于前代,公萧条于今代,但不同时耳。不同时而同悲也……知玉所存虽止文藻,而有一段灵气行乎其间,其"风流儒雅"不曾死也,故吾愿以为师也。——《杜臆》

（清）杨伦：（风流儒雅亦吾师）亦字承（其一）庾信来，有岭断云连之妙。——《杜诗镜铨》

（清）蒋绍孟：此因宋玉而有感于平生著述之情也。盖谓自古作者用意之深，类非俗人所解；今思宋玉摇落之感，具有深悲，惜未得与同时一为倾写耳。乃云雨荒台，本为讽谏，而至今行舟指点，徒结念于神女襄王，玉之心将有不白于千秋异代者。公诗凡若此者多矣，故特于宋玉三致意焉。一说王嗣奭曰："楚宫久没，而舟人过此，尚疑神女之为真，因文藻所留，足以感动后人耳。"意却似太浅。——《杜诗镜铨》

春申君祠

祠在江苏无锡市。楚考烈王尝相（黄）歇，封于故吴邑。歇后为李园所杀，吴人遂立祠于其地以祀之。　　（唐）张　继

春申祠宇空山里，古柏阴阴石泉水。日暮江南无主人，指春申君黄歇被杀，封地无主。弥令过客思公子。萧条寒景傍山村，寂寞谁知楚相尊。春申君为楚相共二十五年。当时珠履三千客，赵使怀惭不敢言。

题舜庙　　（唐）张　濯

古都遗庙出河汾，万代千秋仰圣君。蒲坂城边长逝水，苍梧野外不归云。寥寥象设魂应在，寂寂虞篇德已闻。向晚风吹庭下柏，犹疑琴曲咏南薰。

陪皇甫大人谒禹庙　　（唐）严　维

竹使羞殷荐，松龛拜夏祠。为鱼歌德后，舞羽降神

时。仗卫瞻如在，精灵信有期。夕阳陪醉止，塘上鸟咸迟。

谒三闾庙　（唐）窦常

君非三谏悟，礼许一身逃。自树终天戚，何裨事主劳。众鱼应饵骨，多士尽铺糟。有客椒浆奠，文衰不继骚。按：《礼记·曲礼下》："为人臣之礼，不显谏，三谏而不听，则逃之。"

题伯夷庙　（唐）卢纶

中条山下黄礓读疆，平声。泛指石头。石，垒作夷齐庙里神，落叶满阶尘满座，不知浇酒为何人？

题淳于髡墓髡，读坤，平声。

（唐）刘禹锡

生为齐赘婿，死作楚先贤。应以客卿葬，故临官道边。寓言本多兴，放意能合权。我有一石酒，置君坟树前。

善谑驿和刘梦得酹淳于先生孙汝昕曰："驿在襄州之南，即淳于髡放鹄之所，今讹为善谑驿。"　（唐）柳宗元

水上鹄已去，亭中鸟又鸣。辞因使楚重，名为救齐

成。以上事均见《史记·淳于髡传》。荒垅遽千古,羽觞难再倾。刘伶借指刘禹锡切姓。今日意,异代是同声。

汨罗遇风　(唐)柳宗元

南来不作楚臣悲,重入修门自有期。为报春风汨罗道,莫将波浪枉明时。

春申君战国时楚国贵族,名黄歇。
(唐)张 祜

薄俗何心议感恩,谄容卑迹赖君门。春申还道三千客,寂寞无人杀李园。

途经秦始皇墓　(唐)许 浑

龙盘虎踞树层层,势入浮云亦是崩。一种青山秋草里,路人惟拜孝文陵。

春申君　(唐)杜 牧

烈士思酬国士恩,春申谁与快冤魂?三千宾客总珠履,欲使何人杀李园?事见《战国策》。

(宋)葛立方:杜牧、张祜皆有《春申君》绝句。杜云:“三千宾客总珠履,欲使何人杀李园?”张云:“春申还道三千客,寂寞何人杀李园。”二诗语意太相犯。呜呼!朱英之言尽矣,而春申不能必用,李园之计巧矣,而春申不能预防,春申之客众矣,而无一人为春申杀李园者,所以起二子之论也。——《韵语阳秋》

题桃花夫人庙　(唐)杜　牧

细腰宫里露桃新,脉脉无言度几春。至竟息亡缘底事,可怜金谷坠楼人。

(宋)许凯:杜牧之《桃花夫人庙》诗云“细腰宫里……”仆尝谓此诗为二十八字史论。——《彦周诗话》

(宋)张表臣:杜牧之《息夫人》诗曰“细腰宫里……”与所谓“莫以今朝宠,能忘旧日恩。看花满眼泪,不共楚王言”,语意远矣。盖学有浅深,识有高下,故形于言者不同矣。——《珊瑚钩诗话》

(清)吴乔:用意隐然,最为得体。息妫庙,唐时称为桃花夫人庙,故诗用露桃。——《围炉诗话》

(清)王士禛:益都孙文定公咏《息夫人》云“无言空有恨,儿女粲成行”,谐语令人解颐。杜牧之“至竟息亡缘底事,可怜金谷坠楼人”,则正言以大义责之。王摩诘“看花满眼泪,不共楚王言”,更不着判断一语,此盛唐所以为高。——《渔洋诗话》

(清)赵翼:杜牧之作诗,恐流于平弱,故措辞必拗峭,立意必奇辟,多作翻案语,无一平正者,方岳《深雪偶谈》所谓“好为议论,大概出奇立异,以自见其长也”。如《赤壁》云“东风不与周郎便,铜雀春深锁二乔”,《题四皓庙》云“南军不袒北军袒,四老安刘是灭刘”,《题乌江亭》云“胜败兵家事不期……卷土重来未可知”,此皆不度时势,徒作异论,以炫人耳,其实非确论也。惟《题桃花夫人庙》……以绿珠之死,形息夫人之不死,高下自见,而词语蕴藉,不显露讥讪,尤得风人之旨耳。——《瓯北诗话》

(清)潘德舆:大义责责,词色凛凛。真西山谓牧之《息妫》作能订千古是非，信然。余尤爱其津尾一波，生气远出，绝无酸腐态也。王（维）虽不着议论，究无深味可耐咀含，鄙意转舍盛唐而取晚唐矣。——《养一斋诗话》

瑶 池　（唐）李商隐

瑶池阿母绮窗开，黄竹歌声动地哀。《穆天子传》："日中大寒，北风雨雪，有冻人，天子作三章以哀民曰：'我徂黄竹……'"八骏日行三万里，穆王何事不重来？《穆天子传》："天子觞西王母于瑶池之上，西王母为天子谣曰：'……将子无死，尚能复来。'"

（清）贺裳：诗又有以无理而妙者，如李益"早知潮有信，嫁与弄潮儿"，此可以理求乎？然自是妙语。至如义山"八骏日行三万里，穆王何事不重来"。则又无理之理，更进一层。总之，诗之不可以执一而论。——《载酒园诗话》

有 感　（唐）李商隐

非关宋玉有微辞，却是襄王梦觉迟。一自高唐赋成后，楚天云雨尽堪疑。

宋 玉　（唐）李商隐

何事荆台《孔子家语》："楚王将游荆台，司马子祺谏。"按：荆台在监利县西。百万家，惟教宋玉擅才华。楚辞已不饶唐勒，风赋何曾让景差。《荆楚故事》："楚襄王与唐勒、景差、宋玉游云梦之台，王令各赋大言，唐、景不如王意，宋玉赋曰：方地为舆，圆天为盖，弯弓挂扶桑，长剑倚天外。于是王喜，赐以云梦之田。"○一、二"何事"、"惟教"是一篇眼目。三、四谓屈原死后，有宋玉唐勒、景差之徒，皆好辞而以赋见称也。落日渚宫渚宫，楚之别宫也。见《左传》。供观阁，开年开年为一年的开始。沈约《与徐勉书》："开年以来，病增虑切。"云梦送烟花。谓渚宫之观阁，云梦之烟花，秋去春来无不供宋玉笔下驱使，发挥才华。可怜庾信寻荒径，《渚宫故事》："庾信因侯景乱，自建康遁归江陵，居宋玉故宅。"犹得三朝庾信历梁魏周三朝。托后车。末二句言庾信以文学侍从三朝，犹得步宋玉之后尘。何焯曰："此篇作者自谓历文、武、宣三朝皆不得志也。"

咏　史　（唐）李商隐

历览前贤国与家，成由勤俭破由奢。何须琥珀方为枕，岂得真珠始是车。运去不逢青海马，力穷难拔蜀山蛇。几人曾预南薰曲，终古苍梧哭翠华。

西　施　（唐）罗　隐

家国兴亡自有时，吴人何苦怨西施。西施若解倾吴国，越国亡来又是谁？

（宋）王楙：唐人诗句中用俗语者，惟杜荀鹤、罗隐为多……罗隐诗，如曰："西施若解亡人国，越国亡来又是谁？"曰："今宵有酒今宵醉，明日无钱明日愁。"……今人多引此语，往往不知谁作。——《野客丛书》

始皇陵　（唐）罗　隐

荒堆无草树无枝，懒向行人问昔时。六国英雄漫多事,到头徐福是男儿。

馆娃宫怀古五首(录二首)　(唐)皮日休

响屧读洩,入声,木屐也。廊中金玉步,采蘋山上绮罗身。不知水葬今何处,溪月弯弯欲效颦。

半夜娃宫作战场,血腥犹杂宴时香。西施不及烧残腊,犹为君王泣数行。

答　友　(唐)陆龟蒙

荆卿雄骨化为尘,燕市应无共饮人。能脱鹔鹴来换酒,五湖赊与一年春。

焚书坑　(唐)章　碣

竹帛烟销帝业虚,关河空锁祖龙居。坑灰未冷山东乱,刘项元来不读书。

(明)敖英:近人咏《长城》诗云:"谁知削木为兵者,尽是长城里面人。"又咏《博浪沙》云:"如何十二金人外,犹有民间铁未销?"皆从此诗翻出。——《唐诗绝句类选》

(明)周敬:讽刺议论,字字可泣鬼神,纲目史断,当退三舍。○周珽曰:"起句便有擒王之勇。后推其心,不过以读书之儒口议心非,必尽去其书而天下无乱矣;岂知坑灰尚温而山东已乱,灭秦者又是刘、项不读书之人哉!

嗟乎……乱不生于读书之辈，乃兆于焚书之时。”——《唐诗选脉会通评林》

（清）贺裳：章氏父子诗格俱卑，碣尤力弱，然《焚书坑》一作，自足名家。——《载酒园诗话又编》

（清）顾嗣立：章碣《焚书坑》诗“竹帛烟销帝业虚……”，陈刚中《博浪沙》“一击车中胆气豪，祖龙社稷已动摇。如何十二金人外，犹有民间铁未销”，同一意也，而不觉其蹈袭，可悟脱换之妙。——《寒厅诗话》

浣溪沙　（唐）薛昭蕴

倾国倾城恨有余，几多红泪泣姑苏。倚风凝睇雪肌肤。　　吴主山河空落日，越王宫殿半平芜。藕花菱蔓满重湖。李冰若《栩庄漫记》云：“伯主雄图，美人韵事，世异时移，都成陈迹。三句写尽无限苍凉感喟。此种深厚之笔，非飞卿辈所企及者。”

（明）汤显祖：与“只今惟有西江月”诸篇同一凄惋。——《花间集》

西施滩　（唐）崔道融

宰嚭读鄙，上声。人名。亡吴国，西施陷恶名。浣纱春水急，似有不平声。

屈原庙　（唐）崔涂

谗胜祸难防，沉魂信可伤。本图安楚国，不是怨怀王。庙古碑无字，洲晴蕙有香。独醒人尚少，谁与奠椒浆。

(元)方回：三、四句说得居原心事好。——《瀛奎律髓汇评》

(清)冯舒：如此拙亦不伤窝。——同上

(清)冯班：亦是直议论耳，觉忠厚可讽。第七病句。——同上

(清)何焯："人尚少"，言世所不尚也。——同上

(清)纪昀：终觉太直。起二句竟似五代口角，结尤过激。——同上

(清)无名氏(甲)：三、四可与《文王操》并传，得古人心髓。——同上

题李斯传　(五代)韦　庄

蜀魄湘魂万古悲，未悲秦相死秦时。临刑莫恨仓中鼠，上蔡东门去自迟。

始　皇　(北宋)杨　亿

衡石量书夜漏深，咸阳宫阙杳沉沉。沧波沃日虚鞭石，白刃凝霜枉铸金。万里长城穿地脉，八方驰道听车音。儒坑未冷骊山火，三月青烟绕翠岑。

(元)方回：第七句最佳，作诗之法也。坑儒未几，骊山已火，以一"火"字贯上意。——《瀛奎律髓汇评》

(清)冯班："坑灰未冷山东乱"，唐人已道过，陈言也。——同上

(清)纪昀：得此一字，遂不能谓之蹈袭章碣。此篇平钝。——同上

秦　皇　(北宋)钱惟演

天极周环百二都，六王钟鐻接流苏。金椎谩筑甘泉道，匕首还随督亢图。《史记·燕召公世家》："太子丹养壮士二十人，使荆轲

献督亢地图于秦,因袭刺秦王。”督亢,地名。是燕国的膏腴之地。以后亦可用为好地方的泛指。已觉副车惊博浪,更携连弩望蓬壶。不将寸土封诸子,刘项由来是匹夫。

(元)方回:督亢之“亢”作平声,作仄声用亦可。(按:此字应读抗,去声。若咽喉则读钢,平声。孔子弟子亢桑子,则读庚,平声。)末句尤妙。天下事每出于智之所不能料,有天下者修德而已。人主往往知惩前代之失,至于矫枉过正,则其祸必伏于人之所不能见者。刘项匹夫而亡秦,又岂必封建地大者足为患耶?此“昆体”诗一变,亦足以革当时风花雪月小巧呻吟之病,非才高学博,未易到此。久而雕篆太甚,则又有能言之士,变为别体,以平淡胜深刻,时势相因,亦不可一律立论也。——《瀛奎律髓汇评》

(清)冯班:正论也。今之人欲以“四灵”易“西昆”者,真眯目也。——同上

(清)陆贻典:诗法正论。纯正。——同上

(清)纪昀:此论平允。此首较可,但四句五句意复。——同上

读　史　(北宋)王安石

自古功名亦苦辛,行藏终欲付何人。当时黯黮犹承误,末欲纷纭更乱真。糟粕所传非粹美,丹青难写是精神。区区岂尽高贤意,独守千秋纸上尘。

浪淘沙令　(北宋)王安石

伊吕两衰翁。历遍穷通。一为钓叟一耕佣。若使当时身不遇,老了英雄。　汤武偶相逢。风虎云龙。兴王只在笑谈中。直到如今千载后,谁与争功。

(清)丁绍仪:至王荆公《浪淘沙》云"伊吕两衰翁……谁与争功",则隐然欲与争雄矣。乃新法一行,卒蒙世垢,何哉?公学问卓绝,缘好更张,好立异,好人谀己。有此三好,遂至病国殃民,而不自觉。后世以经济自负者,当以公为鉴。——《听秋声馆词话》

和刘道原咏史 (北宋)苏轼

仲尼忧世接舆狂,臧谷虽殊竟两亡。《庄子·骈拇篇》:臧与谷二人相与牧羊,而俱亡其羊。臧则挟策读书,谷则博塞以游。事业不同,其于亡羊均也。吴客漫陈豪士赋,吴客指陆机,著《豪士赋》以刺齐王冏。桓侯初笑越人方。古代名医扁鹊名越人。言齐桓侯有病,侯不信,扁鹊逃去,后桓侯不治而死。见《史记·扁鹊传》。名高不朽终安用,日饮无何计亦良。用袁盎事。见《汉书·袁盎传》。独掩陈编吊兴废,窗前山雨夜浪浪。纪昀曰:"着此七字便有远神。"

周公庙,庙在岐山西北七八里,庙后百许步,有泉依山,涌洌异常,国史所谓"润德泉,世乱则竭"者也 (北宋)苏轼

吾今那复梦周公,尚喜秋来过故宫。翠凤旧依山硉兀,硉读律,入声。硉兀,高耸,突出。清泉长与世穷通。至今游客伤离黍,故国诸生咏雨蒙。王文诰按:此联用《毛诗·诗序》闵宗周及东征事,曲折而切当。牛酒不来乌鸟散,白杨无数暮号风。《文选·古诗》:"白杨多悲风,萧萧愁杀人。"

题孔庙 (金)党怀英

鲁国遗踪堕渺茫,独余林庙压城荒。梅梁分曙霞栖影,松牖回春月驻光。老桧曾沾周雨露,断碑犹是汉文章。不须更问传家远,泰岱参天汶泗长。

浮湘礼三闾墓田寻贾生故宅 (明)邝露

浮湘孤月下灵渠,牢落残魂伴索居。庚子日斜闻野鸟,端阳沙涸见江鱼。天高未敢重相问,年少何劳更上书。此去樊城望京国,定从王粲赋归欤。

谒夫子庙 (清)顾炎武

道统三王大,功超二帝优。斯文垂彖系,吾志在春秋。车服先公制,威仪弟子修。宅闻丝竹响,壁有简编留。俎豆传千叶,章逢被九州。独全兵火代,不藉庙堂谋。老桧当庭发,清洙绕墓流。一来瞻阙里,如得与从游。

七十二弟子 (清)顾炎武

乱国谁知尔,孤生且辟人。危情尝过宋,困志亦从陈。籥舞虞庠日,弦歌阙里春。门人惟季次,未肯作家臣。

题息夫人庙 (清)邓汉仪

楚宫慵扫黛眉新,只自无言对暮春。千古艰难惟一死,伤心岂独息夫人。

吴宫祠 (清)毛先舒

苏台月冷夜乌栖,饮罢吴王醉似泥。别有深恩酬不得,向君歌舞背君啼。

燕台怀古 (清)王邦畿

地入幽州白日沉,寒云莽莽水阴阴。亦知匕首无成事,只重荆轲一片心。老马过宫频内顾,高台游客独长吟。朱书玉简先朝物,流落人间直至今。

满江红·秋日经信陵君祠在今河南开封。

(清)陈维崧

席帽用席草编成的帽子。据《青箱杂记》载:"李巽屡试不第,其乡人曰:'李秀才应举,空去空回,知席帽甚时得离?'后李巽及第,遗乡人诗中句云:'如今席帽已离身。'"聊萧,犹寂寞冷落。偶经过,信陵祠下。正满目荒台败

叶，东京指开封府祠之所在。客舍。九月惊风将落帽，用东晋名士孟嘉重阳龙山落帽事。见《世说新语》。半廊细雨时飘瓦。柏植物名，即乌柏。初红其叶深秋变红。偏向坏墙边，离披散乱貌。打。　　今古事，堪悲诧。悲叹也。身世恨，从牵惹。谓牵动愁肠惹起心事。倘君而尚在，定怜余也。我讵讵，副词，难道。不如毛薛辈，毛公隐于博徒，薛公隐于卖浆家，信陵君无忌收为门客，深受礼遇。后秦国乘信陵君不在之机攻魏，二公冒死劝信陵君回国，魏因获救。君宁与上句"讵"字相对。甘与原平原君。尝孟尝君。亚？低一等。叹侯嬴、年七十为大梁东门守门人。信陵君奉为上客，后秦围邯郸，侯嬴为信陵设计盗得兵符，锥杀晋鄙，击秦存赵，以报信陵君知遇之恩。此侯嬴作者自比。老泪苦无多，如铅泻。用承露盘铜人拆迁时流泪如铅水事。

鲁连台　　(清)屈大均

一笑无秦帝，飘然向海东。谁能排大难，不屑计奇功。古戍三秋雁，高台万木风。从来天下士，只在布衣中。

读秦纪　　(清)陈恭尹

谤声易弭怨难除，秦法虽严亦甚疏。夜半桥边呼孺子，人间犹有未烧书。

谒三闾大夫庙　　(清)王士禛

斜月楚山外，寒江初上潮。左徒遗庙在，未惜马蹄遥。国破怜《哀郢》，魂归赋《大招》。云旗空怅望，回首木兰桡。

咏　史　（清）陆次云

儒冠儒服委丘墟，文采风流化土苴。尚有陆生坑不尽，留他马上说诗书。《史记·陆贾列传》："陆生时时前说诗、书，高帝骂之曰：'乃公居马上得之，安事诗书！'陆生曰：'居马上得之，宁可于马上治之乎？'"

荆卿故里　（清）冯廷櫆

一卷舆图计已疏，单车径入虎狼都。纵然意气倾燕市，岂有功名到酒徒。空向夫人求匕首，谁令竖子把头颅。南来曾过邯郸道，试问人知剑术无。

鲁连台　（清）沈　初

城边一骑射书回，此地曾经不战摧。天下有人秦计阻，先生无恙海滨来。英雄总挟神仙气，时俗空惊论辨才。南望严陵山水窟，千秋异代两高台。

谒孟庙　（清）黄子云

歇马余残照，循墙谒闷宫。衣冠王者并，俎豆圣人同。战国风趋下，斯文日再中。低徊抚松柏，惆怅仰龟蒙。朱庭珍《筱园诗话》：“孟庙诗作较多，尤少杰构。”朱竹垞《过邹谒庙》二律，亦无奇处，所云：“爵颁公一位，邻择里三迁。”好句不过如此。惟黄子云一律最佳。通首气格苍浑。归愚谓一字不粘着孟子七篇及《荀孟世家》中语，自然精切不易。五、六“战国”、“斯文”一联，天下传为名句。……然此二句，正自不愧，他人千百言不能出其范围矣。予幼年谒庙，亦有二律，中有句云：“致君尧舜业，济世孔颜心。”又云：“三迁慈母训，百里圣人居。”初颇惬意，及见黄诗，不觉自失。

王母庙 （清）屈复

秦地山河留落日，汉家宫阙见孤灯。如今应是蟠桃熟，寂寞何人荐茂陵。

秦　宫 （清）祝维诰

殿阁横空复道开，重关不闭楚人来。咸阳一片烧残土，都是椒兰焚后灰。

吴　宫 （清）祝维诰

冷落红阑径里香，吴王台榭已成尘。馆娃歌舞欢游日，忘却西施是越人。

咏荆轲 （清）钱大昕

匕首怀中出，诸郎殿下看。燕丹心未死，赵政胆尤寒。成败论人易，从容舍命难。千秋犹洒泪，易水共汍澜。

题孟庙　（清）钱　林

杨墨风交煽，仪秦辨复腾。斯文天未丧，夫子道相承。浩气中能养，微言绝更兴。齐梁无地主，周孔有云仍。功业尊同禹，经纶小试滕。介应班柳下，醇目过兰陵。七国知矜式，千秋肃豆登。秩宗昭祀典，庙貌仰觚稜。画壁前朝古，丰碑历代增。岩岩泰山色，相对各崚嶒。

咏　史　（清）龚自珍

金粉东南十五州，万重恩怨属名流。牢盆狎客操全算，团扇才人踞上游。避席畏闻文字狱，著书都为稻粱谋。田横五百人安在，难道归来尽列侯。

始皇帝陵　（清）靳　志

秦兼天下起陵园，襟带河山形势尊。牧竖亡羊烧地市，役徒逐鹿失中原。早知再世无蓬颗，枉彻三泉闭羡门。抔土扶苏最邻近，千秋衔恨总无言。

二、两　汉

昭君墓　（唐）常 建

汉宫岂不死，异域伤独没。万里驮黄金，眉蛾为枯骨。回车夜出塞，立马皆不发。共恨丹青人，坟上哭明月。

（明）高棅：刘云，千古词人之恨，写作当时事，断肠软语，不落脂粉，故他作不及。——《唐诗品汇》

（明）李攀龙：蒋仲舒曰，伤哉！片语足当万泪。"立马"句又自凄其。——《唐诗广选》

（明）周敬等：吴山民曰"岂"、"伤"字有照应。"皆不发"三字有情。延寿先伏欧刀，死不必恨。——《唐诗选脉会通评林》

（明）程元初：首二句意深。昔有慰远谪者曰"伤寒七日不起死矣，岂独海外能死人哉！"与此意同。——《唐诗绪笺》

明妃曲四首（其三）　（唐）储光义

日暮惊沙乱雪飞，傍人相劝易罗衣。强来前殿看歌舞，共待单于夜猎归。

(元)杨士弘:咏明妃者多矣,惟此篇为明妃传神。——《批点唐音》

(明)钟惺:写出不情愿(末二句下)。——《唐诗归》

(明)唐汝询:惊沙非罗衣可御,相劝易之者,盖更以毡裘也。于是强来看歌舞,以待单于之归,无聊甚矣!——《唐诗解》

(清)黄叔灿:曰"傍人相劝",曰"强来",嗟忧乐之异情,将郁郁其谁语!如储又有"朝来马上箜篌引,稍似宫中闲夜时",王偃"一又泪落黄河水,应得东流入汉宫",白居易"君王若问妾颜色,莫道不如宫里时",写意皆妙。——《唐诗笺注》

经漂母墓墓在淮阴县。 (唐)刘长卿

昔贤怀一饭,《史记·范雎传》:"一饭之恩必偿。"兹事已千秋。古墓樵人识,前朝楚水流。渚蘋行客荐,山木杜鹃愁。春草茫茫绿,王孙旧此游。

(元)方回:长卿意深不露。第四句盖谓楚亡、汉亡,今惟有流水耳。一漂母之墓,樵人犹能识之,亦以其有一饭之德于时耳。——《瀛奎律髓汇评》

(清)纪昀:此解最精。——同上

(清)冯舒:首句领起,笔墨高挺,有无穷之味。——同上

(清)冯班:起好。——同上

(清)顾安:只是慨叹口气。末二句又与第四句同意,但分得"草"与"水"耳。试将三、四与七、八换转,读去亦无碍,所以为薄也。——《唐律消夏录》

(清)屈复:此首只用"一饭"、"王孙"四字而切题不易。今人则故实满纸矣。——《唐诗成法》

武侯庙 (唐)杜甫

遗庙丹青古,空山万木长。犹闻辞后主,不复卧

南阳。

(宋)张戒:此诗若草草不甚留意,而读之使人凛然,想见孔明风采。比李义山“猿鸟犹疑畏简书,风云常为护储胥”之句,又加一等矣。——《岁寒堂诗话》

(明)王嗣奭:“辞后主”谓《出师》二表,至今神采如生,岂真作南阳二龙哉!……昔人诗:“当时诸葛成何事,只合终身作卧龙。”小儒乱道。——《杜臆》

(清)仇兆鳌:朱鹤龄曰:“此诗后二句,人无解者。武侯为昭烈驱驰,未见其忠,惟当后主昏庸而尽瘁出师,不复有归卧南阳之意,此则云霄万古者耳。”曰“犹闻”者,空山精爽,如或闻之。——《杜诗详注》

(清)浦起龙:后二语隐括两《出师表》而出之,诗中单指后主者,表上于后主时也。朱氏分别两主,疏解尽忠之说,多少痕迹!其疏“犹闻”二字“空山精爽,如或闻之”,却有味。——《读杜心解》

诸葛庙　(唐)杜甫

久游巴子国,屡入武侯祠。竹日斜虚寝,溪风满薄帷。君臣当共济,贤圣亦同时。翊戴归先主,并吞更出师。虫蛇穿画壁,巫觋醉蛛丝。欻忆吟梁父,躬耕也未迟。

咏怀古迹五首(录三首)　(唐)杜甫

群山万壑赴荆门,生长明妃尚有村。陶开虞云:“从地灵说人,多少郑重。”《汉书》注:“昭君本蜀郡秭归人也。”一去紫台善曰:“紫台即紫宫也。”江淹《别赋》:“明妃去时,仰天太息。紫台稍远,关山无极。”连朔漠,黄白山云:

"入宫出塞只七字一语说尽。"独留青冢向黄昏。画图省识春风面，环佩空归月夜魂。朱注："画图之面，本非真容，不曰不识，而曰省识，盖婉词。月夜魂归，明其终始不忘汉宫也。"千载琵琶作胡语，《释名》："琵琶本胡中马上所鼓也，推手前曰琵，引却曰琶。"分明怨恨曲中论。《琴操》："昭君在匈奴，恨帝始不见遇，乃作怨思之歌，后人名为《昭君怨》。"

（明）王嗣奭：因昭君村而悲其人。昭君有国色，而入宫见妒；公亦国士，而入朝见嫉，正相似也。悲昭君亦自悲也。——《杜臆》

（清）浦起龙："一去"怨恨之始也；"独留"，怨恨所结也。"画图识面"，生前失宠之"怨恨"可知；"环佩空归"，死后无依之"怨恨何极"。——《读杜心解》

（清）袁枚：同一著述，文曰作，诗曰吟，可知音节之不可不讲。然音节一事，难以言传。少陵"群山万壑赴荆门"，使改"群"字为"千"字，便不入调。……字义一也，而差之毫厘，失之千里，其他可以类推。——《随园诗话》

蜀主窥吴幸三峡，崩年亦在永安宫。《镜铨》："曰幸曰崩，尊昭烈为正统也。是春秋笔法。"翠华想像空山里，玉殿虚无野寺中。古庙杉松巢水鹤，岁时伏腊走村翁。武侯祠屋常邻近，《太平寰宇记》："诸葛祠在先主庙西。"一体君臣祭祀同。

（明）王嗣奭：其四咏先主祠。而所以怀之，重其君臣之相契也。……幸三峡而崩永安，直述而悲愤自见。——《杜臆》

（清）金人瑞：前解，首句如疾雷破山，何等声势！次句如落日掩照，何等苍凉！三虚想当年，四实笑今日也。……"翠华"、"玉殿"，又极声势，"空山"、"野寺"，又极苍凉。只一句中，上下忽变，真是异样笔墨。——《杜诗解》

（清）何焯：先主失计，莫过窥吴。丧败涂地，崩殂随之；汉室不可复兴，遂以蜀主终矣。所赖托孤诸葛心神不二，犹得支数十年之祚耳。此篇叙中

有断言,婉而辨,非公不能。——《义门读书记》

(清)浦起龙:三、四语意,一显一隐;空山殿宇,神理如是。五、六流水递下。……结以"武侯"伴说,波澜近便,鱼水"君臣",殁犹"邻近";由废斥漂零之人对之,有深感焉。——《读杜心解》

诸葛大名垂宇宙,宗臣遗像肃清高。三分割据纡筹策,万古云霄一羽毛。伯仲之间见伊吕,指挥若定失萧曹。运移汉祚终难复,志决身歼军务劳。

(明)谢榛:七言绝律,起句借韵,谓之"孤雁出群",宋人多有之。宁用仄字,勿借平字,若子美"先帝贵妃俱寂寞"、"诸葛大名垂宇宙",是也。——《四溟诗话》

(明)王嗣奭:通篇一气呵成,宛转呼应,五十六字多少曲折,有太史公笔力。薄宋诗者谓其带议论,此诗非议论乎?——《杜臆》

(明)钟惺:对法奇。又云,下句好眼!真不以成败论古人(伯仲之间二句下)。——《唐诗归》

(明)周敬等:通篇笔力议论,妙绝古今。中联知己之语,千载神交。——《唐诗选脉会通评林》

(清)金人瑞:"羽毛"状其清,"云霄"状真高也……前解慕其大名不朽,后解惜其大功不成。慕是十分慕,惜是十分惜。——《杜诗解》

(清)仇兆鳌:"三分割据",见时势难为;"万古云霄",见才品杰出。——《杜诗详注》

(清)屈复:此首通篇论断,吊古体所忌,然未经人道过,故佳。若拾他人唾余,便同土壤。——《唐诗成法》

题严陵钓台　(唐)张　继

旧隐人如在,清风潘岳《夏侯常侍诔》:"忠节允著,清风载兴。"吕延济注:清风,谓内外俱有美化也。亦似秋。客星沉夜壑,客星,指严光。《后汉书·逸民列传》:"因共偃卧,光以足加帝腹上,明日太史奏客星犯帝座甚急。"帝笑曰:"朕故人严子陵共卧耳!"此句以星沉于山谷,喻严陵之高风已成过去。钓石俯春流。鸟向乔枝聚,鱼依浅濑游。二句意喻名利客随时势而转移。古来芳饵下,《吴越春秋》:"深渊之鱼,死于芳饵之下。"谁是不吞钩。谓世人皆贪名利,独严光不然。〇张衡《归田赋》:"触矢而毙,贪饵吞钩。落云间之逸禽,悬沉渊之鲂鲻。"

咏　史　　(唐)戎　昱

汉家青史上,计拙是和亲。社稷依明主,安危托妇人。岂能将玉貌,便拟静胡尘。地下千年骨,谁为辅佐臣。

(清)冯班:名篇。〇亦是议论耳,气味自然不同。意气激昂,不专作板论,所以为唐人。——《瀛奎律髓汇评》

(清)查慎行:与崔涂《过昭君故宅》寄慨略同。五、六太浅。——同上

(清)纪昀:太直太尽,殊乖一唱三叹之旨。——同上

(清)无名氏(甲):此事固为一时将相之羞。然刘敬作俑,尤当首诛。——同上

(清)胡本渊:议论正而不迂,锤炼工而不滞。——《唐诗近体》

过贾谊宅　　(唐)戴叔伦

一谪长沙地,三年叹逐臣。上书忧汉室,作赋吊灵均。旧宅荒秋草,西风荐客蘋。凄凉回首处,不见洛阳人。贾谊洛阳人。

过贾谊旧居　（唐）戴叔伦

楚乡卑湿叹殊方，赋鹏人非宅已荒。谩有长书忧汉室，空将哀些吊沅湘。雨余古井生秋草，叶尽疏林见夕阳。过客不须长太息，咸阳宫殿亦凄凉。

（清）金人瑞：此解未写旧居，先哭贾傅。一哭其身前，二哭其身后。三承一，再哭其身前；四承二，再哭其身后。言如此卑湿，岂是人居？先生有治安三书，而顾令之住此，可哭也！如此荒芜，谁求遗迹？先生无《吊湘》一辞，几至名字不传，可哭也（前四句下）！〇此解始写旧居。然贾谊遗居，亦止有井可认，其余草非贾谊草，林非贾谊林，雨非贾谊雨，夕阳非贾谊夕阳。不宁惟是，乃至今日，并非戴生夕阳，抑瞥地后日，且并非读戴生诗者之夕阳也。末句忽又稍带咸阳宫殿者，言彼热闹处，亦已同尽，无为独悲此悒郁人也。赖此一结，稍复抒气，不尔，几欲损年矣。——《贯华堂选批唐才子诗》

（清）毛张健：吴融《废宅》诗云"不独凄凉眼前事，咸阳一火便成原"，此诗实为蓝本。——《唐体肤诠》

昭君词　（唐）戴叔伦

汉家宫阙梦中归，几度毡房泪湿衣。惆怅不如边雁影，秋风犹得向南飞。

商山祠堂即事　（唐）窦　常

夺嫡心萌事可忧，四贤西笑暂安刘。后王不敢论珪组，玉珪与印绶指爵位与官职。土偶人前枳树秋。

谒诸葛武侯庙　　(唐)窦　常

永安宫外有祠堂，鱼水恩深祚不长。角立一方初退舍，拟称三汉更图王。人同过隙无留影，石在穷沙尚启行。归蜀降吴竟何事，为陵为谷共苍苍。

王昭君　　(唐)白居易

汉使却回凭寄语，黄金何日赎蛾眉。君王若问妾颜色，莫道不如宫里时。

(明)胡应麟：乐天诗世谓浅近，以意与语合也。若语浅意深，语近意远，则最上一乘，何得以此为嫌？《明妃曲》云"汉使却回频寄语……"《三百篇》、《十九首》不远过也。——《诗薮》

(明)邢昉：咏昭君，别出一想，温柔悱恻，怨情无限。——《唐风定》

(清)刘邦彦：唐云，此必乐天迁谪时作，自况不浅。唐人赋此题，率以调胜，此独以意胜，所以可传。——《唐诗归折衷》

(清)徐增：此诗妙在冷敲，"黄金何日赎蛾眉"忖量得妙，"莫道不如宫里时"又叮咛得妙。——《而庵说唐诗》

经伏波神祠　　(唐)刘禹锡

蒙蒙篁竹下，有路上壶头。章怀注《后汉书》：壶头，山名。在今辰州沅陵东。《武陵记》："此山头与东海方壶相似，因名壶头也。"又曰："壶头山边有石窟，即援所穿室也。"汉垒麏鼯斗，蛮溪雾雨愁。怀人敬遗像，阅世指东流。自负霸王略，安知恩泽侯。乡园辞石柱，筋力尽炎洲。一以功名累，翻思马少游。《后汉书·马援传》："从容谓官属曰：'吾从弟少游常哀吾慷慨多大志，曰士生一世，但取衣食裁足，乘下泽车，御款段马，为郡掾吏，守坟墓。乡里称善人斯可矣。致求盈余，但自苦耳。'"

（元）方回：能道马伏波心事。此公笔端老辣，高处不减少陵。——《瀛奎律髓汇评》

（清）冯舒：真高古。——同上

（清）查慎行：余壮年曾上壶头山拜新息庙，欲作一诗，乃为此公所压。——同上

（清）纪昀：五、六两句上下转阕，一句束住本题，一句开出议论。——同上

韩信庙　（唐）刘禹锡

将略兵机命世雄，苍黄钟室叹良弓。遂令后代登坛者，每一寻思怕立功。瞿蜕园《笺证》按：楚州有韩信庙。此亦是禹锡罢和州刺史北归过楚州游览古迹之作，殆亦寓时事之感。盖裴度自长庆中屡被排济，罢兵权，复去相位，宝历中虽自兴元召还，终不能重用也。末云"遂令后代登坛者，每一寻思怕立功"，意图显然。

韩信庙　（唐）殷尧藩

长空鸟尽将军死，无复中原入马蹄。身向九泉还属汉，功超诸将合封齐。荒凉古庙惟松柏，咫尺长陵又鹿麋。此日深怜萧相国，竟无一语到金闺。金闺，指朝廷。语出鲍照《疏》。

赋昭君冢　　(唐)张　祜

万里关山冢,明妃旧死心。恨为秋色晚,愁结暮云阴。夜切胡风起,天高汉月临。已知无玉貌,何事送黄金。

惆怅诗　　(唐)王　涣

梦里分明入汉宫,觉来灯背锦屏空。紫台月落关山晓,肠断君恩信画工。

苏武庙　　(唐)温庭筠

苏武魂销汉使前,古祠高树两茫然。云边雁断胡天月,陇上羊归塞草烟。回日楼台非甲帐,去时冠剑是丁年。茂陵不见封侯印,空向秋波哭逝川。

(宋)刘克庄:温飞卿《苏武庙》云:"回日楼台非甲帐,去时冠剑是丁年。""甲帐"是武帝事,"丁年"用李陵书"丁年奉使,皓首而归"之语,颇有思致。——《后村诗话》

(清)杨逢春:首点苏武,提"魂消汉使前"五字,最为篇主。——《唐诗绎》

(清)方世举:温之《苏武庄》结句,"空向秋波哭逝川","波"字误。既"川"复"波",涉于侵复。且"波"专言"秋",亦觉不稳,上有何来路乎?老杜云"赋诗新句稳",名手有不稳耶?当是"风"字,用汉武帝《秋风辞》乃非泛设凑句,乃与通篇之用事实者称。——《兰丛诗话》

（清）朱庭珍：玉溪生“此日六军同驻马，当时七夕笑牵牛”，飞卿“回日楼台非甲帐，去时冠剑是丁年”，此二联皆用逆挽句法，倍觉生动，故为名句。所谓逆挽者，倒扑本题，先入正位，叙现在事，写当下景，而后转溯从前，追述已往，以反衬相形，因不用平笔顺拖，而用逆笔倒挽，故名。且施于五、六一联，此系律诗筋节关键处……二诗能于此一联提笔振起，逆而不顺，遂倍精采有力，通篇为之添色，是以传诵人口；亦非以“马”、“牛”、“丁”、“甲”见长，故求工对仗也。——《筱园诗话》

题商山四皓庙一绝　（唐）杜 牧

吕氏强梁嗣子柔，我于天性岂恩仇！南军不袒左边袖，四老安刘是灭刘。《深雪偶谈》云：杜牧之《赤壁诗》“折戟沉沙铁未销，自将磨洗认前朝。东风不与周郎便，铜雀春深锁二乔”。许彦周不谕此身以滑稽弄翰，每每反用其锋，辄雌黄之，谓孙氏霸业，系此一战，宗庙丘墟，皆置不问，乃独含情妇女，岂非与痴人言，不应及于梦也。刘禹锡《题先主庙》云“凄凉蜀故妓，歌舞魏宫前”，亦是此意，惟增凄感，却不主于滑稽耳。本朝诸公，喜于论议，往往不深论唐人主于性情，使隽永有味，然后为胜。牧之处唐人中，本是好为论议，大概出奇立异，如《四皓庙》“南军不袒左边袖，四皓安刘是灭刘”。如《乌江亭》“胜败兵家未可期，包羞忍耻是男儿，江东子弟多才俊，卷土重来未可知”。要之，“东风”与“便”与“春深”数个字，含蓄深窈，则与后二诗迥绝矣。皮日休《馆娃宫怀古》“绮阁飘香下太湖，乱兵侵晓上姑苏。越王大有堪羞处，只把西施赚得吴”。亦是好以议论为诗者。余最爱，窦庠新入谏院喜内子一绝句云“一旦悲欢见孟光，十年辛苦伴沧浪。不知笔砚缘封事，犹问佣书日几行”。使彦周评此，则以窦氏内为不解事妇人矣。所谓痴人前说梦也。牧之五言云“欲识为诗苦，秋霜若在心”。虽格力不齐，各自成家，然无有不自苦思而得也。

汉武宫辞　（唐）薛 逢

武帝清斋夜筑坛，自斟明水醮仙官。殿前玉女移香案，云际金人捧露盘。绛节几时还入梦，碧桃何处更骖鸾。茂陵烟雨埋弓剑，石马无声蔓草寒。

（清）金人瑞：此为不便指斥先皇，而远借汉武为言。前解写汉武之事仙人也。“清斋”写其身心精虔；“夜上”写其秘密；斟水自醮，写其屏息登降，百拜长跪，真如呼吸之间，便当遇之也者。三、四承之，玉女移案者，言一一上章，皆手署御名；金人捧盘者，言时时望空，欲立候昭隐也（首四句下）。○后解写仙人之答汉武也。几时入梦，言不见入梦，何处骖鸾，言不见骖鸾。至于俟之，俟之，俟之既久，而汉武方且倦勤，汉武方且晏驾，汉武方且山陵，而所谓绛节、碧桃，亦终杳然不见。夫而后方悟石马蔓草，已非升仙之状也。嗟乎，又何愚哉！（后四句下）——《贯华堂选批唐才子诗》

（清）黄生：通首具文见意，所以讥汉武之愚也……吴融云“赚得武皇心力尽，忍看烟草茂陵秋”，语虽透快，不及此诗浑浑有味也。——《唐诗摘钞》

（清）屈复：辞最华赡，刺武帝求仙之谬，论亦甚正。——《唐诗成法》

（清）薛雪：通体含讽。——《一瓢诗话》

（清）张世炜：唐之诸君俱好神仙，故诗人托汉武事以讥之。结言尊尚神仙如此。——《唐七律隽》

题筹笔驿　（唐）薛　逢

天地三分魏蜀吴，武侯倔起赞讦谟。身依豪杰倾心术，日对云山演阵图。赤伏运衰功莫就，皇纲力振命先徂。出师表上留遗恳，犹自千年激壮夫。

鄠杜马上念汉书　（唐）李商隐

世上苍龙种，人间武帝孙。《汉书》：“宣帝（询）武帝曾孙，戾太子孙也。高材好学，然亦喜游侠、斗鸡、走狗。昌邑王废，霍光迎即皇帝位。”小来惟射猎，兴罢得乾坤。渭水天开苑，咸阳地献原。吴融诗曰：“咸阳一火便成原。”英灵殊未已，丁傅《汉书》：“哀帝时帝舅丁明封阳安侯。皇后父傅晏封孔乡侯。”**渐华轩**。纪昀曰:“此有感外戚用事而托之汉宣寓意也。”

四皓庙二首　（唐）李商隐

羽翼殊勋弃若遗,皇天有运我无时。庙前便接山门路,不长青松长紫芝。何焯云:“松犹见封,羽翼者顾见遗耶？皆身贱自伤无聊感愤之词。”

本为留侯慕赤松,汉庭方识紫芝翁。萧何只解追韩信,岂得虚当第一功。

汉宫词　（唐）李商隐

青雀西飞竟未回,君王长在集灵台。二句讥讽唐武宗李炎迷于仙道。“竟”字、“长”字下得很尖刻。谓王母使者(青雀)一去竟不复返,其荒诞显然可见,而君却仍久在灵台痴望,其深意从“竟”、“长”二字透露出来。侍臣最有相如渴,不赐金茎露一杯。此二句承上求仙。“金茎露”谓对才俊之士很不重视。“不赐”,恩泽不下及。

(宋)罗大经:讥武帝求仙也。言青雀杳然不回,神仙无可致之理必矣。而君王未悟……今侍臣相如正苦消渴,何不以一杯赐之,若服之而愈,则方士之说犹可信也,不然,则其妄明矣。二十八字之间,委蛇曲折,含不尽之意。——《鹤林玉露》

(清)吴乔:唐诗措词妙而用意深,知其意固觉好,不知其意而惑于其词亦觉好。如崔国辅《魏宫词》、李义山之“青雀西飞”,白雪、竟陵读之亦甚乐也。——《围炉诗话》

(清)纪昀:笔笔转折,警动非常,而出之深婉。后二句言果医得消渴病

愈，犹有可以长生之望，何不赐一杯以试之也。折中有折，笔意绝佳。——《玉溪生诗说》

曼倩辞　（唐）李商隐

十八年来堕世间，瑶池归梦碧桃闲。如何汉殿穿针夜，又向窗中觑阿环。十八年见《汉书·东方朔传》，谓不见岁星十八年。汉武帝仰天叹曰：东方朔在朕旁十八年而不知是岁星也。

汉　宫　（唐）李商隐

通灵夜醮达清晨，王褒《云阳宫记》："钩弋夫人从至甘泉而卒。既殡，尸香闻十里。帝哀悼，乃起通灵台于甘泉宫，有一青鸟集其上。"承露盘晞甲帐春。《武帝故事》："上以琉璃珠玉、明月夜光杂错天下珍宝为甲帐，其次为乙帐，甲帐居神，乙帐自居。"王母不来方朔去，更须重见李夫人。

贾　生　（唐）李商隐

宣室求贤访逐臣，贾生才调更无伦。可怜夜半虚前席，不问苍生问鬼神。

（宋）严有翼：李义山诗"可怜夜半虚前席，不问苍生问鬼神"，虽说贾谊，然反其意用之矣。……直用其事，人皆能之，反其意而用之者，非学识素高，超越寻常拘挛之见，不规规然蹈袭前人陈迹者，何以臻此！——《艺苑雌黄》

（明）胡应麟：晚唐绝……"可怜夜半虚前席……"皆宋人议论之祖。间有极工者，亦气韵衰飒，天壤开、宝。然书情则凄怆而易动人，用事则巧切而

工悦俗，世希大雅，或以为过盛唐，具眼观之，不待其辞毕矣。——《诗薮》

(清)陆次云：诗忌议论，憎其一发无余耳。此诗议论之外，正多余味。——《五朝诗善鸣集》

(清)纪昀：纯用议论矣，却以唱叹出之，不见议论之迹。——《玉溪生诗说》

题汉祖庙　(唐)李商隐

乘运应须宅八荒，男儿安在恋池隍。君王自起新丰后，项羽何曾在故乡。

严光钓台　(唐)陆龟蒙

片帆竿外揖清风，石立云孤万古中。不是狂奴为故态，仲华争得黑头公。

项王庙　(唐)李山甫

为虏为王尽偶然，有何羞见渡江船。停分天下犹嫌少，可要行人赠纸钱！

班婕妤　(唐)崔道融

宠极辞同辇，恩深弃后宫。自题秋扇后，不敢怨春风。

(明)唐汝询:唐人赋此题者不下百篇,独此得婕妤本意。——《唐诗解》

(明)郎瑛:崔道融题《班婕妤》曰“宠极辞同辇……”,曹邺题《庭草》曰“庭草根自浅,造化无遗功。低回一寸心,不敢怨东风”,元陈自堂题“春风”曰“着柳成新绿,吹桃作故红。衰颜与华发,不敢怨春风”,三诗句意相似,而工拙自异。首诗婉转含蓄,着题说到不怨处。——《七修类稿》

汉 武 (北宋)刘 筠

汉武天台汉武帝筑“通天台”,以供奉女巫神君。切贴近。绛河,即银河。半涵飞雾郁嵯峨。谓台之高也。桑田欲看他年变,人间有沧海桑田之变。匏读抛,平声。子先成此日歌。匏子口地名。在今河南濮阳县境。汉武帝元光三年(前132)黄河在匏子决口,多次修理无成。元封二年(前109)武帝亲临督塞而无成功,乃作歌云:“匏子决兮将奈何。”夏鼎几迁空物象,禹铸九鼎象九州,至秦沦没。武帝在汾水旁发现一鼎,改年号为元鼎。秦桥未就已沉波。秦始皇筑跨海石桥以通仙山而无成。相如作赋徒能讽,司马相如作《大人赋》本意是讽谏仙家虚妄,但艺术性太强,天子看了后大悦,竟飘飘然反而有凌云游天地之意。却助飘飘逸气多。

(元)方回:五、六言兴亡之运,理所必有,虽汉武帝之力巨心劳,终亦无如之何也。末句言谏者之不切。——《瀛奎律髓汇评》

(清)纪昀:五句夏鼎变迁,言武帝时海内凋弊。六句言武帝好大,以秦皇比之也。虚谷此评不了了。——同上

汉 武 (北宋)杨 亿

蓬莱银阙浪漫漫,弱水回风欲到难。光照竹宫劳夜拜,露汚金掌费朝餐。力通青海求龙种,死讳文成食马

肝。待诏先生齿编贝，忍令索米向长安。

（元）方回：此诗有说讥武帝求仙，徒费心力，用兵不胜其骄，而于人才之地不加意也。诗话称此五、六。——《瀛奎律髓汇评》

（清）冯班：此首有作用。〇“齿编贝”何不言“身九尺”？——同上

（清）纪昀：此便欲真逼义山。——同上

汉　武　（北宋）钱惟演

一曲横汾鼓吹回，侍臣高会柏梁台。金茎烨煜凌晨见，青雀轩翔白昼来。立候东溟邀鹤驾，穷兵西极待龙媒。甘泉祭罢神光灭，更遣人间识玉杯。

（元）方回：东求蓬岛，西求宛马，亦志大心劳矣。葬地玉杯，遄出人间，悲之也。亦理之所不能免也。人君而鉴此，则修德；人臣而感此，则尽心以事主，听其运于天可也。——《瀛奎律髓汇评》

（清）冯舒：愚。——同上

（清）冯班：好。思公大略胜。——同上

（清）陆贻典：五、六即文公“力通”二句意，而壮丽不如。——同上

（清）纪昀：四语较深稳，然不出温飞卿、薛逢二诗也。——同上

咏叔孙通　（北宋）宋　祁

马上功成不喜文，叔孙绵蕝强经纶。诸君可笑贪君赐，便许当时作圣人。

扬　子　(北宋)王安石

儒者陵夷此道穷,千秋止有一扬雄。当时荐口终虚语,赋拟相如却未工。

汉　武　(北宋)王安石

壮士悲歌出塞频,中原萧瑟半无人。君王不负长陵约,直欲功成赏汉臣。长陵,高帝陵名。汉誓曰:"非刘氏不王,若有亡功非上所置而侯者,天下共诛之。"武帝欲侯贰师,以其亡功,非高帝之约,乃令伐大宛,斩其王,封海西侯。故班固云:武兴胡越之伐,将帅受爵,应本约矣。

诸葛武侯　(北宋)王安石

恸哭杨颙为一言,余风今日更谁传?区区庸蜀支吴魏,不是虚心岂得贤。杨颙字子昭,襄阳人。为丞相亮主簿。亮自校簿书,颙直入谏曰:"为治有区分,则上下不可相侵。请为明公以家主喻之于此;使奴执耕种,婢主炊爨,鸡主司晨,犬主吠盗,牛负重载,马涉远途。私业无旷,所求皆足,雍容高拱,饮食而已。忽一旦欲身亲其役,不更付任,劳其体力,为此碎务,形疲神困,终无一成。岂其智不如奴婢鸡犬哉?失为家主之法也。故古人称坐而论道谓之王公,作而行之谓之士大夫。邴吉不问横尸而爱牛喘,陈平不肯知钱谷,云:自有主者。彼诚达于位分之体也。今明公为理,亲自校簿书,流汗竟日,不亦劳乎?"亮谢之。及颙死,亮泣三日。

严陵祠堂　(北宋)王安石

汉庭来见一羊裘,默默俄归旧钓舟。迹似磻溪应有待,世无西伯可能留。崎岖冯衍才终废,索寞桓谭道不谋。勺水果非鳣鲔地,放身沧海亦何求。

(元)方回:放冯衍、黜桓谭,此固光武之失。然子陵心事,亦未必然。介甫岂以英庙时召不肯起,借秦为喻耶?然介甫不知人,韩魏公之为相,仁、英之为王,而犹不满可乎?——《瀛奎律髓汇评》

(清)纪昀:此评是。"有待"二字不好。天下已定,更谁待耶?通体不见"祠堂",亦为疏漏。——同上

(清)冯舒:第二托意自远。——同上

(清)冯班:如此议论,可谓之拘矣,以小人肺肝,度君子之腹心。家兄云"托意自远",余谓不通而已,何"远"之有?且半山所遇,亦有何托意?家兄性拗,有似此公也。〇总是肚皮不干净,有此等议论。第三句是汉已定鼎,子陵又要谋反。光武中兴,应天顺人,何用西伯,必得他姓而后快?得罪名教之词。第三句,谋反了也。第四句公孙述何如?第八句,岂严陵之志乎?——同上

(清)查慎行:三、四两句一事。〇余独谓光武不能容功臣,大臣如马援、侯霸,或斥或死,何有于冯衍、桓谭乎?——同上

(清)张载华:按《后汉书·侯霸传》:"霸代伏湛为大司徒,封关内侯,十三年薨,帝深伤惜之。似未可与伏波并提而论,谓光武不能容也。"又按:韩歆代霸为大司徒,好直言,无隐讳。帝每不能容,坐免归田里。帝复遣使宣诏责之,歆及子婴竟自杀,评语云云,及《敬业堂集钓台诗》亦有"侯霸得罪由司徒"之句,先生岂误记耶?抑别有所本耶?——同上

董 卓　(北宋)苏 轼

公业平时劝用儒,诸公何事起相图。郑太,字公业。《后汉书》载:"董卓专断朝政时,郑太与周珌、伍琼劝说董卓,以韩馥、刘岱、孔伷、张咨、袁绍为州郡长官。后袁绍等起兵讨董卓,卓大怒曰:'卓初入朝,珌、琼劝用善士,故相从,而诸君到官,举兵相图,此二君卖卓,卓何相负。'遂杀珌、琼。"只言天下无健者,《后汉书·袁绍传》:"卓欲废立,绍勃然曰:'天下使者,岂唯董公?'"岂信车中有

布乎？

虞姬墓　（南宋）范成大

刘项家人总可怜，英雄无策庇婵娟。戚姬葬处君知否，不及虞兮有墓田。

钓台。台上题诗甚多，其最脍炙者曰：世祖功臣二十八，云台争似钓台高　（南宋）范成大

山林朝市两尘埃，邂逅人生有往来。各向此心安处住，钓台无意压云台。

甲午岁朝寓桂林，记去年是日泊桐江谒严子陵祠，迤逦度岭，感怀赋诗　（南宋）范成大

去年晓缆解江皋，也把屠苏泛浊醪。一席饱风渔浦阔，千山封雪钓台高。将军老矣鸣孤剑，客子归哉咏大刀。早晚扁舟寻旧路，柁楼吹笛破云涛。

蜀昭烈庙　（金）元好问

合散扶伤老益坚，荒祠重过为凄然。君臣洒落知无恨，庸蜀崎岖亦可怜。一县山阳尧故事，三年章武魏长

编。章武为刘备年号，在位三年。锦官羽葆今何处，半夜楼桑叫杜鹃。

木兰花　(金)元好问

惊沙猎猎风成阵，白雁一声霜有信。琵琶肠断塞门秋，却望紫台紫台，指长安宫殿。杜甫诗："一去紫台连朔漠，独留青冢向黄昏。"知远近。　深宫桃李无人问。旧爱玉颜今自恨。明妃留在两眉愁，万古春山颦不尽。

题韩信庙　(明)骆用卿

逐鹿中原汉力微，登坛频蹙楚军威。足当蹑后犹分土，心已猜时尚解衣。毕竟封侯符蒯彻，蒯通原名彻，《史记》、《汉书》为避汉武帝讳，改名为通。几曾握手到陈豨。陈豨为巨鹿守时，韩信曾"挈其手辟左右与之步于庭"。后陈豨造反，吕后认为与韩信勾结。英雄漫洒荒山泪，秋草长陵久落晖。长陵为汉高祖刘邦陵墓。在今陕西咸阳。

和聂仪部明妃曲　(明)李攀龙

天山雪后北风寒，抱得琵琶马上弹。曲罢不知青海月，徘徊犹作汉宫看。

(清)沈德潜：不着议论，而一切着议论者皆在其下，此诗品也。——《明诗别裁集》

题项王庙壁　(明)王象春

三章既沛秦川雨，入关更肆阿房炬。汉王真龙项王虎。玉玦三提王不语，鼎上杯羹弃翁姆，项王真龙汉王鼠。垓下美人泣楚歌，定陶美人泣楚舞，真龙亦鼠虎亦鼠。

早发七里滩　(清)钱谦益

曈曈初旭丽江干，淰淰浮烟幂濑滩。此地无风才七里，谚云：无风七里，有风七十里。吾庐有日正三竿。钓台不为沉灰改，丁水犹余折戟寒。欲哭西台还未忍，喉空朱噣响云端。

五日钓台舟中　(清)钱谦益

纬缅江山气未开，扁舟天地独沿洄。空哀故鬼投湘水，谁伴新魂哭钓台。五日缠丝仍汉缕，三年灼艾有秦灰。吴昌此际痴儿女，竞渡讙呶尽室回。

龚宗伯座中赠优人扮虞姬者　(清)杜　濬

年少当场秋思深，座中楚客最知音。八千子弟封侯

去，惟有虞兮不负心。

过虞姬墓次前人韵二首　（清）于成龙

阴陵古道照残阳，策蹇荒茔吊楚亡。血洒西风猿啸月，气吞白帝剑生霜。贞魂傍逐乌骓逝，烈骨长凝碧草香。行客莫知悲舞意，春来疑作妒新妆。

破秦当日衄咸阳，及败谁嗔困北邙？玉玦无谋定天下，青锋有意谢君王。八千歌散肠应断，九里烟消骨尚香。悔比樊姬差一谏，空令怨血舞红妆。吴骞《拜经楼诗话》云：虞姬墓在灵璧县，有草红色，见人辄舞，俗名虞美人草。按：楚庄王纳樊姬之谏，用叔孙敖而霸，羽以不听范增而亡。以楚证楚，议论卓然。于清端虽不以诗传，然此诗自来咏虞姬者所未及者也。

读陈胜传　（清）屈大均

闾左普通老百姓。称雄日，渔阳渔阳古郡名，在今北京市密云县西南。谪戍人。王侯宁有种，竿木足亡秦。指起义。语本贾谊《过秦论》："斩木为兵，揭竿为旗。"大义呼豪杰，先声仗鬼神。驱除功第一，汉将可谁伦？

蜍矶灵泽夫人词二首　（清）王士禛

白帝江声尚入吴，灵祠片石倚江孤。魂归若过刘郎浦，还忆明珠步障无？

霸气江东久寂寥，永安宫殿草萧萧。都将家国无穷恨，分付浔阳上下潮。王士禛《渔洋诗话》云：芜湖江岸有蟂矶，上有昭烈孙夫人祠。余甲子使粤归，过之，题二诗云云。

题陆贾传　（清）田　雯

焚坑渗漏笑强秦，刘氏功凭马上臣。掾史武夫两行队，中间迂腐一词人。

王昭君　（清）刘献廷

汉主曾闻杀画师，画师何足定妍媸。宫中多少如花女，不嫁单于君不知！

过淮阴　（清）车腾芳

西风初度跨桥村，秋草斜阳有限存。一饭亦能生国士，良弓终忍弃王孙。夜深何处闻弹剑，市上犹能说报恩。血战勋名空复尔，冷烟疏雨落淮门。

住谷城之明日，谨以斗酒牛膏琵琶三十二弦致祭于西楚霸王之墓三首　（清）王　昙

江东余子老王郎，来抱琵琶哭大王。如我文章遭鬼击，嗟渠身首竟天亡。谁删本纪翻迁史，误读兵书负项梁。留部匏芦汉书在，英雄成败太凄凉。

秦人天下楚人弓，枉把头颅送马童。天意何曾袒刘季，大王失计恋江东。早摧函谷称西帝，何必鸿门杀沛公。徒纵咸阳三月火，让他娄敬说关中。

黄土心香一掬尘，英雄儿女我沾巾。生能白版为天子，死剩乌江一美人。壁里沙虫亲子弟，烹来功狗旧君臣。戚姬脂粉虞姬血，一样君恩不庇身。

题飞燕印拓本四首　（清）吴兰修

碧海雕残出汉宫，回环小篆字尤工。承恩可似绸缪印，亲蘸香泥押臂红。

不将名字刻苕华，体制依然复内家。一自宫门哀燕燕，可怜孤负玉无瑕。

黄门诏记未全诬，小印斜封记得无。回首故宫应恼悔，再休重问赫蹄书。

锦裹檀熏又几时，摩挲尤物不胜思。烟云过眼都成录，转忆龚家娄寿碑。潘飞声《山泉诗话》云："从伯祖……藏飞燕玉印……后嘉兴文后山得之，仁和龚定庵舍人以朱竹垞所藏宋拓《娄寿碑》相易，盖以朱提五百，遂归龚氏。定庵赋诗，所谓'天教弥缺憾，喜欲冠平生。自夸奇福至，端不换公卿'也。先方伯殆又得之于龚氏，构'宝燕楼'藏之。"〇徐珂《清稗类钞》云："汉赵飞燕印，为明严嵩故物，以羊脂玉为之，纯粹洁白，无纤瑕，盘凤纽，文曰'倢伃妾赵'鸟篆。"

乙酉十二月十九日，得汉凤纽白玉印一枚，文曰"倢伃妾赵"，既为之说，载文集中矣。喜极赋诗为寰中倡。时丙戌上春也（四首）　（清）龚自珍

寥落文人命，中年万恨并！天教弥缺陷，喜欲冠平生。掌上飞仙堕，怀中夜月明。自夸奇福至，端不换公卿。

入手消魂极，源流且莫宣。姓疑钩弋是，人在丽华先。暗寓拼飞势，休寻德象篇。定谁通小学，或者史游镌。钩弋夫人亦姓赵。史游与飞燕同时。

夏后苕华刻，周王重璧台。姒书无拓本，姬室有荒苔。小说冤谁雪？灵踪闷忽开。原注：尝论《西京杂记》出六朝手，所称汉人语多六朝语，未可信。客曰：得印所以报也。更经千万寿，永不受尘埃。原注：玉纯白，不受土性。

引我飘摇思，他年能不能？狂胪诗万首，高供阁三层。拓以甘泉瓦，燃之内史灯。原注：内史第五行灯，亦予所藏。东南谁望气，照耀玉山稜。原注：予得地十笏于玉山之侧，拟构宝燕阁，它日

居之。

贾公祠　　(清)朱克敬

寒林秋草日斜时，凄绝文房吊古诗。岂意有人千载下，采蘋重奠贾公祠。

题苏武牧羊图　　(清)吴沃尧

雪地冰天且耐寒，头颅虽白寸心丹。眼前多少匈奴辈，等作群羊一例看。

魏晋南北朝

遣兴五首(之三)　　(唐)杜　甫

陶潜避俗翁，未必能达道。观其著诗集，颇亦恨枯槁。达生岂是足，默识盖不早。有子贤与愚，何其挂怀抱。黄山谷云：子美尝困于三川，为不知者诟病，以为拙于生理。又往往讥议宗文宗武失学，故寄之渊明以解嘲耳。俗人不领，便以为讥病渊明，所谓痴人前不得说梦也。

咏怀古迹五首(之一)

杨伦《杜诗镜铨》:"此五首乃借古迹以咏怀也。庾信避难,由建康至江陵,虽非蜀地,然曾居宋玉之宅,公之飘零类是,故借以发端。次咏宋玉,以文章同调相怜,咏明妃以高才不遇寄慨,先主、武侯有感于君臣之际焉。"

(唐)杜 甫

支离东北风尘际,飘泊西南天地间。自叙起为五诗总冒。二句作诗本旨。《镜铨》:"因风尘故怀及先主、武侯,因飘泊故怀及庾信、宋玉、明妃,知非泛咏古迹。"三峡楼台淹日月,五溪衣服共云山。羯读竭,入声。古代少数民族。胡事主终无赖,《镜铨》:"句承风尘。禄山叛唐,犹侯景之叛梁也。"词客哀时且未还。《镜铨》:"句承飘泊。公思故国,犹庾信之哀江南也。"庾信平生最萧瑟,暮年诗赋动江关。《庾信传》:"信在周,虽位望通显,常有乡关之思,乃作《哀江南赋》,其辞有'将军一去,大树飘零;壮士不还,寒风萧瑟'。"

(明)王嗣奭:公于此自称"词客",盖将自比庾信,先用引起下句,而以己之"哀时"比信之《哀江南》也。——《杜臆》

(清)杨伦:五诗咏古即咏怀,一面当作两面看,其源出太冲《咏史》。○李子德云,五首托兴最远,有纵横万古,吞吐八极之概。庾信、宋玉二首,一点在末,一点在起。明妃首虽点在首二句,而出落别是一法。末二首咏先主即带出武侯,咏武侯又缴转汉祚,章法无一相同处。——《杜诗镜铨》

(清)仇兆鳌:五、六宾主双关,盖禄山叛唐,犹侯景叛梁;公思故国,犹庾信之哀江南也。——《杜诗详注》

王濬墓下作　(唐)李 贺

人间无阿童,犹唱水中龙。王濬小字阿童。《晋书》:"时,吴有童谣曰:阿童复阿童,衔刀浮渡江。不畏岸上虎,但畏水中龙。"白草侵烟死,秋梨

绕地红。古书平黑石，神剑断青铜。黑石，墓碑也。青铜为冢中之铜剑。耕势鱼鳞起，坟斜马鬣封。菊花垂湿露，棘径卧干蓬。松柏愁香涩，南原几夜风。

后梁宣、明二帝碑堂下作宣、明二帝事见《周书·萧詧传》。

（唐）刘禹锡

玉马朝周从此辞，园陵寂寞对丰碑。千行宰树荆州道，暮雨潇潇闻子规。《舆地纪胜》云："白碑驿在江陵界，萧嵩为其祖立碑于驿之北。"又云："梁宣、明二帝陵在府西北六十里纪山。"〇瞿蜕园《笺证》云："萧詧（宣帝）骨肉相残，引狼入室，卒致为人傀儡，徒拥虚名，坐困一隅而仍不能守，丧家亡国，辱莫甚焉。禹锡不着多语而愤慨之意自见。"

过陈琳墓　（唐）温庭筠

曾于青史见遗文，今日飘零过古坟。词客有灵应识我，霸才无主始怜君。石麟埋没藏春草，铜雀荒凉起暮云。莫怪临风倍惆怅，欲将书剑学从军。

（清）朱三锡：一言昔读公之文，二言今过公之墓，无端于十四字中，忽地插入"飘零"二字，顿将读史、过墓二句文字，一齐都收到自己身上来，妙，妙……通首只将"飘零"二字，写尽满腔怨愤，参差屈曲，绝妙之章。——《东岩草堂评订唐诗鼓吹》

（清）金人瑞：三、四"词客有灵"、"霸才无主"、"应识我"、"始怜君"，其辞参差屈曲，不计如何措口，妙，妙！——《贯华堂选批唐才子诗》

（清）吴乔：诗意之明显者，无可着论，惟意之隐僻者，词必纡回婉曲，必须发明。温飞卿《过陈琳墓》诗，意有望于君相也。飞卿于邂逅无聊中，语言开罪于宣宗，又为令狐绹所嫉，遂被远贬。陈琳为袁绍作檄，辱及曹操之祖先，可谓酷毒矣，操能赦而用之，视宣宗何如哉？又不可将曹操比宣宗，故托之陈琳，以便于措词，亦未必真过其墓也。……“霸才无主始怜君”，“怜”字诗中多作“羡”字解，因今日无霸才之君，大度容人之过如孟德者，是以深羡于君。“石麟埋没藏春草”赋实景也，“铜雀荒凉起暮云”忆孟德也。此句是一诗之主意。“莫怪临风倍惆怅，欲将书剑学从军”，言将受辟于幕府，永为朝廷所弃绝，无复可望也。怨而不怒，深得风人之意。——《围炉诗话》

（清）胡以梅：五、六承古坟，是中二联分承一、二之法。结仍以三、四之意归于自己，欲学古人，故“倍惆怅”耳。自有一种回环情致。——《唐诗贯珠》

（清）张世炜：飞卿负才不遇，一尉终身，此诗借他人酒杯，浇自己垒块，读之堕千古才人之泪。——《唐七律隽》

陈后宫　（唐）李商隐

茂苑城如画，阊门瓦欲流。还依水光殿，更起月华楼。侵夜鸾开镜，迎冬雉献裘。从臣皆半醉，天子正无愁。叶注：“《北史·齐后主纪》：‘盛为无愁之曲，帝自弹琵琶而唱之，侍和之者以百数，人间谓之无愁天子。’”叶葱奇《疏注》云：“前四句言都城已极壮丽，乃更广修楼观。五句言日夜逸乐（颠倒句法，夜开鸾镜也），六言恣情享受（倒句，冬献雉裘也），七、八言君臣皆在醉生梦死之中。题为《陈后宫》却无一句实用陈事，即“天子无愁”也，只不过借用字面，并非实用齐后主故事。通首凌空抒讽，在集中实别具一格。”

（清）何焯：此诗极深于作用，自觉味在酸咸之外。——《义门读书记》

（清）姚培谦：茂苑阊门，见一隅之地；依殿起楼，见工役不休。五句是无朝暮，六句是无冬夏。君臣都在醉梦中，焉得不亡。——《李义山诗集笺注》

（清）屈复：一、二城廓之壮丽，三、四宫殿之华美。五女色之妍，六衣服之赊。臣醉而君无愁，荒淫如此，安得不亡？——《玉溪生诗意》

（清）程梦星：题为《陈后宫》，结句乃用北齐事。合观全篇，又不切陈，盖借古题以论时事也……若作怀古，则陈、齐踳驳，了无义理。——《重订李义

山诗集笺注》

陈后宫　　(唐)李商隐

玄武开新苑,龙舟宴幸频。渚莲参法驾,沙鸟犯勾陈。“渚莲”借比民间女子,“沙鸟”借比外间男子。“勾陈”星名,主后宫。寿献金茎露,歌翻玉树尘。夜来江令醉,别馆宿临春。叶葱奇《疏注》云:措辞蕴藉不露。

(元)方回:钩陈星、后宫之象,亦左右宿卫之象。——《瀛奎律髓汇评》

(清)冯舒:“参法驾”者为“渚莲”、“犯钩陈”者为“沙鸟”、“宿临春”者为“江令”,君臣荒湎之状,备极形容。——同上

(清)冯班:如此咏史,不愧盛誉。每读宋初“昆体”,辄叹此君之不可及也。〇力有千钧。江右繁华,陈宫淫湎,一笔写出,而壮丽无形迹。〇颈联妙。——同上

(清)何焯:次联是一篇《艮岳记》,写得不成模样,却浑然不露。〇题曰《陈后宫》结句显然有所指斥,即所谓“沙鸟”也。“渚莲”以比嫔御,借陈事刺当时耳。——同上

(清)纪昀:三、四蕴藉,飞卿《骊山》诗“过客闻韶濩,居人识冕旒”,亦是此意。结故为尖刻不了之语,义山习气。——同上

(清)许印芳:飞卿《骊山》诗,乃五言长律,叙明皇事,笔意极佳。晓岚所批《才调集》,亦有此诗,评见本集。——同上

东阿王曹植也。　　(唐)李商隐

国事分明属灌均,西陵曹操墓也。魂断夜来人。君王不得为天子,半为当时赋洛神。

代魏宫私赠 原注：黄初三年，已隔存殁，追代其意，何必同时，亦广子夜吴歌之流变。（唐）李商隐

来时西馆阻佳期，黄初二年曹植贬安乡侯，四年来朝，帝责之，置西馆，未许朝。去后漳河隔梦思。知有宓妃宓读伏，入声。宓妃为传说中的洛水女神。无限意，春松秋菊曹植《洛神赋》："荣曜秋菊，华茂春松。"可同时。

代元城吴令暗为答 （唐）李商隐

背阙归藩路欲分，水边风日半西曛。荆王枕上原无梦，莫枉阳台一片云。

读任彦昇碑 （唐）李商隐

任昉当年有美名，可怜才调最纵横。梁台初建应惆怅，不得萧公作骑兵。比自慨沉沦使府，以文字供役，反不及武人易于显贵也。○《梁书》："梁武帝与昉遇于竟陵王西邸，从容谓昉曰：'我登三府当以卿为记室。'昉亦戏帝曰：'我若登三府，当以卿为骑兵，以帝善射也。'"

北齐二首 （唐）李商隐

一笑相倾国便亡，何劳荆棘始堪伤。小怜玉体横陈夜，已报周师入晋阳。北齐后主冯淑妃名小怜。○叶葱奇《疏注》云："上二句先发议论，下二句再以史实论证，措语骏快，警策，饶有韵致，不像宋以后人论史诗之

板滞乏味，所以最为高唱。”

（清）纪昀：议论以指点出之，神韵自远。——《李义山诗集辑评》

（清）屈复：“一”字、“便”字、“何劳”字、“始堪”字、“已报”字，相呼相应。——《玉溪生诗意》

（清）马位：“横陈”二字见宋玉赋，古今以为艳语。《楞严经》云“于横陈时，味如嚼蜡”。作为注脚，亦稍寓微意。——《秋窗随笔》

巧笑知堪敌万机，倾城最在着戎衣。晋阳已陷休回顾，更请君王猎一围。《北齐书》：“周师取平阳，帝猎于三堆，晋州告急，帝将返，淑妃请更杀一围，从之。”叶按：淑妃请更杀一围应是平阳（今山西临汾县境）已陷。若晋阳失陷，高纬已苍黄奔邺。此系作者偶误，或抄辑时涉前一首而讹。叶葱奇《疏注》云：上二句措语深婉而讽刺尖刻；下二句但举事实，不著议论，讥刺之意自见，尤俊妙有远神。

（清）李瑛：只叙其事，不着议论，而荒淫沉迷，写得可笑可哀。——《诗法易简录》

（清）林昌彝：诗但述其事，不溢一词，而讽谕蕴藉，格律极高。此唐人擅长处。——《射鹰楼诗话》

齐宫词　（唐）李商隐

永寿兵来夜不扃，齐东昏侯宝卷为潘妃起神仙、永寿、玉寿三殿。兵来夜不扃，谓萧衍至，废帝（即东昏侯）尚在歌舞。金莲无复印中庭。萧宝卷凿金为莲花，令潘妃行其上，曰：步步生金莲也。梁台歌管三更罢，犹自风摇九子铃。庄严寺有九子铃，萧宝卷略取以为潘妃殿饰。通篇不着议论，上二句从叙事中把萧宝卷荒淫昏乱，自取灭亡的原因笼括在内；下二句妙在用梁台歌罢，九子铃依然在风中摇曳，从冷静、琐细处来抒发慨叹，情致、神韵最为深远。

(清)屈复:不见金莲之迹,犹闻玉铃之音。不闻于梁台歌管之时,而在既罢之后。荒淫亡国,岂能一一尽写?只就微物点出,令人思而得之。——《玉溪生诗意》

(清)姚培谦:荆棘铜驼,妙在从热闹中写出。——《李义山诗集笺注》

(清)沈德潜:此篇不着议论,"可怜夜半虚前席"却着议论。异体而各极其妙。——《唐诗别裁集》

南　朝　　(唐)李商隐

地险悠悠天险长,金陵王气应瑶光。《春秋运斗枢》:北斗七星:第一枢、第二璇、第三玑、第四权、第五衡、第六开阳、第七瑶光。○江淹诗:"瑶光正神县。"南朝为正朔所归,故曰:"应瑶光。"休夸此地分天下,只见徐妃半面妆。南朝梁元帝妃子徐昭佩故事,见《南史·后妃传下·徐妃》。

(清)朱鹤龄:朱彝尊曰,高绝。○何焯曰:点化中分,使事灵变,看作刺诗,便不会作者语妙。——《李义山诗集辑评》

(清)屈复:以如此之形胜,如此之王气,而仅足以偏安,非英雄也。借一事而统论南朝,非专指徐妃。——《玉溪生诗意》

(清)冯浩:程梦星曰,唐人咏南朝者甚众,大都慨叹其兴亡耳……而义山更出其上,以为六代君臣,偏安江左,曾无混一之志,坐视神州陆沉,其兴其亡,盖皆不足道矣。愚谓此诗真可空前绝后,今人徒赏义山艳丽,而不知其识见之高。——《李义山诗集笺注》

景阳井　　(唐)李商隐

景阳宫井剩堪悲,不尽龙鸾誓死期。肠断吴王宫外水,浊泥犹得葬西施。《隋书》:"高颎先入建康,晋王广使驰诣颎,令留丽华。颎曰:'昔太公蒙面以斩妲己,今岂可留丽华,乃斩之于青溪。'"纪昀曰:"惜丽华不死于

宫井而死于青溪也。”

咏 史 （唐）李商隐

北湖南埭水漫漫，北湖即玄武湖。《金陵志》：“南埭上水闸也。”○南朝首都一片荒凉。一片降旗百尺竿。自东晋至陈，一个个亡国。故用一片降旗。三百年间同晓梦，钟山何处有龙盘？他们这样迅速亡国，所谓龙盘虎踞又在哪里？按：钟山即紫金山，又名蒋山。汉末蒋子文逐盗，死于钟山，孙权为立庙，封为蒋侯。因孙权之祖名钟，故改称蒋山。

（清）何焯：四句中气脉何等阔远！○今人都不了解首句为讽刺。○盘游不戒，则形胜难凭，空令败亡兼至，写得曲折蕴藉。——《义门读书记》

（清）屈复：国之存亡，在人杰不在地灵，足破堪舆之惑。——《玉溪生诗意》

（清）冯浩：首句隐言王气消沉，次句专指孙皓降晋，三句统言五代。音节高壮，如铿鲸钟。——《李义山诗集笺注》

南 朝 （唐）李商隐

玄武湖中玉漏催，鸡鸣埭《南史·武穆裴皇后传》：“上（齐武帝）数幸琅琊城，宫人常从，早发至湖北埭鸡始鸣，故呼为鸡鸣埭。”口绣襦回。谁言琼树朝朝见，陈后主陈叔宝作《玉树后庭花》曲，有“碧月夜夜满，琼树朝朝新”句。不及金莲步步来。《南史·齐本纪》：“（东昏侯萧宝卷）又凿金为莲花以贴地，令潘妃行其上，曰：此步步生莲花也。”敌国军营漂木柹，柹读肺，去声。木柹亦作木柿。砍削下来的碎木片。《南史·陈后主纪》：“隋文帝（杨坚）……命大作战船，人请密之，……（杨坚）使投柹于江曰：‘彼若能改，吾又何求。’”前朝神庙锁烟煤。满宫学士皆颜色，宫人之有文学者皆为学士。江令当年只费才。江总历任吏部尚书、仆射、尚书令,既当权任宰而不亲政务,日与后主游宴后庭,当时谓之狎客。叶葱奇《疏注》云:"'谁言'、'不及'用流水句一气说下,运笔非常灵巧。结二句但举事实,而'满'字、'皆'字、'只'字运笔极有力。"○纪昀云:"冷语作收,义山惯法。"

(清)钱良择:罗列故实,其意盖本《玉台》艳体作咏史诗也。义山创此格,遂为西昆诸公之祖。——《唐音审体》

(清)陆昆曾:此讥南朝皆以荒淫覆国,而叹陈之后主为尤甚也。起二语叙宋、齐事,随写随撇。三、四用反语转出陈来,句法最为跌宕;曰"谁言"、曰"不及",是殆有加焉之意。下半言咎不独在君也。——《李义山诗解》

(清)程梦星:南朝偏安江左,历代皆事荒淫……首举宋、齐,则梁陈可知;末举梁、陈,则宋、齐概见,此行文参错交互之法也。——《重订李义山诗集笺注》

(清)屈复:起二句写时、地。下以"谁言"、"不及"四字调笑之。五、六写亡国。七、八又追写未亡事,以见安得不亡意。——《玉溪生诗意》

(清)纪昀:三、四言叔宝之荒淫过于东昏也;"谁言"、"不及",弄姿以取警脱耳。五、六提笔振起,七、八冷掉作收,是义山法门。——《李义山集辑评》

过陶徵君隐居宅　(唐)崔涂

陶令曾居此,弄琴遗世情。田园三亩宅,轩冕一铢轻。衰柳自无主,白云犹可耕。不随陵谷变,应只有高名。

读庾信集　(唐)崔涂

四朝十帝尽风流,庾信历事梁武帝、简文帝、元帝。后聘于西魏见留,历事魏恭帝、周孝闵帝、明帝、武帝、宣帝、静帝、隋文帝,以开皇元年卒。故云四朝十帝。建业长安两醉游。梁都建业,魏、周俱都长安。惟有一篇《杨柳

曲》，庾信集有《杨柳曲》云："河边杨柳百丈枝，别有长条踠地垂。河水冲激根株危，倏然河中风浪吹。可怜巢里凤凰儿，无故当年生别离。"江南江北为君愁。

南朝 (北宋)刘筠

华林酒满劝长星，青漆楼高未称情。麝壁灯回偏照昼，雀舫波涨欲浮城。钟声但恐严妆晚，衣带那知敌国轻。千古风流佳丽地，尽供哀思与兰成。

(元)方回："昆体"诗所以用事务为雕簇者，此也。衣带，谓大江耳。兰成，谓庾信《哀江南赋》。——《瀛奎律髓汇评》

(清)冯班：结独胜。——同上

(清)张载华：蒿庐夫子云："按'舫'字古作方。吴才老云：'方舫音义同。'《韵会小补》舫字下亦收平声，引《战国策》'舫船载卒'鲍彪注非郎切。"——同上

(清)查慎行："舫"字作平声读。他处未见。可云"一衣带水"，非衣带即可当水也。若改为"带水"，便意足，无语病矣。——同上

南朝 (北宋)杨亿

五鼓端门漏滴稀，夜签声断翠华飞。繁星晓埭闻鸡度，细雨春场射雉归。步试金莲波溅袜，歌翻玉树涕沾衣。龙盘王气终三百，犹得澄澜对敞扉。

(元)方回：夜半至鸡鸣埭及射雉，乃齐事。金莲，潘妃事。玉树，陈后主事。此杂赋南朝耳。诗并见《西昆酬唱集》。组织华丽，盖一变晚唐诗体、香山诗体，而效李义山，自杨文公、刘子仪始。欧、梅既作，寻又一变。然欧公

亦不非之，而服其工。——《瀛奎律髓汇评》

（清）冯舒："西昆"毕竟胜"江西"。——同上

（清）冯班：诸作颇伤琐杂，未足拟玉溪《咏史》也。○玉溪生抒词丽，着眼高，首尾有起止，诸公不及也。——同上

（清）纪昀："西昆"多挦撦义山之面貌，此咏古数章，却有意思，议论颇得义山之一体，勿一概视之。○"昆体"虽宗法义山，其实义山别有立命安身之处。杨、刘但则其字句耳。后来尘劫日深。并义山亦为人所论。物极而反，一变而元祐，再变而"江西"矣。——同上

南　朝　（北宋）钱惟演

结绮临春映夕霏，景阳钟动曙星稀。潘妃宝钏光如昼，江令花笺落似飞。舴艋临波朱火渡，觚稜拂汉紫烟微。自从饮马秦淮水，蜀柳无因对殿帏。

和微之重感南塘事　（北宋）王安石

叔宝倾陈衍弊梁，可嗟曾不见兴亡。斋祠父子终身费，酣咏君臣举国荒。南狩皖山非故地，北师淮水失名王。天移四海归真主，谁诱昏童肯用长。

（元）方回：末句押韵好，谓有舟楫之长技，而不能保夫江者，以运去人离也。——《瀛奎律髓汇评》

（清）冯舒：首句是借梁、陈说南唐，却不醒。——同上

（清）冯班：自阔。○"名王"字未妥。末句不成语。——同上

（清）陆贻典：半山诗气象自开阔。——同上

（清）纪昀：首二语皆凡近。○末句牵强之甚，不成句法。——同上

（清）无名氏（甲）：南唐，都金陵。皖山，在安庆。名王乃匈奴部落，不可

用。——同上

鹧鸪天·读渊明诗不能去手,戏作小词以送之

(南宋)辛弃疾

晚岁躬耕不怨贫,陶渊明《癸卯岁始春怀古田舍》诗:"先师有遗训,忧道不忧贫。"只鸡斗酒陶渊明《归田园后》诗:"漉我新熟酒,只鸡招近局。"聚比邻。陶渊明《杂诗》:"落地为兄弟,何必骨肉亲。得欢常作乐,斗酒聚比邻。"都无晋宋之间事,自是羲皇以上人。　千载后,百篇存。更无一字不清真。若教王谢诸郎在,未抵柴桑陌上尘。

(明)卓人月:"胸中那可有一事,天下故应无两人。"放翁诗配稼轩词。——《古今词统》

题王羲之书　(元)揭傒斯

右军潇洒更清真,落笔奔腾思入神。《裹鲊》若能长在世,《子鸾》未必可惊人。苍藤古木千年意,野草闲花几日春。书法不传今已久,褚君毛颖向谁陈。

题渊明小像　(明)童冀

采菊东篱下,南山入望时。葛巾新漉酒,正耐晚风吹。

题陶靖节　(明)钱子正

我爱陶元亮,遁世亦无心。门栽五株柳,手抚不弦琴。学任诸儿懒,杯从野老斟。斯人不可见,怀古一沾襟。

金陵青溪上有张丽华小祠,不知何代所建,今尚有遗址存焉,偶赋绝句以补秦淮杂诗之缺(二首)

(清)王士禛

璧月依然琼树枯,玉容犹似忆黄奴。过江青盖无消息,寂寞清溪伴小姑。

临春结绮已消沉,遗庙荒凉碧藓侵。惟有青溪呜咽水,千年犹自怨韩擒。原注:唐修隋史书,韩擒虎曰韩擒,避庙讳也。

论诗(陶渊明)　(清)翁方纲

一语天然万古春,豪华落尽见真淳。南窗白日羲皇上,未害渊明是晋人。以天然闲适者归之陶,以蕴藉神秀者归之谢,此所以为初日芙蓉他家莫及也。

读文选诗九首(录一首)　(清)舒位

云浮鸟倦早怀田,怀田是暗用陶诗《癸卯岁始春怀古田舍》。乡里

儿来巧作缘。我岂能为五斗米，折腰向乡里小儿。仕宦中朝如醉酒，英雄末路以诗传。五株柳树羲皇上，一水桃花魏晋前。只有东坡闲不住，加餐黄庭坚《跋子瞻和陶诗》："饱吃惠州饭，细和渊明诗。"遍和义熙年。"义熙"为东晋安帝年号。渊明写诗，义熙以后，不署年号。

舟中读渊明诗三首　（清）龚自珍

陶潜诗喜说荆轲，想见停云发浩歌。吟到恩仇心事涌，江湖侠骨已无多。

陶潜酷似卧龙豪，万古浔阳松菊高。莫信诗人竟平淡，二分《梁甫》一分《骚》。

陶潜磊落性情温，冥报因他一饭恩。颇觉少陵诗吻薄，但言朝叩富儿门。

绿珠词　（清）严　复

情重身难主，凄凉石季伦。明珠三百琲，空换坠楼人。梁启超《饮冰室诗话》云："《绿珠词》一首云云，盖（为光绪）哭林晚翠也。"〇王遽常《严几道年谱》云："绿珠词云云。为德宗发愤而作，兼哭晚翠者也。"〇按：严集题为《古意》。

四、隋唐五代

醉后赠张九旭　（唐）高适

世上谩相识，此翁殊不然。兴来书自圣，醉后语尤颠。白发老闲事，青云在目前。床头一壶酒，能更几回眠？

（明）叶羲昂：起二句已托出张颠，举止性情真颠人，胸中异常斟酌。——《唐诗直解》

（明）周珽：达夫率口生韵，其赠寄、送别等篇，不事钩棘为奇，皆一气呵成，丰态有美女舞竿之致。——《唐诗选脉会通评林》

（清）黄生：全篇直叙格。高、岑二子，古体、歌行工力悉敌，不愧齐名。独五、七言律，高似稍劣。盖嘉州精警，常侍疏朴，彼为正声，此则外调也。——《唐诗矩》

（清）屈复：起句后平列六句，格奇。——《唐诗成法》

（清）沈德潜：世俗交谊不亲，而泛云知己，所谓"谩相识"也。——《唐诗别裁集》

清平调三首　（唐）李白

云想衣裳花想容，春风拂槛露华浓。若非群玉山头

见，会向瑶台月下逢。

(清)黄叔灿：此首咏太真，着二“想”字妙。次句人接不出，却映花说，是“想”之魂。“春风拂槛”想其绰约，“露华浓”想其芳艳，脱胎烘染，化工笔也。——《唐诗笺注》

一枝秾艳露凝香，云雨巫山枉断肠。借问汉宫谁得似，可怜飞燕倚新妆。

(清)黄生：首句承“花想容”来，言妃之美，惟花可比，彼巫山神女，徒成梦幻，岂非“枉断肠”乎！必求其似，惟汉宫飞燕，倚其新妆，或庶几耳。——《唐诗摘钞》

(清)李瑛：两首一气相生，次首即承前首作转。如此空灵飞动之笔，非谪仙熟能有之？——《诗法易简录》

明花倾国两相欢，长得君王带笑看。解释春风无限恨，沉香亭北倚栏干。王琦《李太白全集》云：蔡君谟书此诗，以“云想”作“叶想”，近世吴舒凫遵之，且云“叶想衣裳花想容”与王昌龄“荷叶罗裙一色裁，芙蓉向脸两边开”，俱以梁简文“莲花乱脸色，荷叶杂衣香”脱出，而李用二“想”字，化实为虚，尤见新颖。不知何人误作“云”字，而解者附会《楚辞》“青云衣兮，白霓裳”，甚觉无谓云云。不知改“云”作“叶”便同嚼蜡，索然无味矣。此必君谟一时落笔之误，非有意点金成铁，若谓太白原本是叶字，则更大谬不然。○萧士赟《分类补注李太白集》云：传者谓高力士指摘“飞燕”之事，以激怒贵妃。予谓使力士知书，则“云雨巫山”不尤甚乎？《高唐赋序》谓神女尝荐先王之枕席兮，后序又曰襄王复梦遇焉。此云“枉断肠”者，亦讥贵妃曾为寿王妃，使寿王而不能忘情，是“枉断肠”矣。诗人此事引兴，深切著明，特读者以为常事而忽之耳。○王琦《李太白全集》按：力士之谮恶矣，萧氏所解则尤甚。而揆之太白起草之时，则安有是哉！巫山云雨，汉宫飞燕，唐人用之已为数见不鲜之典实。若如二子之说，巫山一事只可以喻聚淫之艳冶，飞燕一事只可以喻微贱之宫娃，外此皆非所宜言，何三唐诸子初不以此为忌耶？古来“新台”、“艾豭”诸作，言而无忌者，大抵出自野人之口，若《清平调》是奉诏之作，非其比也。乃敢以宫闱暗昧之事，君上所讳言者而微辞隐喻之，将蕲君知之耶？亦不蕲君知之耶？如其不知，言亦无益。知其知之，是批龙之逆鳞而履虎尾也。非至愚极妄之人，当不为此。又太真入宫，至此时几将十载，斯时即有忠君爱主之亲臣，亦只以成事不说，既往不咎，付之无可奈何，而谓新进如太白者，顾托之以无益之空言而期君之一悟，何其不智之甚哉！古来文字之累，大抵出于不自知而成于莫须有，若苏轼双桧之诗，而谮其求知于地下之蛰龙，蔡确车盖亭之十绝，而笺注其五篇，悉涉讥讽，小人机阱，深足可畏。然小人以陷人为事，其言无足怪，而词人学士，品骘诗文于数百载之下，亦效为巧词曲解以拟议前人辞外之旨，不亦异乎！○（南宋）杨齐贤《李翰林集》：名花指牡丹，倾国指妃子。沉香亭以沉香为之，如柏梁台以香柏为之也。

（明）胡应麟："明月自来还自去，更无人倚玉阑干"、"解释春风无限恨，沉香亭北倚阑干"，崔鲁、李白同咏玉环事，崔则意极精工，李则语由信笔，然不堪并论者，直是气象不同。——《诗薮》

（清）黄生：释恨即从"带笑"来。本无恨可释，而云然者即《左传》（晋太子申生）"君非姬氏（指骊姬），居不安，食不饱"之意。——《唐诗摘钞》

（清）李瑛：此首乃实赋其事，而结归明皇也。只"两相欢"三字，直写出美人绝代风神，并写得花亦栩栩欲活，所谓诗中有魂。第三句承次句，末句应首句，章法最佳。——《诗法易简录》

行次昭陵　（唐）杜甫

旧俗疲庸主，群雄问独夫。庸主、独夫指隋炀帝，群雄指李密、窦建德等。谶归龙凤质，威定虎狼都。天属尊尧典，神功协禹谟。风云随绝足，日月继高衢。文物多师古，朝廷半老儒。直辞宁戮辱，贤路不崎岖。往者灾犹降，苍生喘未苏。指麾安率土，荡涤抚洪炉。壮士悲陵邑，幽人拜鼎湖。玉衣晨自举，石马汗常趋。松柏瞻虚殿，尘沙立暝途。寂寥开国日，流恨满山隅。

重经昭陵　（唐）杜甫

草昧英雄起，讴歌历数归。风尘三尺剑，社稷一戎衣。翼亮贞文德，丕承戢武威。圣图天广大，宗祀日光辉。陵寝盘空曲，熊罴守翠微。再窥松柏路，还见五云飞。

（元）方回：老杜先有《行次昭陵》五言唐律，首云"旧俗疲庸主，群雄问独夫。谶归龙凤质，威定虎狼都"，又云"文物多师古，朝廷半老儒"，可谓善颂唐太宗者。……此篇前八句字字佳。——《瀛奎律髓汇评》

（清）查慎行：分四段看：前四句得天下之故，五、六守天下之道，七、八传天下之远，末四句方说到昭陵，而以"重过"作结。——同上

（清）李天生：分二段，上段赞太宗，下段昭陵，裁六韵，而"翼亮"二句仍不脱高祖，此大节目也。"重经"只末句点出，妙。——同上

（清）何焯：反覆慨叹。荡平之功，不能速奏，无太宗之善继也。——同上

（清）纪昀：前一篇远胜此篇……"翼亮"四句终不精彩。○结出"重过"。——同上

（清）许印芳：此诗简严典硕，通体精彩。纪批亦是苛论。——同上

送外甥怀素上人归乡侍奉　（唐）钱起

释子吾家宝，神清慧有余。能翻梵王字，妙尽伯英书。远鹤无前侣，孤云寄太虚。狂来轻世界，醉里得真如。飞锡离乡久，宁亲喜腊初。故池残雪满，寒柳霁烟疏。寿酒还尝药，晨餐不荐鱼。遥知禅诵外，健笔赋闲居。

杨柳枝　（唐）刘禹锡

炀帝行宫汴水滨，数株残柳不胜春。晚来风起花如

雪，飞入宫墙不见人。

三乡驿楼伏睹玄宗望女儿山诗，小臣斐然有感

（唐）刘禹锡

开元天子万事足，惟惜当时光景促。三乡陌上望仙山，归作霓裳羽衣曲。仙心从此在瑶池，三清八景相追随。天上忽乘白云去，世间空有秋风词。

九年十一月二十一日感事而作此日作者独游香山寺。

（唐）白居易

祸福茫茫不可期，大都早退似先知。当君白首同归日，是我青山独往时。顾索素琴应不暇，忆牵黄犬定难追。麒麟作脯龙为醢，何似泥中曳尾龟。

（宋）蔡启：刘禹锡、柳子厚与武元衡素不叶，二人被贬，元衡为相时也。禹锡《靖安佳人怨》以悼元衡之死，其实盖快之。子厚《古东门行》云："赤丸夜语飞电光，徼巡司隶眠如羊。当街一叱百吏走，冯敬胸中函匕首。"虽不著所以，当亦与禹锡同意。《古东门》用袁盎事也。乐天江州之谪，王涯实为之，故甘露之祸，乐天亦有"当君白首同归日，是我青山独往时"之句。——《蔡宽夫诗话》

（宋）魏庆之：沈存中谓乐天诗不必皆好，然识趣可尚。章子厚谓不然，乐天识趣最浅狭，谓诗中言甘露事处，几如幸灾。虽私仇可快，然朝廷当此不幸，臣子不当形歌咏也。如"当今白首同归日，是我青山独往时"之类。——《诗人玉屑》

（清）汪立名：按"白首同所归"乃阮籍、石崇临刑时语。太和九年甘露

事，李训、郑注、舒元舆、王涯、贾𫗧皆被害。味诗中同归句，本就事而言，不专指王涯也。公自苏州召还，秩位渐荣，见机引退，宦官之祸，早计及者，何至追憾王涯？况公之迁谪，本由宦官恶之，附宦官者成之，岂反以中人诛夷士大夫为快？幸祸之说，盖出于章惇，谑所谓“以小人心度君子腹”耳。——《白香山诗集》

集灵台二首　（唐）张 祜

日光斜照集灵台，红树花迎晓露开。昨夜上皇新受箓，太真含笑入帘来。

虢国夫人承主恩，平明骑马入宫门，却嫌脂粉污颜色，淡扫蛾眉朝至尊。

（清）朱之荆：只言虢国以美自矜，而所以蛊惑人主者自在言外。“承主恩”三字，乃“春秋”之笔也。真正美自不烦脂粉，真正才子自不买声名，真正文章自不假枝叶，以此律之，世间“淡扫蛾眉”者寡也。——《增订唐诗镝钞》

（清）徐增：虢国既为贵妃之妹，玄宗贵之可也，何至“平明骑马入宫门”以承主恩？大是丑事。后即云“却嫌脂粉污颜色，淡扫蛾眉朝至尊”，则承恩竟以貌矣。不事脂粉，天然妙丽，若说“却嫌”，虢国隐然要胜过其姊矣……此讥刺太甚，因诗佳绝，殊不为觉。——《而庵说唐诗》

雨霖铃　（唐）张 祜

雨霖铃夜却归秦，犹见张徽张徽，乐工名。一曲新。长说上皇和泪教，月明南内更无人。

(宋)王灼:《明皇杂录》及《杨妃外传》云:"帝幸蜀初入斜谷,霖雨弥旬,栈道中闻铃声。帝方悼念贵妃,采其声为《雨霖铃》曲以寄恨。时梨园弟子惟张野狐一人善筚篥,因吹之,遂传于世。"……张祜诗云"雨霖铃夜却归秦……"张徽,即张野狐也。或谓:祜诗言上皇出蜀时曲,与《明皇杂录》、《杨妃外传》不同。祜意明皇入蜀时作此曲,至雨霖铃夜却又归秦,犹是张野狐向来新曲,非异说也。——《碧鸡漫志》

(明)叶羲昂:"和泪教"三字,写尽上皇肠断处。——《唐诗直解》

(清)徐增:夫玄宗既为天子父,何至南内无人?肃宗不得辞其责。玄宗制此曲时,是悼妃子;在望京楼令张徽奏此曲时,其意不止悼妃子,于父子之间有说不得处。张祜此诗得之矣。——《而庵说唐诗》

(清)王尧衢:今居南内,乃至月明之夜,岂不远殊于栈道铃声?而侍御更无旧人,使帝之悲怆流涕,是谁之责哉!诗意甚曲,有说不出处。——《古唐诗合解》

春莺啭　(唐)张　祜

兴庆池南柳未开,《旧唐书》:后宫数千无可意者。太真先把一枝梅。太真独得宠幸。内人宫中歌舞伎称内人。已唱《春莺啭》,花下傞傞软舞来。软舞与健舞相对。傞傞,舞态柔美。

(清)王士禛:唐人咏明皇、太真事者,不可枚举。如元、白《连昌宫词》、《长恨歌》,二篇其最著者,又如李义山"如何四纪为天子,不及卢家有莫愁"之类亦多矣,岂皆同时目击者耶?即祜乐府《春莺啭》、《雨霖铃》等作,皆追咏天宝间事。——《带经堂诗话》

隋宫燕　(唐)李　益

燕语如伤旧国春,宫花一落已成尘。自从一闭风光

后，几度飞来不见人。

(清)乔亿：凄丽洒脱，不减青莲。——《大历诗略》

(清)王士禛：末句中正含情无恨，通首不嫌直致。——《唐人万首绝句评选》

题魏文贞　(唐)杜　牧

蟪蛄宁与雪霜期，贤哲难教俗士知。可怜贞观太平后，天且不留封德彝。魏徵尝与封德彝争论王霸之道于太宗前，太宗纳魏徵之言至天下大治。“帝谓群臣曰：此征劝我行仁义，既效矣，惜不令封德彝见之。”事见《唐书·魏徵传》。

过勤政楼　(唐)杜　牧

千秋佳节名空在，《唐会要》：开元十七年八月五日，丞相上请以是日为千秋节。群臣进万寿酒，士庶以结丝承露囊相问遗。承露丝囊世已无。唯有紫苔偏称意，年年因雨上金铺。金铺指浴池美好的铺设。白居易《题庐山山下汤泉》诗云：“骊山温水因何事，流入金铺玉甃中。”

(明)周敬等：夫苔必以无人行地始生，“年年因雨”，至上于金铺，则比“楼台深锁无人到”更深矣。回想千秋宴庆之盛时，能不起后人凭吊之悲感乎？“偏称”二字，借无情之苔，为有意描写凄凉，构思甚奇。——《唐诗选脉会通评林》

(近代)俞陛云：开元之勤政楼，在长庆时白乐天过之，已驻马徘徊，及杜牧重游，宜益见颓废。诗言问其名则空称佳节，求其物已无复珠囊，昔年壮丽金铺，经春雨年年，已苔花绣满矣。后人过萤苑诗云：“闪闪寒磷犹得意，夜深来往豆花丛。”与此诗后二句同意。因废苑荒凉，为萤火、苍苔滋生之地，客子所伤心者，正萤与苔所称意，其荒寂可知矣。——《诗境浅说续编》

开元后乐　　(唐)薛　逢

莫奏开元旧乐章，乐中歌曲断人肠。邠王玉笛三更咽，虢国金车十里香。一自犬戎生蓟北，便从征战老汾阳。中原骏马搜求尽，沙苑年来草又芳。

(清)金人瑞：言开元后乐乃玄宗亡国之乐，故戒旁人莫奏也。夫玄宗至于亡国之日，则未闻其有乐也，玄宗有乐，皆其国方全盛正未得亡之日，如妃子方吹宁哥之笛，三姨正斗五家之车。然不知者，则谓开元之盛，莫盛于此，然不悟开元之亡，固实亡于此也(首四句下)。〇夫开元妃子之盛，此所谓女祸者也。乃女祸未几，而遂成戎祸。"一自"字，妙！言从此兵连事结，遂见连年累岁。盖直至今日，而汾阳苦战，曾无休息。嗟乎，嗟乎！其间所有罄人之地，竭人之庐，寡人之妻，孤人之子，皆不具论，止就搜求骏马一事，而至今沙苑一空，此岂犹不肠断，而尚能听其所奏也哉(后四句下)！——《贯华堂选批唐才子诗》

(清)薛雪：三、四写全盛之时，五、六接写既衰之后，则旧乐断肠，更为贴切。一结又微词可念，草草读之不觉。——《一瓢诗话》

(清)李瑛：三、四语极写开元盛时，第五句转到禄山之乱，笔法流宕可喜。——《诗法易简录》

过景陵景陵为唐宪宗李纯之墓。　　(唐)李商隐

武皇精魄久仙升，帐殿凄凉烟雾凝。俱是苍生留不得，鼎湖何异魏西陵。宪宗服方士柳汝金丹，毒发多躁怒。元和十五年正月暴崩，葬景陵。〇西陵，曹操墓也。

隋宫二首 (唐)李商隐

紫泉宫殿指隋都长安之宫殿。锁烟霞，欲取芜城鲍照过广陵，见故城荒芜，作《芜城赋》后，芜城即成为扬州的别称。作帝家。玉玺不缘归日角，日角谓中庭骨起形如日。此指唐高祖。锦帆应自到天涯。于今腐草无萤火，《隋书·炀帝本纪》："上于景华宫征求萤火，得数斛，夜游山放之，光遍岩谷。"终古垂杨有暮鸦。汴渠两岸遍植杨柳，炀帝自种一株，群臣次第种，方及百姓。见《开河记》。地下若逢陈后主，炀帝在江都夜梦陈后主及张丽华，见《隋遗录》。岂宜重问后庭花。叶葱奇《疏注》略云："起二句说长安宫殿深锁，简直想以扬州作为安身之地。二句是全首诗眼目，中四句全由此句领起。'不缘'、'应是'、'于今'、'终古'等几个虚词流转而下，用笔非常灵活，语气极其跳脱，读来如散文一般，几乎叫人忘了是偶对的律句。结二句冷语作收，这是商隐惯用的笔法。纪昀云：'结句是中唐别于盛唐处。'李杜决不如此，此升降大关，不可不知，学义山者切戒此种。"

(宋)范晞文：前辈云，诗家病使事太多，盖皆取其与题合者类之，如此乃是编事，虽工无益？若《隋宫》诗云"玉玺不缘归日角，锦帆应是到天涯"，又《筹笔驿》云："管乐有才真不忝，关张无命欲何如！"则融化斡旋，如自己出，精粗顿异也。——《对床夜话》

(元)方回："日角"、"天涯"巧。——《瀛奎律髓汇评》

(清)纪班：腹联慷慨，专以巧句为义山，非知义山者也。——同上

(清)钱湘灵：此首以工巧为能，非玉溪生妙处。——同上

(清)查慎行：前四句转折如意。三、四有议论，但"锦帆"事实，"玉玺"字凑。——同上

(清)何焯：无句不佳，三、四尤得杜家骨髓。前半展拓得开，后半发挥得足，真大手笔。○后半讽刺更觉有力。——《义门读书记》

(清)胡以梅：按诗情乃凭吊凄凉之事，而用事取物却一片华润。本来西昆出笔不宜淡薄，加以炀帝始终以风流淫荡灭亡，非关时危运尽之故，故作者犹带脂粉，即以诮之耳，最为称题。——《唐诗贯珠》

(清)杨逢春：此诗全以议论驱驾事实，而复出以嵌空玲珑之笔，运以纵

横排宕之气,无一笔呆写,无一句实砌,斯为咏史,怀史之极。——《唐诗绎》

(清)沈德潜:言天命若不归唐,游幸岂止江都而已!用笔灵活,后人只铺陈故实,所以板滞也。——《唐诗别裁集》

(清)纪昀:纯用衬贴活变之笔,一气流走,无复排偶之迹。首二句一起一落,上句顿,下句转,紧呼三、四句。“不缘”、“应是”四字跌宕生动之极。无限逸游,如何铺叙?三、四只作推算语,便连未有之事,一并托出,不但包括十三年中事也,此非常敏妙之笔。结句是晚唐别于盛唐处。——《玉溪生诗说》

又云:结即飞卿“后主荒宫有晓莺,飞来只隔西江水”意,然彼佳此不佳,其故可思。○中四句步步逆挽,句句跳脱,结句佻甚,盛唐人决不如此。——《瀛奎律髓汇评》

(清)无名氏(甲):运掉甚灵。——同上

(清)许印芳:结言炀帝亡国之祸,甚于后主,特借《后庭花》为问耳。以此为佻甚,亦苛论也。——同上

(清)方东树:先君云:“寓议论于叙事,无使事之迹,无论断之迹,妙极,妙极!”又曰:“纯以虚字作用,五、六句兴在象外,活极,妙极!可谓杰作。”——《昭昧詹言》

乘兴南游不戒严,九重谁省谏书函?春风举国裁宫锦,半作障泥半作帆。

(清)何焯:“春风”二句,借锦帆事点化,得水陆绎骚,民不堪命之状如在目前。——《义山读书记》

又云:极状其奢淫盘游之无度。——《李义山诗集辑评》

(清)纪昀:后二句微有风调,前二句词直意尽。——《玉溪生诗话》

隋师东　(唐)李商隐

东征日调万黄金,几竭中原买斗心。军令未闻诛马

谡，捷书惟是报孙歆。平吴之役云得歆头。吴平，歆尚在。但须鸑鷟读月拙，凤之别名。巢阿阁，岂假鸱鸮在泮读判，去声。林。可惜前朝玄菟郡，积骸成莽阵云深。

(清)姚培谦：《通鉴》云："大和元年，李同捷盗据沧景……诏……诸军讨同捷，久未成功。每有小胜，则虚张首虏，以邀厚赏。馈运不给。沧州丧乱之后，骸骨蔽地，城空野旷，户口十无三四。"详诗中语，正此时事也。——《李义山诗集笺注》

(清)沈德潜：此借隋东征之役以讽时事。三语言军令不行，四语虚报邀赏。五、六言人主修德，则贤士满朝，不必藉远人之服也。——《唐诗别裁集》

(清)方东树：前四句将正义说定，五、六空中掉转，收换笔绕补余意。古人无不用章法。——《昭昧詹言》

有感二首　(唐)李商隐

九服归元化，三灵叶睿图。此二句言天意，人心原本贴然安顺，并无危亡之祸。何必这样轻举妄动。"九服"指王畿以外，由近至远，把中央政令所及的领土分为九种地区。计侯服，甸服、男服、采服、卫服、蛮服、夷服、镇服、藩服等，见《周礼·夏官·司马》。○"化"，大自然的运转。○《汉书·扬雄传》："方收上猎三灵之流。"注：三灵，日、月、星垂象之应也。"睿图"，指皇帝的英明谋画。如何本初辈，自取屈氂诛。袁绍欲诛宦官张让、段珪，比李训等欲诛宦官不成。《汉书·刘屈氂列传》：武帝征和二年为左丞相……时治巫蛊狱急，内者令郭穰告……与贰师共祷祠，欲令昌邑王为帝……有诏载屈氂厨车以徇，腰斩于东市。有甚当车泣，《晋书·成帝纪》："苏峻逼迁天子于石头，帝哀泣升车，宫中恸哭。"比宦官仇士良等"举舆急趋入殿"。因劳下殿趋。"下殿趋"指文宗李昂。何成奏云物，《周礼·春官·宗伯》："以五云之物，辨吉凶水旱。"此"云物"指"甘露"。直是灭萑苻。萑苻，盗也。见《左传》。简直是在宫中捕杀盗贼。证逮符书密，辞连性命俱。事败后，王涯等十一家，和李训党羽千余人被杀害。"符书"、"性命"叠韵对。竟缘尊

汉相,不早辨胡雏。“竟缘”谓一意信任郑注、李训等。汉相比李训,胡雏比郑注。《旧唐书》:郑注本姓鱼,昌姓郑氏,故时号鱼郑。注用事,时人目之为水族。**鬼箓分朝部,军烽照上都。**《新唐书·仇士良传》:因纵兵捕,无轻重悉麞两军,公卿半空。**敢云堪痛哭,未免怨洪炉。**《庄子·大宗师》:“今一以天地为火炉,造化为大冶。”谁敢痛哭,只归怨于天而已。

丹陛犹敷奏,彤庭歘战争。殿上还从容“敷奏”,一下子变成了战场。**临危对卢植,**事后由令狐楚收拾,与卢植很相类。故以卢植比令狐楚。**始悔用庞萌。**《后汉书·庞萌传》:“萌得帝信任,言可以托六尺之孤。后萌反,帝与诸将书曰:‘吾以庞萌社稷之臣,将军得无笑其言乎!’”此取辜负了皇帝委托这一点,以庞萌比李训等人。**御仗收前殿,凶徒剧背城。**言在宫中,打战杀戮。**苍黄五色棒,掩遏一阳生。**甘露之变在十一月二十一日,正当冬至。故云:“一阳生。”**古有清君侧,今非乏老成。**当今并不是乏人,而所用者不得其人耳。**素心虽未易,此举太无名。谁瞑衔冤目,宁吞欲绝声。近闻开寿宴,不废用咸英。**黄帝乐曰《咸池》,帝喾乐曰《六英》。《旧唐书·令狐楚传》:“开成元年上巳,赐百官曲江亭宴。楚以新诛大臣,不宜赏宴,独称疾不赴,时论美之。”

(宋)蔡启:义山诗集载《有感》篇而无题,自注云:“乙卯年有感,丙辰年诗成。”其中有“如何本初辈,自取屈氂诛”,又“苍黄五色棒,掩遏一阳生”之语。按李训、郑注作乱,实以冬至日,是年岁在乙卯,则是诗盖为训、注作也。唐小说记此事,谓《乙卯记》,大抵不敢显斥之云。——《蔡宽夫诗话》

(清)朱鹤龄:朱彝尊曰,用意精严,立论婉挚,少陵“诗史”又何加焉。——《李义山诗集辑评》

(清)沈德潜:为甘露之变而作。前一首恨李训、郑注之谋浅,后一首咎文宗之误任非人也。——《唐诗别裁集》

(清)余成教:李义山《有感》云:“古有清君侧,今非乏老成。素心虽非易,此举太无名。谁瞑衔冤目,宁吞欲绝声。”于甘露之变,感愤激烈,不同于众论。——《石园诗话》

重有感 (唐)李商隐

玉帐牙旗得上游,安危须共主君忧。窦融表已来关右,陶侃军宜次石头,岂有蛟龙愁失水,更无鹰隼击高秋。昼号夜哭兼幽显,早晚星关雪涕收。

(清)吴乔:常熟钱龙惕夕公解曰,太和九年十月,以前广州节度使王茂元为泾原节度使,逾月,李训事作,茂元在泾原,故曰"得上游"也。昭义节度使刘从谏三上疏问王涯等罪名,仇士良为之惕惧,故曰"窦融表已来关右"也。初获郑注,京师戒严,茂元与鄜坊节度使萧弘皆勒兵备非常,故曰"陶侃军宜次石头"也。士良辈知事连天子,相与愤怨;帝惧,伪不语,宦官得肆志杀戮,则蛟龙失水矣。涯等既死,举朝胁息,诸藩镇皆观望不前,谁为高秋之鹰隼,快意一击耶?曰"更无"者,伤之,亦望之也。至于"昼号夜哭",雪涕星关,而感益深矣。——《围炉诗话》

(清)屈复:前半时事,后半致慨。此首即杜之《诸将》也。亦不能如杜之深厚曲折,而语气颇壮,用意正大,晚唐一人而已。诸选皆不录者,但采春花之艳丽,而忘秋实之正果也。——《唐诗成法》

(清)纪昀:"岂有"、"更无",开合相应,上句言无受制之理,下句解受制之故也。揭出大义,压伏一切,此等处是真力量。——《玉溪生诗说》

(清)施补华:义山七律,得于少陵者深。故秾丽之中,时带沉郁,如《重有感》、《筹笔驿》等篇,气足神完,直登其堂,入其室矣。——《岘佣说诗》

览　古 (唐)李商隐

莫持金汤忽太平,草间霜露古今情。不要倚恃国家根基稳固而疏忽大意,否则将是千古同恨。空糊赪壤真何益,指修浚曲江、建紫霞楼、彩霞亭等。因听郑注所言"秦中有灾,宜兴土功厌之"。鲍照《芜城赋》:糊赪壤以飞文。

欲举黄旗竟未成。暗比“甘露”失败。长乐瓦飞随水逝，指太和九年四月“大风，含元殿四鸱吻并皆落坏，金吾伏舍废楼观四十余所”。景阳钟堕失天明。比李昂丧失君权，身遭幽禁含恨长逝。回头一吊箕山客，始信逃尧不为名。箕山客指李德裕、白居易等因遭贬谪而逃避了这一场灾难。

经汾阳旧宅　（唐）赵 嘏

门前不改旧山河，破虏曾经马伏波。今日独经歌舞地，古槐疏冷夕阳多。

（清）吴昌祺：“山河不改”而曰“门前”其意无限。用“伏波”者，与帝为婚姻也。——《删订唐诗解》

（清）沈德潜：见山河如故，而恢复山河者已不堪凭吊矣。可感全在起句。——《唐诗别裁集》

经炀帝行宫　（唐）刘 沧

此地曾经翠辇过，浮云流水竟如何？香销南国美人尽，怨入东风芳草多。残柳宫前空露叶，夕阳川上浩烟波。行人遥起广陵思，古渡月明闻棹歌。

（清）黄生：结句闻棹歌之声，因想当日楼船歌舞之盛，从此而达广陵也，妙在前面已说得声消影灭，结处却重复掉转，此是死里重生，跌断复起，绝妙古文结法也。○凡吊古者，只是“浮云流水”四字已尽，此偏从四字中剥出一层，言所谓“浮云流水竟如何”也，如此用笔，便是将寻常吊古笔舌从新漱刷一番也。——《唐诗摘钞》

（清）胡以梅：五、六写凄凉之景，“浩”字厚。——《唐诗贯珠》

金桥感事 (唐)吴 融

太行和雪叠晴空,二月春郊尚朔风。饮马早闻临渭北,射雕今欲过山东。百年徒有伊川叹,五利宁无魏绛功。日暮长亭正愁绝,哀笳一曲戍烟中。

(元)方回:吴融、韩偓同时。慨叹兵戈之间,诗律精切,皆善用事。如此中四句,微而显也。——《瀛奎律髓汇评》

(清)何焯:此指孙揆为河东所执之事,玉海、金桥在上党南二里。——同上

(清)纪昀:音节宏亮而沉雄,五代所少。——同上

(清)金人瑞:一、二虽是据景实写,然言外便有拔剑斫案,威毛毕竖,麾开妻子,躧步出门,何雪何风,吾其行矣之意。三"早闻"妙!四"今欲"妙!大声呼他普天下忠孝男子,是谁容渠如此?真见一日坏过一日也(前四句下)。〇五言岂有一人不切悲愤?六言何无一人实能破贼?七八言人正感奋,笳又催逼,忽然忘生,真在此时也(后四句下)。——《贯华堂选批唐才子诗》

(清)朱三锡:一、二纪其时,三、四纪其事,连续四句,言外大有"奋身勇所闻,拔剑击大荒"气慨。五言无一人不切感慨;六言无一人实能制敌。七、八言正当感奋之际,而笳声催逼,真可为之发愤也。——《东岩草堂评订唐诗鼓吹》

献钱尚父 (五代)僧贯休

贵逼身来不自由,龙骧凤翥势难收。满堂花醉三千客,一剑霜寒十四州。莱子彩裳宫锦窄,谢公篇咏绮霞羞。他时名上凌烟阁,岂羡当年万户侯。

(宋)李颀:唐昭宗以钱武肃平董昌功,拜镇东军节度使。自称吴越国王。贯休投诗曰"贵逼身来不自由(略)"。武肃爱其诗,遣谕令改为"四十州",乃可相见。贯休性褊,答曰:"州亦难添,诗亦难改。闲云野鹤,何天不可飞?"遂入蜀,以诗投孟知祥(按:系王建之误),诗云"一瓶一钵垂垂老,万水千山得得来"。——《古今诗话》

(清)贺裳:贯休诗气幽骨劲,所不待言。余更爱其投钱镠诗云"满堂花醉三千客,一剑霜寒一四州"。……贯休于唐亡后,有《湘江怀古》诗,极感愤不平之恨。——《载酒园诗话》

陈情献蜀皇帝　(五代)僧贯休

河北江东处处灾,惟闻全蜀少尘埃。一瓶一钵垂垂老,万水千山得得来。秦苑幽栖多胜景,巴歈陈贡愧非才。自惭林薮龙钟者,亦得亲登郭隗台。

(清)金人瑞:只是寻常一直说话,喜其"老"上用"垂垂"字,"垂垂"上用"一瓶一钵"字,"来"上用"得得"字,"得得"上用"千山万水"字。自述本意万分不来,而今不免于来。笔态一曲一直,浑然律诗自然合式也。——《贯华堂选批唐才子诗》

明　皇　(北宋)刘　筠

岁岁南山见寿星,百蛮回首奉威灵。黎园法部兼胡部,玉辇长亭复后亭。河鼓暗期随日转,马嵬恨血染尘腥。西归重按临波舞,故老相看但涕零。

(元)方回：三、四良佳，荒唐沉湎有如此，流离颠沛忽如彼，皆可为后世人主之戒。明皇赖有太子即位灵武，郭子仪、李光弼之兵足以战，及忠臣义士之志未离唐室，故得返驾旧京，有此末句。不然父子俱入蜀，中原之人虽不服禄山，江东已有永王璘欲炙矣，事将如何！——《瀛奎律髓汇评》

(清)冯班：永王亦是帝子，又说不通。——同上

(清)陆贻典：此论大谬。三、四即钱思公落句意。——同上

(清)纪昀：所论总与诗无涉。——同上

明　皇　　(北宋)杨 亿

玉牒开观检未封，斗鸡三百远相从。紫云度曲传浮世，白石标年凿半峰。河朔叛臣惊舞马，渭桥遗老识真龙。蓬山钿合愁通信，回首风涛一万重。

(元)方回：五、六诗话所称。凡赋唐明皇诗，至于养成禄山之祸，皆自侈靡奢纵始，蛊于心而昏于事，不过如此。——《瀛奎律髓汇评》

(清)冯舒：第四句事亦不果。——同上

(清)冯班：好。——同上

(清)无名氏(甲)：明皇西幸至渭桥，父老言："禄山之乱人皆知之，但不至此，无由亲睹天颜。"——同上

明　皇　　(北宋)钱惟演

山上汤泉架玉梁，云中复道拂瑶光。瑶光为北斗第七星，象征祥瑞。丝囊暗合三危露，三危见《淮南子·人间训》："天子有三危，少德多宠一危也；才下而位高二危也；身无大功而受厚禄三危也。"〇又三危，山名，在甘肃敦煌南，山有三峰，极险，故名。翠幌时遗百和香。任是金鸡亲便坐，更抛珠被掩方床。匆匆一曲梁州罢，万里桥边见夕阳。

(元)方回:诗贵一轻一重对说,一曲梁州,为乐几何? 万里桥在成都府,却忽屈万乘至彼,乐之中成此哀也。——《瀛奎律髓汇评》

(清)纪昀:如此看"一曲梁州"四字,大泥。——同上

(清)陆贻典:末二句从乐天"渔阳鼙鼓动地来,惊破霓裳羽衣曲"脱出,却含蓄有味。——同上

(清)查慎行:"见夕阳"凑韵,无意味。——同上

读开元天宝遗事三首 (北宋)苏 轼

姚宋亡来事事生,元稹《连昌宫词》:"开元之末姚宋死,朝廷渐渐由妃子。"一官铢重万人轻。朔方老将风流在,不取西蕃石堡城。朔方老将指王忠嗣。言石堡城坚,不宜攻取,玄宗不快。会董延光献策,令忠嗣分兵接应,及延光过期不克,以歌舒翰代之,大举兵,虽克而伤亡过半,竟如忠嗣之言。

潭里舟船百倍多,广陵铜器越溪罗。天宝二年三月,玄宗幸望春楼,观新潭。韦坚以新船数百,扁榜郡名,集各郡珍货于船背。陕尉崔成甫居前船,唱《得宝歌》,使美妇百人盛饰和之。四月,加韦坚左散骑常侍,名其潭曰广运。三郎官爵如泥土,争唱弘农《得宝歌》。《得宝歌》原名"得体歌"。词曰:"得体纥那也,纥囊得体耶? 潭里舟船闹,扬州铜器多。三郎当殿坐,看唱得体歌。"至开元二十九年,田同秀上言,有宝符在陕州桃林县尹喜宅。改桃林县为灵宝。及潭成,崔成甫改为得宝歌云:"得宝弘农野,弘农得宝耶。"○得宝之年遂改年号为天宝。

琵琶弦急衮梁州,唐天宝中乐府皆以边地为名,如"凉州"、"甘州"等。羯鼓声高舞臂韝。破费八姨三百万,大唐天子要缠头。《太真外传》:"八姨为秦国夫人,上《羯鼓曲》罢,上戏曰:'阿瞒乐府,今日幸得供养夫人,请一缠头。'秦国曰:'岂有大唐天子阿姨无钱用耶?'遂出三百万为一局焉。"

题则天故内 （明）瞿佑

堪恨当年武媚娘，手持唐玺坐明堂。不思仙李方三叶，却爱莲花似六郎。废苑荆榛来雉兔，故宫禾黍没牛羊。尚余数仞颓垣在，遥对龙门山色苍。

功臣庙 （清）吴伟业

画壁精灵间气豪，鄂公羽箭卫公刀。丹青赐额丰碑壮，棨戟传家甲第高。鹿走三山争楚汉，鸡鸣十庙失萧曹。英雄转战当年事，采石悲风起怒涛。

利州皇泽寺则天后像二首，像是一比丘尼（录一首）

（清）王士禛

镜殿春深往事空，嘉陵祸水恨难穷。曾闻夺婿瑶光寺，持较金轮恐未工。王士禛《渔洋诗话》云：乾州武则天陵墓，过客题诗讪笑者，必有风雷之异。利州乃武生处，今四川广元县是也。嘉陵江岸皇泽寺，有其遗像，乃是一比丘尼。予过之，题诗云云。用《洛阳伽蓝记》"瑶光寺尼工夺婿"之语以谑之。且曰，尔果有灵，不妨以风雷相报。已而晴江如练，微风不作，顷刻百里。岂老狐独灵于乾陵，不灵于利州乎？记之以发一笑。

上官婉儿 （清）袁枚

论定诗人两首诗，簪花人作大宗师。至今头白衡文者，若个聪明似女儿。

古来咏明妃、杨妃者多失其平，戏作二绝（录一首）

（清）赵 翼

鼙鼓渔洋为翠娥，美人如在肯休戈？马嵬一死追兵缓，妾为君王拒贼多。

杂题法帖和王铁夫《夫子庙堂碑》

（清）伊秉绶

褚、虞蕴藉足风姿，欧、柳开张骨相奇。本是一原分两派，伯施亲见永禅师。唐太宗称赞虞世南有五绝：一为德行，二为忠直，三为博学，四为文辞，五为书翰。《夫子庙堂碑》为虞世南撰文并书。○永禅师为王羲之七世孙智永。

上知府寇相公北宋名相寇准也。

（北宋）魏 野

文武禀全才，何人更可陪！有官居鼎鼐，无地起楼台。圣主诗方和，亲王状始回。镇庙求二陕，调燮辍三台。凤阁颁重去，龙旗暂拥来。下车三度雨，上事数声雷。未暇瞻珪璧，先蒙话草莱。几思趋相府，恐惧复徘徊。《青箱杂记》："此诗传播辽中。章圣朝，使者至，问那个是'无地起楼台'相公？时寇居散地，因即召还。"

杨无敌宋初名将杨业也。庙　（北宋）刘敞

西流不返日滔滔，陇上犹歌七尺刀。恸哭应知贾谊意，世人生死两鸿毛。

和仲巽过古北口杨无敌庙　（北宋）苏颂

汉家飞将领熊罴，死战燕山护我师。威信仇方名不灭，至今遗俗奉遗祠。

北帐书事　（北宋）苏颂

北海蓬蓬气怒号，厉声披拂昼兼宵。百重沙漠连空暗，四向茅檐卷地飘。与日过河流水涸，行天畜物密云遥。輶轩使者偏蒙福，夙驾阴霾斗顿消。

契丹帐　（北宋）苏颂

行营到处即为家，一卓穹庐数乘车。千里山川无土

著,四时畋猎是生涯。酪浆羶肉夸希品,貂锦羊裘擅物华。种类益繁人自足,天教安逸在幽遐。

广平宴会　(北宋)苏 颂

辽中宫室本穹庐,暂对皇华辟广除。编曲垣墙都草创,张旃帷幄类鹑居。朝仪强效鹓行列,享礼犹存体荐余。《左传·宣公十六年》:"王享有体荐。"疏曰:"王为公侯设享,则半解其体而荐之。"玉帛系心真上策,方知三表三表见《汉书·贾谊传》赞。术非疏。

过杨无敌庙　(北宋)苏 辙

行祠寂寞寄关门,野草犹知避血痕。一败可怜非战罪,太刚嗟独畏人言。驰驱本为中原用,尝享能令异域尊。我欲比君周子隐,周子隐,周处也。入晋后奉命西征,力战死。诛彤诛,处罚,彤读戎,平声。祭名。祭已,明日再祭称彤。周曰绎,殷曰彤。见孔颖达疏《尚书》。聊足慰忠魂。

送胡邦衡至新州贬所二首　(北宋)王廷珪

囊封初上九重关,是日清都虎豹闲。百辟动容观奏牍,几人回首愧朝班。名高北斗星辰上,身堕南州瘴海间。岂待他年公议出,汉廷行召贾生还。

大厦原非一木支，欲将独力拄倾危。痴儿不了公家事，男子要为天下奇。当日奸谀皆胆落，平生忠义只心知。端能饱吃新州饭，在处江山足护持。胡铨以乞斩秦桧而遭贬谪，王廷珪送之诗曰："囊封初上(略)。"桧闻之大怒，流廷珪夜郎。俄而桧死，廷珪放回，题诗驿壁云："辰州更在武陵西，每望长安信息稀。二十年兴缙绅祸，一终朝失相公威。外人初说哥奴病，远首俄闻逐客归。当日弄权谁敢指，如今忆得姓依稀。"

喜迁莺·真宗幸澶渊　(北宋)李　纲

边城寒早，恣骄虏，远牧甘泉丰草。铁马嘶风，毡裘凌雪，坐使一方云扰。庙堂折冲无策，欲幸坤维江表。叱群议，赖寇公力挽，亲行天讨。　缥渺，銮辂动，霓旌龙旆，遥指澶渊道。日照金戈，云随黄伞，径渡大河清晓。六军万姓呼舞，箭发狄酋难保。虏情詟，誓书来，从此年年修好。

汴京纪事七首　(南宋)刘子翚

空嗟覆鼎误前朝，骨朽人间骂未销。夜月池台王傅宅，太傅，楚国公王黼也。春风杨柳太师桥。太师，鲁国公蔡京也。二人在汴梁都有大住宅。蔡京之宅于靖康元年(闰十月八日)被烧。

笃耨清香步障遮，并挑冠子玉簪斜。一时风物堪魂断，机女犹挑韵字纱。

万炬银花锦绣围，景龙门外软红飞。凄凉但有云头月，曾照当时步辇归。

桥上游人度镜光，五花殿里奏笙簧。日曛未放龙舟泊，中使传宣趣郓王。

盘石曾闻受国封，承恩不与幸臣同。时危运作高城炮，犹解捐躯立战功。

梁园歌舞足风流，美酒如刀解断愁。忆得少年多乐事，夜深灯火上樊楼。

仓黄禁陌夜飞戈，南去人稀北去多。自古胡沙埋皓齿，不堪重唱蓬读上声。蓬歌。

贺新郎·寄李伯纪李纲，字伯纪。丞相

（南宋）张元幹

曳杖危楼去，斗垂天、沧波万顷，月流烟渚。扫尽浮云风不定，未放扁舟夜渡。宿雁落、寒芦深处。怅望关河空吊影，正人间、鼻息鸣鼍鼓。谁伴我，醉中舞。　十年一梦扬州路。倚高寒、愁生故国，气吞骄虏。要斩楼兰三尺剑，遗恨琵琶旧语。谩暗拭、铜华尘土。唤取谪仙平章看，过苕溪、尚许垂纶否？风浩荡，欲飞举。

（元）吴讷：张元幹……绍兴中坐胡铨及李纲词除名。——《百家词·芦川词》

（明）杨慎：张仲宗，三山人，以送胡澹庵及寄李纲词得罪，忠义流也。——《词品》

（清）张宗橚：仲宗坐送胡邦衡及寄李伯纪词除名，其品节可知矣。——《词林纪事》

贺新郎·送胡邦衡待制　（南宋）张元幹

梦绕神州路。怅秋风、连营画角，故宫离黍。底事昆仑倾砥柱。九地黄流乱注。聚万落、千村狐兔。天意从来高难问，况人情、老易悲如许。更南浦，送君去。
凉生岸柳催残暑。耿斜河、疏星淡月，断云微雨。万里江山知何处？回首对床夜语。雁不到、书成谁与。目尽青天怀今古，肯儿曹、恩怨相尔汝。举大白，听金缕。

（明）毛晋：仲宗别号芦州居士……绍兴辛酉胡澹庵上书乞斩秦桧被谪，作《贺新郎》一阕送之，坐是与作诗王民瞻同除名。兹集以此压卷，其旨微矣。——《芦川词跋》

（清）陈芝光：鄂字书成壮气存，临安何处望中原。芦川亦有英雄语，禾黍西风鼓角喧。——《南宋杂事诗》

（清）陈廷焯：二帝蒙尘偷安南渡，苟有人心者，未有不拔剑斫地也。南渡后，张仲宗《贺新郎》云（略），此类皆慷慨激烈、发欲上指，词境虽不高，然足以使懦夫有立志。——《白雨斋词话》

六州歌头　（南宋）张孝祥

长淮望断，关塞莽然平。征尘暗，霜风劲，悄边声，黯销凝。追想当年事，殆天数，非人力；洙泗上，弦歌地，亦膻腥。隔水毡乡，落日牛羊下，区脱纵横。看名王宵猎，骑火一川明，笳鼓悲鸣，遣人惊。　　念腰间箭。匣中剑，空埃蠹，竟无成。时易失，心徒壮，岁将零。渺神京，干羽方怀远，静烽燧，且休兵。冠盖使，纷驰骛，若为情。闻道中原遗老，常南望、羽葆霓旌。使行人到此，忠愤气填膺，有泪如倾。

（明）毛晋：于湖《歌头》诸曲骏发踔厉，寓以诗人句法者也。——《于湖词跋》

（明）陈霆：张安国在沿江帅幕。一日预宴，赋《六州歌头》云（略）。歌罢，魏公流涕而起，掩袂而入。——《渚山堂词话》

（清）张德瀛：张安国《六州歌头》"长淮望断，关塞莽然平"。……皆所谓拔地倚天，句句欲活者。——《词征》

（清）陈廷焯：张孝祥《六州歌头》一阕，淋漓痛快，笔饱墨酣，读之令人起舞。惟"忠义气填膺"一句，提明忠义，转浅转显，转无余味。或亦耸当途之听，出于不得已耶？——《白雨斋词话》

即事二首　（南宋）章　甫

天意诚难测，人言果有不？便令江汉竭，未厌虎狼求。独下伤时泪，谁陈活国谋。君王自神武，况乃富貔貅。

初失清河日，骎骎遂逼人。余生偷岁月，无地避风尘。精锐看诸将，谟谋仰大臣。懦夫忧国泪，欲忍已沾巾。宋孝宗隆兴二年（1164），金兵从清河口入淮，宋人欲放弃淮河退保长江，结果割地求和。

有感二首 （南宋）严 羽

误喜残胡灭，那知患更长。黄云新战略，白骨旧沙场。巴蜀连年哭，江淮几郡疮。襄阳根本地，回首一悲伤。

闻道单于使，年来入国频。圣朝思息战，异域请和亲。今日唐虞际，群公社稷臣。不防盟墨诈，须戒覆车新。宋理宗端平元年(1234)宋师会合蒙古师灭金，理宗端平二年至淳祐六年，蒙古师攻四川、湖北、安徽等地；理宗宝祐六年至开庆元年，蒙古师攻四川、湖南、湖北等地；结果宋宰相贾似道向蒙古求和，以称臣纳币为条件。宋度宗咸淳三年(1269)蒙古师围襄阳直至咸淳九年，贾似道不派兵救援，宋将吕文焕献城出降。

北来人二首 （南宋）刘克庄

试说东都事，添人白发多。寝园残石马，废殿泣铜驼。胡运占难久，边情听易讹。凄凉旧京女，妆髻尚宣和。宣和为宋徽宗年号。

十日同离仳，今成独雁飞。饥锄荒寺菜，贫着陷蕃衣。甲第歌钟沸，沙场探骑稀。老身闽地死，不见翠銮归。

龙兴寺阁 （金）元好问

全赵堂堂入望宽，九层飞观尽高寒。空闻赤帜疑军垒，真见金人泣露盘。桑海几经尘劫坏，江山独恨酒肠干。诗家总道登临好，试就遗台老树看。

即 事 （金）元好问

逆竖终当鲙缕分，逆竖，崔立也。安平都尉李伯渊等刺杀崔立。挥刀今得快三军。燃脐易尽嗟何及，遗臭无穷古未闻。京观岂当诬翟读宅，入声。姓也。义，王莽篡汉，东郡守翟义起兵讨莽失败。莽收义尸，筑为京观。衰衣自合从高勋。衰衣，丧衣也。《契丹国志》："契丹张某任意杀人，后被高勋杀死，剖心以祭遇害者。"秋风一掬孤臣泪，叫断苍梧舜崩于苍梧，此指金哀宗。日暮云。

感 事 （金）元好问

舐痔归来位望尊，骎骎雷李入平吞。饥蛇不计撑肠裂，老虎争教有齿存。神理定须偿宿业，债家犹足褫惊魂。且看含血曾谁噀，猪觜关头是鬼门。

壬辰十二月车驾东狩后即事五首壬辰十二月，城中粮尽，金哀宗不得已率兵出京，将往河朔，此即所谓车驾东狩也。 （金）元好问

翠被葱葱见执鞭，戴盆郁郁梦瞻天。只知河朔归铜马，又说台城堕纸鸢。血肉正应皇极数，衣冠不及广明年。何时真得携家去，万里秋风一钓船。

惨澹龙蛇日斗争，干戈直欲尽生灵。高原水出山河改，战地风来草木腥。精卫有冤填瀚海，包胥无泪哭秦庭。并州豪杰今谁在，莫拟分军下井陉。

郁郁围城度两年，愁肠饥火日相煎。焦头无客知移突，曳足曳足以望鼓噪。见《后汉书·马援传》。何人与共船。白骨又多兵死鬼，青山元有地行仙。地行仙原出佛书《楞严经》。五代张筠居洛阳，以声色自娱，人们称为地仙。此喻金朝之官吏贪图安乐者。西南三月音书绝，落日孤云望眼穿。

万里荆襄入战尘，汴州门外即荆榛。蛟龙岂是池中物，虮虱空悲地上臣。卢仝《月蚀诗》："地上虮虱臣仝，告诉天皇。"乔木他年怀故国，故国有乔木，语出《孟子·梁惠王》："所谓故国者，非谓有乔木之谓也，有世臣之谓也。"野烟何处望行人。唐昭宗词曰："野烟生碧树，陌上行人少。何处有英雄，迎侬回故宫。"秋风不用吹华发，沧海横流要此身。

五云宫阙露盘秋，银汉无声桂树稠。复道渐看连上苑，戈船仍拟下扬州。曲中青冢传新怨，梦里华胥失旧游。去去江南庾开府，凤凰楼畔莫回头。

岐阳三首岐阳当时属凤翔府。

（金）元好问

突骑连营鸟不飞，北风浩浩发阴机。阴机，阴谋也。韩愈《辛卯年雪》："翕翕陵厚载，哗哗弄阴机。"三秦形胜无今古，千里传闻果是非。偃蹇鲸鲵人海涸，分明蛇犬铁山围。穷途老阮无奇策，空望岐阳泪满衣。

百二关河草不横，十年戎马暗秦京。指长安。岐阳西望无来信，陇水东流闻哭声。野蔓有情萦战骨，残阳何意照空城。从谁细向苍苍问，争遣蚩尤作五兵。传说有蚩尤受金作五兵以伐黄帝之说法。

眈眈九虎护秦关，懦楚孱齐机上看。禹贡土田推陆海，汉家封徼尽天山。北风猎猎悲笳发，渭水萧萧战骨寒。三十六峰长剑在，倚天仙掌惜空闲。

挽文丞相　（元）虞　集

徒把金戈挽落晖，用鲁阳公事，见《淮南子·览冥训》。南冠囚犯。出《左传·成公九年》。无奈北风吹。子房本为韩仇出，诸葛安知汉祚移。云暗鼎湖用黄帝事，见《史记·封禅书》。龙去远，月明华表鹤归迟。用丁令威事，见《搜神记》。何须更上新亭饮，用新亭对泣事，见《晋书·王导传》。大不如前洒泪时。作为元代的官员，能写出如此大胆的作品，真不容易。

赭山怀古四首　（清）汤燕生

赤铸山头鸟不飞，上皇曾此易青衣。无多侍从争投甲，有限生灵但掩扉。五国城西边月苦，景阳楼下夜钟微。心伤莫唱淋铃曲，未得生从蜀道归。

泪逐天风向北挥，山僧指点旧重围。素车东驻泉偏咽，代马南来马不肥。野老久知今日事，先臣犹护昔年非。延秋门外王孙尽，司马元戎自锦衣。

呜咽江流绕故关，北辕不见有南还。宫车梦想来阊阖，高庙歌思在里阛。涧夹青丝环万骑，崖悬乌幔侍双鬟。亦知帝座倾危久，古井苔纹泪已斑。

直上孤峰似剑芒，鸿沟那复割秦疆。山花终古不成笑，胧月重来黯独伤。夜宿天低金鹭寺，晨炊梦冷玉麟堂。青城山下无多地，白草黄泥御道荒。

题韩蕲王庙　（清）尤侗

忠武韩世忠谥忠武。功名百战回，西湖跨蹇且衔杯。英雄气短莫须有，明哲保身归去来。夜月灵旗摇铁瓮，铁瓮，指镇江城。韩曾在镇江大战金兀术。秋风石马上琴台。琴台在苏州灵岩山，韩墓在靠近琴台。千年遗庙还香火，杜宇冬青正可哀。

鹧鸪天·咏史

此词咏辽萧后史实。据王鼎《焚椒录》：萧后字观音，工书，能歌诗，善弹筝及琵琶，天祐帝封为懿德皇后。帝游猎无度，后作诗劝谏，为帝所疏远。　（清）纳兰性德

马上吟成促渡江，王鼎《焚椒录》："二年八月，上猎秋山，后率妃嫔从行在所。至伏虎林，上命后赋诗，后应声曰：'威风万里压南邦，东去能翻鸭绿江。灵怪大千都破胆，那教猛虎不投降。'上大喜，出示群臣，曰：'皇后可谓女中才子。'促渡江，催促

辽帝渡江灭宋也。”分明间气旧谓英雄豪杰,上应星象,禀天地特殊之气,间世而出,称为间气。《春秋演孔图》:“正气为帝,间气为臣。”属闺房。生憎久闭铜铺门上铜制兽面形环纽叫铜铺。萧后《回心院词》:“扫深殿,闭久铜铺暗。”暗,花冷回心指回心院。玉一床。萧后《回心院词》:“展瑶席,花笑三韩碧,笑妾新铺玉一床,从来妇欢不终夕。” 添哽咽,足凄凉。谁教生得满身香。《回心院词》:自沾御香香彻肤。只今西海西海,郡名。汉置。年年月,犹为萧家照断肠。

绍　兴绍兴为南宋高宗赵构的年号。　　(清)郑　燮

丞相纷纷诏敕多,丞相指秦桧,曾两度为相,把持朝政达十九年之久。绍兴天子只酣歌。金人欲送徽钦返,高宗赵构是徽宗赵佶之子,钦宗赵桓之弟。靖康之变,徽钦二帝被金人虏去,囚于五国城。其奈中原不要何。

辽宫词　　(清)杭世骏

深禁沉沉玉漏长,牙床犹是待君王。回心院冷琵琶寂,宫婢偷闲写《十香》。辽道宗皇后萧氏,能诗善音乐。自作《回心院》词被之管弦。时诸伶人无能奏此曲者。独伶官赵唯一能之。耶律乙辛欲害萧后,命人作《十香》淫词为诬案。诬后与唯一通。〇萧后曾作《怀古》诗一绝云:“宫中只数赵家妆,败雨残云误汉王。惟有知情一片月,曾窥飞燕入昭阳。”耶律乙辛以此诗中暗藏“赵惟一”三字,道宗遂敕后自尽。

澶　渊　　(清)袁　枚

路出澶河水最清,当年照影见东征。满朝白面三迁

议，一角黄旗万岁声。金币无多民已困，燕云不取祸终生。行人立马秋风里，懊恼孱王早罢兵。

过文信国祠同舫庵作三首　（清）赵　翼

须眉正气凛千秋，丞相祠堂久尚留。南渡河山难复楚，北来俘虏岂朝周。出师未捷悲移鼎，视死如归笑射钩。何事黄冠樽俎语，平添野史污名流。据《宋史·文天祥传》：元世祖使王绩翁劝文天祥降，天祥曰"国亡，吾分一死矣。倘缘宽假，得以黄冠归故乡，他日以方外备顾问可也"。作者以为《宋史》可信。

三百年来养士恩，故应末造泽犹存。半生声伎勤王散，一代科名死事尊。满地白翎人换世，空山咮噣客招魂。客招魂指谢翱，谢登严陵西台哭文天祥云："魂朝往兮无极，暮归来兮塞黑。化为朱鸟兮有噣焉食。"笑他北去留承旨，笑他，指留梦炎。宋理宗淳祐四年(1244)举进士第一，后仕元，任翰林承旨学士。文天祥也是状元。也是南朝一状元。

战罢空坑力不支，拼将赤族殉时危。死坚狱吏囚三载，生享门人门人，指王炎午。王作《生祭文丞相》文，后人附刊于《文山集》。祭一卮。血碧肯污新赠谥，指文天祥就义后，元世祖赠谥忠武。汗青终照旧题诗。如何一本梅花发，指文天祥之弟文璧，惠州（今广东惠阳）城陷后降元事。分半南枝半北枝。

古北口谒杨令公祠　（清）顾光旭

雁门老将令公闻，此地烝尝表旧勋。犹有家声传后起,独抛战骨殉孤军。风行天上能为雨,山过关来不断云。应是边氓皆慕义,灵旗何必定横汾。

辽宫词六十首 (清)陆长春

开国雄图始汉城,宫闱神策定兼并。盐池杯酒戎机伏,却胜天皇十万兵。阿保机自称皇帝。

蠡角声中响佩环,指麾胡马度熊山。黄头臭泊都惊窜,亲见銮舆破敌还。述律后有雄略,太祖行兵尝与谋,名震诸夷。

四楼粉雉列崇墉,千里榆关久息烽。闻说至尊喜游猎,弯弓毡屋射黄龙。太祖喜游猎,有黄龙在其毡屋上,三矢殪之。

渤海妖氛已荡平,辽东山色马头迎。短箫尽唱铙歌乐,车驾归来铁凤城。阿保机铸铁凤镇城。

小队弓靴簇锦毹,毗狸黄鼠满芳厨。葡萄酒熟天颜喜,新进燕云益地图。契丹国产大鼠曰毗狸专供国王之膳。

东来紫气接天阊,圣母宫中赐酒浆。却喜遐荒备文物,尽收图籍到辽阳。述律太后遣使贺契丹主平晋国。

通天冠峻九旒垂,袍笏分班拜舞迟。紫袖昭容夸创见,龙庭谁识汉官仪。契丹主效汉冠服,制称大辽。

捷书昨夜过龙堆，阃外银牌火速催。赢得六宫齐一笑，石家新妇表函来。指晋皇太后降表，称“晋室皇太后新妇李氏妾言”。

天锡神州降圣皇，怀中黑兔早呈祥。祭山仪毕回龙驭，礼佛先来菩萨堂。应天皇后梦黑兔入怀，遂生太宗。

殿头歌舞脱戎衣，南国花枝见亦稀。却笑胡儿偏眼热，尽停酒盏看唐妃。指唐庄宗夫人韩氏，后为淑妃。在契丹入中原时，陷于虏庭。

挏酒烧羊侍宴游，春寒才换黑貂裘。椒房易姓都从汉，勋业何人媲酂侯。辽后宫皆姓萧，后族比萧相国。

塞垣晓日射旌旄，海淀波光映战袍。一骑红尘南使到，瑛盘分赐紫樱桃。后晋天福七年，遣使进樱桃于契丹。

沉沉宫禁静无哗，五凤楼开理鬓鸦。怪底君王睡不醒，春风闲煞掖庭花。穆宗每夜酣睡，不亲国事，国人谓之睡王。

弓开满月箭流星，鸳泊迷漫水气腥。毛血乱飞鹅鸭落，脱鞲新放海东青。海东青，鹘之至俊者也。出于女真。

马上貂珰压锦鞯，四时捺钵恣游畋。官家只爱从禽乐，虚位中宫十九年。据《通史》：“四时各有行在之所，谓之捺钵。”

诨子欢呼侍从班，雕弧射柳手亲弯。番歌一曲胡琴闹，聒帐遥传木叶山。据《契丹图志》："有诨子部百人，夜以五十番直，四鼓将尽，歌于帐前，号曰：聒帐。"

赫连台下画旗翻，侍女戎装尽佩鞬。见说穷边春似海，王軿新幸上花园。上花园为萧太后种花之所。

一朵红云丽碧霄，陉头凉殿起清飔。不须更进冰盘藕，六月阴山雪未消。辽主纳凉之所也。

酣歌长夜饮厌厌，屡听残更报漏签。宵旰精勤烦国母，晓妆才罢又垂帘。景宗好音律，耽于酒色，燕燕皇后以女主临朝。

东向龙楼面面开，看花台上看花回。大官初进头鱼宴，亲赐功臣琥珀杯。头鱼宴为冰中钓得之鱼为宴。《演繁露》载甚详。

虎旅桓桓部伍分，贺兰山压炮车云。承天法驾凭谁扈，一色黄旗控鹤军。统和年间举国南征，承天皇太后亲跨马行阵。

明良喜起共赓歌，甘露卿云瑞应多。新制乐章五百首，自敲檀板教宫娥。圣宗懂音律善吟诗，纵酒作乐无有虚日。

也爱涂黄学佛妆，芳仪花貌比王嫱。如何北地胭脂色，不及南都粉黛香。芳仪为江南李景女，为圣宗所获并生公主一人。

剔尽金缸一穗红，夜深寒月满帘栊。商量旧曲翻新谱，私启龙闱召乐工。圣宗齐天皇后善琵琶，与乐工燕文显、李文福通。

团衫罗髻巧妆梳，金翅银梯饰凤舆。领略江乡好风景，玉盆湾里去观鱼。统和元年十二月，皇太后观鱼于玉盆湾。

琼华仙岛隔尘凡，写翠呈红启镜函。掩映貂茸好黄额，洗妆楼外夕阳衔。琼华岛在太液池，即今白塔寺，辽后梳妆台在。

脱却鸾靴换凤鞵，深宫女伴笑相偕。闲铺叶格花间戏，输去同心七宝钗。金叶子格戏南唐李后主周妃所编。

猎猎轻风拂钓竿，滦河鲜鲫乍登盘。长春宫里花如锦，催割黄羊宴牡丹。辽太后建长春行宫赏花钓鱼。

重阳时节想题糕，射虎平原意兴豪。叨赐天厨菊花酒，骆驼山上共登高。统和三年重九，骆驼山登高。

丽淑芳和号并封，圣恩雨露十分浓。纤腰一搦浑无力，新学朝仪拜御容。开泰三年春正月，封马氏为丽仪，耿氏淑仪，艾氏芳仪，孙氏和仪。

卢雉微闻隔院呼，小窗清昼罢摴蒱。五鸾殿角闲行遍，笑看《南征得胜图》。开泰七年，诏翰林待诏写《南征得胜图》。

腰悬雕箙历戎旃，宫壶英谋列圣传。千里平沙飞铁鹞，太妃奉诏定西边。契丹谓精骑为铁鹞。

沙腊婆陁习教坊，钧天仙乐舞霓裳。明朝记是千龄节,新试宫袍进寿觞。统和元年以帝生日为千龄节。

燕京年谷庆丰登,圣主颁酺酒似渑。传语金吾先放夜,微行来看六街灯。圣宗太平五年事。

年来边徼息干戈,玉帛联欢更议和。报道南朝增岁币,使臣已过麝香河。宋遣富弼赍国书,许增币。

毳幕春深掩禁闱,鸳丝缭绕凤梭飞。赵家天子生辰近,忙煞宫中织锦机。宋皇帝生日辽送礼。

句胪高唱榜花开,玉殿千官笑语陪。三十六熊同献赋,夺标争及状元才。重熙五年获熊三十六,诸臣争献赋,是年御试进士。

竿木逢场一笑看,内家妆束易黄冠。君臣宴乐团栾坐,始信天朝礼数宽。兴宗夜宴,命后妃易衣为伶人。后父萧磨只谏,帝击伤其面。

道场顶礼集名缁,毡帐群羊角共劙。喜色满筵番乐合,后宫新报产麟儿。皇后生子,先建无量寿道场,礼拜一月。

丹青点染入纤毫,杀粉调铅不惮劳。谁信万几多逸暇,却抛心力画翎毛。兴宗工画,善丹青。

初更玉律管弦新,旛胜分颁遍侍臣。笑倚殿廷看撒谷,虾蟆小帜写宜春。立春日,撒谷豆,画虾蟆蟾蜍为帜,并书宜春二字。

采艾刚逢讨赛离，大黄汤熟泛琼卮。合欢定荷君王宠，缠臂新添五彩丝。五月五日端阳事。

团蕉亭外好迎凉，水涨鹅池荇藻香。朝节未过先进扇，红罗争绣粉脂囊。团焦亭在怀来县，萧后游息之所。

燕台巡幸六龙闲，黄纛遥开识圣颜。一路歌谣听不断，又催仙仗到人间。熙宗天眷三年幸燕京事。

皮室宣威震海邦，桃花山外拥麾幢。弓弦手拽头鹅落，霹雳声飞鸭绿江。太宗精选天下三万骑，称皮室军为其爪牙。

队队军容肃宝刀，君王射猎讲戎韬。安排玉辇从游幸，先要香熏络缝袍。据《辽史·仪卫志》：皇后戴红帕，服络缝红袍。

昨闻星使急归骖，茶药携来味最甘。夸说六朝金粉地，那教人不忆江南。烈祖升元二年，契丹遣使以羊马等以其价市南方茶药等。

绛帕蒙头拜紫宸，菆涂小殿步逡巡。毡帷昨夜新承宠，又报南唐进美人。吴徐浩欲结辽取中国，以美女珍玩等遣使修好。

胆瓶香放旱金花，弦索新腔按琵琶。解渴不须调奶酪，冰瓯刚进小团茶。旱金，系花名。大如掌，金色灿人。

日月宫开壮帝居，金铺玉碣敞阶除。辘轳远引穿花去,青幰香飘贵主车。日月宫为大圣皇帝皇后宴寝之所。

铜壶莲漏昼沉沉,凤阁闲拈九孔针。爱煞韩娥诗句好,丁香连理绣同心。汉南女子韩襄客诗云:"连理枝前同设誓,丁香花下共论心。"辽人爱之,绣为裹肚。

闲依古佛学趺跏,缨珞庄严宝相夸。一岁饭僧三十万,他生只愿住中华。契丹主洪基以白金数百两铸佛,铭其背云:愿后世生中国。

山近巫闾落照移,属珊军帐飒牙旗。行宫洗盏排芳宴,次第群臣射虎诗。巫闾山名。述律皇后选精锐为属珊军。皇后射虎,群臣献诗。

獭裘貂帽朔风捎,大狼猎山雪满郊。唱罢黄獐归骑疾,一弯寒月上弓弰。《黄獐》民歌:"黄獐黄獐草里藏,弯弓射尔伤。"

山棚花槛柳丝齐,彩伴相邀手共携。闲倚银屏望河鼓,蓬莱宫外玉绳低。谓其地险阻,至此广大而平易也。

八门迢递接燕京,黼座垂裳仰圣明。鹿蠡鸡林通治化,宫闱偏解颂升平。燕京城有八门:东曰安东、迎春,南曰开阳、丹凤,西曰显西、清晋,北曰通天、拱辰。

孤稳搔头女古簪,妆成法相比观音。一篇奏上称才子,佳咏争传伏虎林。懿德皇后萧观音事见《焚椒录》。

回心院子绣帘垂，雨后芳台绿满墀。静锁重闱秋月冷，更无人唱十香词。指萧皇后被诬害事。

巾帼偏能别佞忠，贤妃饶有诤臣风。荒亡君德凭诗谏，天听如何总不聪。文妃事。见《契丹国志》。

但凭挥泪对宫娥，玉叶金枝忍辱多。无数落花飘泊去，莫教重唱蓬蓬歌。文妃生一女，元妃生三女，俱为金人所获。

六、元　明　清

癸巳四月二十九日出京四月二十九日为金王朝亡国之日。

(金)元好问

塞外初捐宴赐金，此句言金廷赐给北方蒙古族之宴用金钱。当时南牧指蒙古族的侵略。已骎骎。只知灞上真儿戏，“灞上儿戏”典出周勃《史记·绛侯周勃世家》。谁谓神州遂陆沉。“神州陆沉”见《晋书·桓温传》。华表鹤来应有语，铜盘铜盘句见李贺《金铜仙人辞汉歌序》。人去亦何心。兴亡谁识天公意，留着青城阅古今。青城在汴京城南五里，乃金国初粘军驻军处，受宋二帝投降之所。此日亦在此金后宫及留守官员遭蒙古军羁管杀戮。兴也青城，亡也青城。此所以有“阅古今”、“天公意”之叹。事见《金史·崔立传》。

恭谒孝陵孝陵为明太祖朱元璋之陵墓。 (明)徐 渭

二百年来一老生,作者后朱元璋二百来年。白头落魄到西京。代指南京。汉初建都长安,东汉迁都洛阳,以长安为西京,明初建都南京,成祖迁都北京,故亦称南京为西京。疲驴狭路愁官长,破帽青衫拜孝陵。亭长一抔读剖,平声。终马上,亭长,汉高祖刘邦也。以刘邦比朱元璋。桥山指黄帝。万岁始龙迎。当时事业难身遇,凭杖中官说与听。

戚将军戚继光也。赠宝剑歌 (明)王世贞

毋嫌身价抵千金,一寸纯钩纯钩,宝剑也。《越绝书》载:欧冶造剑,一曰湛雪,二曰纯钩,三曰胜邪,四曰鱼肠,五曰巨阙。一寸心。欲识命轻恩重处,灞陵用李广事,见《史记》。风雨夜来深。

乙酉之变,避迹喝狮窝,临年仍归一把茅度岁

(明)僧读彻

老我生逢乖命年,惊魂未定是何天。兵戈无地堪逃避,上下移居当播迁。竹榻不妨虚自设,茅庵有主便依然。会心只合开窗面,好景都收在眼前。乙酉之变,指清顺治二年五月,清兵入南京。

吴淞造战船二百余只，五年始成，器械粮饷毕具。乙未七月初五日出师，初三日海舟卒来悉掠去，其未完者亦火尽，用记一律 （明）陈 璧

重敛征兵具战艟，东南民力数年空。官桔鸠庀群工骨，营中众工毕备，日计千人，鸠督甚严。鬼哭荒凉古墓风。各县采木深山，古墓诛伐殆尽。击桨方张师旅气，齎粮尽挂敌军篷。浮沉此足强人意，海上从来第一功。《小腆纪年》："乙未五月，鲁定西侯张名振以朱成功之师复取舟山。""成功拜名振为帅。陈辉、洪旭、陈六御副之，统二十四镇入长江。"〇《小腆纪年》此条所据《行朝录》，《台湾外纪》为五月，而《航海遗闻》作八月。然考《明史》暨时人所记均无乙未七月义师，吴淞夺舟事，然陈璧是诗，于时、地记之甚悉，唐市距吴淞仅百有余里，似非传闻之误。义师是举，似为偏师奇袭，故称"卒来"。惊舟而退，未深入长江，清地方官或隐之未上报，而《石匮书后集》、《东南纪事》诸书，著者又因道远不得闻，故此事遂湮而不彰欤！

哭苍水明末抗清将领张煌言号苍水。 （明）高斗权

壮心未得同狐偃，大节还能愧李陵。十九年来精卫恨，故人永夜哭寒灯。

临桂伯墓下瞿式耜之墓。 （清）冯 班

马鬣悠悠宿草新，贤人闻道作明神。昭君恨气苌弘血，带露和烟又一春。刘本沛《后虞书》："瞿稼轩式耜，弘光时任广西巡抚，拜四极殿大学士，封临桂伯。为清定南王所执，强降之，不屈死。……又十年，忽郡中有五方贤圣之说，不足公荣，反足公辱，孝廉谭圣蛟力证其非，作《成神辨》。"〇钱谦益《有学集》卷十三有《迎神曲》十二首，其自序云："吴人喧传瞿稼轩留守降灵郡城西，相率诣

东皋招魂，塑像迎请上任。聋骙道人惊喜呜咽，放言作绝句十二首，用代里社迎神送神之曲。”

杂感三首 (清)王翃

菉矢彤弓宠锡颁，北门锁钥动江关。武侯师出名尤正，太傅功成鬓未斑。夜月旌旗五马渡，秋风草木八公山。金汤万里生民寄，麟阁期登指顾间。此首咏史可法。

长城万里羡当年，楚泽军威盖世传。三月晴风高战鼓，九江春水下楼船。韩彭心事应难论，李郭功名不易全。漫道勤王师犹正，江南处处起烽烟。此首似指左良玉。

淮海聊宁燕雀居，风高鼓角建牙初。寒凌画戟秋阴重，云压孤城夕照虚。西蜀谕通司马檄，中山谤满乐羊书。将军面矢谁堪敌，樽俎论功计已疏。此首指高杰。

庐州见传奇有史阁部勤王一阕，感而志之

(清)阎尔梅

元戎亲帅五诸侯，不肯西征据上游。今夜庐州灯下见，还疑公未死扬州。按：作者曾劝史可法西征，徇河南，不听；劝之渡河北征，徇山东，又不听；一以退保扬州为上策。阎云：公之左右用事诸人，家悉在南中故也。未几而扬州破矣。公之死与不死，固未可知，扬州之惨，则深有可惜者。

读史杂感四首　（清）吴伟业

吴越黄星见，园陵紫气浮。六师屯鹊尾，双阙表牛头。静镇资安石，艰危仗武侯。新开都护府，宰相领扬州。史可法出镇。

莫定三分计，先求五等封。国中惟指马，阃外尽从龙。朝事归诸将，军需仰大农。淮南数州地，幕府但歌钟。马阮当国四镇拔扈。

北寺谗成狱，西园贿拜官。上书休讨贼，进爵在迎銮。相国争开第，将军罢筑坛。空余苏武节，流涕向长安。末句言遣左萝石议和事。

贵戚张公子，奄人王宝孙。入陪宣室宴，出典羽林屯。狗马来西苑，俳优待北门。不知中旨召，着籍并承恩。时选良家女，遍索名优。

读友人旧题走马诗于邮壁，漫次其韵

（清）吴伟业

君是黄骢最少年，骅骝凋表使人怜。当时指点勋名贵，后日谁知书画传。十载盐车悲道路，一朝天马蹴风烟。军书已报韩擒虎，夜半新林早着鞭。赵翼《瓯北诗话》云："和友人走马诗，因第二首'君是'四句，始悟其为杨龙友而作。龙友贵阳人，先官江宁令为御史詹兆恒所劾，至南渡时起兵，擢至巡抚。诗末二句，则乙酉五月，龙友方率兵在京口

与清军相持，而清军已乘雾潜济，如韩擒虎之入新林，陈人犹不知也。”

哭卧子陈子龙，字卧子。　　(清)方以智

共指西湖灵隐松，挥毫刻石记相逢。文章自小夸司马，名字当今比卧龙。一死泰山于汝毕，再生苗地为人佣。悲歌奠酒沉江水，与泪东流到九峰。

次韵挽瞿稼轩归葬　　(清)陆世仪

砥柱乾坤赖老谋，那堪宰相尽风流。横江已断千寻锁，筹国谁开万里楼。南粤兵戈行殿恨，东皋花木故园愁。稼轩思故乡，于桂林作别墅，名小东皋。渡河只有宗留守，恸哭相从地下游。

续哀八首　　(清)钱澄之

三年两遇难，时势岂全非。文物从今盛，坚贞自古稀。几人辞马革，何处问乌衣。血碧江南草，离离未可归。

节义云间盛，陈登志更悲。九旬存大母，五世得孤儿。意气同人尽，株连一死迟。虏廷无血溅，长啸逐鸱夷。陈子龙，字卧子，华亭人。

惆怅阊门路，鸡林手泽新。不容汉处士，宁禁宋遗民。道在乱离见，交从钩党亲。党祸起，往还甚密。可知名义重，还是旧同人。杨廷枢，字维斗，吴县人。甲申后授命芦墟，门人私谥忠文。

昔岁瞟城破，君家死丧多。此心终不改，天意欲如何？道貌冰壶映，佳儿玉树罗。一时摧折尽，回首剧悲歌。侯太学雍瞻一门。

抗节钱塘令，湔衣血尚红。宁知三载后，又着一门忠。阖室容张俭，亦以卧子株连。谁人释孔融。夜台应不恨，吾道泣何穷。顾咸正，字端木，昆山人。其弟咸建、咸受亦死于难。

泉明闻又殒，不愧裹尸亲。竟死忠臣绝，争传孝子真。公子本螟蛉。吴人有忠臣孝子弄假成真之谑。从容公就义，激烈尔成仁。嘉兴徐太宰，城破自尽于家庙，公子今骂贼死。坐笑求生者，空劳涕泪频。

孺子渥洼种，早龄特好奇。论年刑可免，取义死妨迟。夏考功公子完淳。笑改夏侯色，临刑有涕泣者夏犹笑之。羞称潘岳诗。考功讵不祀，应有腹孤遗。

入幕刘公干，元戎奉指挥。帐中机不密，海上约偏违。只怪人谋失，谁言天意非。君看吴地败，江岭已全归。刘曙字公旦，长洲人。说吴帅反正事泄，同死。

南京六君咏六首　（清）钱澄之

不走黄端伯，居然揖左贤。虏至，公自署其门曰："不走不降黄端伯。"见大酋，长揖而已。忘生缘学佛，骂敌反称颠。岂有头皮硬，还期心血溅。刃其颈，不殊。公曰："非颈硬，乃心硬也。刺心而死。"帐前新辫发，可悔罪通天。黄仪部端伯。

回首钟山树，伤心计部书。公有书，请立王以祀陵寝。寝园闻渐废，宫殿早为墟。即拟收京捷，还怜死国疏。忠襄墓前柏，公缢死柏下。荣悴定何如？吴计部嘉胤。

颇闻张吏部，不减邓攸贫。海内存清节，朝端累党人。死生翻易决，同异底难泯。雪涕鄘城令，千言状正新。张太宰席，字赤涵。○公弟金，令将乐，以行状示余。

铮铮杨御史，阉党共推君。要典三朝据，同流一死分。漫嗟遮锦被，转恨杂鸡群。可信髯司马，投降最早闻。杨副宪维垣。○闻北有阮大铖投降独早之旨。

传道城南乞，蓬头发最多。羞他中国变，屡被市人呵。入夜语还泣，沿街骂且歌。沟渠绝粒死，此志是如何！淳化关丐者。○按：丐者临死吟一诗云："三百年来养士朝，而今文武尽皆逃。纲常留在卑由院，乞丐羞存命一条。"

痛哭桥边卒，临河羡独清。世徽明主饩，肯荷敌人兵。中国谁称帝，元勋竟献城。卒问其同伍曰："是谁主中国，一城都降耶？"伍曰："昕城伯且降，又何有尔卒？"卒曰："昕城服，我不服。赴河而死。"可知徐久爵，尽室向燕行。中河卒。○作者自序云：南京陷，死者寥寥，得丐与卒而六焉。悲夫！然其死不愧四君，四君又岂不屑六也。故并存之。

得留守及张司马死难信八首　（清）钱澄之

桂林陷后屡登陴，此日孤城岂更支。坐啸但凭天意稳，痴忠不信粤疆危。也知滇帅空邀饷，予在桂林，见赵应选索饷，绝无斗志。却恨焦侯远驻师。焦琏分守平乐。闻有七人同日死，张髯以外定为谁？瞿式耜，字稼轩。

林生夜梦巨舟沉，独有吴郎水未侵。林树本梦一舟俱沉，独青闻得免。幕下几人能脱网，危时早计岂成擒？可怜供帐盘餐却，敌送供，皆却不食。犹许累囚唱和吟。司马奋髯公击节，从容激烈两同心。

仙翁授记有玄机，公来粤时，有松仙授记，凡数函，谕以急难即发视，余一函题其上曰"庚寅元日发"，内书"扶公荣归"四字。为说扶公返旧扉。共信锦衣思结伴，讵知马革是荣归。慈孙收血奔难到，爱子趋庭志已违。仲子生甫泛海省亲，咫尺不得见，今陷狱中。传说吴江杨义士，杨生名艺，吴人。窃携骸骨出重围。

天隅文物仗公存，多士从龙半在门。疏拙无因频荷荐，圣明不用亦衔恩。特乘休沐趋戎幕，为献新诗赏直言。予祝公诗有："秋成勿使催科扰，愿听农歌一举觞。"公每流涕诵之。回忆虞山高宴夜，桂华明月最伤魂。

负郭秋灯聚草堂，江头送别色凄凉。申胥复楚功难就，张悌捐躯志竟偿。报国正宜留热血，完名何苦殉危疆。天涯屈指奇男子，忆尔雄姿泪几行。公向予言，惟办一死。予以公存，则封疆存，死则永失矣。

下笔真惊倚马奇，逢君酒后兴何悲。雄文不草收京檄，绝命空传骂贼诗。七日忍饥不食七日。还唱和，九原有伴足追随。樽前怪尔须髯戟，长似睢阳嚼齿时。

榕江大帅已全奔，坚卧要谁驻壁门。好养健儿曾吮血，更无弱息与招魂。老妻浅土何人葬，遗稿烽中几册存？公无子，有遗稿一大卷，尝曰："此即吾子也。得留此足矣。"敢信江陵遂不祀，荆州或有相公孙。张司马同敞，江陵张居正之孙也。

并马江头向碧岑，星岩龙隐日追寻。看君摇笔须眉动，把我新诗泣涕吟。难后尚随门下吏，箧中长宝故人簪。别时赠我以簪。同人属和张瞿韵，几度拈来痛不任。前四首哭瞿留守式耜，后四首哭张司马同敞。

楚僧元瑛谈湖南三十年来事，作四绝句

(清)顾炎武

共对禅灯说楚辞，国殇山鬼不胜悲。心伤衡岳祠前道，如见唐臣望哭时。

孤愤一径楚山尖，铁石心肝老孝廉。流落他方余惠远，抚琴无语忆陶潜。先兄同年友长沙陶君汝鼐。

督师公子竟头陀，诗笔峥嵘浩气多。两世心情知不遂，待谁更奋鲁阳戈。武陵杨公子山松。

梦到江头橘柚林，衲衣桑下惬同心。不是今日沧浪叟，鼓枻江潭何处深？此诗一首指一人，而首尾二诗亭林无自注。《郭嵩焘日记》以为第一首指王船山，末首指郭些庵是也。

大学士临桂伯瞿公之殉难也，祚明既作长律三十韵吊之，已而得公与张别山司马临难唱和之作八首，复次韵如其章数，亦不尽同前诗之旨，或不嫌言之重，辞之复也七首　（清）归　庄

元臣日夜枕戈眠，首尾经营历四年。方冀时来能定国，那知力尽不回天。凭魂杀贼生前志，托梦归乡死后缘。浩气乘云诗句在，二公唱和诗名《浩气吟》。几回读罢泪潸然。

司马同心共画疆，无如诸将意参商。弃师河上谁相顾，握节城头只自伤。拜表遥辞丹凤阙，捐躯直上白云乡。忠臣遗骨神云护，未许乌鸢恣啄肠。

江陵相业故非常，身后凄凉行路伤。谁料有孙绳祖武，还能为国死封疆。当年朝局何须问？累代君恩不可

忘。报答此时惟受命，精灵应在毅宗旁。

抗志还争日月光，狱中双剑凛于霜。长留发在神终主，已戴头来气尽狂。栋折不忘支大厦，路穷无异履康庄。精忠实是同文谢，张公诗有叠山欲附文山之句。非特沙场侠骨香。

伏节天南有二臣，从兹国事付何人。行宫危欲生秋草，废垒依然见夕磷。猛士多因入卫散，残黎久为馕军贫。更收余烬良非易，谁肯先拼七尺身？

死激英雄义愤生，壮图宁复俟河清。只今五岭勤王旅，犹是重泉报国情。地下衣冠存旧物，空中戈甲振天声。定知精气为河岳，万岁千秋拱大明。

杖策从戎亦有心，可怜异域久浮沉。事关夷夏悲歌发，说到君臣感激深。相国忠魂梦里识，侍郎英气句中寻。悬知他日瞻遗像，双烈寺前万树森。自注：其第八首姑阙，另日续书。

瞿稼轩临桂挽辞四首　(清)陈　瑚

残山剩水强撑持，回首中原竟属谁。锁钥无人诸将去，衣冠有主二陵知。书生义尽平原日，丞相名成柴市时。子自殉亲臣殉国，一门忠孝是吾师。次公元镝万里奔赴殉难于粤。

平陂天运亦人谋，一柱于今砥浊流。招隐东皋看旧业，筹边南国想高楼。中营星陨千秋恨，辽海魂归万里愁。不是别山司马在，下泉含笑共谁游。少司马张别山讳同敞，同日就义。江陵之孙。

五载经营志未平，溶江半壁老空城。曾无将相甘薪胆，但有门庭起斗争。千古人伦存主仆，家人陈祥亦被难。一时吾道见师生。别山为公之门人。吕蒙死后无多日，枉与人间骂姓名。吕蒙句指孔有德，有德于顺治七年冬破桂林，瞿式耜死之。至顺治九年，李定国收复桂林，有德自焚死。其间相去不足二年，故云：无多日也。

昆湖家世濬源长，耕石还余旧德堂。山水烟云环丙舍，琴书冰雪照匡床。僮亡散佚丹青尽，家中名画，僮辈挈之遁去。僧老留存翰墨香。令子文孙工继述，不烦眢井铁函藏。

过陈黄门陈子龙也。殉难处二首

（清）任源祥

乱后春潮急，兵前画鹢高。湍流冲雾露，日色涌波涛。断岸催边马，西风泣战袍。悠悠芳草暮，存没愧吾曹。

此地哭黄门，千秋慷慨存。文章当变乱，诗赋满乾坤。报主生平志，捐躯国士恩。扁舟湖海客，萧飒拟招魂。

悼陈黄门　　(清)吴骐

寒食东风草树稠，富林夙昔想同游。衔杯昼永花临户，论易宵分月上楼。四海无人藏复壁，千秋遗恨托江流。生刍麦饭俱寥寂，落日荒原哭太丘。

读明纪十六首(录五首)　　(清)李明嶅

金陵遗事问渔樵，三百年来王气消。故国莺啼供涕泪，当时龙起动云霄。澄江壁垒风雷壮，祠殿烝尝玉帛遥。高帝万年功德尽，钟山松柏雨潇潇。

维皇建极本神明，拭目中原望太平。罪按先朝诛节甫，策陈内殿藉良平。只言龙跃时方盛，岂道狐鸣乱已生。十八年来天命改，不堪回首忆西京。

一木难支大厦倾，君王端不负苍生。卢循已下新亭舸，陶侃犹存楚塞兵。殉国亡身终有恨，主忧臣辱岂无情。郭门车侧看封树，野老吞声哭大行。

高皇创业本艰辛，晓日中天暮海滨。自散金吾三百骑，遂亡江左八千人。殷王竟是逋逃主，周勃原非社稷臣。剩水残山同下泪，铜驼何处不荆榛。

鸟道羊肠去路长，天低海阔阵云黄。匡山不救文丞相，汴水空哀李侍郎。岂有星辰归北极，更无车马在南荒。自从顿首秦庭后，二十余年事渺茫。

题董尚书董其昌也。墨迹 （清）朱彝尊

三真六草董尚书，北米南邢米万钟，邢侗均明代书法家，皆与董同时。总不如。试诵《容台》董其昌《容台集》有文九卷，诗四卷。好诗句，一缣肯换百砗磲。砗磲为热带海洋中动物，此指砗磲壳，古称七宝之一。七宝为：金银、琉璃、砗磲、玛瑙、珊瑚、琥珀、真珠。

读史六首 （清）史申义

当年群盗践中原，青犊黄巾孽烬繁。席上横刀看李特，帐中跋扈指孙恩。空怜渡马江边谶，竟作游鱼釜底魂。赵氏遗儿危一线，天风飒沓打厓门。

崎岖八桂散风雷，越巂千修转战来。大树飙摇愁落叶，荒池劫烧见飞灰。牧牛耻作群儿戏，功狗惭无上将才。共睹龙颜真帝子，珠庭日角仰崔嵬。

猿鹤虫沙一窖尘，杜鹃冤魄叫青春。推枰不忍看残局，濡水真难起涸鳞。虚想六军同幸蜀，几闻三户解亡秦。年年呜咽金沙水，笑倒蒲甘骑象人。

铁券功名益部强，竟膺茅土拜真王。残山剩水无余恨，细柳新蒲各自芳。头白王敦终叛晋，行歌侯景蚤投梁。山头作贼羞廷尉，汉大无人比夜郎。

戎马荆湘大出师，东南半壁有人支。金钲震地摇梅岭，烽燧连天烛武夷。征敛只悲秦父老，衣冠虚仗汉威仪。未膏斧锧全腰领，马革平生一裹尸。

铁炮金戈万马营，覆巢破卵可怜生。椎牛帐底军歌急，掘鼠城头夜火惊。表上牙门诛叛卒，波开洱海洗天兵。藁街乳臭空函首，犹恨欧刀赦老伧。邓之诚《清诗纪事初编》云："按：前三首咏桂王，后则吴三桂也。"

海　上　（清）钱　曾

烽烟海上羽书催，鼙鼓时闻动地来。日冷巢车朝坐甲，风翻犛纛夜行枚。蛇横大泽云犹暗，马渡长江浪未开。眼底悠悠谁可语，英雄成败总堪哀。顺治十六年六月，郑成功由崇明渡江，而破瓜州，掐镇江，直逼南京。张煌言又别由芜湖攻入徽、宁。然成功顿兵南京坚城之下，终为清兵所败，遁归厦门。

偶　感　（清）钱　曾

小院帘垂白日低，情随芳草恨萋萋。九渊偏是骊龙睡，三岛曾容紫凤栖。阿母得钱教买酒，姮娥奔月不须梯。殷勤为探蓬莱水，清浅安能贮玉泥。此似为郑成功兵败长江

后，于顺治十八年退入台湾而作。白日低，指明桂王。情随芳草，用“王孙游兮不归，芳草生兮萋萋”典谓成功远走也。骊龙睡，谓明帝之无能。姮娥，谓成功之奔台湾。末二句谓台湾不足有为，即钱谦益所谓“事去终嗟浮海误”，张煌言致成功书谓“军有寸进无尺退，一入台湾，则两岛恐并不可守，是孤天下之望也”之意。

感事五首　（清）屈大均

茫茫一岛是天留，父子经营作首丘。亮在自能存社稷，横来那得更王侯。君臣不肯归鱼腹，舟楫从教到石头。恨绝生降虚百战，桓文事业委东流。

堂构徒劳四十春，虚无宫阙有金银。乾坤不没凭孤屿，日月长存赖一人。事败自应同正命，时危那得作遗臣。三千苟可收余烬，力为无诸更破秦。

神华缥缈蜃楼中，吐纳风涛有汉宫。一代波臣持日月，十年海外尽英雄。书王虚拟春秋事，窃帝难成割据功。五百岂难无死士，将军不欲令名终。

市井多年作隐沦，不须东海更逃秦。英雄自古元无主，华夏而今岂有人？憔悴空教渔父笑，佯狂合与酒徒亲。沧浪清绝无缨濯，散发风前重怆神。邓之诚《清诗纪事初编》云：“此感于台湾郑氏之亡也。”

明季百一诗，南渡后四十二首　（清）张笃庆

坐使神州竟陆沉，秋江百尺莫言深。过江不少黄潜

善，留守谁为宗汝霖？下濑将军窥故国，太行忠义感雄心。望仙阁里千回醉，只是难忘玉树音。沈德潜云：黄潜善，指马士英，阮大铖言；宗汝霖，指史可法言。见史之必不能胜马、阮，犹宗之必不能胜黄、汪也。

铜马纷纷陷上京，春陵一派失峥嵘。过江浪选西曹掾，列阵曾无北府兵。羽檄未能驰露布，铙歌无分谱瑶笙。伤心凝碧池头宴，不见当年雷海青。自序：史阁部开府扬州。

列戍优游拥节旄，千群堠火照江皋。天颜有喜调新曲，嫔御当筵赋彩毫。碧月微吟江令醉，军书稠叠御床高。临春阁上春归去，花落花开露井桃。自序：《明纪编年》："刘泽清大兴土木，造宅淮上，穷极壮丽，四时之室俱备，僭拟皇居，休卒淮上，无意北征。上亦日居深宫，与内待饮酒晏乐，杂伶演戏，群臣谏书警报，皆置不问。"○王士禛评曰："使得作长城公，亦复何憾。"

石城万雉镇金墉，夹道烟花翡翠重。设险江关千里堑，阅人风雨六朝松。孤军直入韩擒虎，王气潜消吕祖龙。愁绝后湖湖上月，寂寥秋夜照芙蓉。

冶城南望是天家，幕府山前万柳斜。琼树临风依画阁，华林隔水听鸣蛙。霞笺燕子翻朱袖，象板莺歌入绛纱。却笑皖江无赖子，自调银管按红牙。自序：《明纪编年》："马士英荐钦定逆案阮大铖知兵，为江防兵部尚书，举朝大骇，群臣劾之，皆不听。给事中罗万象曰：恐《燕子笺》、《春灯迷》，即枕上之《阴符》，袖中之黄石也。"

钾客题诗画鹢□，蛮奴鼓吹碧油幢。千年辱国胭脂井，五夜销魂结绮窗。移步莲花春似海，征歌桃叶水平

江。谁知自有防边计，十丈龙旂一夕降。

钟山佳气隐芳菲，隆准文孙亦已稀。凤去台空千里黯，龙蟠虎踞片云飞。惊传铁骑临元武，岂有熊罴守翠微。不见蒋陵弓剑地，晓风哀壑散灵衣。王士禛评曰：不减庾开府《哀江南赋》。

谁云天堑拍天浮，二水中分万里流。海曲孙恩倾赤县，江干王导领扬州。牙门四阵群争长，铁锁千寻不解愁。那识北军飞渡处，一声钟散景阳楼。自序：《明纪编年》："弘光立，设徐淮、扬滁、凤泗、庐和为四镇。以靖南侯黄得功、总兵高杰、刘泽清、刘良佐分辖之。黄得功心薄高杰，提兵争淮扬，与杰战，不胜。朝廷闻之，使从曲解，始罢兵。时兵部尚书史可法督兵驻扬州，因使高杰隶于可法标下。"

丽宇芳林四望开，商声凄切管弦哀。相公蟋蟀关军国，御座琵琶续善才。门祚清华无顾陆，岩廊通脱有王裴。点妆妃子方晨起，已报隋兵江上来。自序：马士英当国时。

吊古闲凭建业城，梁陈往事黯魂惊。劈笺不少江丞相，献策何堪薛道衡。江水欲流终古恨，雕窗当傍夕阳明。永嘉不竞真多事，三百年来胜势平。自序：刺阮大铖等。○王士禛评："第六句用事入化。"

临江节士重踌躇，夹日虞渊痛莫扶。太傅东山方挟妓，元戎北府漫呼卢。肯容孔范登三阁，谁窃夷光泛五湖。莫道南来恢旧物，久知凤历去留都。

江介偏安霸业资，衣冠南渡竟何之？烽烟河朔连千里，鱼水君臣快一时。幕府飞书清帝侧，山阴传檄讨穷奇。神奸末路讵怜汝，百里捐躯莫漫悲。自序：《明纪编年》："弘光元年五月朔，大兵已破扬州，沿江窥度，音信断绝，左良玉讨马、阮之兵，停留未下。日报捷音，有夜半书东西长安门柱云：福人酒醉未醒，全凭马上胡诌；幕府凯歌已休，犹听院中曲变。丙戌，百官进贺，上不视朝，以串戏无暇见群臣也。"

桂树婆娑片月光，君王扶醉制堂堂。山东刘豫分雄镇，江左夷吾上御床。旄钺兵书新乐府，踏歌内苑旧平康。长干传得留侬曲。万古销魂一水旁。自序：《明纪编年》："上深居禁中，娱幼女，饮旨酒，杂伶人，演戏剧为乐。"○王士禛评："驱使古人，出神入化，为之击节不已。"

秣陵壮丽古丹阳，避地南来似靖康。多宝平章调鼎鼐，无愁天子按宫商。曲文琐细烦宗伯，赠谥纷纭议太常。武惠江南公事毕，长缨又系李重光。自序：弘光建宫选才。

华林子弟换新腔，叔宝临轩对玉缸。自谱龟兹教法部，谁知虎旅渡长江。神伤旧国无传箭，火照新亭已受降。六代兴亡真一瞬，万年寒月上船窗。自序：《明纪编年》："丙申，召内臣五十三人进宫，演戏饮酒。"

建业君臣望最轻，无端妖冶意纵横。元凶有耳听新诏，老马横行入旧京。霸气自雄淮海镇，皇图谁练水犀兵。终同当日雷塘畔，火照迷楼万古情。自序：当时人为马阮对句云："闯贼无门，匹马横行天下；元凶有耳，一兀直捣中原。"

天外三山照眼明，寒潮日暮打空城。司徒虽假安东

节，列将频惊冀北兵。金印登坛朝受钺，银枪效节夜靡旌。齐梁往迹萧条甚，谁使长江控帝京。自序：《明纪编年》："郑鸿逵封靖虏伯，世袭。将士各进一级。及大兵开闸放舟，渡江而南，郑见之，扬帆东遁，江南武弁，一时皆溃。"

翊戴争传有贺循，琅琊几日过江滨。至尊自演天魔舞，丞相聊充帅府宾。紫禁城开言路闭，霓裳曲就羽衣新。惟传逆案论渠首，不赦江东周伯仁。

羽书百道起黄尘，一马临江入紫宸。国耻不言教战士，时危亟欲选才人。空余跋扈桓宣父，岂有勤王温太真。燕雀巢堂朝夕计，延秋门外走踆踆。沈德潜云："此见左良玉之起兵并无勤王之志，比之桓温极合。以韵语纪实事，所谓诗史也。"〇自序：《明纪编年》："诏选内员宫女，闾巷骚然。科道李维樾、陈子龙、朱国昌各上疏极谏，上皆不听。又命礼部广选淑女。"

极天烽火照淮阳，谁遣偷安向建康。天子清狂真不慧，群公肉食尽膏粱。一江春水黄龙舰，六代烟花翡翠妆。惟有鸡鸣山上月，千年寂寂阅兴亡。

河流如带旧亲藩，朱邸从知玉牒尊。故剑谁怜旧织室，襜褕人道是龙孙。白头不使登金屋，黄犊何当冒戾园。两事千秋疑狱在，须臾淮甸已尘昏。自序：《明纪编年》："弘光元年三月甲申朔，皇太子至自金华，文武百官顾莫能辨。有扬言，附马王昺姪孙王之明、貌类太子，遂以之明诬之。旧东宫伴读邱致中捧持大痛，题诗于皇城云：'百神护跸贼中来，会见前星闭复开。海上扶苏原未死，狱中病已又奚猜。安危定自关宗社，忠义何曾到鼎台。烈烈大行何处遇，普天共向棘园哀。'又，上封为郡王时娶妃，黄氏早逝，继妃李遭乱又亡。嗣王之岁，又封董氏为妃，生一子不育，已而遭乱播迁，至是自诣其杰所，其杰解至，上弗善，系童氏。在狱中，细书入宫年月日甚悉，并相离情事达上，上弃之，弗见。刘良佐疏言王之明、童氏两事，未协舆论，恳求曲全两朝彝论，上不听。”

圣公亦是汉王孙，新市平林奉帝阍。叛将谁能歼祖约，上游已幸死王敦。牵羊持版江东例，受璧焚舆冀北恩。谁向洛阳留后主，此间差乐少啼痕。王士禛评曰：“庄语谑语，语语入妙。颔联断案，如汉廷老吏。”

高皇只手定乾坤，定鼎金陵地势尊。城郭千秋龙虎气，山丘一带凤凰原。江头依旧雄南纪，淮口何曾壮北门。末代子孙堪一掷，渠家龙种似东昏。自序：《明鉴》：“太祖高皇帝起兵，及至妙山，冯国用与弟国胜率所部来。上奇之，因问大计，国用对，金陵龙盘虎踞，帝王都也。先拔金陵定鼎，然后扫除群寇，救生民于水火，勿贪子女玉帛，倡仁义以收民心，天下不难平也。上于是大悦，终都金陵。”〇王士禛评曰：“此起自不可少，生子当如孙仲谋，谈何容易耶？”

香风漠漠起尘霾，阿阁三重上玉阶。万里长江来蜀道，六朝明月照秦淮。士林散诞伤王谢，洛社丘墟怨惠怀。不及当年李天下，绛霄楼上死优徘。

南国降帆百里屯，台城城外野烟昏。春风燕去乌衣巷，落日人哀白下门。濠泗祩禱群帝泣，孝陵风雨万灵奔。崔嵬双阙空天险，已失长江千里源。自序：《明纪编年》：“弘光元年五月，大兵薄城下，忻城伯率本部总宪缒城出降。丁酉，豫王朝百官，百官递职名参谒如蚁。又忻城伯至，执挟怀太子出城，至营，豫王离席迎之，坐于己右。”〇王士禛评曰：“不减惨淡风雨会之句，但有兴废之殊耳。”

黄龙负义竟何如，持梃归朝事亦虚。不少谯周《仇国论》，岂无李昊草降书。卧薪早已惭勾践，死敌终当愧阖

闾。且幸洛阳青盖在，如今不用旧羊车。自序：《明纪编年》："弘光元年五月，上奔至芜湖，因就黄得功营，将谋幸浙。刘良佐追至，得功大怒，不甲而出，被良佐射死，因扶上去献于豫王，王薄不为礼，置酒坐太子下，数为责让，上汗出背不能答，惟俯首而已。王北凯，将上与太子去，后凶闻。"王士禛评曰："千寻铁锁沉江底，一片降旗出石头。"何以过此？

钟阜阴阴散彩霞，南朝天子尽骄奢。自开宫市频挥杖，每叹蠡吾不作家。魂醉千门芳乐苑，梦回一曲后庭花。北来将帅粗豪甚，高颎如何戮丽华。

天外鸡笼起暗尘，梅虫赇贿据通津。金符久已沦诸将，玉殿犹闻册贵嫔。结绮阁中人似玉，赏心亭畔水如银。那知去作降王长，惭愧空为面缚人。自序：《明纪编年》："弘光元年四月，左兵东下，称奉太子，密诏率师赴救。京师戒严。大兵攻破徐扬等州，塘报紧急，时有报奏。选到淑女者，着于十五日进元辉殿，贡院选七十人中选元姓一人，浙选五人中选王姓一人，俱进皇城内。"

沛中一派尽天潢，刲席何堪御建章。江左衣冠王蔡叶，淮南烽火毕孙杨。兰桡商女歌遗曲，红柏啼乌入画堂。玉几金床消息断，可怜霜露走咸阳。王士禛评曰："组织之工，人巧极，天工错矣。"

莫唱琅琊大道王，风流南渡几沧桑。清溪十里胭脂水，白下群山艳冶场。江总门前新甲第，桓伊笛里旧平康。谁怜荆棘铜驼后，绝少南朝李侍郎。

子侯留后亦曹腾，却笑生儿似景升。超距谁令兵气尽，弹筝不见阵云蒸。清刚越石沦河朔，节制高骈没广陵。无恙六军归款后,半江战舰水澄澄。

少师凿坐出京华,开府芜城自建牙。江表黄旗消紫盖,淮渍封豕斗长蛇。武侯报汉空筹笔,韩相椎秦久破家。箕尾忠魂终抱恨,邗沟明月吊琼花。自序:《明纪编年》:"甲申廿四日,大兵猝至扬州,围巧新城,可法力御。攻益急。可法血书寸纸,驰诣兵部,代题请救。不报。丁丑,清兵破城人,可法立城上见之,拔剑自刎。"○王士禛评曰:"梅花岭上,以此为《大招》可也"。

莱阳使节想依稀,惆怅旄邸叹《式微》。燕市行成空有泪,秦庭顿首赋无衣。文山正气留光岳,皋羽幽魂哭帝畿。麦秀黍离千古事,都将哀怨对斜晖。自序:《明纪编年》:"弘光元年,遣使臣左懋第至北京,闻南京陷,七日不食。摄政王召见,麻衣孝巾草履,向上长揖,南面坐。王数责不屈,惟请一死。命薙发,坚不肯。杀之。题《绝命诗》云:'峡拆巢封归路迥,片云南下意何如。寸丹冷魄消难尽,荡作寒烟总不磨。'参谋主事陈用极,游击王一斌、张良佐、王廷佐等五人俱从死。忽风沙四起,卷市棚于云际,瓦屋皆飞,一时人皆罢市。"

龙江江上是江关,火照长干驷骑还。瑞霭早收丹凤阙,青云已散紫宸班。弃犀欲遍牛头寺,积甲高于熊耳山。谁向石城城下死,一歌袁粲泪潺潺。自序:《明纪编年》:"弘光元年五月辛卯,召优人入内演戏。上与韩赞周等杂坐饮酒。二鼓后,上奉太后及宫人跨马从聚宝门出狩,百官无一人知者。及明,文武一时逃遁隐窜,各不相顾。"

雨花台畔落花飞,胡国神伤梦亦稀。马粪王家抛麈尾,凤毛谢苑失乌衣。褚渊老去身犹在,徐勉归来事尽非。若到卞壶坟下过,汗颜应自重歔欷。

名王千里走雷霆,旗鼓真如下阱陉。淮上驰书新国

信，江南诏谕小朝廷。使臣就死如孙晟，野客浮家类管宁。异代旧京施雨露，钟山不断蒋陵青。自序：《明纪编年》："王永吉报，大兵已过黄河，自归德以达象山七八百里，无一兵敢守。扬州以及徐邳，势若鼎沸。"

航海谁云势可乘，也知无分望重兴。王郎莫漫攀成帝，更始无端害伯升。殿赋灵光推玉叶，运移天祚续金陵。艰难监国非容易，惭愧当年王茂宏。自序：《明纪编年》："弘光元年乙酉五月，大兵渡江，南都失守。镇江总兵郑鸿逵、郑彩知势不可为，因撤师回闽。会唐王从河南来，王性率直，喜诗书，善文翰，洒洒千言。以统兵勤王，擅离南阳，锢高墙。会赦出，避乱适浙，鸿逵因携之俱南。至福州，与福建巡抚张胥堂，巡按御史吴春枝，礼部尚书黄道周，南安伯郑芝龙等共议立王监国。时拥入者艳翊戴功，咸请正位。遂议于闰六月十五日奉王即皇帝位于福州。是日郊天，大风震起，拔木扬沙。及驾回宫，尚宝司卿坐马忽惊，玉玺坠地，损其一角。人咸异之。改福州为天兴府，大赦，改元隆武。"

谁言闽粤有长城，龙武新军尚北征。鼻息惟凭李师道，头颅莫保武元衡。将军背阙朝仪散，良娣弹棋御史行。休道刘琮真帝胄，中原将帅下南荆。自序：《明纪编年》："何楷入朝，与芝龙争朝班，不合，乞归。中途遇盗截其耳。诏追贼不得。兵科给事刘中藻忤郑氏去。"

盆子南来建翠旄，樊崇拥立若儿曹。江湖名士登鸾阁，海峤群凶擅豹韬。龙衮朝衣迎丽日，艅艎战舰覆惊涛。一时稽首张洪范，失水何能走巨鳌。

五岭崎岖树汉旌，虞山家世本忠贞。一成尺土难生聚，三户遗民剧战争。张陆已看臣竭力，舄端不见帝星明。厓门舟覆何须怨，千古兴亡似践更。自序：《明纪编年》："时粤西有靖江王者,八月亦称监国。后举兵欲东,为隆武所诛。又招抚至钱塘,原任山西佥事郑之尹子遵谦岔杀之。闻鲁王避难在台州,遂与张国维等推立鲁王监国于绍兴。七月复富阳,八月复于潜。时兵马云集,人治一军,不相统一,部曲骚然。后兵溃江上,鲁王得脱,登海舶。闻国维行至黄石岩,因传命国维遏防四邑。遂过东阳,图治兵再举。大兵破义乌,众劝国维入山。国维曰:'误天下者,文山叠山也。一死而已。'具衣冠南向,再拜曰:'臣力竭矣。'作绝命诗曰:'艰难百战戴吾君,拒敌辞唐气厉云。时去仍为朱氏鬼,精灵常傍孝陵坟。'从容赴园池而死。"

西粤艰难战血腥,益州刘禅亦伶仃。将军驾海图存国,丞相垂绅罢授经。纵有顽民思夏社。更无义士哭冬青。千秋谁似田横岛,一死人传侠骨馨。

江东遗老脱簪裾,徐铉南来入禁庐。半壁督师新制府,两朝领袖旧尚书。时非典午陶潜在,谶兆当涂汉腊除。为问首阳诸义士,近来薇蕨更何如?王士禛评曰:"南渡以后诗,慷慨顽艳,悲笑横集,更为极致。"

拜张大司马墓　　(清)李　瞰

赫奕于坟与岳坟,谁将司马足三分。游人杂沓雷峰下,冷满南屏一片云。张煌言墓在杭州西湖太子湾。

于忠肃公祠　　(清)孙　蕙

出狩天王竟北征,烽烟已逼凤凰城。有君定国真长策,奇货难居始罢兵。南内邀功争复辟,西曹枉杀患无名。最怜一事公遗恨,不使前星羽翼成。

故阁部史公开幕维扬，城溃殉难，相传葬衣冠于梅花岭下，过而哀之　（清）彭定求

极目层城古战场，忠魂飘荡恨茫茫。军中空道吟裴度，都下无由仗李纲。碧血久从衰草没，白云遥带古梅香。吾来暗洒三升泪，仿佛灵旗下大荒。

维扬大节　（清）戴名世

应是天祥一化身，维扬大节泣人神。降书七斥山河壮，慑服胡王羞汉臣。此首咏史可法。

郑氏抗节　（清）戴名世

大木独撑天一方，朱明岁月赖延长。郑家气节汉家宝，岛国孤忠耿未忘。郑成功初名森，字大木。

承畴降虏　（清）戴名世

松山战败尚为雄，十六坛前一祭空。比节文山差汉史，忠勤为虏负初衷。《清史稿·洪承畴传》："崇德七年二月壬戌……上欲收承畴为用，命范文程论降。承畴方科跣谩骂，文程徐与语，泛及古今事，梁间尘偶落，着承畴衣，承畴拂去之。文程遽归，告上曰：'承畴必不死，惜其衣，况其身乎？'上自临视，解所御貂裘衣之，曰：'先生得无寒乎？'承畴瞠视久，叹曰：'真命世之主也！'乃叩头请降。……壮烈帝初闻承畴死，予祭十六坛，建祠都城外，与丘民仰并列。庄烈帝将亲

临奠,俄闻承畴降乃止。”

吊袁督师袁崇焕也。墓　(清)赵　熙

谁云乱世识忠臣,山海长城寄一身。不杀文龙宁即祸,空嗟银鹿亦成阵。遗闻玉貌如佳女,亡国天心胜醉人。万古大明一抔土,春风下马独沾巾。

读史偶感　(清)张茂稷

李陵心事久风尘,三十年来岂卧薪。复楚未能先覆楚,帝秦何必更亡秦。丹心已负红颜改,青史重翻白发新。永夜角声知不寐,可堪思子又思亲。《清史稿》:“顺治元年,……自成至永平,杀(吴)襄,走还明都,屠襄家……(康熙)十三年正月,三桂僭称周王元年……(四月)上命诛(吴)应熊及其子世霖。……是岁(十六年),三桂六十有七,兵兴六年,地日蹙,援日寡,思窃号自娱。其下争劝进,遂以三月朔称帝,改元昭武。……是日大风雨,草草成礼而罢。俄病噎,八月,又病下痢,噤不能语。召其孙世璠于云南,未至,乙酉,三桂死。”〇邓之诚云:“按此为吴三桂称兵而作,言其反覆,末指三桂父襄,子应熊,皆不得其死。”〇《随园诗话》:“本朝有某孝廉献吴逆诗云:‘力穷楚覆求秦救,心死韩亡受汉封。’圣祖爱其巧于用典,遣人访之,其人逃。余以此仿宋汪彦章为张邦昌所作《雪罪表》也。其词云:‘孔子从佛肸之召,卒为尊周;纪信乘汉王之车,将以诳楚。’可谓善于文过者。”

题史阁部遗像四首　(清)袁　枚

每过梅花岭,思公泪欲零。高山空仰止,到眼忽丹青。胜国衣冠古,孤臣鬓发星。宛然文信国,独立小

朝廷。

已断长淮臂，难挥落日戈。风云方惨淡，天子正笙歌。四镇调停苦，三军涕泪多。至今图画上，如盼旧山河。

剩有家书在，银钩字数行。凄凉招命妇，宛转托高堂。墨淡知和血，篇中说断肠。当时濡笔际，光景莫思量。

太师留画像，交付得欧公。展卷人如在，焚香礼未终。江云千里外，心史百年中。怕向空堂卷，霜天起朔风。自序：像为蒋心余太史所藏，并其临危家书，都为一卷。书中劝夫人同死，托某某安慰太夫人，末云“书到此，肝肠寸断”。

过于忠肃公墓　（清）阮芝生

汉统愁中绝，周京喜再昌。股肱知已竭，日月得重光。天意还思祸，星缠又告祥。遁荒非太伯，守节异曹臧。未睹遗弓剑，先闻缺斧斨。三章凭翕訾，一剑答忠良。象少祈连冢，歌怜石子冈。谁怜十世宥，难赎百夫防。

杨龙友墨兰竹二首　（清）姚鼐

秣陵春尽倍销魂，红药花残绿萼存。被恼更寻修竹径,千丛原是画时孙。

江左风流染翰时,越疆同裹古人尸。风兰露竹容相忆,寒食曾无上冢儿。自注:龙友殉难时,吾乡孙武功监军与之同死。后监军子收其骨,并龙友合葬桐城北枫香岭。余尝至其墓侧。

杨龙友画兰三首　(清)赵允怀

紫茎绿叶写亭亭,笔底光风唤欲醒。惆怅湘皋谁结佩,江南萧艾杂芳馨。

幽香便是国殇魂,故国风烟怨白门。犹有人间干净土,一泓碧血灌灵根。

平铺越楮染螺丸,露眼如啼不忍看。欲吊遗馨愁远道,枫香岭上暮云寒。

瞿忠宣公东皋遗址四首　(清)赵允怀

名园自昔枕溪湾,野水苍寒屋外环。有客悲凉双画戟,惟公歌哭两虞山。桂林亦有虞山,公殉节处。红羊劫换芳苔老,朱鸟魂归夕照殷。弹指沧桑遗迹少,客来愁绝问松关。

辛苦挥戈学鲁阳,当年留守事凄凉。空教残蜀犹思汉，曾挟顽民想复商。岂有黄冠归信国，只余碧血葬家乡。公墓在拂水岩。遗墟何处堪凭吊，寒菜连畦染早霜。

耕石斋空秋草生，寻幽又复出东城。纵无人作平泉记，绝胜亭题野史名。故国山河殇鬼吊，旧家台榭暮云平。春晖尚有闲花木，一样萧条感客情。耕石斋，春晖园皆公故居。

已无宾客共开筵，想像琴樽古木边。一抹苍山横浅黛，几堆黄叶罨秋烟。高名不藉文章著，胜地非因水石传。亦有青溪江令宅，销魂莫话劫灰前。

题翁大人沧桑花月录四首　（清）汪　端（女）

花天月地感茫茫，墨淡毫枯写断肠。两后旌旗归斗极，熹后烈后同日殉国。六宫剑佩从轩皇。宫人魏氏二百余人，自沉太液池。美人虹起花飞雪，费贞娥刺贼后自杀。帝女碑残冷卧霜。长平公主墓在彰义门外。读到梅村诸乐府，若将心事记红妆。

北都吊后吊南都，淡粉轻烟旧鼎湖。环佩尽归青冢去，琵琶曾听玉京无？蘼芜小榭仍飞燕，杨柳高楼又曙乌。一曲秦淮呜咽水，桃花扇底月轮孤。

粉围香阵起云台，多少娥眉上将才。精卫有心填海去，娲皇无术补天来。碧含玉质层层璞，红堕花英点点苔。闲与麻姑话遗事，一杯清浅隔蓬莱。

元康龙汉几经年，零落残香剩此篇。云掩琼窗迟玉女，露寒铅水泣铜仙。蒐罗沧海扬尘后，惆怅恒河浩劫前。光碧灵开同紫极，芳魂只合住瑶天。

王姑庵绝句十六首　（清）丘逢甲

龙飞皇觉领诸天，衣钵曾留逊国年。谁料凤阳陵哭后，家风传到女婵娟。

法雨香霏洗额黄，伽瑜自换故宫妆。北风吹坠南枝月，泣对梅花礼梵王。

芳心飘泊总思明，日曜亲书作法名。帝牒不如僧牒永，女墙残照下钟声。

汴城宫殿郁嵯峨，已逐禅心委逝波。若化冤禽号朱鸟，不填沧海定填河。

殊恩异代降香车，未许长平竟出家。不及天南怀帝后，转经遥祝海棠花。

禅房春冷佛灯微，玉叶金枝事已非。夜半闻鹃停梵诵，泪花红溅水田衣。

故事凄凉说粉侯，西风梧落梵宫秋。无穷家国兴亡

感，诉向莲台佛也愁。

劫余龙种少生存，云护孤雌入梵门。毕竟千金凭佛保，天涯哀遍女王孙。

故国敲残梦里钟，黄河流恨走开封。丹青空貌天人影，难写宫愁上梵容。

望云残榜篆模糊，想见思亲泪眼枯。南北两都无寸土，一庵今尚属王姑。

凤城宝马碾香尘，花骅春游善女人。水月空庵齐膜拜，妙庄王女是前身。

瘦石零花半塔欹，萧条香蜕葬江湄。尚书老死遗民尽，谁署天潢小裔碑。周王故墓在城北，王姑为周王之女。

秀容入后瑶光废，法侣飘零闭绮窗。应有香魂归吊月，佛楼寒火碧秋幢。庵自某军门驻勇后，尼日散而庵亦破。

二百年来一帧完，九莲遗迹已飘残。老尼也识沧桑感，不作寻常绣佛看。九莲菩萨，思宗曾祖母也，遗像已佚。

胜朝遗老半为僧，短发萧萧百感增。谁识天家留佚女，比丘尼派衍南能。

西山曾访王姑寺，吊古南来又此庵。一样女儿身说法，满天花雨落优昙。自序：王姑者，故明郡主，或云周王女也。运丁鼎革，间关入潮，祝发空门，法名日曜……

谒明孝陵　　(清)丘逢甲

郁郁钟山紫气腾，中华民族此重兴。江山一统都新定，大纛鸣笳谒孝陵。时革命军初定南京，正整兵北伐。